ŒUVRES DE JONAS JONASSON
AUX PRESSES DE LA CITÉ

Le Vieux qui ne voulait pas fêter son anniversaire, 2011
L'Analphabète qui savait compter, 2013
L'Assassin qui rêvait d'une place au paradis, 2016
Le Vieux qui voulait sauver le monde, 2018
Douce, douce vengeance, 2021

DERNIER GUEULETON
AVANT LA FIN
DU MONDE

Jonas Jonasson

DERNIER GUEULETON AVANT LA FIN DU MONDE

Traduit du suédois par
Laurence Mennerich

Les Presses de la Cité

Publié en Suède sous le titre original *Profeten och Idioten* par Bokförlaget Polaris en 2022.

Cet ouvrage a été publié avec l'accord de l'agence Albatros, Suède.

Les Presses de la Cité, un département Place des Éditeurs
92, avenue de France — 75013 Paris

ISBN 978-2-258-20517-8
Dépôt légal : octobre 2023

2011

À l'heure où commence cette histoire, Barack Obama est président des États-Unis d'Amérique, Ban Ki-moon secrétaire général de l'Organisation des Nations unies et Angela Merkel a encore dix ans devant elle aux fonctions de chancelière d'Allemagne, qu'elle exerce depuis déjà six ans.

La Russie a un président dont quasi personne ne se rappelle aujourd'hui le nom. Il est de toute façon notoire que le véritable dirigeant est le président du gouvernement, Vladimir Poutine.

Le printemps arabe déferle sur l'Afrique du Nord, porté par des centaines de milliers de personnes lassées de la corruption et de la pseudo-démocratie – et qui croient un changement possible.

Dans l'océan Pacifique, un séisme engendre une vague de la hauteur d'un immeuble de cinq étages qui balaie les côtes du Japon, détruisant tout sur son passage, y compris la centrale nucléaire de Fukushima.

L'Azerbaïdjan remporte le concours Eurovision de la chanson devant quelques centaines de millions de téléspectateurs. Une broutille, comparée aux 2 milliards de personnes qui ont suivi un peu plus tôt le mariage du prince William et de Kate Middleton. Pendant ce temps, les États-Unis localisent et exécutent Oussama Ben Laden loin des regards.

Au cours de cette même année, l'interminable conflit frontalier entre la Thaïlande et le Cambodge s'enflamme, puis s'apaise provisoirement. La Suède est dirigée par le Premier ministre Reinfeldt, chef du parti conservateur, qui, s'appropriant les questions chères à la gauche, a remporté deux élections de suite.

Dans le même pays, un frère cadet simple d'esprit nommé Johan se retrouve seul au monde après que son aîné, Fredrik, est parti entamer une carrière diplomatique à Rome. Leur mère est morte depuis longtemps. Quant à leur père, il se balade main dans la main avec son amoureux sur les plages de Montevideo.

C'est avec le simple d'esprit que nous entamerons ce récit. Toutefois, il ne faudra pas longtemps avant que le monde entier s'en mêle. Y compris Obama, Ban Ki-moon et la Russie de Poutine.

Bon appétit !

Jonas Jonasson

Partie I

Avant la fin du monde

1

Été 2011

Johan était gentil. Serviable. Et d'une intelligence inégale.

Il y avait tant de choses qu'il ne comprenait pas. Par exemple : qu'il n'avait pas le meilleur grand frère du monde.

Seulement deux ans les séparaient, mais Johan admirait Fredrik comme un fils admire son père. Le père qu'ils n'avaient jamais eu.

Ou plutôt, celui qui les avait quittés avant la naissance de Johan et qui ne s'était manifesté qu'en de rares occasions au fil des ans, la dernière étant l'enterrement de leur mère. Après la cérémonie funéraire, il avait fait don à ses fils de son 12-pièces avec cagibi dans la plus belle rue de Stockholm. Il avait déclaré à Fredrik qu'il était fier de lui, à Johan que tout s'arrangerait peut-être un jour.

Puis il était reparti.

Les frères, qui se ressemblaient physiquement, avaient des personnalités diamétralement opposées. L'aîné, marchant dans les pas de son père absent, s'apprêtait à devenir diplomate et visait le rang d'ambassadeur. Le cadet, pendant ce temps, échouait à garder son emploi de facteur.

Tandis que l'un gravissait les échelons du ministère des Affaires étrangères, l'autre entretenait le 12-pièces-cagibi, vu qu'il n'était pas bon à grand-chose d'autre.

Le soir, Fredrik s'asseyait dans le fauteuil de la bibliothèque avec des documents importants, demandait à Johan de lui servir un whisky et décidait, en fonction de son appétit, à quelle heure le dîner devait être servi.

— 19 h 15, pouvait-il ordonner à son frère. Précises. Maintenant, fiche le camp.

Johan se sentait utile et fier de l'être. Dans l'ensemble, il était satisfait. Autant il éprouvait parfois des difficultés à raisonner, autant il adorait essayer saveurs et senteurs.

Fredrik était rarement content du résultat, voire jamais. Mais pourquoi l'aurait-il été ? Son frère était un incapable. Et puis l'aîné avait le don pour la critique constructive.

— Moins d'origan dans la sauce, espèce de nigaud !

Il était tout aussi pointilleux sur l'étiquette.

— On ne sert pas un pinot noir dans un verre à bordeaux. Combien de fois devrai-je te le répéter ?

Une fois suffirait. La cuisine était le domaine de Johan depuis ses 12 ans, époque où leur mère était tombée trop malade pour quitter le lit. Six ans plus tard, elle succombait à une affection en latin dont Johan ne parvenait pas à retenir le nom.

Servir Fredrik avait d'abord été un jeu d'enfants, qui s'était poursuivi à l'âge adulte.

Fredrik appelait ce jeu « le maître et le serviteur ». L'un était le maître, l'autre le domestique. Si le valet échouait à accomplir un ordre ou omettait de répondre « Oui, maître » ou « Non, maître », ils changeaient de rôles et le jeu se poursuivait.

Fredrik était le meilleur en tout, sauf à cela. Il oubliait sans cesse la réponse de rigueur et ne pouvait donc presque jamais servir son frère. Quand arriva pour lui le jour de quitter le pays, qui allait chambouler leur vie, Johan avait été le domestique quinze ans d'affilée, à quelques brèves exceptions près.

— Tu es tout simplement trop malin pour moi, dit Fredrik. Maintenant, va chercher mes deux valises à la cave. Ensuite, repasse mes chemises et fais mes bagages. Mais n'oublie pas le filet de bœuf dans le four. On avait dit gorgonzola, hein ? Je commence à avoir faim.

— Oui, maître. Oui, maître. Non, maître. Et oui, maître.

Oublier le filet de bœuf ? Jamais de la vie. Il fallait juste être précis en termes de températures. Rôtir à 110 degrés, sortir la pièce quand la température à cœur atteint 50 degrés, puis laisser reposer jusqu'à atteindre 54,5 degrés. Cela laissait onze minutes pour finir de mettre le couvert.

À la perspective de sa première mission à l'étranger en tant que diplomate, Fredrik avait l'esprit très occupé. L'estomac noué, Johan s'était résigné à se retrouver seul dans l'appartement d'apparat de Strandvägen, mais Fredrik avait manifestement trop bon cœur pour le laisser affronter cela. Il vendit le 12-pièces-cagibi et utilisa l'argent de la transaction pour acheter un camping-car à son petit frère. Avec cuisine ultra-équipée ! Johan reçut même une carte de débit, avec le code 1-2-3-5 choisi par

Fredrik, « pour que, même toi, tu puisses t'en souvenir. La banque a refusé 1-2-3-4 ».

— 1, 2, 3, 4, répéta Johan.

— 1, 2, 3, 5, espèce d'idiot.

Fredrik avait déposé 50 000 couronnes sur le compte. Il déclara que Johan devait grandir et se débrouiller seul, dorénavant.

— Oui, maître, répondit Johan, nerveux à l'idée de l'inconnu, mais reconnaissant pour cette aide financière.

Comme si ça ne suffisait pas, Fredrik avait aussi vendu les biens qui appartenaient aux ancêtres Löwenhult depuis des temps immémoriaux. Leur patrimoine comprenait un piano à queue, huit tapis persans, autant de tableaux Renaissance, des porcelaines, des commodes, des lustres en cristal, des armoires et miroirs. La maison de vente déclara que l'ensemble était « absolument extraordinaire », mais Johan buta sur les mots difficiles. Fredrik lui expliqua que les recettes allaient pouvoir couvrir le coût du billet d'avion pour Rome.

À présent, tout était réglé ou presque. L'aîné n'avait plus qu'à donner ses instructions sur le camping-car. Johan aurait besoin d'électricité pour recharger les batteries, sinon il ne pourrait pas utiliser la cuisine. Il y avait des aires de stationnement un peu partout autour de Stockholm, et Fredrik en avait réservé une à Fisksätra. Elle était « vachement chère », selon lui. En guise de remerciement, il exigea d'être conduit à l'aéroport.

Avant même qu'ils aient pu se mettre en route, le futur diplomate décida qu'il ferait mieux de conduire.

Johan, qui avait passé deux minutes à examiner le volant, trouva l'idée judicieuse. Conduire était aussi ardu que presque tout le reste.

Une fois qu'ils furent arrivés devant le terminal international, Fredrik prononça quelques mots qui dépassèrent l'entendement de Johan, puis il dit au revoir et bonne chance, avant de filer avec ses valises.

Le jeune homme, qui se savait bon à rien, se retrouva pour la première fois livré à lui-même. Pour commencer, il décida de rouler jusqu'à Fisksätra afin d'apprendre le fonctionnement du véhicule. Détail non négligeable : le camping-car passait lui-même les vitesses, et il n'y avait que deux pédales à gérer au lieu de trois. Johan pensait pouvoir s'en sortir, s'il ne réfléchissait pas à d'autres choses en conduisant.

Voilà précisément pourquoi il oublia de changer de voie sur l'autoroute, prit la mauvaise sortie, et arriva par erreur devant un centre commercial.

— Oh, formidable !

La kitchenette de son véhicule était donc parfaitement approvisionnée quand Johan parvint enfin à trouver son chemin jusqu'au terrain de camping au sud-est de la capitale.

« Vachement cher », avait commenté Fredrik. C'était sans doute vrai, mais Johan s'autorisa tout de même à penser que l'endroit semblait assez bas de gamme. La superficie d'un terrain de football, à peu près. Plus de boue que d'herbe. Quelques poteaux électriques épars. Un panneau dressant la liste de tous les interdits. Johan n'eut pas le temps de les lire, il s'agissait à présent de se concentrer pour se garer correctement.

L'endroit était désert à l'exception d'une caravane solitaire à l'autre bout du terrain, au bord d'une pente. Johan se fit la réflexion que normalement, en plein été, les gens étaient plutôt sur les routes.

Il aurait dû s'abstenir. L'accélérateur exigeait déjà de lui bien assez d'attention. La pédale voisine aussi. Sans parler du volant. Johan devait le tourner, afin d'éviter la caravane. Et freiner.

Mais tout était si difficile. La malchance, si c'était bien elle, frappa.

L'unique occupant du terrain se trouvait à l'endroit précis où il n'aurait pas dû. Et il se rapprochait, bien que parfaitement immobile. Johan comprit alors que c'était lui, en réalité, qui poursuivait son avancée.

Les deux pédales du camping-car étaient identiques. Accélérateur à droite, frein à gauche. Mais où était la droite, déjà ? Et la gauche ?

Soudain, après avoir réussi à parcourir tous ces kilomètres depuis l'aéroport, Johan n'avait qu'un mot pour décrire la situation. Urgence.

Il devait freiner ! Mauvaise pioche.

Le camping-car bondit en avant.

Il fit une seconde tentative. Couronnée de succès, cette fois.

Le camping-car heurta tout de même l'arrière de la seule et unique caravane du terrain, mais la collision se limita à une simple poussée. Johan avait réussi à s'arrêter.

En revanche, la caravane se mit en mouvement, amorça la descente et gagna en vitesse. Un mètre. Deux.

Cinq. Peut-être dix, avant qu'un arbre se dresse sur son chemin.

— Pas bon, lâcha Johan.

C'était le moins qu'on puisse dire.

2

Vendredi 26 août 2011

Plus que 12 jours

La prophétesse de l'apocalypse était occupée à fixer un crochet au plafond de sa caravane. Elle avait des idées noires, et une corde nouée autour du cou.

Elle n'avait plus qu'une dernière chose à faire : renverser le tabouret d'un coup de pied. Après tout, personne ne l'écoutait et il ne restait plus que douze jours avant la fin du monde. Autant se les épargner.

Elle avait compté et recompté. Et calculé encore une fois. Elle était enseignante en lycée, mais cette activité ne lui servait qu'à se nourrir et payer le loyer tandis qu'elle poursuivait ses recherches en astrophysique. Les élèves allant de pair avec sa profession étaient un mal nécessaire. Quand ses calculs lui avaient révélé la date de la fin du monde, elle s'était adressée à l'Académie royale des sciences. Elle avait planché neuf ans sur l'équation en 64 étapes et espérait son approbation. Non que ce fût important, encore moins pour la suite de sa carrière. Elle souhaitait simplement la reconnaissance.

L'Académie ne répondit pas à ses e-mails. Ni à ses courriers. Quand elle téléphona, son appel fut transféré tant de fois qu'elle échoua de nouveau à la case départ. Il ne lui resta pas d'autre choix que de leur rendre une visite à l'improviste et demander à parler au recteur. Ou à son secrétaire permanent. Ou à n'importe qui excepté le concierge. En réaction à cette initiative, le personnel appela la police, qui avait toutefois mieux à faire. Le concierge prit lui-même les choses en main et l'escorta vers la sortie, empruntant le long escalier où ils croisèrent une vingtaine d'étudiants. Quelques-uns semblèrent effrayés quand il passa près d'eux, la main fermement serrée sur le bras de l'intruse. D'autres eurent l'air étonné. Pourtant, ce dont elle se souvenait le plus nettement, c'étaient les sourires légèrement condescendants. De la part d'étudiants qui avaient un point commun : ils allaient bientôt tous mourir.

Tout le monde allait mourir ! Sans que nul apprenne ce qu'elle savait.

Quel sens cela avait-il encore ? Quel sens cela avait-il tout court ?

La prophétesse calcula le nombre de jours qu'elle avait vécu. Celui-ci compris, cela faisait 11 052. Chacun de ces jours, aussi loin qu'elle s'en souvienne, n'avait été qu'affligeante solitude. Nul ne l'avait jamais comprise. Nul ne l'avait aimée. Et elle, avait-elle aimé quiconque en dehors de Malte Magnusson durant ses années de lycée, ce garçon au beau sourire et aux manières douces ?

Un beau sourire. C'était, en substance, tout ce qu'il lui avait donné. Ça, et le sentiment ténu qu'il désirait peut-être plus, mais manquait de courage.

Tu parles d'une histoire d'amour.

Six ans avaient passé. Puis neuf autres années consacrées au calcul enfin achevé. Le résultat était irréfutable. La prophétesse pouvait annoncer à quelques minutes près quand l'atmosphère disparaîtrait. Elle ne prit même pas la peine de démissionner. Elle arrêta simplement d'aller au travail. Elle était certaine que les élèves n'y voyaient rien à redire.

Elle cessa de payer son loyer. Elle ne cherchait pas à économiser de l'argent, à quoi lui servirait-il quand la planète serait entièrement couverte de glace ? C'était simplement inutile.

Cependant, elle fut expulsée plus tôt qu'elle ne s'y attendait, et il faisait froid dehors, surtout la nuit. Elle avait trouvé la caravane grâce à une petite annonce et l'avait achetée à crédit. Le véhicule aurait besoin d'un contrôle technique avant d'être autorisé à circuler.

Contrôle technique ? avait-elle pensé. À la lumière de ce qu'elle savait, plus rien n'avait de sens.

L'échéance se rapprochait. Encore vingt jours. Journée pourrie. Encore dix-neuf jours. Journée pourrie. Encore dix-huit jours…

À quoi bon continuer, si elle devait vivre jusqu'au bout plus ou moins la même chose ? Pourquoi ne pas mettre elle-même fin à l'attente ? Cela ne ferait-il pas d'elle une gagnante, dans une moindre mesure ? Ne priverait-elle pas l'univers de son dernier instant de merde, en quelque sorte ?

Lorsque cette idée s'infusa en elle, elle lui apporta le calme. La prophétesse acheta un crochet, une corde et un tabouret. D'ici quelques secondes, elle rejoindrait l'éternité douze jours avant tout le monde.

Soudain, une secousse ébranla sa caravane.

Une pensée terrible lui traversa l'esprit. S'était-elle trompée dans son calcul ?

Le crochet se désolidarisa du plafond et glissa sous l'évier. La caravane se mit à rouler.

Non, c'était autre chose.

La prophétesse vacilla, tomba de son tabouret et atterrit en douceur sur son canapé.

La caravane poursuivit sa course quelques secondes avant d'être arrêtée par un arbre.

La prophétesse se releva et sortit en titubant par la porte de travers sur ses gonds. La corde encore autour du cou.

Là où quelques instants plus tôt se trouvait la caravane se tenait maintenant un homme de son âge et, derrière lui, un camping-car.

— C'est pour quoi ? lança-t-elle. On ne peut même plus se pendre tranquillement ?

Johan lui présenta ses plates excuses. Il n'avait pas eu l'intention de la déranger. Seulement, il avait du mal à distinguer l'accélérateur du frein. Les pédales étaient l'une à côté de l'autre, avaient la même forme et la même couleur.

— La même couleur ? s'étonna la femme.

Elle n'avait jamais réfléchi à l'aspect que pouvait avoir une pédale de voiture.

— Vous pendre ? dit Johan, quand il assimila ce qu'il venait d'entendre.

La prophétesse lui rétorqua qu'il ne savait pas conduire et que ce n'étaient pas ses affaires.

— Vous allez devoir remorquer ma caravane avec votre camping-car pour que je puisse m'y remettre. Nous aurons besoin d'une corde.

Johan désigna, hésitant, celle qui pendait au cou de son interlocutrice.

— Une corde plus longue, espèce de nigaud.

Le jeune homme avait l'habitude de s'entendre traiter de la sorte. Il avait toujours été le Nigaud depuis aussi loin que remontait sa mémoire. Peut-être son frère aîné avait-il été le premier à employer ce petit nom. Ou alors, cela avait commencé dès l'école primaire. Ou bien les deux. Fredrik avait deux ans de plus que lui. Il avait en quelque sorte préparé le terrain, parlant à tout le monde des lacunes de son petit frère. De son incapacité à trouver sa salle de classe. À lire l'heure.

Comme si cela ne suffisait pas, la situation se compliqua quand Johan essaya de tracter la caravane de la femme suicidaire sur une surface plane. La corde de remorquage était tendue entre les deux véhicules, mais lorsqu'on a décidément du mal à distinguer l'accélérateur du frein, pas étonnant que les choses tournent comme elles tournèrent.

Postée sur le côté, la femme tenta de diriger les manœuvres.

— Doucement, maintenant. Non, attendez. Ralentissez. Avancez lentement.

C'était bien trop de consignes à la fois. Johan appuya énergiquement sur une pédale au hasard. Et encore plus fort sur l'autre, pour faire bonne mesure.

La corde se dénoua. La caravane, qui était remontée à mi-hauteur de la pente, entama une nouvelle descente sans que ce pauvre arbre parvienne cette fois à interrompre sa course. Elle ne s'arrêta que 80 mètres plus bas, contre une falaise qui, contrairement à son environnement, avait refusé de se tasser sous une couche de glace de plusieurs kilomètres d'épaisseur quinze mille ans plus tôt. Elle s'était dressée sans but jusqu'à ce jour où elle transforma une caravane déjà décrépite en tas de ferraille.

— Aïe, commenta Johan.

Que pouvait-il dire d'autre ?

La prophétesse contempla un instant son habitation, ou plutôt ce qu'il en restait, puis elle se tourna vers le coupable.

— C'était ma maison !

Johan voyait tout de même un avantage à l'incident.

— Dans laquelle vous aviez l'intention de vous pendre.

— Et alors ? Je fais ce que je veux chez moi.

L'incompétent regarda en bas de la pente. Ce qui était un peu plus tôt une caravane évoquait maintenant une épave.

— On nettoie ensemble ?

Il se pensait au moins apte à cela.

— Vous avez vu dans quel état elle est ? Ce n'est pas un coup de balai qu'il lui faut, c'est un ferrailleur. Ou un croque-mort !

À ces mots, la prophétesse se rappela ce qu'elle s'apprêtait à faire.

— Est-ce que vous auriez un crochet à me prêter ?

Johan avait toujours un train de retard.

— C'est le moins que je...

À cet instant, un déclic s'amorça sous son crâne.

— Pour quoi faire ?

— À votre avis ?

Le déclic s'opéra tout à fait.

— Maintenant que j'y pense, je suis à court de crochets. Je peux vous offrir un verre à la place ?

La prophétesse se résigna.

— Un truc fort, alors.

— Un chablis Tête d'Or, domaine Billaud-Simon ? Excellent millésime.

— Fort, j'ai dit.

Johan avait beau être dur à la comprenette, il était rapide quand il fallait agir. Avant que l'inconnue ait le temps de basculer à nouveau dans son moi le plus sombre, il avait disposé deux chaises de camping, une table pliante avec une nappe à carreaux rouges et blancs, deux verres, une bouteille de Highland Park et une assiette de dattes au fromage de chèvre, enrobées de bacon croustillant et parsemées d'amandes grillées salées – un en-cas qu'il avait improvisé pour le voyage de Fredrik, et que celui-ci avait refusé en soupirant.

— Le whisky a le même âge que moi, précisa Johan en servant son invitée suicidaire.

— Alors il a fini de vieillir, dit la femme en vidant son verre d'une traite.

— Oh, s'étonna Johan.

— Vous en avez du vocabulaire.

— Vous trouvez ?

Il comprenait autant l'ironie que les voitures.

La prophétesse s'empara de la bouteille et se resservit. Cette fois, elle but un peu plus prudemment, sans dire un mot, avant de tendre une main vers les dattes. L'espace d'un instant, elle parut se sentir plutôt bien, ou du moins ne pas se sentir mal. Johan ne comprenait pas pourquoi elle voulait se tuer. Par politesse, il avait déjà bu deux bonnes gorgées de Highland Park, dont il commençait à sentir les effets. Peut-être est-ce pour cette raison qu'il eut l'audace de poser la question.

La femme avait un verre d'avance sur lui. Peut-être est-ce pour cette raison qu'elle répondit. Ou bien, elle avait simplement besoin de se l'expliquer à elle-même.

Quoi qu'il en soit, elle commença à parler, assise sur sa chaise de camping dans un champ de boue aux abords de Stockholm. Ce furent d'abord quelques mots. Puis un peu plus. Elle dit qu'elle s'était toujours sentie différente.

— Bête ? demanda Johan.

Avait-il trouvé son âme sœur ?

— Non.

Elle avait toujours été bonne élève, mais n'avait pas d'amis. Elle ne fréquentait que ses propres pensées.

Johan songea que lui non plus n'avait pas eu d'amis, mais il n'y avait jamais réfléchi auparavant. Il fréquentait surtout son frère Fredrik, qui se chargeait en quelque sorte de penser pour eux deux.

La femme poursuivit.

Au lycée, sa différence lui avait encore plus sauté aux yeux. Tandis que Victoria, Malin et Maria se métamorphosaient en adolescentes portant mascara et vêtements à la mode, fumant en cachette et buvant du vin rouge mélangé à du Coca-Cola, elle s'était retrouvée seule dans son cardigan en laine. Peut-être était-ce lui, ou peut-être était-ce Dame nature qui avait voulu que sa poitrine ne se développe pas au même rythme que celle de ses copines. Ou alors, elles trichaient. Cette pensée l'avait effleurée, mais elle s'en moquait. L'univers s'offrait à l'observation humaine sur un diamètre de 93 milliards d'années-lumière et s'étendait bien au-delà sur une distance infinie. Vu sous cet angle, pourquoi accorder une quelconque importance à deux sachets de riz rembourrant un soutif inutile ?

— Du riz ? s'étonna Johan, en se demandant de quelle variété il pouvait s'agir.

Les seuls compagnons de la prophétesse à l'époque étaient ses manuels de physique et de mathématiques, et ses romans à l'eau de rose, tous campés dans l'univers hospitalier. Elle aurait préféré des amourettes dans un laboratoire, mais n'avait rien trouvé de ce genre.

— Je regardais surtout des films, commenta Johan.

Pendant les pauses, engoncée dans son gilet en laine, elle faisait les devoirs de Victoria et Malin. Et essuyait des insultes en guise de remerciement.

« T'as pas encore fini, espèce de tarée ? »

La future prophétesse leur présentait ses excuses pour l'attente et son incertitude concernant la réponse 12.

« Mais les 11 autres sont bonnes. »

Victoria lui arrachait le manuel des mains.

« Moche et lente, en plus. À quoi tu sers, franchement ? »

Une question existentielle bien au-delà de l'entendement de la jeune Victoria, mais qui touchait la future prophétesse au plus profond de son âme. Sans oser détourner le regard de la rangée de casiers devant elle, elle se demandait tout haut :

« Oui, à quoi servons-nous ? Et que sommes-nous ? D'infimes petites étincelles dans le vaste univers. »

C'en était trop pour Victoria et Malin. Sans parler de Maria. Ou n'importe qui d'autre.

« Viens, Vic, on se partage une clope avant le cours d'anglais. La tarée me fout la trouille. »

Johan en vint à la conclusion que s'il voulait entendre toute l'histoire, il devait garder un certain niveau de Highland Park dans le verre de la femme. Il se demandait comment elle s'appelait, d'ailleurs. Il l'apprendrait en temps voulu.

— Vous voulez une autre datte ? Ou une coupelle de cacahuètes grillées toutes simples ?

La prophétesse ne répondit pas. Elle but une gorgée de whisky un peu plus généreuse que prévu et poursuivit. Tout ça avait vraiment besoin de sortir.

Tout le monde rêve. Même une fille qui porte rarement autre chose qu'un cardigan, arbore un appareil dentaire, n'a pas de formes et a des compétences sociales inexistantes. Le rêve de la jeune fille s'appelait Malte. Il était mignon, mais il était surtout gentil. Une fois, il avait ramassé pour elle son manuel de mathématiques et le lui avait tendu avec un « Je t'en prie ». Puis il lui avait effleuré l'épaule en plongeant son regard dans le sien. Et ce sourire.

Était-ce le signal qu'il voulait plus ? La jeune fille avait baissé la tête, terrifiée. Quand elle avait osé relever les yeux, il avait disparu.

Rien ne l'avait forcé à lui toucher l'épaule, pourtant il l'avait fait. Peut-être était-il aussi timide qu'elle ? C'était les années 1990, et à l'époque les filles aussi pouvaient inviter les garçons au bal de fin d'année. Et s'il en avait l'envie, mais pas le courage ? Il ne faisait pas partie des ados les plus populaires de la classe car, comme elle, il faisait ses devoirs. Il y avait quelque chose entre eux. Surtout pendant les cours. Le sentiment qu'eux seuls étaient présents. À quatre rangs de distance, mais tout de même.

La future prophétesse avait ressenti un profond émoi. Une lutte s'était engagée entre ce qu'elle voulait être et ce qu'elle était devenue. Dans son monde, cela revenait à choisir entre flotter librement dans l'espace et se laisser irrémédiablement aspirer par un trou noir.

— L'amour, lança Johan sans trop savoir ce qu'il voulait dire.

À la confiserie, la jeune fille avait acheté un cœur en pâte de fruits rouge dans une petite boîte transparente entourée d'un ruban. Sur la carte attachée par un cordon doré, elle avait écrit : « Veux-tu aller au bal avec moi ? »

Le cadeau était ensuite resté sur l'étagère de son casier, attendant que sa propriétaire trouve une bonne occasion. Et du courage.

Un jour, par hasard, Malte s'était retrouvé près d'elle dans le couloir, en compagnie de quelques copains. Il était en marge du groupe, comme s'il n'y avait pas tout à fait sa place. Lançait-il vraiment de brefs regards dans sa direction quand les autres garçons ne lui prêtaient pas attention ?

Qu'adviendrait-il si la bande se dispersait et que Malte restait en arrière quelques instants ? Si elle se montrait assez rapide ? Ou lui, de préférence.

Accaparée comme elle l'était par l'occasion qui se profilait peut-être, elle n'avait pas remarqué Victoria, arrivant de l'autre côté.

« Alors comme ça, on mate les mecs ? Il n'y a pas que les bouquins qui t'excitent ? »

Victoria s'était esclaffée, avant d'apercevoir la boîte sur l'étagère. Elle en avait sorti le cœur, et n'en avait fait qu'une bouchée.

Aucun crime contre l'humanité n'aurait pu être plus terrible.

Les garçons avaient disparu au bout du couloir. Malte s'était attardé. Regardait-il à nouveau dans sa direction ? Ou bien contemplait-il Victoria, la bouche pleine de pâte de fruits ?

Il s'était éloigné. Le cœur avait disparu. Et l'occasion avec.

Johan n'était pas certain que l'inconnue ait besoin de plus de carburant. Elle semblait si triste. Et si elle recommençait à réclamer un crochet ?

— Que s'est-il passé ensuite ? demanda-t-il, hésitant.

— Ressers-moi, dit la femme.

Ensuite, elle s'était laissé aspirer par le trou noir. Elle s'était adonnée pleinement à la physique, brisant sa routine en une seule occasion pendant les années qui suivirent : elle avait dû changer de cardigan quand ses formes étaient apparues.

Son objectif était une chaire universitaire, peut-être à l'Académie des sciences, mais elle avait dû se contenter d'un poste d'enseignante en lycée. Au moins était-ce en physique.

Le travail aurait été supportable s'il n'y avait pas eu les élèves. Elle ne connaissait rien de pire. Ils ne voulaient ni écouter ni apprendre.

Johan aussi avait été un élève. Sachant qu'il était incapable d'apprendre, il n'avait pas pris la peine d'écouter. Ç'aurait été une perte de temps. Au lieu de ça, il s'était occupé en composant des recettes dans sa tête.

Pourtant, il ne se considérait pas comme une plaie pour ses enseignants, même si son professeur principal l'avait un jour affublé du qualificatif que tous employaient. Johan avait été appelé au tableau pour écrire « bicyclette », mais y avait inscrit « s-c-o-o-t-e-r ». Il trouvait cela plus rapide qu'un vélo, et plus pratique. Il avait visiblement mal compris l'exercice, car le professeur avait soupiré : « Retourne t'asseoir, espèce de nigaud. »

— Je me souviens, maintenant, ajouta Johan. J'étais aussi *affligeant*. Très souvent.

Petra, trop accaparée par ses propres pensées, poursuivit sur sa lancée.

Pendant près d'une décennie, elle avait consacré tout son temps libre et une part non négligeable de son temps de travail à ses recherches personnelles. Cela avait commencé par une simple hypothèse, bientôt suivie de sa démonstration.

— Vous utilisez des mots avec lesquels je ne suis pas à l'aise, l'interrompit Johan.

La prophétesse déclara qu'en un mot comme en cent, l'atmosphère allait disparaître.

— Qui ça ?

— L'atmosphère. Elle va se disperser dans l'espace et les températures vont chuter à – 273,15 degrés. En une seconde.

— Où ?

— Partout.

— Dedans comme dehors ?

— C'était quoi votre surnom, déjà ?

Johan tenta de se représenter combien faisaient, ou plutôt ne faisaient pas, – 273,15 degrés.

— Et ça se passera quand ?

— Mercredi prochain, à 21 h 20. À quelques minutes près. Je n'ai pas élucidé clairement comment les proportions entre traînée et densité se maintiendront au cours des derniers instants. J'ai laissé tomber cette partie de mes recherches quand je me suis rendu compte que je n'aurais jamais le temps de terminer mes calculs.

— Traînée et désisté, répéta Johan, songeur.

— Densité.

3

Vendredi 26 août 2011

Plus que 12 jours

L'obscurité tomba sur le terrain de camping, désert à l'exception d'un camping-car et des traces d'une caravane qui ne s'y trouvait plus. Le whisky de trente ans d'âge était presque fini. Les dattes au fromage de chèvre et bacon avaient été englouties. Johan alla chercher deux couvertures dans le véhicule, en étendit une sur les épaules de sa nouvelle amie (c'était ainsi qu'il voulait la voir) et s'enroula dans la seconde.

— Plus que douze jours, alors. Dire que je suis en compagnie d'une authentique prophétesse de l'apocalypse.

— Bientôt plus que onze.

Les deux tiers de la bouteille avaient fini dans l'estomac de l'invitée, mais la quantité que Johan avait pu boire avait suffi à le rendre philosophe.

— Onze ou douze jours… Mais pourquoi te pendre à cause de ça ? Tu ne devrais pas faire le contraire ? lui demanda-t-il, ouvrant les bras tel le Christ. N'est-ce pas maintenant qu'il faut embrasser le monde ? Pendant les instants qu'il te reste ?

La prophétesse ne partageait pas l'enthousiasme de Johan.

— Tu peux embrasser ce que tu veux. En ce qui me concerne, les onze prochains jours seront aussi lamentables que les 11 052 précédents. Dis-moi un peu quel intérêt cela aurait.

— Que s'est-il passé il y a 11 052 jours ?

— Je suis née.

— Oh !

La jeune femme poursuivit :

— Je ne supporte pas l'idée que tout va s'arrêter avant que rien n'ait abouti.

— Quoi donc ?

— Rien, je viens de le dire.

— Par exemple ?

— Je suis *prof de lycée* ! Ou plutôt, je l'étais, avant de tout laisser tomber. Personne n'écoute quand je parle. Je n'ai pas obtenu de chaire. Côté cœur, c'est le néant absolu. Je n'ai jamais dit « je t'aime » à qui que ce soit. Non que cela aurait fait une grande différence.

— Tu peux me le dire, si tu veux.

— En voilà une drôle d'idée.

Mais elle se radoucit.

— Même si le whisky était excellent. Et les amuse-gueules aussi. Comment as-tu réussi à cuisiner ça ? Dans un camping-car !

— J'aime cuisiner. Et faire le ménage.

Esquissait-elle un sourire en se versant les dernières gouttes de liquide ambré ?

— Superbe combinaison. Tu as un autre nom que le Nigaud ?

— Bien sûr que oui !

À présent, elle souriait franchement.

— Laisse-moi reformuler : comment t'appelles-tu ?

— Je m'appelle Johan Valdemar Löwenhult. Mais je préfère Johan. Et toi ?

— Je m'appelle Petra Rocklund. Je préfère Petra.

— Ravi de faire ta connaissance, Petra.

Johan leva son verre vide vers son invitée.

— Je n'irais pas jusque-là, répondit celle-ci.

Puis, enivrée et épuisée, la prophétesse se laissa glisser sur sa chaise et ferma les yeux.

Allait-elle s'endormir ? Johan commença à s'inquiéter. Il ne pouvait pas laisser Petra dehors, la nuit serait bien trop froide, même avec deux couvertures. Pas plus qu'il ne pouvait entraîner une femme quasi inconnue et assoupie dans le camping-car sans son accord.

— Petra ? Ohé !

Profonde inspiration.

— Tu ne peux pas… Petra ? Tu veux que je t'apprenne à faire les dattes au fromage ?

Aucun résultat.

— Petra !

Que faire ?

— Petra, *j'aime…*

Elle tressaillit. L'amour, ou plutôt son absence, semblait la toucher.

— Qui est-ce que tu aimes ?

— Les coins de rue.

Les paupières de Petra se soulevèrent.

— Comment peut-on aimer les coins de rue ?

Elle était revenue ! À présent, il s'agissait de ne plus la perdre.

— Aimer, c'est peut-être un grand mot, mais je les apprécie beaucoup. Cela date de l'époque où j'étais facteur. Ou peut-être avant. Lorsqu'on se tient au coin d'une rue, on regarde dans une direction, puis dans l'autre. On hésite. Laquelle choisir ? Comme si notre vie en dépendait. Il y a de la beauté là-dedans, c'est difficile à expliquer.

Son invitée ne semblait pas enchantée d'avoir été réveillée pour discuter de la poésie d'une intersection.

— Je parlais d'amour pour une personne.

Johan réfléchit de nouveau.

— Dans ce cas, je réponds Fredrik, mon frère. Il m'a appris tout ce que je sais.

Petra jeta un coup d'œil au camping-car.

— À conduire, par exemple ?

— Non, pas ça. Le moniteur de l'auto-école s'en est chargé, et il est devenu franchement désagréable vers la fin. Je ne suis pas seulement affligeant, maintenant que j'y pense, mais aussi nul en mécanique. Et toi ? Qui est ton grand amour ? Malte ?

Quand Petra songea à ses années de lycée, l'épuisement la submergea à nouveau. Elle referma les yeux.

— Non, non, s'il te plaît, Petra ! J'ai un bon lit d'appoint dans le camping-car. Viens, je te le prête.

Face à l'absence de réaction, il ajouta :

— J'ai peut-être même un crochet supplémentaire quelque part. On va le chercher ensemble.

Ça alors ! Petra ouvrit les yeux et se leva lentement. Elle laissa même sa nouvelle connaissance la soutenir pour grimper les quelques marches qui menaient au camping-car. Une fois à l'intérieur, ses derniers mots, avant de se rendormir tout habillée, furent :

— Je suis trop fatiguée pour me pendre maintenant. On fera ça demain.

4

Samedi 27 août 2011

Plus que 11 jours

La nappe de la veille au soir avait laissé place à une nouvelle. Au menu du petit déjeuner : petits pains frais et fromage de garde, saucisses, œufs brouillés à l'ail et aux tomates cerises rôties aux herbes, yaourt, granola et framboises.

Johan était en train de servir le jus d'orange fraîchement pressé quand Petra apparut à la porte du camping-car, les cheveux ébouriffés et les vêtements froissés.

— Où suis-je ? Et où est ma carav…

Elle s'interrompit en apercevant son hôte.

— Ah oui, c'est vrai.

— Bonjour ! Assieds-toi, je t'en prie. Café filtre ou cappuccino ?

La prophétesse se traîna jusqu'à la même chaise de camping que la veille, où elle s'assit lourdement. Elle observa la table du petit déjeuner.

— Tu es heureux dans la vie. Tu aimes faire le ménage, tu es un ancien facteur, tu te déplaces en camping-car alors que tu ne sais pas conduire, et tu cuisines comme… eh bien, je ne sais pas. C'est de l'ail que je sens ?

— Dans les œufs brouillés. Café filtre ou cappuccino ?

— Cappuccino, s'il te plaît.

— Il y a aussi du caviar de Kalix, mais ça ne collait pas avec ce que j'ai préparé, alors je pensais le garder pour plus tard. Mais si tu en veux… et si tu promets de ne pas te tuer aujourd'hui…

Petra n'avait pas encore les idées très claires.

— C'est ce que j'ai voulu faire hier ? Ah oui, je me souviens.

— Des circonstances heureuses et malheureuses t'en ont empêchée. Mange ton petit déjeuner, j'apporte le café. J'ai des nouvelles pour toi.

La jeune femme était trop somnolente et hébétée pour se révolter. Et trop affamée. Elle mangea en silence à l'exception d'un ou deux soupirs de satisfaction. Il lui fallut cinq minutes pour ouvrir la bouche pour autre chose que de la nourriture.

— Des nouvelles, tu disais ? Tu m'as trouvé une autre caravane ? Ou au moins un crochet ?

— Mieux ! J'ai retrouvé Malte.

Petra lâcha sa fourchette, qui atterrit dans la boue.

— Laisse, dit Johan en se levant. Je vais t'en chercher une propre.

— Assis !

Il reprit sa place comme un chien bien dressé.

— Tu as retrouvé Malte ? Comment as-tu fait ? Où est-il ?

Petra regarda autour d'elle.

— Pas ici. Mais bon, j'étais facteur, je te l'ai dit, non ? Ça n'a pas duré longtemps, mais j'ai suivi une formation pour l'occasion. Et puis Malte n'est pas un nom très courant. Associé à Magnusson, c'est carrément rare. Il n'y a dans toute la Suède qu'un seul Malte Magnusson ayant à peu près l'âge que je te donne. Il habite à quinze minutes d'ici. Peut-être vingt, si c'est moi qui conduis. Trente, si je me trompe de route.

Pendant une seconde, Petra se prit à rêver.

— Malte…

Puis la réalité la rattrapa.

— Qu'aurais-je à lui offrir ?

Pourtant, Johan ne baissa pas les bras.

— Dans onze jours, absolument rien. D'ici là, tu peux lui déclarer ta flamme. Ou bien te pendre. Mais pas dans mon camping-car. Et débrouille-toi toute seule pour le crochet.

Peut-être étaient-ce les œufs brouillés à l'ail. Peut-être le jus d'orange frais. Ou le cappuccino. Ou l'éternel désir d'amour de Petra, renforcé par la certitude que c'était maintenant ou jamais. Quoi qu'il en soit, elle se retrouva assise à côté de Johan dans son camping-car-restaurant de luxe, en route pour l'adresse où son béguin d'adolescente, Malte Magnusson, était censé vivre.

La prophétesse tenta de son mieux de lisser ses vêtements froissés et de démêler ses cheveux, tandis que Johan échouait à conduire en douceur. Ou simplement tout droit. Le véhicule tressautait, faisait des embardées et zigzaguait.

Au bout d'un moment, Johan remarqua que Petra se cramponnait à son siège.

— Tu préfères conduire ?

— Je n'ai pas le permis.

— Toi non plus ?

Pardon ?

— Est-ce que je suis en train de risquer ma vie dans un camping-car lancé à toute allure, conduit par un homme qui n'a pas le permis ?

Dans un virage, deux roues frôlèrent la bordure du trottoir. Après avoir retrouvé le contrôle du véhicule, Johan rappela à Petra qu'un accident de la route ne serait pas la fin du monde, quand on savait ce qu'elle avait tenté de s'infliger la veille.

— En plus, j'ai tout de même 200 heures de conduite derrière moi. Il doit bien m'en rester quelque chose.

Pas de permis au bout de 200 heures de cours ? La nullité était manifeste. Petra décida de s'en remettre à la chance. Au moins, le conducteur savait cuisiner.

— Je ne sais pas cuisiner, la corrigea Johan. Je trouve juste que c'est amusant.

Amusant, songea Petra. Un mot qui n'avait jamais eu de place dans sa vie.

— D'autres choses que tu trouves amusantes ?

Elle avait peut-être quelque chose à apprendre.

— Le ménage, dit Johan. Enfin, ce n'est pas la folie non plus. Mais ce n'est pas ce que je fais le plus mal. En fait, je ne sais pas si Fredrik s'en sortirait beaucoup mieux. Ce n'était jamais lui qui s'en chargeait.

Petra sourit à nouveau. Sans doute pour la troisième fois depuis que le crochet était tombé du plafond de sa caravane.

— En quoi es-tu le moins bon ?

Difficile à dire. En la matière, Johan avait l'embarras du choix. Peut-être penser, de manière générale ? Ou trouver. Voilà pourquoi sa carrière de facteur n'avait duré qu'une seule journée. Son patron avait ensuite invoqué le chômage technique, sans préavis.

— Tu n'as pas trouvé les boîtes aux lettres ?

Presque. Mais ce n'était pas tout à fait ça. Johan s'était effectivement trompé de chemin plusieurs fois sur son vélo. Certes, il s'était attardé un peu trop longtemps à un beau coin de rue. Mais les adresses figuraient sur les enveloppes, et il avait une carte sur lui. Non, le vrai problème s'était posé quand il avait fallu retourner au bureau de poste. Il n'avait pas l'adresse.

— Tu n'as pas trouvé le chemin du retour ?

— Si, au petit matin.

Ils durent interrompre leur conversation. Johan n'arrivait pas à se concentrer sur la route s'il bavardait. Et Petra avait besoin de se préparer à ce qui l'attendait. On était samedi matin. Si Malte habitait là où ils le présumaient, il avait de grandes chances d'être à la maison. Petra et lui ne s'étaient pas adressé la parole depuis ce « je t'en prie » quinze ans plus tôt, quand il avait ramassé son manuel. Elle n'était d'ailleurs pas certaine que cet incident puisse être considéré comme une conversation. Avait-elle seulement répondu ? Elle avait dû dire « merci », tout de même.

Elle réfléchit en silence à plusieurs phrases d'introduction. Aucune ne lui semblait faire l'affaire. L'idée de ces retrouvailles lui plaisait de moins en moins.

— Demi-tour ! s'écria-t-elle soudain. Je ne peux pas.

— Nous sommes arrivés, l'informa au même instant Johan, qui s'arrêta en enfonçant doucement la bonne pédale.

Malte habitait dans un pavillon de taille modeste, dans une banlieue assez reculée, mais c'était tout de même une maison individuelle avec un petit terrain. Il y avait une Honda Civic garée dans l'allée. Là encore, pas une grosse voiture, mais elle était neuve.

Le premier amour secret de Petra semblait du genre sportif. Il l'était déjà au lycée. Timide, intelligent et sportif. Peut-être jouait-il au golf et au base-ball, car une partie de la pelouse était aussi bien entretenue qu'un green, et Petra remarqua la présence de quelques fers, d'un putter et d'un sac de golf. Un filet avait été tendu entre la maison et un bouleau bien développé. Petra devina qu'il servait à Malte à intercepter les balles pour éviter de briser les fenêtres du voisinage. Sur un banc adossé à la façade, une batte de base-ball, trois balles et un gant.

Johan était rarement, voire jamais, aussi entreprenant. Tandis que Petra observait l'environnement, il alla cueillir des fleurs dans la plate-bande du voisin d'en face, lui tendit le bouquet et la poussa doucement vers la terrifiante porte d'entrée.

Elle avança lentement, hésitante, mais se retourna en entendant un cliquetis dans son dos.

— Qu'est-ce que tu fais ?

Johan avait redressé le sac de golf et ramassait maintenant les clubs.

— Je range. C'est plus fort que moi.

— Arrête, voyons !

Johan obtempéra, un fer encore à la main. Il le leva vers le ciel en un geste qui évoquait la victoire.

— Vive l'amour ! l'encouragea-t-il.

Mais Petra était une boule de nerfs.

— Il a sans doute une famille.

— Bah, en Suède, un couple sur deux divorce. Vas-y !

— C'est vrai ?

— J'en sais rien. Allez ! Tu ne vas pas rester plantée dans le jardin de Malte les onze derniers jours de ta vie.

Petra acquiesça nerveusement. Le nigaud de cuisinier qui aimait faire le ménage avait raison.

On entendit la sonnette retentir à l'intérieur. Ainsi qu'une voix.

— Tu réponds ? Je m'occupe de mes ongles.

Une voix de *femme* ! Mais il était trop tard pour reculer. La porte s'ouvrit.

Malte. Aussi mignon qu'avant. Les mêmes yeux bleus, le même regard gentil. Pas de sourire pour l'instant. Il semblait surpris.

— Oui ?

— Bonjour, Malte. Tu me reconnais ?

Avec ces quelques mots, elle en avait sans doute dit plus que pendant toute leur scolarité.

— Euh, je vous prie de m'excuser, mais... non. À moins que, attendez.

Visiblement, elle ne lui avait pas fait grande impression.

— Je suis Petra, du lycée.

Cette fois, elle eut droit à un sourire ! Et Malte lui posa la main sur l'épaule ! Pour la deuxième fois en quinze ans.

— Petra, dit-il dans un élan de chaleur. Tu étais mon premier…

Avant qu'il aille plus loin, la voix de femme l'interrompit.

— Qui c'est, Malte ? Réponds !

L'instant d'après, sa propriétaire vint se placer à côté de son compagnon. Elle regarda Petra, le bouquet de fleurs dans ses mains.

— Qu'est-ce qui se passe ? Tu dragues mon mec ?

Petra, le souffle coupé, resta muette de surprise. Victoria ! La persécutrice. La vulgaire, l'infâme Victoria. La petite copine de Malte !

Le jeune homme, l'air soudain inquiet, tenta de détendre l'atmosphère.

— Regarde, Vicky. C'est Petra Backlund, du lycée.

— Rocklund, corrigea Petra.

Avant de songer qu'il aurait tout de même pu retenir son nom si elle était vraiment son premier… son premier quoi d'ailleurs ?

Le visage de Victoria s'éclaira du même sourire mauvais qu'auparavant.

— La tarée ? Je vois, c'était après Malte que tu courais ! C'est vraiment la meilleure, celle-là.

Sans prévenir, elle arracha les fleurs des mains de Petra, les jeta par terre et les piétina comme un vulgaire mégot de cigarette.

— Enfin, Vicky…, protesta Malte, mal à l'aise.

Petra n'eut pas le temps de réagir : Victoria la poussa brutalement en arrière, la suivant en chaussettes dans le jardin. Cela en valait la peine : aujourd'hui, la tarée allait être remise à sa place une bonne fois pour toutes.

Malte, planté sur le seuil, sentait renaître les sentiments d'autrefois, tout en essayant encore de calmer le jeu.

— Arrête, Vicky. Ce n'est rien de grave. Elle ne pense pas à mal…

Malheureusement, Victoria était lancée. Une autre bourrade. Et encore une. Petra finit par tomber à la renverse et tenta de se sauver à quatre pattes.

À cet instant, Victoria remarqua la présence de Johan, qui se cachait à moitié derrière son tout nouveau jouet, la Honda argentée.

— Et toi, t'es qui ? Qu'est-ce que tu fous à côté de ma voiture ? Je te préviens, n'essaie même pas de la toucher !

Johan, affolé de voir dans quelle situation il avait mis Petra, parvint à balbutier :

— Tu… tu l'as bousculée !

Victoria éclata d'un rire aussi effrayant que le précédent.

— Je peux faire encore mieux, si tu veux savoir.

Sur ces mots, elle décocha un coup de pied à Petra, encore à terre et sans défense. D'abord du droit, puis du gauche. Pas vraiment fort, simplement pour montrer qui avait le dessus.

Johan passa de la panique au court-circuit. Ou aux deux à la fois.

— Arrête ! cria-t-il.

Et, joignant le geste à la parole, il abattit le fer 7 de Malte sur le capot de la Honda argentée.

— Non ! lança Malte, sans quitter le seuil.

Petra resta à genoux tandis que Victoria se ruait vers l'inconnu. L'humiliation aurait dû être totale pour la prophétesse, mais au lieu de cela une question germa dans son esprit. *Le premier quoi de Malte ?*

Bien que terrorisé, Johan parvint, par un rapide jeu de jambes, à maintenir la Honda entre lui et une Victoria enragée. Après le capot, le toit. Portière arrière droite. Lunette arrière. Portière arrière gauche. Retour vers la portière arrière droite (quand Victoria changea de sens).

— Je vais te massacrer ! hurla-t-elle.

Pendant ce temps, Petra se releva et épousseta l'herbe et la terre sur son pull et son pantalon. Elle s'assura que Johan n'était pas en détresse – la Honda Civic de plus en plus cabossée faisait toujours office de bouclier contre Victoria –, puis elle se tourna vers Malte.

— Ton premier quoi ? demanda-t-elle d'une voix ferme.

— Hein ?

Il avait du mal à se concentrer en même temps sur Petra et sur sa petite copine qui galopait autour de la voiture.

— Tu as dit que j'étais ton premier quelque chose.

— J'ai dit ça ?

Le jeune homme aurait dû mettre un terme aux hostilités qui se jouaient dans l'allée, mais quelque chose le retint. Ce n'était pas seulement parce qu'on ne pouvait pas discuter avec Vicky. Peut-être était-ce un peu à cause de la satisfaction qu'il éprouvait chaque fois que l'ami de Petra frappait un endroit encore intact du véhicule. Qu'il n'avait même pas le droit d'emprunter.

Petra se sentait calme, au milieu du chaos.

— Vous passez des soirées agréables, Vicky et toi ? poursuivit-elle tandis que la petite copine de Malte, les joues écarlates, tentait maintenant d'atteindre Johan en grimpant sur le capot.

— Agréables ? répéta Malte.

Petra songea qu'il n'était pas beaucoup plus dégourdi que quinze ans plus tôt. Comme la situation aurait pu être différente – exception faite de la fin du monde –, si Malte avait réussi à prononcer le mot venant après « premier » il y a longtemps, quand il avait encore un sens.

Le calme de la prophétesse se mua en détermination. Il était temps d'intercepter la petite copine de Malte avant qu'elle attrape Johan. Elle se dirigea vers son ancienne camarade – qui avait été tout sauf sa camarade –, attrapant au passage la batte de base-ball posée sur le banc, et attira son attention en lui administrant un léger coup sur le derrière.

— Aïe ! s'écria Victoria, plus d'étonnement que de douleur.

Elle glissa du capot, se retourna, et se retrouva nez à nez avec Petra. La tarée soutenait-elle son regard pour la première fois ? Que se passait-il ?

Petra posa tranquillement la batte sur son épaule et referma les deux mains sur le manche.

Victoria ne remarqua pas sa sérénité. Leurs années de lycée défilèrent devant ses yeux. Trois ans, condensés en trois secondes. Les filles n'avaient sans doute pas été… comment dire… sympas avec… comment elle s'appelait, déjà ? Petra. S'apprêtait-elle à leur rendre la pareille ?

L'ancienne victime sourit gentiment à son ancienne persécutrice.

— Tu sais ce que je pense, Vicky ?

L'astrophysicienne autodidacte se sentait si bien qu'elle se demanda quelle pouvait être la densité de l'air en cet instant précis. Même Johan parvint à se calmer. Le rétroviseur droit, toujours intact, se trouvait à sa portée, mais il se retint, attendant la suite.

— Non, hésita Victoria. Qu'est-ce que tu penses ? Que tu vas encore me frapper avec cette batte de base-ball ?

Ce n'était pas une mauvaise idée, après tout. Le premier coup avait été étonnamment satisfaisant.

— Non. La violence, c'est plutôt ton style. C'est souvent comme ça quand les mots ne suffisent pas. Et tu en étais souvent à court, si je me souviens bien.

Moi aussi, songea Johan. Il eut soudain honte de s'être défoulé sur la voiture de Victoria. Il décida de laisser le rétroviseur droit tranquille.

La déclaration inachevée de Malte avait conféré de nouvelles forces à Petra.

— Je viens d'apprendre qu'à l'époque où l'on était dans la même classe j'étais le premier quelque chose de ton copain. J'ai une petite idée sur la question.

Victoria, encore folle de rage quelques instants plus tôt, ne quittait pas des yeux la batte de base-ball.

— Et maintenant, tu penses... ?

— Que je vais me rappeler de toi comme d'un bouche-trou aussi souvent que possible, ces onze prochains jours. Ou bien comme d'une roue de secours. Je n'ai pas encore décidé. Qu'est-ce que tu en dis, Malte ?

Malte, en chaussettes sur le seuil de la maison qu'il partageait avec Victoria, songeait *Pourquoi onze jours ?*

Mais le moment était venu de prononcer des mots qui comptent.

— Amour. Pour répondre à ta question, précisa-t-il. Premier amour. Seulement, nous avons terminé le lycée et nous nous sommes perdus de vue avant que j'aie réussi à te…

Victoria, pourtant toujours inquiète à cause de la batte de base-ball, était à présent ébahie par ce que racontait sa mauviette de copain.

— Vicky et moi, on a traîné au même centre de jeunesse, cet été-là… Et… non, ce ne serait pas juste de la traiter de bouche-trou. Enfin… je ne sais pas. On a fait de bonnes parties de flipper. Elle donnait l'impression de s'intéresser à moi, et qui d'autre le faisait ? Pour de vrai, je veux dire.

— Moi, espèce d'idiot.

Les paroles étaient dures, mais l'intonation, tendre. Malte l'avait désirée, mais n'avait pas osé. Résultat des courses, il avait fini avec Victoria, à cause d'un flipper. Bien en deçà de sa valeur. Une valeur dont il n'avait pas du tout conscience.

La prophétesse de l'apocalypse savourait le moment. C'est fou le bien que pouvait faire une confirmation combinée à un coup de batte bien mérité sur un derrière. Le sentiment se propagea à Johan, derrière la voiture. Il hocha la tête en regardant Malte, comme un salut d'un idiot à un autre.

Victoria s'efforçait de réfléchir. La tarée devant elle ne semblait plus être une tarée, mais… le premier amour de son copain. Malte la chiffe molle qui avait toujours obéi à ses moindres volontés et, dans l'ensemble, était plutôt décoratif. Malte qui venait quasiment d'admettre que Victoria avait été une roue de secours ! Sans oublier la batte de base-ball. Même si Petra n'avait pas l'intention de l'utiliser. N'est-ce pas ?

— Je crois que je vais retourner m'occuper de mes ongles.

C'était sans doute préférable.

— Vas-y, dit Petra du ton de l'enseignante qui autorise une élève à aller aux toilettes. Mais d'abord, aurais-tu la politesse de me remercier d'avoir fait tes devoirs trois ans d'affilée ?

Petra s'impressionnait elle-même. Quand elle jeta un coup d'œil en biais à Malte, il lui sembla tout aussi admiratif.

— Merci... beaucoup, lâcha Victoria.

L'ancienne persécutrice regagna la maison à petits pas rapides, les yeux baissés. Son copain ne chercha pas à la retenir. À présent, Petra était aux commandes.

— Malte, je suis navrée par ton choix de partenaire. Toi et moi devrons nous marier dans une prochaine vie et sur une autre planète. Johan, je crois qu'on en a fini ici. C'est gentil de ta part d'avoir épargné la portière avant gauche. Viens, on y va.

— Et un rétroviseur, ajouta Johan.

Alors qu'ils retournaient vers le camping-car, Malte se décida à faire quelques pas dans le jardin.

— Ça m'a fait plaisir de te revoir après toutes ces années, Petra. Donne-moi de tes nouvelles si tu veux. Et quand tu veux ! *Quand tu veux !*

Il semblait sincère. Mais quand même, entamer une relation éclair avec un homme dont la petite copine se vernissait les ongles dans leur maison ? En onze jours, il aurait le temps de quitter Victoria, d'emmener Petra au cinéma, au restaurant, de se promener main dans la main avec elle au bord de l'eau. Puis il y aurait un baiser, sûrement maladroit. Des deux côtés. Tout ça, et un peu plus de préférence, en l'espace d'une semaine et demie.

Non, elle était amplement satisfaite que Malte sache enfin ce qu'elle ressentait à l'époque. Et, surtout, de savoir ce qu'il ressentait.

— Merci, mais certains détails atmosphériques sont contre nous. Je vais me contenter de t'emprunter ta batte de base-ball.

Petra n'en était pas moins contente.

Attendez un peu. Contente ?

Oui.

Pour la première fois de sa vie.

5

Samedi 27 août 2011

Plus que 11 jours

Johan était si bouleversé par ce qui venait de se passer qu'il en oublia de mal conduire. Le trajet retour se déroula en douceur et presque selon les règles du code de la route.

Il avait traîné Petra chez son grand Amour dans une tentative stupide de donner un sens à sa vie, mais l'horrible Victoria avait déjà resserré ses griffes sur Malte et il n'avait fait qu'aggraver la situation.

— Je suis désolé, Petra, risqua-t-il. Je ne pouvais pas savoir. Pardonne-moi ! Et, s'il te plaît… Ne te suicide pas. Ne fais pas ça.

La jeune femme, la batte de base-ball en travers des genoux, faillit éclater de rire en le voyant si inquiet.

— Pourquoi ferais-je une chose pareille ? Merci pour ton aide, mon joli ! Victoria va avoir de quoi ruminer en finissant de se vernir les ongles. Et qui aurait cru que tu étais si doué au golf ?

Elle alluma la radio et changea de station jusqu'à ce qu'elle trouve une mélodie entraînante. Elle ne connaissait pas les paroles, mais elle fredonna sur la musique, battant le rythme du plat de la main sur la batte de base-ball.

— Dam di dam… la viiiiieeee !

Quelques instants plus tard, Johan l'accompagnait de son mieux.

— … la viiiiieeee.

Petra était en bonne voie de devenir le point d'ancrage dont avait été privé Johan après le départ de son frère. Quand les dernières notes se turent, il eut même le courage de le lui dire.

— C'est un gentil compliment, le remercia-t-elle. Depuis combien de temps es-tu seul ?

Johan regarda sa montre. Cela faisait maintenant plusieurs années qu'il savait s'en servir.

— Vingt-deux heures.

Petra aurait dit plus. Elle expliqua qu'elle n'était pas certaine de pouvoir combler ce vide, mais que si elle y parvenait, tous deux pourraient se réjouir d'avoir laissé la solitude derrière eux. Elle voulait en savoir plus sur son sauveur et chauffeur, mais chaque chose en son temps. Il leur restait onze jours, son suicide était annulé et elle ne possédait rien de plus que les vêtements qu'elle portait. Avant toute chose, elle devait faire quelques emplettes.

Johan craignait de dire ou de faire quelque chose qui réveillerait les envies funestes de Petra, mais il avait aussi besoin de comprendre : la bonne humeur de sa nouvelle amie allait-elle durer ?

— Jusqu'à la fin des temps, c'est promis ! répondit Petra.

Bonne nouvelle. Johan avait-il raison de croire que les mots d'adieux de Malte y étaient pour quelque chose ? Et dans ce cas, pouvait-elle lui en dire plus ?

La prophétesse acquiesça. Malte, Victoria, Galilée, le club de golf et la batte de base-ball. Tout cela réuni. Ça aurait dû être son tour d'interroger son compagnon, mais soit. Après tout, ils avaient encore onze jours.

Voyant que Petra s'apprêtait à poursuivre, Johan se retint de l'interroger sur le mot, en milieu de phrase, qu'il ne comprenait pas.

La jeune femme expliqua d'abord qu'elle n'avait pas eu le temps de soumettre ses émotions récentes à une analyse plus scientifique. Tout était si nouveau pour elle. Mais, sans l'ombre d'un doute, l'échange dans le jardin de Malte avait ravivé les souvenirs de son adolescence, époque à laquelle elle avait rencontré Galilée.

Voilà que cela recommençait, au grand dam de Johan.

— Qui ?

— Le premier et plus grand astronome du monde.

— Et tu le connais ? Incroyable !

Petra ne pouvait pas exactement affirmer qu'elle était amie avec Galilée. Après tout, elle n'avait pas d'amis, et l'homme était mort vers la fin de la guerre de Trente Ans. En revanche, elle avait beaucoup lu sur ses malheurs. Il criait des vérités que nul ne voulait entendre, avait prouvé qu'Aristote se trompait, s'était mis des comtes et des barons à dos, et avait été obligé d'abjurer devant le pape pour avoir affirmé que la Terre n'était pas le centre de l'univers.

Johan ne connaissait pas les dates de la guerre de Trente Ans, mais il avait une petite idée de sa durée. Il laissa de côté cette question, préférant celle de la position de la Terre.

— Ah bon, la Terre n'est pas le centre de l'univers ?

— Non.

La trentenaire solitaire se sentait solidaire du grand astronome. Comme lui, nul ne la comprenait. Il en avait été ainsi depuis ses débuts, et ce jusqu'à ce que les petits papes de l'Académie royale des sciences refusent de l'écouter, la mettent à la porte et appellent la police.

— Le temps passe, mais les papes demeurent, déclama Petra.

Alors, quelle était sa mission sur cette Terre, s'était-elle demandé, quand personne ne la prenait au sérieux et qu'aucun amour ne l'attendait ?

D'où le crochet dans la caravane. Puis la maladresse monumentale de Johan derrière un volant. Et tous les événements qui avaient suivi, jusqu'à la visite à Malte.

C'était là, assise dans l'herbe, qu'elle avait assimilé ses paroles. Elle avait été son premier… quelque chose.

En fin de compte, l'Église avait présenté des excuses à Galilée, ce qui aurait sans doute soulagé son sentiment de solitude et d'incompréhension, s'il n'avait pas été mort depuis trois cent cinquante ans.

C'était loin d'être le cas de Petra ! Elle avait obtenu la confirmation qu'elle attendait de son vivant ! Il ne lui restait que onze jours pour en profiter, mais c'était déjà ça ! Elle n'était pas aussi seule qu'elle le croyait. Malte était à son côté contre le monde entier ! Mal aimés et incompris de tous, sauf l'un de l'autre !

Elle était son premier amour ! Et il était le sien. Seules leur timidité commune, des circonstances fâcheuses et une partie de flipper les avaient empêchés de nouer une idylle durant leur adolescence. À présent, plus rien ne leur barrait la route, en dehors de la fin des temps.

— Et il n'y a pas moyen de la reporter ? suggéra Johan.

Non, mais qu'on se le dise, le jour J ne serait pas comme les autres. Après, au moins, tous leurs soucis seraient finis.

— Hmm, fit Johan.

Si Petra était contente, alors lui aussi. Mais qu'avait-elle prévu, pour les jours à venir, maintenant que le crochet était de l'histoire ancienne ?

La prophétesse hésitait encore.

Sa sérénité n'était pas seulement née de la conscience d'avoir été aimée. Elle était aussi parvenue à réécrire la tragique période du lycée. Le léger coup de batte de base-ball sur le derrière de Victoria n'était pas innocent non plus. Alors que Malte n'existait qu'en un seul exemplaire, le monde grouillait de filles comme elle.

— Je devrais peut-être me mettre à leur recherche et combattre d'autres injustices, lança-t-elle.

— Bonne idée, approuva Johan. Comment ça ?

Petra réfléchit tout haut.

— Sans doute avons-nous tous, dans nos vies, des événements, des rencontres et des relations qui méritent d'être considérés sous un jour nouveau, non ?

— Oui, répondit Johan, en se demandant : nous *tous ?*

— Des comptes à régler. Comme aujourd'hui. Il m'aura fallu quinze ans, mais Victoria m'a enfin remerciée pour le soutien scolaire.

Ce qui vint à l'esprit de Johan, ce furent les 200 heures de conduite sans permis à l'arrivée. Serait-il toutefois juste de démolir la voiture de l'auto-école à coups de club de golf, dix ans après le fiasco ? De tanner l'arrière-train du moniteur avec une batte de base-ball ? Ou même seulement de lui remonter les bretelles ? Après tout, ce n'était pas lui qui avait invariablement pris les ronds-points à contresens.

— Je voudrais bien revivre les émotions d'aujourd'hui un maximum de fois avant qu'il soit trop tard, reprit Petra. Regarder en arrière et régler ce qui doit l'être. Ensuite, je pourrai accueillir l'apocalypse à bras ouverts.

Elle demanda alors à Johan s'il voulait l'accompagner dans son périple.

Absolument. Par où voulait-elle commencer ?

La prophétesse n'avait pas eu le temps de pousser la réflexion jusque-là. Mais, avec un peu de planification et d'efficacité, ils pourraient sans doute effectuer une rencontre par jour, donc un total de 11.

— Plus Victoria, lui rappela Johan.

— Plus Victoria. Ce qui nous fera une douzaine toute ronde.

Johan était sur le point d'avouer qu'il n'avait pas de comptes à régler pour contribuer à l'effort de guerre, quand il aperçut un large panneau publicitaire arborant une flèche vers la droite : « Quatre-vingt-dix boutiques sous le même toit ».

— Ça fera l'affaire pour les emplettes ? dit-il en tendant l'index.

Quatre-vingt-dix boutiques, cela devrait suffire. Petra avait besoin de vêtements et d'une brosse à dents. Johan pensait en profiter pour remplir le frigo et le placard du camping-car, le nombre de bouches à nourrir ayant doublé en une journée.

Petra, consciente qu'il était incapable de se garer correctement, lui demanda de s'arrêter en travers, devant l'entrée principale. Quand ils ressortirent, ils avaient écopé d'une amende de 900 couronnes à payer dans un délai de quatorze jours.

— Bonne chance pour ça, lança Petra en roulant la contravention en boule.

Le droit d'accès à la nature est une particularité suédoise. N'importe qui a le droit de s'installer n'importe où pendant un moment plus ou moins long, à condition qu'il ne s'agisse pas d'un jardin privé ou d'un pâturage. Vu qu'il y a de l'eau presque partout dans et autour de Stockholm, la prophétesse et l'homme aux médiocres talents n'eurent donc pas besoin de chercher longtemps pour trouver un coin nettement plus agréable pour s'installer que le terrain de camping de Fisksätra.

Ils dressèrent à nouveau leur table à côté du camping-car, et purent profiter d'une vue sur les eaux sombres du lac Mälar, sous le soleil de la fin d'après-midi. Après une petite tarte flambée au saumon fumé, oignons rouges confits et crème fraîche au citron, Johan apporta deux autres hors-d'œuvre de la mer. Il veillait à ne jamais tomber dans le traditionnel. Les coquilles Saint-Jacques garnies du reste de caviar de Kalix furent ainsi suivies de la bisque de homard la plus savoureuse qu'il ait jamais cuisinée. Si exquise que Fredrik aurait presque été satisfait. Ou pas.

Côté vins, il leur servit d'abord un champagne, puis un riesling allemand et un bourgogne blanc.

Petra fut enchantée par ces délices.

— Tu es incroyable ! Dire que tu as préparé tout ça dans un camping-car ! Tu as d'autres talents dont nous pourrions tirer parti ? Et ne me réponds pas le ménage !

Johan avait à nouveau le sentiment d'être la moitié d'un « nous », quelque chose qu'il n'avait plus ressenti depuis le départ de son frère. Peut-être était-ce même mieux ? Quelle surprise que Petra souhaite sa compagnie pour aller redresser des torts, combattre des injustices...

Cependant, que pourrait-il faire qu'elle ne sache faire elle-même ? Sa carrière de facteur n'avait rien eu de bien glorieux. Le reste non plus, d'ailleurs. Autant dire les choses comme elles étaient.

— On dirait que tu as déjà deviné. Dans le cas contraire, je vais te l'apprendre : le fait est que je suis un imbécile. Ou un nigaud. Ou un cas désespéré. Un peu des trois.

Avant que Petra ait le temps de prononcer des paroles réconfortantes, Johan eut une illumination :

— Je sais ! Je connais 80 films américains par cœur.

La prophétesse n'était pas sûre d'avoir bien entendu.

— Qu'est-ce que tu racontes ? Impossible.

L'idiot autoproclamé se dépêcha de prouver ses dires :

— *You talking to me? Well, who the hell else are you talking to? Are you talking to me? Well, I'm the only one here*[1].

Une pause artistique. Avant d'ajouter :

— *Taxi Driver.*

Petra éclata de rire, manquant de lâcher son verre. Johan tendit le doigt vers le vin :

— *That's a pretty fucking good milkshake. I don't know if it's worth five dollars, but it's pretty fucking good*[2].

Petra annonça elle-même le titre du film – *Pulp Fiction* – avant de dire qu'elle commençait à le croire. Toutefois, Johan en avait encore sous le pied :

— *Frankly, my dear, I don't give a damn*[3]. Ça remonte un peu, mais *Autant en emporte le vent* n'en reste pas moins un classique parmi les classiques.

— Bientôt, on en sera tous là vu ce qui nous attend, dit Petra.

Son nouvel ami n'avait rien d'un idiot incurable. Certes, il ne savait toujours pas conduire malgré un nombre incalculable de leçons et il ignorait que la Terre tourne autour du Soleil. Mais c'était un cuisinier hors pair.

Comment pouvait-on être si inégalement doué ?

— Je peux te demander quelles notes tu avais à l'école ? demanda Petra.

---

1. « C'est à moi que tu parles ?? C'est à moi que tu parles ?? Alors, à qui est-ce que tu parles ? T'en vois un autre ici ? »

2. « Nom de Dieu ! Mais c'est vrai qu'il est extra, ce milkshake ! Ça fait cher le litre, mais putain, c'est vrai qu'il est délicieux. »

3. « Franchement, ma chère, c'est le cadet de mes soucis. »

— Oui, bien sûr.

— Quelles notes tu avais à l'école ?

— 20 en anglais, 0 dans toutes les autres matières. Sauf en menuiserie, parce qu'on ne m'a jamais laissé en faire.

Petra faillit demander pourquoi, mais elle était trop intriguée par cette histoire de films. Le fait que Johan en ait appris 80 par cœur ne semblait plus si absurde.

— Je n'avais pas grand-chose d'autre à faire après l'école.

— Pas d'amis ?

Johan ne répondit pas immédiatement. Il avait eu des camarades de classe, bien sûr. Qui avaient rarement les mêmes distractions que lui.

— À quoi voulaient-ils jouer ?

— Au lancer d'œufs.

— En quoi ça consistait ?

— Tout le monde apportait des œufs à l'école, sauf moi. Puis ils me les lançaient dessus.

Petra fit remarquer que cela lui évoquait plus du harcèlement qu'un jeu.

— Tu crois ? demanda Johan.

Son enfance ne semblait pas très différente de celle de la prophétesse. Habitait-il aussi un 2-pièces exigu en banlieue avec un père alcoolique et une mère dépressive ?

Non, son frère aîné et lui avaient grandi sur Strandvägen, en plein centre-ville.

— Strandvägen ? La rue la plus chère de Suède ?

Une rue avait-elle un prix ? songea Johan. Il n'était pas sûr, mais sa brève carrière de facteur lui avait appris qu'une seule rue portait ce nom dans la capitale. Peut-être y en avait-il d'autres dans les faubourgs.

— Et vous aviez plus que deux pièces, pas vrai ?

— Douze pièces et un cagibi.

Cette fois, Petra n'en crut pas ses oreilles. Quel genre de personnes habitaient un 12-pièces-cagibi sur Strandvägen, à Stockholm ?

— Moi, répondit Johan. J'avais le cagibi. Maman et Fredrik aimaient s'étaler. À l'époque où elle arrivait encore à quitter son lit.

— Et votre père ?

— Il rentrait rarement. Sauf pour l'enterrement de maman, et ça n'est arrivé qu'une fois.

Petra ne savait pas par où commencer. Qui était leur père et pourquoi n'était-il jamais là ?

Johan expliqua qu'il était ce qu'on appelait un ambassadeur. Ces gens voyagent beaucoup, en particulier à l'étranger. À présent retraité, il vivait quelque part à… eh bien, quelque part. En tout cas, il avait cédé l'appartement à ses fils à la mort de leur mère.

— Elle vous a quittés tôt ?

— Non, en fin d'après-midi. J'étais rentré de l'école, et j'avais déjà fait le ménage et la cuisine.

Il fallait choisir ses mots avec soin quand on discutait avec Johan. Restait une question : comment le 12-pièces-cagibi s'était-il changé en camping-car ? Pas plus tard que la veille, en outre.

— Beaucoup verraient cela comme un déclassement.

— Comment ça ? s'étonna Johan. Mon frère est parti à Rome. Qu'est-ce que je ferais tout seul dans un

12-pièces-cagibi ? Fredrik ne peut pas rentrer d'Espagne tous les soirs juste pour dormir.

Petra l'informa que Rome se trouvait en Italie, mais reconnut aussi que cela faisait plutôt loin.

Pour en revenir à l'appartement, Fredrik l'avait-il vendu et remplacé par un camping-car acheté avec l'argent du 12-pièces-cagibi ? Dans ce cas, un dédommagement de 40 camping-cars aurait été plus réglo. Cependant, elle n'avait pas besoin de tout savoir, là, tout de suite. Après tout, ils avaient encore une dizaine de jours devant eux, aussi n'insista-t-elle pas quand Johan changea de sujet. Il voulait répondre à sa question concernant d'éventuels comptes à régler, maintenant qu'il avait eu le temps d'y réfléchir.

La curiosité de Petra fut piquée au vif. En avait-il ?

— Non.

Toutefois, qu'elle se rassure, il prenait le problème très au sérieux. Il avait passé en revue son existence entière, les rencontres faites en cours de route. Son cher Fredrik, bien sûr. Le moniteur d'auto-école. Le chef du bureau de poste qui l'avait mis à la porte.

Petra jugea qu'il n'y avait pas lieu de creuser plus loin dans le cas de son licenciement vu que l'employé n'avait pas su retrouver son lieu de travail. Quant au moniteur, lui non plus n'avait pas eu la tâche facile.

— Quelle est la plus grande qualité de Fredrik ? demanda-t-elle insidieusement.

Johan ne pouvait pas vraiment se prononcer. Peut-être le fait qu'il savait tout, s'occupait de tout.

— Comme de la vente du 12-pièces ?

— Oui, et du cagibi aussi.

— Comment vous êtes-vous partagé l'argent ?

— Qu'est-ce que tu veux dire ?

Petra en resta là. Fredrik semblait être l'idole de Johan. Elle n'avait pas le droit de détruire cette image alors qu'il ne leur restait que onze jours. Dans d'autres circonstances, une explication entre les deux frères n'aurait pas été du luxe. Si possible avec Petra en spectatrice, la batte de base-ball sur l'épaule. Cette méthode avait déjà fait ses preuves.

Johan, qui n'avait pas relevé son silence, demanda à Petra qui serait le prochain sur la liste. Une autre Victoria ? Ou ce pape qui n'avait pas été gentil avec son ami ?

Oui, de qui allait-elle s'occuper ? En plus de trente ans de vie, Petra avait tantôt courbé l'échine, tantôt disparu dans l'ombre, même si en quelques occasions isolées elle avait tenté de s'affirmer. Elle ne se souvenait d'aucun jour ayant commencé ou fini mieux que la veille, elle-même tout aussi déplorable que la journée précédente, et ainsi de suite jusqu'à l'haleine alcoolisée de son père lui annonçant, lorsqu'elle avait 6 ans, avoir oublié dans le bus le déguisement qu'elle devait porter le lendemain à l'école. Et qui, à la place, lui avait barbouillé le visage d'huile de moteur, enfilé un tee-shirt noir sale qui lui tombait jusqu'aux chevilles, et l'avait envoyée là-bas en ramoneur au lieu de princesse.

Petra raconta tout ça à Johan.

— C'est donc par lui qu'on commence ?

— Malheureusement non. L'alcool lui a déjà réglé son compte il y a longtemps. Il est aussi mort que le pape de Galilée.

Elle continua à fouiller dans sa vie. Les années de lycée offraient plusieurs alternatives en plus de Victoria, mais cela ne lui semblait pas être la bonne manière d'aborder le problème. Le pire spécimen avait pris pour les autres.

Et si son candidat le plus sérieux remontait à l'époque de sa formation d'enseignante ? De nombreuses années plus tard, elle était encore rongée par le traitement que lui avait infligé le directeur de son cursus, alors qu'elle n'opposait aucune résistance. Avec les meilleures intentions du monde et par égard pour ses camarades de promo, Petra avait juste affiché des avertissements sur le risque que l'astéroïde 2002 NT7 puisse entrer en collision avec la Terre. Le directeur Carlshamre l'avait convoquée dans son bureau pour lui hurler dessus.

— Parce que tu avais accroché un papier au mur ?

— Quatre-vingts. Quand on a un message important à faire passer, il ne faut pas mégoter.

— Un astéroïde se dirige vers la Terre ? s'inquiéta Johan.

Petra précisa que l'événement ne se produirait pas avant 2019.

— Et la Terre ne peut être détruite plus d'une fois durant la même décennie.

Johan se dit que, de toute façon, la Terre ne serait sûrement pas détruite plus d'une fois, peu importe la décennie, mais il avait quand même un doute.

— Qu'a dit le directeur quand il t'a convoquée ?

— Que le risque était « négligeable ».

— Et c'est vrai ?

— Une chance sur 5 millions. Mais la façon dont il l'a dit ! Et il m'a obligée à décrocher toutes mes affiches.

Peu après l'incident, Carlshamre avait de surcroît été à deux doigts d'exclure Petra, parce qu'elle avait utilisé son papier à lettres pour inviter Neil Armstrong à la fête de Noël de l'institut de formation.

— Neil qui ?

— Armstrong. L'astronaute le plus célèbre du monde.

— Comme Galilée ?

— Il était astronome.

Petra employait beaucoup de mots difficiles, comme Fredrik. Le dernier en date avait d'ailleurs été prononcé devant l'aéroport, quand Johan avait dû batailler pour ouvrir sa portière.

— Qu'est-ce que ça veut dire « décérébré » ? demanda-t-il.

— Idiot, le renseigna Petra. Pourquoi ?

— Pour rien. Revenons-en à Carlshamre, s'il te plaît. Il t'a renvoyée de la formation ?

Non, Petra avait échappé à l'expulsion parce que, à la même époque, le directeur avait quitté son poste. Snob comme il était, il avait accepté avec gratitude les fonctions de maréchal de la cour du roi.

Astronaute, astronome, maréchal de la cour… Les mots n'en finissaient pas.

Petra avait encore beaucoup à dire sur Carlshamre, mais Johan s'excusa. La cuisine l'appelait. Les trois hors-d'œuvre étant digérés, il était temps de passer à la suite.

— Le dîner sera servi dans deux heures. Apéritif dans une heure quarante, annonça-t-il avant de disparaître dans le camping-car.

La prophétesse demeura seule avec ses pensées. Le crime majeur du directeur était d'avoir hurlé sur une Petra qui essuyait ses remontrances en silence. Peut-être qu'il suffirait que ce soit *elle* qui prenne la parole lors de leur prochaine entrevue ? Et qu'elle dise en substance :

« Bonjour, Carlshamre. On dirait que tu n'as pas perdu beaucoup de poids depuis la dernière fois. Ni gagné de centimètres. Je suis venue t'avouer que je n'ai enlevé que 79 de mes affiches, il y a toutes ces années. La quatre-vingtième est encore accrochée dans les toilettes des dames. »

Peut-être bafouillerait-il grosso modo qu'il ne situait ni Petra ni l'incident. Elle veillerait alors à l'interrompre avant qu'il prenne les rênes de la conversation.

« À ce propos, le risque d'être heurtés par un astéroïde n'est plus seulement négligeable. Dans une bonne semaine, tu vas être transformé en glace, comme tout le monde. Enfile un gros manteau si tu crois que ça fera une différence. Maintenant, j'ai mieux à faire. Passe le bonjour au roi. »

Trop jubilatoire ? Ou juste ce qu'il faut de désagréable et condescendant ? Elle allait y réfléchir. Elle avait aussi la batte de base-ball à disposition si la situation l'exigeait.

Avant tout, elle rêvait d'un monologue ! Comme ce jour-là, dans le bureau du directeur, mais en inversant les rôles.

La prophétesse était plus que satisfaite des récents événements. La blessure du lycée avait cicatrisé, comme le feraient les éraflures laissées par les quatre douloureuses années de sa formation d'enseignante. En outre, Johan revenait avec l'apéritif.

— Whisky sour. Des saveurs bien équilibrées, si tu veux mon avis, mais tu ne le veux peut-être pas.

Il tendit un verre à Petra, qui fit remarquer que le cocktail tenait plus d'une œuvre d'art que d'une simple boisson.

— Merci. J'ai bien séparé les couches, je ne sais pas trop pourquoi. Parfois, quand je suis dans ma cuisine, je laisse faire le destin. À quoi on trinque ?

— À la santé du maréchal de la cour Carlshamre, dit Petra en levant son verre.

Pour Johan, pas de doute : Petra tenait là un sérieux candidat. Enfin, s'ils le trouvaient. Selon elle, cela ne poserait pas de difficulté. Un maréchal de la cour résidait sans doute au même endroit que le roi.

— Et où réside le roi ? demanda Johan.

— Dans son château, si tu me permets une hypothèse.

À ces mots, Petra se rappela la profonde humiliation qu'elle avait récemment subie à l'Académie royale des sciences. Après Carlshamre, peut-être pourraient-ils creuser dans cette direction. Quel plaisir ce serait de tenir des propos bien sentis à une poignée de vieillards séniles et de leur tendre ses calculs précisant la date et l'heure de la fin du monde, avec un « Lisez, et fermez-la ! ».

— Malheureusement, le concierge va sans doute nous refouler à l'entrée de l'Académie. Large comme une armoire à glace et hermétique aux arguments. Va savoir s'il saurait seulement épeler « apocalypse »...

— Avec un *i* ou un *y* ? s'enquit Johan.

— On s'en fout. Pour en revenir à l'Académie *royale* des sciences, nous allons voir le roi, pas vrai ?

Bien sûr, ce n'était pas Sa Majesté qui avait ignoré ses e-mails, appelé la police et l'avait expulsée de l'Académie quand elle était venue pour essayer de s'expliquer.

— Mais en prêtant son nom à l'institution, il protège ce ramassis de rétrogrades. Un peu comme la noblesse pontificale à l'époque de Galilée.

Petra se demanda si le grand patron de l'Académie ne méritait pas également une ou deux phrases bien senties, si jamais il était dans les parages quand ils trouveraient Carlshamre. Un bémol toutefois : Petra et le roi n'avaient pas vraiment de comptes à régler.

— Tu pourrais toujours lui donner une claque, suggéra Johan. Sur l'oreille. En guise de leçon.

Petra lui lança un regard étonné.

— Pour quoi faire ? Que crois-tu qu'il apprendrait ?

Johan hésita. C'était ce que Fredrik faisait parfois. Pas fort, juste une tape, la paume ouverte, sur la tête de son petit frère. Johan n'en avait jamais compris l'intérêt, mais il ne fallait pas oublier qu'il était bête. Le roi était sans doute plus intelligent. Petra n'était-elle pas de cet avis ?

Le meilleur grand frère du monde avait-il régulièrement giflé Johan pendant leur enfance ? Ils devraient approfondir le sujet au moment opportun. Pour le moment, Petra se contenta de dire qu'après mûre réflexion elle arriverait à se satisfaire du maréchal de la cour. Elle ne cherchait pas la bagarre avec le souverain, qui était certainement un homme bien. En outre, le royaume de Sa Majesté allait bientôt disparaître sous les glaces, c'était déjà bien assez triste.

— Il ne faut pas courir plusieurs lièvres à la fois, conclut-elle. Mettons-nous en route.

Johan mit le holà. Il avait cuisiné une sole Walewska, avec des pommes de terre tournées, sauce légère au champagne et champignons ciselés.

Petra en eut l'eau à la bouche.

— Dans ce cas, on partira demain matin, première heure. À moins que ? Qu'as-tu prévu pour le petit déjeuner ?

6

Dimanche 28 août 2011

Plus que 10 jours

Selon la loi pénale de 1864, toute violence envers la famille royale constituait un crime de lèse-majesté. Le châtiment était la mort ou la prison à perpétuité, décision qui incombait au roi en personne.

La loi avait été modifiée en 1948. Le terme de lèse-majesté avait disparu, mais l'acte n'en était pas devenu légal pour autant. S'abstenir de porter la main sur Charles XVI Gustave était donc une sage décision. Quoi qu'il en soit, cela n'empêcha pas Johan et Petra de se mettre en route pour le château de Drottningholm en périphérie de la capitale où, croyaient-ils, demeurait le corpulent ancien directeur Carlshamre.

Les travaux sur le réseau routier et les embouteillages qu'ils occasionnent présentent tout de même un avantage : même les conducteurs les plus enthousiastes doivent s'arrêter et, dans le meilleur des cas, réfléchir. C'est ce qui s'était produit en chemin pour le château du roi, juste avant la place Brommaplan.

Quand la circulation s'immobilisa, les rouages se mirent en action sous le crâne de Johan.

— J'ai réfléchi à une chose, annonça-t-il après un moment de silence.

— Incroyable.

— Si l'*atmos-fer* se disperse dans dix jours, le froid sera si glacial que tu vas en mourir.

— Et toi aussi.

— Donc tout le monde va mourir ?

— Tu viens seulement de le comprendre ?

— Peut-être.

Johan se tut quelques secondes. Petra attendit la suite.

— Tu penses qu'il se passera quoi si tu refais tes calculs ?

Ces mots lui firent chaud au cœur. Il y avait un côté extrêmement sympathique chez cet homme qu'on avait traité d'idiot pendant toute son enfance et qui, de ce fait, ne comprenait pas qu'une personne qui lui lançait des œufs n'avait pas de bonnes intentions.

— Je suis heureuse de t'avoir rencontré, Johan. Pour la première fois de ma vie, je suis heureuse d'être heureuse, et c'est grâce à toi. Et je suis triste que tout doive s'arrêter dans un peu plus d'une semaine. Il n'y a rien que toi et moi, le roi ou sa maudite Académie des sciences puissions faire. Je ne sais pas ce que tu en penses, mais je trouve du réconfort à l'idée que, pour la première fois, tous les habitants de cette planète subiront le même sort. Exactement au même instant.

Le raisonnement était trop complexe pour Johan. En outre, la circulation reprenait.

— Je pense à mon frère, dit-il.

— Et ?

— Il s'est démené si longtemps dans ce truc intitulé Formation à la diplomatie, dans cet endroit qui s'appelle ministère des Affaires étrangères, pour devenir un jour ambassadeur ou je ne sais quoi, comme papa. Sans savoir que cela ne lui servirait à rien.

— C'est pour ça qu'il est à Rome ? Il travaille à l'ambassade ?

Johan acquiesça. Ambassade, c'était bien le nom que Fredrik avait prononcé.

Le roi de Suède et sa reine s'étaient lassés d'habiter au cœur de la capitale. Non que leur château en ville ait été exigu. Six cents pièces, c'est bien assez, même pour un couple ayant deux enfants et un troisième en route.

Cependant, ils ressentaient l'appel de la nature. Les adultes ont autant besoin de verdure que les enfants. À Drottningholm, il y avait de la végétation et de l'eau, le tout à une distance raisonnable du centre-ville si jamais un chef d'État étranger ou un banquet Nobel réclamait l'attention du couple royal.

La construction du château avait commencé au XVIe siècle et s'était achevée quelques siècles plus tard. La résidence, les bâtiments annexes, le jardin baroque et le parc à l'anglaise avaient été modifiés par les régents successifs du pays. En 1991, le château et ses dépendances avaient été inscrits au patrimoine mondial de l'UNESCO. Pas étonnant qu'ils attirent 700 000 visiteurs chaque année.

Le roi et la reine n'étaient cependant pas tenus d'inviter tout ce beau monde à boire un café. Ils s'étaient aménagé un humble logis de quelques milliers de mètres carrés dans l'aile sud du bâtiment principal. Avec jardin et ponton privés.

La sécurité sur le domaine était aussi stricte que discrète. Caméras de surveillance visibles et invisibles. Gardes visibles et agents de sécurité invisibles. Plus la garde royale, extrêmement visible en uniformes et bérets bleus. Le dos droit et le fusil à l'épaule. La police traditionnelle n'était jamais à plus de quelques minutes de là.

On était dimanche, un resplendissant matin de fin d'été. Par chance, les 700 000 visiteurs annuels n'étaient pas venus tous en même temps, mais il y avait assez de monde pour que Johan et Petra aient été contraints de se garer à bonne distance du château.

— Tourne ici, indiqua Petra. Maintenant, tu peux t'arrêter. J'ai dit stop !

Rappelons ici que les pédales de frein et d'accélérateur étaient identiques.

L'arrêt cahoteux attira l'attention des touristes alentour. Même le jeune garde royal posté devant une guérite quelques mètres plus loin tourna la tête, oubliant un instant sa mission qui consistait à regarder droit devant lui d'un air solennel.

Johan demanda s'ils devaient emporter la batte de base-ball, mais s'entendit répondre que c'était on ne peut moins approprié. La violence était la dernière chose qu'ils pouvaient s'autoriser sur les terres du roi.

Petra était loin de soupçonner qu'à peine trois minutes les séparaient de ladite violence.

Ils descendirent du camping-car et, apercevant le garde, décidèrent de commencer par là.

— Bonjour, jeune homme, le salua Petra.

Johan voulut participer.

— Beau temps, pas vrai ?

Le garde royal était un jeune conscrit de Sollefteå du nom de Jesper. Il avait reçu la consigne précise de ne jamais répondre que par « oui » ou « non » aux questions des touristes. De préférence « oui » s'il s'agissait de prendre des photos.

— Oui, dit Jesper.

— Auriez-vous une idée de l'endroit où nous pouvons trouver le premier maréchal de la cour Carlshamre ? s'enquit Petra.

— Et le dernier, si j'ai bien compris, compléta Johan, en supposant qu'ils ne changeraient pas de maréchal au cours des dix prochains jours. Nous n'avons absolument aucune intention de lui taper dessus ni quoi que ce soit. Nous voulons juste discuter. La batte de base-ball est restée dans le camping-car.

Jesper ressentit soudain une profonde nostalgie de Sollefteå.

— Non, dit-il.

Petra trouva le garde royal sacrément taciturne.

— Savez-vous qui pourrait nous renseigner, dans ce cas ?

Jesper le savait. Son chef d'unité, par exemple. Il commit l'erreur de répondre sincèrement.

— Oui.

— Qui ?

Et merde ! Que dire à présent ? Un « oui » serait sans doute la plus stupide des deux options.

— Non.

Johan se tourna vers Petra.

— Tu crois qu'il y a quelque chose qui cloche chez lui ?

— C'est certain. À moins qu'il n'ait des instructions. Il a l'air très nerveux, tu ne trouves pas ?

— Oui, confirma Johan.

— Oui, confirma Jesper.

Ce dimanche, qui s'annonçait monotone, venait de prendre une tournure bien plus intéressante pour l'agent de sécurité A, habillé en touriste, un appareil photo reflex se balançant sur son ventre. Il avait remarqué un camping-car mal garé et un couple en train d'embêter un garde royal. Il informa par radio ses collègues B, C et D qu'il allait se rapprocher, la situation risquant d'évoluer en incident. Conformément à la procédure, le canal radio resterait ouvert jusqu'à ce que le problème soit réglé.

L'agent A se dirigea donc de façon tout à fait naturelle vers le garde royal pour demander si les photos étaient autorisées. Jesper, qui avait reconnu A, répondit :

— Oui, je vous en prie.

Sollefteå se trouvait à 500 kilomètres de là, mais en cet instant, il aurait dit plutôt 5 000.

— Pourriez-vous s'il vous plaît vous écarter un peu ? demanda l'agent à Johan et Petra. Je voudrais prendre une photo.

— Bien sûr, dit Johan.

— Mais nous n'avons pas tout à fait fini notre discussion avec le garde, intervint Petra.

— Je voulais dire bien sûr que non, se reprit Johan. Nous cherchons le maréchal de la cour Carlshamre. Le premier et dernier. C'est urgent.

L'agent A comprit qu'il se passait quelque chose de bizarre. Primo, le maréchal de la cour demeurait au palais royal au centre de Stockholm. Deuzio, on était dimanche. Pour y voir plus clair, il s'agissait d'entretenir le dialogue.

— Oh, désolé. Après vous, dans ce cas. Vous avez rendez-vous avec le maréchal ? Incroyable. C'est votre camping-car, au fait ? Beau modèle.

— Merci ! s'exclama Johan.

Petra, en revanche, devint méfiante. Ce touriste posait trop de questions et se montrait trop obséquieux.

— Qui êtes-vous ? demanda-t-elle. Et que voulez-vous ?

L'agent de sécurité A mémorisa tous les détails : femme, 1,70 m, la trentaine, suédoise, cheveux blond cendré, yeux bleus. Homme, 1,75 m, la trentaine, suédois, cheveux blond cendré, yeux gris-bleu. Aucun ne semblait armé.

Petra remarqua qu'il les observait avec insistance. Cela ne présageait rien de bon. Bien sûr, il serait dommage de ne pas pouvoir mettre le grappin sur Carlshamre pour le monologue espéré. Toutefois, ils n'avaient pas de temps à perdre avec un interrogatoire pour des broutilles.

Johan avait quant à lui procédé à sa propre analyse de la situation. Il trouvait au touriste un air inquiet. Peut-être ferait-il bien de le rassurer.

— Comme nous l'avons dit au jeune garde ici présent, n'imaginez surtout pas que nous voulions nuire au premier et dernier maréchal de la cour Carlshamre. Nous n'avons pas non plus l'intention de gifler le roi. Nous ne voyons pas quelle leçon il pourrait en tirer.

Interrogatoire, songea Petra. Peut-être même détention préventive, si Johan continuait comme ça.

L'agent de sécurité A décida que le moment était venu de se présenter. Il sortit sa carte de police de sa poche intérieure, la brandit devant leurs yeux et annonça qu'il avait des questions à leur poser à titre indicatif.

Petra refusait de gaspiller les derniers pitoyables jours de son existence au poste de police. Si les gardiens faisaient leur boulot correctement, elle ne pourrait même pas se pendre dans sa cellule. Vive comme l'éclair, elle passa à l'action, saisie d'un soupçon de panique.

L'agent de sécurité A avait de nombreuses années de service à son actif. Il avait déjà neutralisé des menaces par le passé. Pourtant, il ne s'attendait pas à ce qu'une jeune femme l'attaque d'un violent coup de tête en pleine poitrine. À sa grande honte, A vacilla et atterrit sur les fesses.

— Non ! s'écria Jesper, pris au dépourvu.

— Viens ! lança Petra à Johan.

L'agent A se redressa dare-dare, mais Petra fut plus rapide. Elle se rua vers le camping-car, Johan sur les talons. Le véhicule s'éloignait déjà quand les policiers B, C et D arrivèrent en renfort.

— Qu'est-ce qui s'est passé ? demanda B.

A ne répondit pas. Il suivait le camping-car des yeux et le vit tourner à gauche sur Ekerövägen.

— MLB490, récita-t-il. Couple suédois. Une trentaine d'années. Cheveux blond cendré pour les deux. 1,70 m pour elle, 1,75 m pour lui.

— Je m'occupe de la plaque, annonça B.

— J'appelle un véhicule de patrouille, renchérit C.

— Une chance que ces idiots aient pris à gauche, fit remarquer D.

— Pourquoi tu as tourné à gauche ? se lamenta Petra.

— Quoi ? s'étonna Johan. J'ai encore fait une bêtise ?

7

Dimanche 28 août

Plus que 10 jours

Si un beau jour, de passage à Stockholm, vous souhaitez visiter le magnifique château de Drottningholm et ses environs, il vous faudra rouler une dizaine de kilomètres en direction de Bromma, au nord-ouest, soit une vingtaine de minutes s'il n'y a pas trop de circulation.

Là, prenez à gauche au rond-point et poursuivez sur Drottningholmsvägen pendant 4 kilomètres. En franchissant le pont, vous vous retrouverez sur Kärsön et après le second pont, sur Lovön. Vous ne pourrez pas rater le château, sur votre gauche.

Supposons que vous le manquiez malgré tout et continuiez tout droit. La route bifurque au bout d'un moment en direction des îles Färingsö et Ekerö.

Il y a des îles plutôt grandes sur le lac Mälar. Une seconde d'inattention, et il est facile de s'y perdre. La seule possibilité pour se tirer de ce dédale est alors d'emprunter le ferry pour revenir sur la terre ferme, au sud de la capitale.

Ou d'opérer un demi-tour.

Vers Drottningholm.

Les agents A, B, C et D comprirent immédiatement que le couple suspect était piégé sur une des îles du Mälar. Il suffirait à la police de surveiller le ferry d'Ekerö et de guetter à Drottningholm le passage d'un camping-car blanc immatriculé MLB490, conduit si possible par un homme d'une trentaine d'années, avec une femme du même âge à côté de lui. Afin de gagner du temps, ils envoyèrent tout de même deux voitures, une vers Ekerö et l'autre vers Färingsö. La patrouille qui localiserait les fugitifs n'aurait qu'à demander des renforts en cas de besoin.

Les individus s'étaient rendus coupables de stationnement irrégulier, de violences envers un fonctionnaire de police (violences légères, mais tout de même) et de surcroît de vol de véhicule. On évaluait encore si, pour couronner le tout, les suspects avaient menacé Sa Majesté le roi d'une gifle. Le camping-car appartenait à un diplomate suédois en mission à Rome. Il ne fut pas soupçonné de se trouver simultanément en Suède et en Italie.

Petra comprit en même temps que les agents A, B, C et D ce qui venait de se jouer. Elle expliqua à Johan que le ferry était leur seul salut, mais que cela n'échapperait à personne. Un coup de téléphone, et le ferry resterait à quai jusqu'à l'arrivée de la police.

Quand Johan suggéra de détourner le ferry, Petra répondit qu'il avait eu de meilleures idées.

Johan s'en voulut. Il était fatigué que toutes ses entreprises tournent mal. Petra s'apprêtait à prononcer des mots réconfortants quand il aperçut un gyrophare bleu dans le rétroviseur. La situation, déjà catastrophique, venait encore d'empirer.

— Tourne à gauche, dit Petra, en tendant le doigt dans la direction voulue, par mesure de précaution.

Ce faisant, ils quittèrent la route principale avant que la police ne les repère. La prophétesse ne savait pas exactement où ils allaient, mais pour l'instant le plus important était de se prémunir contre la menace immédiate.

— Maintenant, à droite. À gauche. Tout droit.

Johan, de plus en plus stressé, jetait autant de coups d'œil en avant qu'en arrière. Depuis le début, il distinguait aussi mal la gauche de la droite que le frein de l'accélérateur.

Et ce qui devait arriver arriva.

— J'ai dit à gauche ! s'écria Petra lorsque le camping-car dégringola presque un chemin de terre sur la droite, menant à un terrain isolé au bord de l'eau.

Johan fonçait droit sur un hangar à bateau. Paniqué, et par erreur, il enfonça ce qu'il croyait être l'accélérateur. Le camping-car s'arrêta à 50 centimètres de la paroi.

— Bon coup de frein, le félicita Petra.

Parfois, les choses tournent si mal qu'elles tournent bien.

8

La vieille dame aux cheveux violets

Agnes était assise devant son ordinateur portable dans sa maison en bois. Ses doigts couraient avec agilité sur le clavier, et elle naviguait parfaitement à son aise sur Internet. Elle portait ses 75 ans avec dignité, sa taille aussi fine que jadis, ses cheveux autrefois blonds à présent teints dans une nuance de violet. Une couleur qu'elle rehaussait élégamment par ses robes, peu importe celle qu'elle choisissait.

Elle était en train de publier son post quotidien sur la récente invention qu'était Instagram, quand elle entendit du bruit dans le jardin. Y avait-il quelqu'un ? Elle ne recevait pourtant jamais de visite.

En se penchant au-dessus de la table de la cuisine et en écartant les géraniums sur le rebord de la fenêtre, on avait vue sur le jardin jusqu'au hangar à bateau.

Un camping-car ?

Cinquante-six ans plus tôt, Agnes était d'une beauté inégalée, et tous vantaient son aura. À une autre époque et dans d'autres circonstances, elle n'aurait été rien de moins que mannequin à Paris.

Malheureusement, on était alors en 1954, dans une paroisse du Småland méridional si petite que Dieu l'aurait probablement oubliée sans ses deux églises. La nouvelle église de Dödersjö, construite en 1790. Et l'ancienne église de Dödersjö, datant du XIIIe siècle.

La population s'élevait à quelques centaines d'habitants, éparpillés sur 43 hectares dans des maisons très clairsemées, mis à part au centre du village. Quant au centre, il se résumait presque à la supérette Konsum, qui n'avait pas encore fermé. En frappant chez l'épicier Grankvist, juste à côté, on pouvait acheter un bidon d'essence s'il en avait en stock.

Agnes vivait chez ses parents dans une maison en Fibrociment non loin du cimetière. Elle était en âge de se marier et, à l'époque, les parents avaient encore une certaine influence sur leurs enfants. Du moins sur leurs filles.

Or le fabricant de sabots, Eklund, avait courtisé Agnes avec des fleurs et des sabots neufs. Ses parents étaient fous de joie. Un patron d'usine ! Cela ferait d'Agnes une patronne d'usine ! Eklund avait quatre employés et une Saab 92 rouge brique presque neuve. Le couple serait un peu à l'étroit dans l'appartement au-dessus de la fabrique, mais la parcimonie d'Eklund était une vertu. Agnes ne pouvait espérer meilleur parti.

« Jamais ! » avait-elle déclaré, tant qu'elle sentait encore une étincelle de vie.

Un an plus tard, ils se mariaient. Le sabotier avait opté pour la nouvelle église, celle de 1790. Ce serait une belle cérémonie.

Aucun enfant ne vint bénir cette union. D'abord parce que ni le patron ni la patronne ne savait comment on les faisait. Quand ils découvrirent comment on s'y prenait, la patronne décida qu'elle ne voulait plus jamais recommencer. Du moins pas avec le patron. Et il n'y avait personne d'autre de disponible.

Eklund était en effet aussi barbant que ses sabots. Et aussi pingre que sa réputation le disait. Il n'acheta une télé qu'une fois les années 1960 bien entamées. Et ne changea pas de voiture avant 1975 (une autre Saab, pas aussi usée). Quand les temps devinrent plus difficiles, il se sépara de deux de ses employés et les remplaça par sa femme. Elle qui n'avait su que faire de ses dix doigts pendant leurs vingt-cinq ans de mariage se mit à travailler douze heures par jour, six jours par semaine. Et ce jusque vers le milieu des années 1980, quand Eklund marcha sur un clou, contracta une septicémie et attendit trop longtemps avant de se rendre à l'hôpital de Växjö. Il faut dire que le trajet, aller-retour, demandait au moins 7 litres d'essence. Et celle de l'épicier n'était pas donnée.

Les funérailles se tinrent dans la vieille église, à la demande de la veuve.

Désormais, Agnes était à la fois patronne et patron. Elle remania l'orientation de la production, consacra le minimum d'efforts aux sabots, et se lança dans la construction de canots en bois. Elle avait le sens des affaires. Bientôt, elle dirigea plus de 20 employés et n'officia plus dans l'atelier de l'usine.

Elle avait alors une bonne soixantaine d'années et avait passé toute son existence à Dödersjö, à l'exception de quelques sorties à la laiterie de Lenhovda et de deux voyages à Växjö. Une fois mariée, fini les voyages : ils n'avaient pas d'argent à gaspiller pour le trajet de 35 kilomètres. Après tout, qu'y avait-il à Växjö qu'elle ne pouvait trouver à Dödersjö ? *La vie*, songeait Agnes, mais elle n'avait pas fait de vagues.

Devenue veuve, elle s'aperçut qu'elle n'avait pas tout perdu de sa jeunesse. Du temps de son éclat. Quand elle était ouverte aux possibilités. Elle découvrit alors un phénomène nouveau dans le vaste monde, permettant de voyager sans se déplacer. Internet.

À l'aube du nouveau millénaire, elle développa son activité. La fabrication de canots fonctionnait quasi toute seule. Agnes acquit l'unique pâtisserie de Dödersjö pour trois paires de sabots et une barque. Elle se débarrassa des gâteaux, que personne n'achetait, et convertit l'établissement en cybercafé. Par un beau dimanche de mai, elle se posta sur le perron de l'église et expliqua aux fidèles ce qu'ils pouvaient y faire.

— Découvrez le monde, mes chers voisins. Sans quitter Dödersjö ! Une heure de connexion, une tasse de café et une brioche pour un prix de lancement de 10 couronnes. Une expérience inoubliable !

Les 17 fidèles l'écoutèrent poliment. Aucun ne se montra au café le lendemain. Ni les jours qui suivirent.

Agnes, en tête à tête avec ses trois ordinateurs et son modem à 56 kbit/s, se consola avec les brioches autrement vouées à rassir. Presque aussi lassée de ses canots en bois que de ses voisins.

On appelait ça *surfer*. On commençait en ouvrant Altavista, un *moteur de recherche*, et de là on pouvait se rendre où on le désirait.

Agnes aurait voulu voir Paris. Londres. Milan. New York la tentait moins. Elle n'était pas trouillarde, mais traverser tout l'Atlantique en avion ?

Internet était différent à tous points de vue. La peur de l'avion n'avait pas lieu d'être dans le monde virtuel. Un voyage en Amérique, au Japon ou en Australie coûtait en outre moins cher que l'aller-retour à Växjö dans la Saab puante de son défunt mari.

Agnes en avait assez des antiquités. Elle mit un terme à son ancienne existence, dit adieu aux sabots, aux canots, à Dödersjö et ses habitants moribonds. Elle vendit l'usine avec l'appartement, les meubles et tout ce qui s'y rattachait. Elle apporta la Saab à la casse. Elle ne conserva que le camion, dont elle avait besoin pour lever le camp.

Avec l'argent, elle acheta une petite maison en bois rouge au bord de l'eau, en périphérie de la capitale. Elle se procura un lit, une chaise, un bureau, un ordinateur et des géraniums pour la fenêtre. La femme qui n'avait presque jamais quitté sa paroisse montait à présent chaque jour dans le bus et le métro pour Stockholm. Le camion fut relégué dans le hangar à bateau. De toute façon, Agnes ne voulait plus entendre parler de canots.

Elle avait alors 65 ans et avait presque gâché sa vie entière. Mais seulement presque. À Stockholm, elle allait désormais au cinéma, faisait du shopping, des emplettes de fruits et légumes au marché. Elle s'était acheté une paire de lunettes de soleil de marque et profitait souvent de la fin de journée sur une terrasse de la place Stureplan avec un verre de vin, tout en feuilletant le journal. Elle observait les adolescents, le nez collé à leur Nokia. Ils surfaient ! Sur leurs téléphones !

Cela la faisait sourire.

Elle avait retrouvé l'étincelle.

— Maintenant, à nous deux, Internet !

9

Dimanche 28 août 2011

Plus que 10 jours

Agnes était encore agile pour son âge. D'une démarche légère, elle descendit prestement l'escalier du jardin et remonta le chemin de gravier vers le hangar à bateau et le camping-car blanc, où elle découvrit un homme et une femme.

Elle habitait ici depuis plus de dix ans et effectuait encore régulièrement l'aller-retour à Stockholm. Au début, pour se distraire et assister à son cours d'informatique pour seniors. Avec le temps, surtout pour le plaisir accru de suivre des cours toujours plus avancés en programmation, web design, marketing et positionnement.

Cependant, quiconque a vu le jour et vécu longtemps à Födersjö n'a pas l'habitude de s'ouvrir aux autres et de nouer de nouvelles connaissances. La seule personne de la paroisse avec laquelle elle échangeait plus que des monosyllabes était le vieux Björklund, le croque-mort. Son plus grand mérite était d'avoir jadis enterré le patron de l'usine de sabots. Les habitants de Födersjö n'osaient le qualifier de ce qu'il était, de peur que cela les rapproche de la tombe. Aussi le surnommait-on

Björklund le fleuriste, tant il avait la main verte. Agnes pensait que sa capacité à mener une conversation lui venait de son habitude de parler aux fleurs. C'est bien connu, c'est en forgeant qu'on devient forgeron.

Malheureusement, Björklund mourut à son tour – il aurait dû s'enterrer lui-même, si la chose avait été possible. Depuis, Agnes ne s'était pas exercée à converser en dehors des cours d'informatique, et voilà qu'elle faisait face à deux visiteurs inopinés dans leur camping-car.

— Bienvenue au Bonheur du lac, déclara-t-elle.

Johan trouva à la vieille dame un air gentil. Quant au Bonheur du lac, c'était sans doute le nom de la maison.

— On laisse encore la batte de base-ball dans le camping-car, hein ? demanda-t-il à Petra.

— Merci, répondit Petra tout en ignorant Johan.

— Puis-je vous demander ce qui vous amène ici ? Ou alors… on s'en fiche. Que diriez-vous d'une tasse de café ?

Petra l'observa un instant. Très élégante. Sourire chaleureux. Définitivement pas une cible pour la batte de base-ball ! Ce dont la prophétesse de l'apocalypse aurait vraiment eu besoin, c'était d'un cappuccino de Johan, mais une tasse de café-filtre toute simple ne serait pas de refus. Sans pour autant oublier la menace qui pesait sur eux.

— Ce serait avec plaisir, répondit-elle. Puis-je vous demander… ce garage, c'est le vôtre ? Vous croyez que notre camping-car y rentrerait ?

Agnes répondit que la bâtisse était un hangar à bateau, reconverti en garage parce qu'elle ne voulait plus entendre parler de canots, et certainement assez grand pour le camping-car, à condition de déplacer d'abord le camion.

— Ce que je ferai avec plaisir, conclut-elle.

Cinq minutes plus tard, le camion et le camping-car avaient échangé leurs places, sans qu'Agnes ait demandé la moindre explication. Toutefois, sur les hauteurs, une voiture de police patrouillait dans le quartier des villas, gyrophare allumé. Agnes remarqua les regards inquiets de ses hôtes.

— On devrait peut-être fermer la porte du hangar à bateau, non ?

— C'est une bonne idée, approuva Petra. Ça évitera que le vent la fasse claquer.

Le café n'atteignait pas les mêmes sommets que le cappuccino de Johan, mais il remplissait son office. Et puis, il y avait une brioche à la cannelle. Ainsi qu'une deuxième tasse de café. Et une brioche de plus.

Après une heure et demie de conversation digne de Björklund le croque-mort, Agnes, Johan et Petra avaient échangé non seulement leurs noms, mais aussi les grandes lignes de leurs histoires.

— Alors comme ça, le monde va s'écrouler dans dix jours ? dit Agnes.

Son incrédulité était presque tangible.

— Et nous allons tous être pulvérisés, confirma Johan. Pas seulement les gens pas assez habillés ou ceux qui se trouvent dehors.

— Johan a tout compris, acquiesça Petra. Mes calculs sont exacts et incontestables.

— Est-il tout de même permis de s'autoriser un soupçon de doute ? demanda la dame aux cheveux violets.

Petra répondit que oui, mais que cela ne serait pas d'une grande utilité. L'événement qui allait se produire n'était pas de ceux qu'on pouvait empêcher par la pensée.

— N'y a-t-il pas eu un certain nombre de prophètes de l'apocalypse au fil des siècles ? objecta Agnes.

— Ne me comparez pas à tous ces amateurs, s'il vous plaît.

— Mais cette visite au maréchal de la cour était-elle vraiment prudente, vu les circonstances ?

Petra répondit que le projet en lui-même n'avait rien de répréhensible. Elle ne souhaitait qu'une simple conversation amicale. Toutefois, elle admit avoir pris trop à la légère la présence quoique lointaine de Sa Majesté le roi et ses implications en matière de sécurité.

— Et maintenant, vous voilà piégés comme des bleus, conclut Agnes.

— Des bleus ? s'étonna Johan.

— Elle veut dire que nous sommes coincés sur une île dont nous ne pourrons repartir que les menottes aux poignets.

Au cours de l'heure passée, Agnes avait découvert sans vraiment y songer combien elle s'était sentie seule pendant toutes ces années. À présent, elle était peu disposée à voir repartir ces nouveaux amis, aussi bizarres, confus et criminels puissent-ils sembler. Ou peut-être justement pour cette raison. Johan et Petra avaient vécu plus d'aventures en une journée que toute la population de Dödersjö en cinq cents ans. Le mot « bleus » lui avait en outre donné une idée.

— J'étais constructrice de canots, lança-t-elle.

— Vous en avez un dans lequel nous pouvons fuir ? avança Petra.

— Ce n'est pas ça. Mais, à l'arrière du camion, il y a un tas de vieilleries qui ont plus de dix ans.

— Et ?

Agnes ne se retenait pas de faire durer le plaisir. Il était si agréable d'avoir de la compagnie.

— Une échelle, si je me souviens bien.

— Et ?

— Une faucille rouillée. Mon mari jugeait utile de la garder, parce qu'il l'avait trouvée à bon prix. Mais ensuite, la grande faucheuse l'a emporté.

— Et ? insista Petra.

Elle avait le sentiment qu'Agnes ne parlait pas pour ne rien dire.

— Un tas de matériel de peinture. Des rouleaux, ce genre de trucs. Et sans doute 25 litres de peinture bleu clair. Vieille de dix ans, je vous ai prévenus ! Mais je n'ai jamais lésiné sur la qualité.

— Vous voulez dire que…

Oui, c'était ce que voulait dire Agnes.

— Que veut-elle dire ? demanda Johan.

À mesure que la soirée de fin d'été avançait, le camping-car bleuissait. Agnes suggéra aussi d'échanger les plaques d'immatriculation du camion et du camping-car. La peinture sécherait pendant la nuit. En attendant, Agnes invita ses deux visiteurs à partager une fricassée de poulet et un cubi de vin, et à dormir un peu sur le canapé ou dans le fauteuil. Elle ne pouvait pas leur offrir mieux.

Johan dit qu'une fricassée de poulet serait parfaite, si possible avec du thym citron, une poêlée de pommes et un soupçon de calvados. Toutefois, il proposa d'aller chercher dans le camping-car une alternative au cubi. Par exemple, un La Mateo 2006.

— Qui ça ? demanda Agnes.

Pendant le dîner, une sonnerie s'éleva de la poche intérieure de Johan.

— Fredrik ! s'écria-t-il joyeusement, avant même d'avoir sorti son téléphone.

— Comment sais-tu que c'est lui ? s'étonna Petra.

— Je ne connais personne d'autre. Sauf toi, bien sûr, mais pourquoi m'appellerais-tu alors que tu es à côté de moi ? Est-ce que tu as mon numéro, d'ailleurs ? Bonjour, mon cher frère !

Cependant, le diplomate n'était pas d'humeur affectueuse. Il parlait si fort que tout le monde l'entendait autour de la table. Il demanda immédiatement si Johan et le camping-car se trouvaient à l'emplacement qu'il lui avait réservé.

— Non, je…

— Parfait ! C'est vraiment la merde, mais à part ça, parfait.

Johan tenta de demander comment son cher Fredrik se portait, mais ce dernier n'appelait pas pour l'écouter.

Il était plus furieux que jamais envers son décérébré de frère.

— Décérébré veut dire idiot, expliqua Johan.

— Je ne te le fais pas dire !

Causer un esclandre devant la résidence du roi, comment pouvait-on être aussi bête ?

— Comment es-tu au courant ?

— La police m'a appelé en pleine réunion avec l'ambassadeur et 17 autres personnes. J'ai compris tout de suite que tu avais encore fait une ânerie. J'ai été obligé de mentir ! Tu entends ? Mentir ! « Mon camping-car, devant le château de Drottningholm ? Comment est-ce possible ? Il devrait être sur un terrain à Fisksätra. Cela veut dire que quelqu'un l'a volé. »

Après cette conversation, il était resté coincé en réunion quatre pénibles heures de plus, suivies d'un banquet. Il n'avait pas eu l'occasion de l'appeler plus tôt.

— Ne retourne surtout pas au terrain de camping, sinon ils vont te cueillir.

— Aucun risque. Nous sommes coincés sur une île. Nous…

Fredrik l'interrompit.

— Écoute-moi bien. Je n'ai qu'une chose à dire : Je. Ne. Veux. Rien. Savoir !

— Mais je me suis fait une nouvelle amie et…

— Je ne viens pas de dire que je ne voulais rien savoir ?

— Si. Tu as déjà oublié ?

Fredrik se rappela trop tard à qui il parlait.

— Autre chose…

— Cela fera deux choses, alors.

— Ferme-la et écoute. Si la police te met quand même le grappin dessus, tu devras dire que tu m'as volé le camping-car et que je n'étais au courant de rien.

— Mais tu me l'as donné. Comment est-ce que je pourrais voler quelque chose qui m'appartient ?

— Le camping-car est enregistré à mon nom. Tu n'as pas besoin de comprendre, fais simplement ce que je te dis.

— On joue de nouveau à « Maître et serviteur » ?

— Non !

— D'accord, je comprends. Tout va bien en Espagne ?

— Et cette conversation n'a jamais eu lieu. Nous sommes bien d'accord là-dessus aussi ?

Johan réfléchit tant qu'il en eut presque la migraine.

— Tu veux dire que si quelqu'un pose la question, je dois prétendre que nous ne nous sommes pas parlé ?

— Exactement.

— Seulement maintenant ? Ou bien jamais de la vie ?

— Seulement maintenant. La conversation actuelle. Nous avons tout de même grandi ensemble et tu es fier que je sois devenu diplomate. En *Italie*, bordel.

Italie, songea Johan. Le pays s'appelait l'Italie. La ville, Rome. L'Espagne n'avait rien à voir là-dedans.

— Mon cher Fredrik, maintenant tu dois me dire comment tu…

Fredrik raccrocha sans dire au revoir.

— Charmant caractère, observa Agnes. Il est toujours comme ça ?

Oui, Johan trouvait qu'il était dans son état normal.

— Qu'est-ce que c'est, « Maître et serviteur » ? l'interrogea Petra.

Johan pouffa de rire. C'était leur jeu préféré ! Fredrik et lui y jouaient depuis leur enfance jusqu'à l'autre jour encore, quand l'aîné avait déménagé en… Italie. Cela consistait à se répartir les rôles. Le maître commandait, l'autre devait obéir en tout et dire « Oui, maître ». Si on oubliait, on perdait.

— Les rôles, ils sont tirés au sort ?

Johan ne se rappelait plus comment fonctionnait le début, mais au fil du jeu Fredrik perdait sans arrêt et se retrouvait constamment dans le rôle de maître. Il faisait bonne figure quand Johan gagnait, mais cela devait tout de même être un peu agaçant de ne jamais arriver à le piéger.

— Il m'est arrivé quelques fois d'oublier de dire « Oui, maître », mais il ne s'en est jamais rendu compte.

Agnes et Petra échangèrent un regard. La prophétesse demanda quel genre d'ordres le maître pouvait bien donner à son serviteur.

— Oh, un peu tout ce qu'on peut imaginer ! s'exclama Johan.

Par exemple, passer l'aspirateur, cuisiner, apporter une couverture si le maître avait froid aux pieds lorsqu'il se reposait dans son fauteuil, ou du whisky et un cigare… Il y avait toujours quelque chose à faire.

— Mais Fredrik ne faisait pas la cuisine ?

Johan éclata de rire.

— Lui ? La cuisine ? Tu es folle ?

— Qui t'a appris à cuisiner, alors ? Tu as dit que Fredrik t'avait appris tout ce que tu sais.

— C'est le cas ! Quand maman est tombée malade, nous avons décidé que la cuisine ferait partie du jeu.

— D'un commun accord, dit Agnes.

— Plutôt son accord, en fait. Je cuisinais, il critiquait, je cuisinais autre chose, il critiquait encore. Mais il critiquait si bien que j'ai fini par apprendre. Un petit peu, en tout cas. Je crois. Ou peut-être pas. Mais tout de même.

— Est-ce qu'il te parlait sur le même ton que pendant votre conversation à l'instant ?

— Qu'est-ce que tu veux dire ?

Agnes et Petra comprirent simultanément deux choses. Un : Fredrik avait exploité son petit frère pendant toutes ces années, et deux : Johan ne s'en était jamais rendu compte. Petra se souvint alors d'un autre détail.

— Quand vous avez vendu le 12-pièces-cagibi sur Strandvägen, combien avez-vous touché ?

— Je ne sais pas, voyons ! C'est Fredrik qui s'en est occupé. Il en a sacrément bavé avec la vente. Il y avait les frais d'agence, le coût du déménagement et des taxes bizarres. Mais il restait tout de même de l'argent pour le camping-car.

— Et un peu plus, peut-être ?

— Tu devras poser la question à Fredrik. Tout ce que je sais, c'est que tout est horriblement cher en Espagne ou en Italie, et qu'il touche un salaire de misère.

— C'est ce qu'il t'a raconté ?

— Oui.

Pendant que Johan utilisait les toilettes, Agnes et Petra eurent quelques minutes en tête à tête. La mamie aux cheveux violets avait déjà compris que Johan avait de multiples talents. À présent, il leur semblait que Fredrik avait non seulement profité de son frère pendant toute leur vie, mais qu'il l'avait, par-dessus le marché, trahi.

Petra corsa les choses en mentionnant l'apocalypse. Johan avait idolâtré son frère pendant plus de trois décennies. Avaient-elles le droit de détruire l'image qu'il avait de lui à seulement dix jours de la fin du monde ?

— Si tes calculs sont bons, dit Agnes.

— Ne recommence pas.

Chacune campa sur ses positions pendant quelques secondes, avant qu'Agnes rappelle à Petra qu'elle s'était découvert un tout nouveau rapport à l'existence alors qu'il ne lui restait que onze jours selon ses propres calculs. Pourquoi Johan n'en mériterait-il pas autant ? À moins qu'elle n'estime qu'il devait être changé en glace en continuant à croire au mensonge qu'avait été sa vie ?

L'argument fut décisif. La prophétesse et la dame aux cheveux violets conclurent d'une poignée de main qu'il valait mieux arracher le pansement d'un coup sec.

Elles entreprirent donc de faire naître le doute dans l'esprit de Johan. Comment fonctionnait ce jeu du maître et du serviteur, au juste ? Quid de la répartition des chambres ? Des intonations du frère aîné ? Des gifles ?

Ce n'est qu'en découvrant l'annonce de l'appartement que le cadet comprit pleinement la manipulation dont il avait fait l'objet de la part de son aîné pendant toutes ces années. Le camping-car avait peut-être coûté 700 000 couronnes (selon les informations qu'Agnes trouva sur Internet). Mais la vente du 12-pièces-cagibi avait rapporté 50 ou 60 millions, si ce n'est plus. Johan aurait donc dû recevoir une trentaine de millions de son frère, pas seulement un camping-car avec une cuisine équipée dernier cri.

Il se mit à pleurer et, honteux, laissa couler ses larmes sans faire le moindre bruit.

— Je suis vraiment un idiot, sanglota-t-il.

— Ne dis pas ça, protesta Petra. Aucun idiot au monde n'arriverait à cuisiner les plats que tu prépares. Tu es un masterchef, un génie !

Qui ne savait pas distinguer l'Espagne de l'Italie, la gauche de la droite, l'accélérateur du frein, s'abstint-elle d'ajouter.

Agnes alla chercher une bouteille d'eau-de-vie. Cela semblait tout indiqué, vu les circonstances. Toutefois, le nigaud autoproclamé réagissait mieux que Petra et elle ne le craignaient.

— Pas de l'eau-de-vie, dit Johan en reniflant. Je reviens tout de suite.

Avec le soutien de deux bouteilles de grappa invecchiata Paolo Berta 1996, Agnes et Petra s'efforcèrent de consoler l'inconsolable. Elles insistèrent sur son talent de cuisinier et son parfait anglais de cinéma, mais sans succès. Sans doute Fredrik avait-il trop opprimé son frère, trop longtemps. Johan, lui, se remémorait différentes scènes. Des scènes de son passé, sous un nouvel éclairage. Comme la raison pour laquelle c'était toujours lui qui s'occupait des ordures.

— Est-ce que ça existe seulement, l'allergie à la corvée de poubelles ? demanda-t-il en regardant par la fenêtre, comme si Fredrik se trouvait là, quelque part.

Agnes tenta de le secouer.

— Ne croyez-vous pas que vous devriez tous les deux rendre visite à Fredrik, exactement comme à cette Victoria ? Et lui asséner quelques phrases bien senties ? Ou un cours magistral entier ?

Johan, qui n'écoutait pas, s'adressa encore à l'obscurité :

— Ce n'était pas par souci pour mes dents que tu mangeais tous nos bonbons du samedi.

Petra essaya à son tour.

— Que penses-tu de l'idée d'Agnes, Johan ? Nous pourrions même dépoussiérer la batte de base-ball.

Mais rien n'y faisait.

— Je n'avais que le cagibi. Les 12 autres pièces étaient à toi. C'était moi qui y faisais le ménage. M'as-tu dit merci ne serait-ce qu'une fois ?

Le cœur de Petra était pétri de sympathie pour l'aimable Johan. Agnes avait raison ! Il était grand temps que Fredrik entende un autre son de cloche, ainsi que ses quatre vérités. Tandis que Johan fixait obstinément le néant, la prophétesse s'enflamma. Ils rendraient visite au grand frère comme ils avaient rendu visite à Malte (avec Victoria en prime).

— Allez, on se bouge, merde ! dit-elle d'une voix forte.

C'était fou le bien qu'une grappa de quinze ans d'âge tombée du ciel pouvait vous faire !

10

Lundi 29 août 2011

Plus que 9 jours

Cette nuit-là, ce fut Johan qui dormit le mieux dans son fauteuil, grâce aux quantités considérables de grappa haut de gamme avec lesquelles il avait trouvé des raisons de passer la soirée. Petra aussi dormit profondément sur le canapé, car la journée avait été longue et bien remplie.

Agnes, en revanche, ne trouvait pas le sommeil dans son lit, à l'étage.

La première fois qu'elle s'était sentie renaître depuis sa jeunesse, c'était quand son époux avait marché sur ce clou fatal. La deuxième, quand elle avait quitté Dödersjö sans se retourner. Ce qui avait suivi, c'est-à-dire Stockholm, les cours d'informatique et Internet, n'était pas incroyablement exaltant mais lui donnait le sentiment que, en fin de compte, la vie avait un sens. Que tout roulait.

Jusqu'au jour où Johan, Petra et le camping-car lui avaient rendu une visite surprise. Une prophétesse de l'apocalypse et un petit frère floué, poursuivis par la police. À 75 ans, Agnes venait de vivre sa troisième et peut-être dernière résurrection. Et voilà qu'ils s'apprêtaient à lui faire leurs adieux. Elle se sentait… oui, comment dire ? Vide ?

Au petit déjeuner, la vieille dame aux cheveux violets leur proposa des œufs au plat et du pain grillé. On était loin du talent de Johan, mais c'était le cadet des soucis de Petra tandis qu'elle buvait son café.

Avait-elle vraiment décidé la veille que leur prochaine étape serait Rome ? Sans consulter Johan, qui avait passé la soirée à fixer le vide ?

Combien d'obstacles y aurait-il sur la route ? Le premier, en tout cas, n'était qu'à quelques kilomètres d'ici.

Certes, le camping-car était désormais bleu. Les plaques d'immatriculation – à coup sûr filmées par les caméras de surveillance autour du château – avaient été échangées. Mais Johan était encore Johan et Petra était Petra. Il leur faudrait un autre chauffeur pour franchir les probables contrôles de police, tandis qu'eux se cacheraient à l'arrière.

Le deuxième obstacle tenait plus spécifiquement à Johan. Il avait déjà réussi à mordre sur un trottoir, tourner à gauche alors qu'il voulait prendre à droite, accélérer quand il fallait freiner, et freiner au lieu d'accélérer. Et, surtout, il avait poussé une caravane dans une pente vers une destruction certaine. Et tout ça en étant sobre, contrairement à maintenant. Même s'ils parvenaient à tromper la police de Drottningholm, jusqu'où iraient-ils avec un Johan sans permis au volant ?

Maudite grappa ! Si bonne que cela aurait dû être interdit ! Elle lui avait complètement retourné le cerveau.

Cependant, c'était peut-être la solution à son problème. Après tout, Johan en avait absorbé au moins deux fois plus qu'elle. Avec un peu de chance, il ne se souviendrait pas des déclarations solennelles qu'elle avait faites la veille.

— Tu veux du thé ou du café, Johan ? demanda Agnes.

— C'est loin, Rome ? répondit ce dernier. Quand est-ce qu'on part ?

Impossible de faire machine arrière. Petra décida de s'attaquer à un problème à la fois. Agnes pouvait-elle les aider avec le plus pressant ? Savait-elle conduire un camping-car ?

— Non, dit la vieille dame. Je n'ai jamais essayé. Par contre, j'ai conduit des camions toute ma vie. Ça ne doit pas être bien sorcier.

Question numéro 2 : pouvait-elle envisager de prendre le volant jusqu'à ce qu'ils aient franchi les probables contrôles de police sur Drottningholm ? D'une part pour permettre à Petra et Johan de rester à couvert, d'autre part parce que nul ne pouvait prédire quand Johan confondrait de nouveau les pédales. Si cela se produisait au mauvais moment, tous leurs efforts seraient réduits à néant. Et le frère de Johan échapperait au sermon qu'il méritait. Petra ajouta toutefois qu'elle comprendrait qu'Agnes ne veuille pas être mêlée à cette histoire.

Ce moment allait-il devenir le plus heureux de toute la vie d'Agnes ? Ma foi, elle n'y était pas encore.

— Je peux vous aider à passer les barrages à Drottningholm. À une condition.

Allait-elle exiger de l'argent ?

— Je veux rester au volant.

— Comment ça ? Jusqu'en Italie ?

— Je ne suis jamais partie à l'étranger. Je renouvelle mon passeport tous les cinq ans, mais ça s'arrête là.

Petra n'en croyait pas ses oreilles. Soudain, elle vit à nouveau des possibilités, pas seulement des embûches. Quiconque savait conduire un camion s'en sortirait infiniment mieux au volant d'un camping-car à travers l'Europe que quelqu'un qui ne savait même pas conduire une voiture.

Johan, qui en était à son quatrième verre de jus d'orange, commençait à se ragaillardir.

— Moi, je suis allé à Sundsvall, lança-t-il.

Agnes et Petra demeurèrent muettes. Un silence que Johan interpréta correctement.

— C'est en Suède, hein ?

Ce camping-car n'était pas de la bonne couleur et la plaque d'immatriculation ne correspondait pas. La personne au volant n'avait ni l'âge, ni le sexe, ni la couleur de cheveux indiqués. Par ailleurs, elle était seule dans l'habitacle.

En résumé, la police n'avait aucune raison d'inviter Agnes à s'arrêter sur le bas-côté pour un contrôle plus poussé. Le trio passa donc à travers les mailles du filet. Ils n'avaient plus que 2 500 kilomètres à parcourir jusqu'à l'ambassade de Suède à Rome, afin de rétablir l'honneur de Johan vis-à-vis de son frère. Ou plutôt : de lui accorder l'honneur qu'il n'avait jamais eu.

Petra était enchantée d'avoir un vrai chauffeur au volant. Elle n'aurait plus besoin de se demander à chaque minute, jusqu'à la toute dernière prévue une bonne semaine plus tard, si elle risquait une mort prématurée dans un accident de la route.

Une fois dégrisé, Johan trouva aussi un motif d'apprécier pleinement cet arrangement. Tandis qu'Agnes et Petra étaient assises à l'avant, il s'occupait dans la cuisine à l'arrière. Il ignorait que la loi stipulait qu'il aurait également dû être assis pendant le trajet, ceinture attachée. Petra ne voyait pas de raison de l'en informer, surtout si les parfums qui se répandaient dans l'habitacle étaient un avant-goût de ce qu'il leur concoctait. Agnes, elle, n'avait pas d'opinion là-dessus. Elle avait grandi bien avant l'époque des ceintures de sécurité.

La distance entre le trio et la capitale suédoise se creusa. Au bout de quelques heures, Petra jugea que le bras de la police de Stockholm n'était pas assez long pour les atteindre. Elle profita de ce répit pour réfléchir.

Trois jours plus tôt, elle avait tenté de se pendre. Deux jours plus tôt, elle avait découvert un sens à sa vie jusqu'ici insensée. La veille, celui-ci avait été redéfini sous l'effet de l'alcool. Résultat : ils faisaient route pour l'étranger, où Petra n'avait aucun compte à régler avec qui que ce soit.

Autant dire que Carlshamre, les petits papes de l'Académie des sciences, et son ancien voisin et son clébard s'en tiraient à bon compte. Elle et lui auraient bien eu besoin d'une bonne discussion. Ou pas. C'était plutôt avec le teckel à poil dur bipolaire qu'elle aurait dû discuter, mais comment parlait-on avec un chien ?

Agnes s'aperçut que la prophétesse ruminait dans son coin.

— Qu'est-ce qui te tracasse ? demanda-t-elle.

Sans doute pas grand-chose. Tout était allé si vite. À présent, ils laissaient derrière eux tous ceux à qui Petra avait eu l'intention de faire la leçon.

— Tu ne veux pas essayer de *me* faire la leçon ? proposa la conductrice. À défaut d'autre interlocuteur, je veux dire.

La prophétesse secoua la tête. Les éventuels reproches qu'elle pourrait adresser à Agnes porteraient sur ses doutes au sujet de ses calculs. Or l'ignorance généralisée des profanes en matière d'astronomie ne valait pas la peine de se scandaliser, car si on commençait à s'en offusquer, on n'en finissait jamais.

Autant laisser tomber. En réalité, les choses étaient plutôt simples. Johan avait aidé Petra à retrouver Malte, et l'entrevue avait bouleversé sa vie. À présent, c'était à son tour d'aider Johan à affronter Fredrik. La grappa de la veille avait été de bon conseil.

Il s'agissait simplement de mettre la main sur le grand frère à temps. Le voyage était long, et les jours restants s'amenuisaient. Le trio ne pouvait pas se permettre de traîner en route.

Johan ne pouvait s'en prendre qu'à lui-même. Après ce petit déjeuner parfaitement ordinaire chez Agnes (pour lequel il n'avait rien à se reprocher !), il avait improvisé un en-cas qu'il avait servi à la conductrice et à la prophétesse pendant le trajet. Ce faisant, il avait enfreint une de ses règles les plus sacrées : la nourriture devait être traitée avec respect et amour, même le repas le plus modeste exigeait table et couverts.

Tout en simplicité, la collation se composait de muffins d'épeautre aux graines de tournesol, feta et tomates séchées, servis dans leur moule. Petra nourrissait Agnes par petits morceaux et, entre les ravitaillements, savourait sa part – et le temps gagné par la même occasion.

Quand l'heure du déjeuner arriva, sur l'E4 à hauteur d'Ödeshög, Petra suggéra une nouvelle opération muffins. Johan rétorqua qu'il aurait dû se douter que s'il lui accordait un petit doigt, elle réclamerait le bras entier. L'argument de la prophétesse, selon lequel la fin du monde arrivait à si grands pas que chaque minute comptait, aboutit à un compromis. Les raviolis à la ricotta crémeuse, épinards et noisettes grillées seraient servis dans une boîte-repas avec une simple fourchette, mais à deux conditions. La première : que la conductrice et la passagère accompagnent le plat d'un vin italien vendangé à la main, déjà carafé par Johan, aux arômes de cerise noire, prune, vanille et café torréfié. Et la seconde : que le dîner, lui, soit pris de manière traditionnelle, véhicule arrêté, table dépliée et qu'il se compose de cinq plats que Johan avait déjà commencé à élaborer. Il serait suivi d'une nuit de sommeil complète pour toute l'équipe.

Johan était certain qu'ils arriveraient à temps, et peu importe que Rome soit en Italie ou en Espagne.

Petra accepta les conditions du chef, avec une réserve néanmoins : Agnes devrait peut-être éviter de boire du vin pendant qu'elle conduisait.

La vieille dame aux cheveux violets vola au secours de Johan. D'abord, la question n'était pas de picoler ou pas. Quelques gorgées d'alcool n'avaient jamais tué personne. Elle avait 75 ans et pas de temps à perdre avec les chicanes de la législation suédoise. De toute manière, s'ils se faisaient contrôler, ils étaient cuits, vu que les plaques d'immatriculation appartenaient à un autre véhicule, et qu'Agnes, aussi bonne conductrice soit-elle, n'avait jamais ressenti le besoin de passer le permis de conduire.

Trois personnes sans permis dans un véhicule qui traversait l'Europe. Petra dut convenir qu'un verre de vin au volant n'aggraverait pas beaucoup les choses. Mais, dans un souci d'exactitude, elle rappela que l'alcool pouvait parfois être mortel. Et que dans certains cas, ça n'était pas plus mal.

Au nord de Jönköping, le groupe s'arrêta brièvement pour faire le plein.

— Avons-nous le temps de nous dégourdir les jambes ? demanda Johan.

— Non. Il ne nous reste que neuf jours, répondit Petra.

— Ou pas, rétorqua Agnes. Je vais payer.

De nouveau sur la route en direction du sud, Petra entama une conversation sur leurs finances. Avaient-ils les moyens de payer le diesel, la nourriture et les boissons, et tout le nécessaire pendant le voyage ? Elle n'avait pas tant de billets de 1 000 couronnes à agiter. Si elle avait sa carte bancaire et son passeport sur elle, c'était par pur hasard, parce qu'ils se trouvaient dans la poche arrière de son jean à l'instant où elle avait échoué à se pendre.

Les finances de Johan étaient correctes, mais sans plus.

— Mon ancien frère adoré m'a donné 50 000 couronnes pour survivre. En plus du camping-car, hein. Il doit m'en rester la moitié maintenant, avec une cave à vin bien remplie et une sélection d'alcools dont je n'ai pas à rougir. Je vais commencer à réfléchir à des menus pour petits budgets.

— Non ! s'écria Petra.

L'idée était insupportable.

— J'ai assez pour qu'on s'en sorte, intervint alors Agnes.

Les deux mains sur le volant et le regard droit devant, la septuagénaire entreprit d'exposer sa situation financière. Elle s'était fait pas mal d'argent avec la fabrique de canots, beaucoup moins avec la saboterie, et presque rien avec l'appartement de Dödersjö. Le total avait suffi, avec un peu de marge, pour acheter la maison et le hangar à bateau sur Ekerö. Après s'être consacrée quelque temps à son nouveau hobby, Internet, elle avait découvert le récent phénomène Instagram. Pour s'amuser, elle avait créé le compte « Travelling Eklund », scanné une photographie prise lors de son dix-neuvième anniversaire, qu'elle avait ensuite retouchée avec un logiciel, chipant des membres par-ci par-là pour se reconstituer un corps jeune.

— Je ne suis pas sûr de comprendre, murmura Johan.

— On s'en fiche, l'interrompit Petra avec impatience. Continue, Agnes !

Travelling Eklund avait effectué son premier voyage sans qu'Agnes quitte sa maison rouge d'Ekerö. La destination allait de soi : la tour Eiffel.

— Londres, acquiesça Johan.

Après Paris, l'Agnes de 19 ans avait poursuivi ses escapades à Berlin, Moscou, Milan, Budapest... Une fois lancée, elle était passée au reste du monde. Hollywood. Hawaï, Tokyo, Séoul, Hong Kong. Elle avait continué direction la Nouvelle-Zélande et l'Australie, était remontée en Chine, avant de redescendre en Indonésie. En Afrique, elle s'était cantonnée aux villes – les animaux sauvages semblaient bien assez dangereux en photo. Elle avait fait le trajet Nairobi-Johannesburg et, de là, s'était rendue au Caire. Au moins une publication par semaine, parfois plusieurs par jour. Avec une règle cependant : jamais le voyage imaginaire ne devait perdre le contact avec la réalité. Pas moyen d'être en Afrique du Sud le matin et de poser devant les pyramides d'Égypte l'après-midi.

Agnes s'était épanouie dans sa nouvelle vie de bourlingueuse. Elle prenait l'avion en classe affaires, portait des vêtements à la pointe de la mode (en étant parfois carrément provocante). Lorsqu'elle ajoutait une montre à son poignet gauche sur une photo, elle ne voyait pas de raison d'en choisir une bas de gamme.

Dans l'ensemble, elle était satisfaite. Flattée d'avoir des milliers de *followers* dans le monde entier. Elle rédigeait d'ailleurs ses brefs commentaires en anglais. Enfin, si l'on peut dire. Les textes étaient aussi pauvres sur le plan linguistique qu'attendus de la part d'une ancienne fabricante de sabots de la paroisse de Dödersjö, en Suède.

— *I can help you*, proposa Johan dans la langue de Shakespeare. Je ne suis pas trop nul en cuisine, à ce que j'ai compris. Ou en ménage. À part ça, je ne suis pas bon à grand-chose, mais j'ai regardé tellement de films que je connais presque plus de mots anglais que suédois.

Petra nota un sentiment d'amour-propre croissant chez Johan, pas très différent de celui qu'elle avait éprouvé récemment, grâce à Malte et une batte de base-ball.

— Merci, c'est très aimable à toi, dit Agnes. Mais tout a fini par s'arranger.

Parmi ses *followers*, il y avait un Américain dont elle ne se rappelait pas le nom. Il avait écrit des choses flatteuses à propos de Travelling Eklund sur ce qu'on appelait un « blog ». Il se trouve que le sien était le plus lu au monde (il n'était d'ailleurs pas connu pour ses commentaires élogieux). Les compliments et (surtout) les méchancetés qu'il écrivait attiraient des millions de visiteurs – par jour. Cela avait donné à Agnes matière à réfléchir. En parallèle d'Instagram, elle avait établi Travelling Eklund sur Twitter et Facebook – et réuni tous ces liens sur son propre blog. Si l'Américain le pouvait, pourquoi pas elle ?

Instagram, Twitter, Facebook, blog. Ce n'étaient pas des mots qu'on entendait dans *Autant en emporte le vent*. Johan n'était peut-être pas aussi à l'aise en anglais qu'il le croyait. Restait le ménage. Et les gentils compliments de la prophétesse sur sa cuisine. Rien à voir avec les commentaires de Fredrik, mais lequel des deux croire ?

Il choisit Petra.

Sur son blog, Agnes avait pu s'en donner à cœur joie. Sous le nom de Travelling Eklund, elle avait étoffé de plus en plus les commentaires accompagnant chaque photo. Elle racontait où elle avait acheté sa robe. Son angoisse quand il avait fallu choisir entre une montre de marque bleu foncé ou rose. Elle donnait des conseils en matière de boucles d'oreilles, destinations de vacances, restaurants, sacs à main et tout le reste. Toujours dans un anglais adorablement maladroit.

— Instagram, dis-tu ? répéta Petra.

Elle en avait entendu parler.

— C'est là que tout a commencé. Mais c'est avec le blog que les choses sont devenues sérieuses.

— Tu avais beaucoup de visites ?

— Pas autant que l'Américain dont j'ai oublié le nom. Mais plus que lorsque j'ai tenté de rameuter du monde sur le perron de l'église de Dödersjö.

— Combien ?

— Devant l'église ? Dix-sept personnes, je crois.

— Dans le monde.

— Quatre millions de visiteurs par jour.

— Oh ! Et ils te paient ? demanda Johan.

— Pas besoin, expliqua Agnes.

Un beau jour, les marques avaient commencé à la contacter. Pas les plus grandes, mais celles qui cherchaient à se faire une place au soleil. Notamment un concurrent de Gucci.

— Ils proposaient de m'offrir une montre si je promettais de la porter.

— Ils t'ont envoyé une montre ? Une chère ?

— Qu'est-ce que j'en aurais fait ? Non, je leur ai demandé de me transférer plutôt 50 000 couronnes. Je pouvais me servir gratuitement en montres sur Internet.

— Combien tu as touché jusqu'ici ? demanda Petra.

Agnes sourit.

— Johan, tu as un budget illimité pour la nourriture et les boissons pendant les neuf prochains jours, répondit-elle. On en reparle après la fin du monde.

— Ça ne risque pas, bouda Petra.

— Excellent ! se réjouit Johan. Dans ce cas, on pourrait s'arrêter dans une épicerie fine ? Et une boutique de spiritueux ? Je sens venir l'inspiration.

Le repas du soir en cinq plats serait digne de la compagnie.

L'après-midi passa, puis la soirée arriva. Le camping-car s'approchait d'Öresund et du pont de 15 kilomètres qui, depuis le début du siècle, reliait la Suède au Danemark.

Pour la première fois, la vieille dame de 75 ans s'apprêtait à quitter son pays natal, de quoi bien faire rigoler son alter ego virtuel, Travelling Eklund.

Pendant les derniers kilomètres sur le sol suédois, Johan raconta des anecdotes de son enfance avec son grand frère Fredrik et leur mère Kerstin, avant que celle-ci tombe malade et s'éteigne peu à peu. À présent, il les voyait d'un œil neuf. Dans 100 % des cas, et par tous les temps, c'était le cadet qui allait chercher les médicaments de maman à la pharmacie, sous prétexte que Fredrik avait des attaques de panique à la vue de gens en blouse blanche.

Prétendait-il.

Ce que ni Johan ni Fredrik n'étaient en mesure de raconter en revanche, c'était comment leur mère et leur père s'étaient rencontrés, pourquoi papa n'était jamais à la maison, et – surtout – le secret de maman !

11

Les secrets de la famille Löwenhult

L'union entre Bengt et Kerstin Löwenhult ne fut pas heureuse. Au moins l'un d'eux aurait pu le prédire. Pour la défense des époux, la quête du bonheur n'avait pas été un critère central de l'arrangement. La jeune femme était issue d'une bonne famille, tandis que son mari avait un compte en banque bien rempli grâce à son père et était promis à une brillante carrière diplomatique. En bref, Bengt et Kerstin tiraient parti l'un de l'autre.

Cependant, il en allait autrement au lit. Ils parvinrent à consommer leur mariage, mais ça ne swinguait pas dans la chambre à coucher. Loin de là ! Kerstin nourrissait déjà des soupçons quand elle tomba enceinte de Fredrik.

Ce ne fut qu'en rentrant d'une virée shopping entre copines, un après-midi, qu'elle vit ses soupçons confirmés. Les copines avaient repris un métro plus tôt que prévu, en conséquence de quoi Kerstin trouva son époux dans le lit conjugal en compagnie de son secrétaire.

— Ce n'est pas ce que tu crois, chérie, s'affola Bengt.

— Enchanté, madame Löwenhult, dit Gunnar.

Bengt et Gunnar étaient tous deux nus, le sexe en érection. C'était exactement ce que Kerstin supposait – et depuis longtemps.

— Je vous prie de vous rhabiller tous les deux. Si possible avant que je vomisse.

Après discussion, il fut établi qu'un divorce serait contre-productif. Il avait l'argent et la carrière. Elle avait ses origines aristocratiques et une réputation à protéger.

Bengt devait encore avoir une pénible conversation avec le chef de son ministère. Autant dire les choses comme elles étaient : il ne s'habituerait jamais à partager la vie d'une femme. Ni d'un homme, en dehors de Gunnar. Son amour pour son secrétaire serait éternel !

— Homosexuel. Je m'en doutais depuis longtemps, acquiesça le ministre des Affaires étrangères. Tu fais bien de me le dire.

Pour ce dernier, un homme pragmatique, la situation était simple. Il ne voulait surtout pas perdre un de ses plus talentueux diplomates. Ce qui n'arriverait pas, grâce aux révélations de Bengt. À présent, il fallait simplement répandre la nouvelle dans les couloirs diplomatiques où il évoluait. Les puissances étrangères comprendraient ainsi qu'il était inutile de chercher à le recruter. Le chantage ne fonctionne que s'il y a un secret à révéler.

Bengt était tout simplement brillant. Il n'avait pas son pareil pour nouer des liens. Avant même d'avoir été promu ambassadeur, il avait réussi à réciter du Shakespeare pendant toute une soirée en compagnie de Richard Nixon, et à boire de la vodka dans un escarpin avec Léonid Brejnev.

Par la suite, sa carrière décolla. Le jeune Löwenhult recevait sans cesse de nouvelles missions partout dans le monde. En compagnie de son secrétaire. Jamais de son épouse.

La situation était néanmoins gênante pour le ministère. Le gouvernement n'avait pas à encourager les séparations conjugales. La solution consista à convier à intervalles réguliers Mme Löwenhult à divers banquets à Stockholm, pendant que l'époux et le secrétaire officiaient à l'autre bout du monde. L'arrangement était diplomatique par nature. Mme Löwenhult se voyait offrir une place à une table sans aucun prestige, et servir des frivolités internationales adaptées aux goûts locaux. En échange, elle n'exigea jamais de suivre son mari, pas même quand il fut envoyé à Paris.

Il était inenvisageable de congédier Bengt Löwenhult. Quand il raconta au premier président de Russie l'épisode avec Brejnev et l'escarpin, l'éternellement joyeux Boris Eltsine acheta pour 100 roubles la chaussure de son assistante et pria Bengt de lui reproduire la scène. Cette seconde démonstration de diplomatie teintée de mode féminine conduisit de fil en aiguille à un accord bilatéral entre la Suède et la Russie de 400 millions de dollars. Pendant ce temps, l'assistante rentrait chez elle en banlieue à cloche-pied.

Durant ses années au service du royaume de Suède, Bengt Löwenhult se rendit dans pas moins de 18 pays, et effectua quatre mandats d'ambassadeur. Aucune mission n'était trop difficile ni trop humble : Bengt les accomplissait toutes avec le même enthousiasme. Et toujours, toujours avec son tendre secrétaire à ses côtés.

Le génie de la diplomatie était rarement, voire jamais, à la maison. Quand Fredrik vint au monde, Bengt était en Égypte, en train de superviser la réouverture du canal de Suez, huit ans après la guerre des Six Jours. Le canal aurait sans doute rouvert sans lui, mais la diplomatie consiste entre autres à être présent pour les grands événements. À savoir les événements politiques. Comparé à cela, un accouchement ne pesait pas grand-chose.

Quand Kerstin tomba enceinte de Johan deux ans plus tard, le futur papa Bengt et son secrétaire se trouvaient depuis longtemps à Buenos Aires, chargés d'une mission désespérée : trouver quelqu'un, n'importe qui, pour mettre de l'ordre dans la junte militaire. Onze mois plus tard, lorsque le diplomate effectua un de ses rares retours en Suède pour une conférence, son second fils était déjà né. M. et Mme Löwenhult s'abstinrent de se pencher sur des détails tels que la difficulté à concevoir un enfant avec une femme en Suède quand on se trouvait en Argentine. Bengt signa la reconnaissance de paternité et repartit.

Si les choses prirent cette tournure, c'était parce que Kerstin était humaine. Après quasiment deux ans sans assouvir son désir d'intimité, elle avait fait la connaissance, au cours d'un banquet du ministère, d'un jeune diplomate venu d'un pays lointain. Il avait la peau claire, des yeux noirs et les dents blanches. Ce n'était pas qu'il fut particulièrement séduisant, mais il parlait anglais avec un accent français et, au vu des circonstances, Kerstin s'en était contentée. Après trois heures de bavardages, ils étaient passés au bar de l'hôtel pour un dernier verre.

Puis à l'ascenseur pour aller admirer la vue depuis la chambre du diplomate. Aucun d'eux n'avait remarqué que la fenêtre donnait sur l'arrière-cour de l'hôtel.

Bengt ne demanda jamais qui était le géniteur. En outre, Johan ressemblait à son demi-frère ; l'aventure post-banquet ne laissa donc aucune trace évidente. Même quand ses fils grandirent, Kerstin préféra passer ce détail sous silence.

Après une carrière exemplaire, Bengt prit une retraite anticipée et s'établit en Uruguay pour le climat, le tango et l'amour. À Montevideo, deux hommes peuvent se promener main dans la main le long de la Playa Carrasco sans craindre qu'on ne leur lance des pierres ou des quolibets.

Seul le jeune diplomate étranger apprit la vérité. Kerstin trouva en effet sa carte de visite dans son sac à main, et lui écrivit pour l'informer que leur moment dans la chambre d'hôtel s'était soldé par la naissance d'un garçon qui s'appelait Johan et ne ressemblait en rien à son père. Une plus grande implication de ce dernier n'était pas souhaitée.

Cela tombait bien : il avait d'autres chats à fouetter. Mais il lut et hocha la tête, satisfait de savoir que sa tuyauterie fonctionnait, puis il brûla toutes les preuves.

Ainsi grandirent les deux enfants, sans papa ni pères. Maman Kerstin les éleva en se fiant à son bon sens. Elle découvrit d'ailleurs bien vite que l'aîné en possédait nettement plus que celui qui était né de sa rencontre avec le jeune diplomate aux yeux noirs, aux dents blanches, et à l'anglais teinté de français. À 12 ans, tandis qu'il mémorisait le plus possible de décimales du nombre Pi, le cadet de 10 ans s'efforçait de comprendre le principe du siège des toilettes. Le record du grand frère s'élevait à 85 décimales. Au bout d'un moment, le petit frère finit par résoudre l'énigme du siège.

Pourtant, aux yeux de leur mère, Johan était spécial. Il y avait chez lui une sollicitude maladroite qui l'attendrissait. Comment pouvait-on être aussi gentil et aussi ignorant à la fois ? Fredrik n'avait pas besoin de Kerstin de la même façon. Il était autonome et focalisé sur son avenir. C'était bien le fils de son père. D'ailleurs, Kerstin trouvait parfois dommage que Bengt ne soit jamais là pour lui.

Puis elle tomba malade. Et toujours plus malade. Quand il n'était pas à l'école ou dans la cuisine, Johan passait tout son temps à son chevet. Il ne comprit jamais pourquoi elle était condamnée à mourir. Fredrik l'informa qu'elle avait contracté un adénocarcinome pancréatique. Le cadet ne s'en trouva pas plus renseigné.

Papa Bengt revint pour l'enterrement. Il ébouriffa les cheveux de Fredrik en ajoutant que parfois la vie était dure et injuste, et que son fils ne devait pas hésiter à le contacter s'il avait besoin de son aide. Le ministère saurait où le trouver.

— Prends soin de toi, mon garçon.

Johan demanda s'il devait aussi prendre soin de lui-même.

— Oui, je pense bien, dit Bengt.

Bengt Löwenhult était un père profondément défaillant. Il avait besoin de la validation que lui apportait son génie diplomatique. Et il avait besoin de son Gunnar.

En réalité, il avait aussi besoin de son fils Fredrik, mais leur relation avait très mal commencé, et s'était encore déteriorée avec l'arrivée du petit frère. Johan. Avec qui il n'avait aucune raison de s'impliquer.

Que pourrait-il faire pour Fredrik à une telle distance ? Alors Bengt tira les bonnes ficelles et le fit admettre dans une formation de relations internationales. Quelles ne furent pas sa fierté et sa joie en apprenant que l'élève qui était entré par une porte dérobée avec l'aide de papa avait des compétences aussi bonnes voire meilleures que ceux qui avaient dû mériter leur place !

Il s'ensuivit pourtant une certaine introspection. À ce stade, les bruits de couloir sur l'orientation sexuelle de Bengt étaient bien sûr parvenus aux oreilles de son fils. Cela n'aurait sans doute pas été bien grave sans ce Johan qui, sur le plan intellectuel, était un croisement entre l'épouse de Bengt et Dieu-savait-quoi. Et si Fredrik avait des soupçons ?

La star de la diplomatie estima qu'il n'avait pas le droit de semer la discorde entre les deux frères, et décida donc d'abandonner son fils à son sort. L'alternative aurait été au-delà de ses forces : apporter le même soutien à Fredrik, le futur diplomate, et à Johan, l'incapable.

Bengt et Kerstin avaient donné naissance à un garçon, devenu un jeune homme désireux de faire ses preuves auprès de sa mère d'abord et de son père ensuite. Plus tard, sa mère mourut et son père resta tout aussi distant. Ils ne lui laissèrent qu'une andouille de petit frère, en supposant que leur père ait vraiment sa part de responsabilité dans sa conception. Peu importe. Une seule chose était sûre pour Fredrik : en aucune circonstance Johan ne devait se mettre sur son chemin. Ni personne d'autre, d'ailleurs.

Passer sur le corps d'autrui ? Parfaitement, s'il le fallait. Piétiner Johan ? Oui, avec plaisir !

12

Lundi 29 août 2011

Plus que 9 jours

Cette aire de repos sur l'autoroute E47 en direction de Rødby était des plus moroses. Rien n'indiquait que les urbanistes danois aient quelque intention d'y remédier.

Ce soir-là, six semi-remorques et un camion de fumier y avaient fait halte. Ce dernier laissait tourner son moteur diesel, ce qui avait l'avantage de masquer en grande partie les effluves nauséabonds de deux sanitaires à tel point négligés que les chauffeurs préféraient effectuer leur toilette du soir sur l'herbe sèche et jaunie à côté.

En certains endroits, l'asphalte gris était plutôt d'un noir huileux. Des détritus jetés par terre avaient formé de petits tas des deux côtés de la chaussée, tandis que les mégots de cigarette restaient collés sur place.

Petra venait de suggérer de chercher un endroit plus agréable où passer la nuit, mais Johan lança depuis la cuisine que le repas était presque prêt. Voilà comment ils échouèrent là. Johan leur présenta ses excuses, mais la règle du « dîner en extérieur » valait par tous les temps. Le coin repas du camping-car était en effet occupé par la cave à vin, la friteuse, la deuxième cuisinière et le chauffe-plat.

— Fredrik a dit que l'aménagement de cette cuisine avait coûté 50 000 couronnes et que c'était moi qui aurais dû les payer.

— Tu aurais pu piocher dans les 30 millions qu'il ne t'a jamais donnés, fit observer Petra.

Après cette longue journée derrière le volant, Agnes s'installa sur une chaise de camping à côté de leur véhicule, sa tablette tactile sur les genoux. Elle s'interrogeait encore sur sa prochaine publication. Travelling Eklund, cette cruche, s'était rendue sur l'archipel de Svalbard. Qu'allait-elle bien pouvoir lui faire faire au milieu de l'Arctique ?

— Tu ne crois pas que tu as une certaine responsabilité dans son choix de destinations ? demanda Petra.

— Tu ne peux pas comprendre, dit Agnes.

— Tu ne peux pas la laisser sortir en boîte ? S'amuser un peu ?

— 2 000 habitants, 1 000 ours polaires, 0 boîte de nuit.

Petra se demanda si les ours polaires survivraient un dixième de seconde de plus que les insulaires quand les températures chuteraient à – 273,15 degrés, mais décida que cela n'avait pas d'importance. Elle entreprit de disposer les assiettes en porcelaine et les verres sur la table en suivant les instructions de Johan, et elle venait à peine de terminer quand leur cuisinier sortit du camping-car, les mains pleines, et les convia à s'asseoir.

— Nous commencerons par un croustillant de crevettes aux œufs durs et œufs de lump. Accompagné par un riesling réserve Gustave Lorentz.

Le vin avait justement la même couleur que le liquide évacué par le chauffeur de camion de fumier danois, 10 mètres plus loin.

— Bon appétit, leur lança-t-il en rangeant son engin dans sa braguette avant d'avoir totalement fini.

Agnes fit la grimace et Petra envisagea d'aller chercher la batte de base-ball, sans vraiment savoir ce qu'elle en ferait.

— Vous voulez vous joindre à nous ? proposa Johan. Il y en a assez pour tout le monde.

Le chauffeur routier s'appelait Preben, et il ne se lava pas les mains avant d'attraper son croustillant de crevettes.

— J'ai jamais rien mangé d'aussi bon, parole d'honneur ! s'écria-t-il de son élocution hachée.

— Qu'est-ce qu'il dit ? demanda Johan.

— Il demande si tu aurais quelque chose pour qu'il se lave les mains, répondit Agnes.

Johan fut immédiatement de retour avec une serviette humide et quelques gouttes de savon.

— J'ai aussi des lingettes, si tu préfères.

Preben, pour éviter les quiproquos, passa du danois au suédois. Il raconta qu'il avait vécu la plus grande partie de sa vie d'adulte à Landskrona, dans le sud de la Suède, avec sa compagne suédoise Kajsa et une fille qui était peut-être de lui. Celle-ci était née peu de temps après la rencontre du couple. Tant pis pour la paternité, Kajsa pensait que le géniteur était un autre, mais Preben voyait quand même une ressemblance entre lui et sa fille, à présent partie de la maison. En tout cas, elle était aussi moche que lui.

Les Suédois trouvèrent le Danois d'une franchise décapante, et quand tout le monde se fut lavé les mains, ils passèrent à l'entrée et au plat principal sans incident. Inspirés par le routier, Johan, Agnes et Petra partagèrent chacun leur histoire avant le dessert. Preben commentait sans discontinuer. Au récit de Johan, il répondit qu'il n'avait pas grand-chose à ajouter sur l'amour bancal entre frères, si ce n'est qu'il n'avait pas vu le sien depuis des lustres et ne s'en portait pas plus mal. Les voyages de Travelling Eklund autour de la Terre ne l'inspirèrent pas beaucoup. Quant à Internet, c'était sympa pour se faire un film porno de temps en temps, et pratique pour les confirmations de livraisons et autres par e-mail. Il y avait beaucoup moins de documents à conserver que dix ans plus tôt.

Cette histoire d'apocalypse imminente, en revanche, était fascinante.

— Plus que neuf jours ? Et qu'est-ce qu'il va se passer après ?

— Une fois que l'atmosphère aura disparu ? Absolument rien.

Preben Lykkegaard était avant tout danois, mais aussi un peu suédois. Né et élevé à Helsingør, il avait emménagé de l'autre côté de l'Öresund par amour, et fait la navette quotidienne vers sa terre natale pour le travail, jusqu'au jour où, au bout de vingt ans de vie commune, sa compagne l'avait brusquement mis à la porte. Kajsa ne supportait plus le fait qu'il sente si mauvais.

L'homme éconduit avait conscience que, en tant qu'entrepreneur dans le fumier de vache, il était inévitable de rapporter certains relents à la maison. Toutefois, Preben subodorait qu'il y avait autre chose. Il retourna à Helsingør, où il ne prenait plus aussi souvent de douches (quel intérêt à présent ?), mais il traversait de temps à autre le détroit pour observer son ancienne maison en Suède. Il avait besoin de savoir.

Sa troisième mission de surveillance confirma ses soupçons. Il avait été remplacé. À en juger par sa plaque d'immatriculation, l'homme était allemand.

Stationner discrètement un camion de fumier dans un quartier résidentiel n'est pas chose aisée. Kajsa découvrit Preben en train de photographier l'Audi noire de l'Allemand et piqua une crise. Elle l'accusa de l'espionner et lui ordonna de décamper, sans quoi cela finirait mal pour lui quand son Dietmar reviendrait de son jogging. Elle hurla que le *destin* les avait rapprochés. Elle était l'hiver et lui l'été, et ils s'étaient rencontrés au printemps, à la fin de la période du muguet. Ils se marieraient en automne.

— Je n'ai pas tout compris, soupira Johan. Mais j'ai l'habitude.

— Moi non plus, au début, dit Preben. Mais j'ai ensuite appris que, côté odeur, le muguet est tout mon opposé.

— Tu sens mauvais ? demanda poliment Petra.

— Allons, fit Agnes.

Preben n'attendit pas le joggeur. Il remonta dans son camion de fumier et retourna au Danemark en emportant son cœur brisé et son besoin croissant d'en apprendre davantage. On pouvait dire beaucoup de choses sur son compte, admit l'intéressé, mais il n'était pas stupide. Grâce au numéro d'immatriculation de l'Audi et aux allusions de Kajsa, il sut bientôt tout ce qu'il y avait à savoir sur son remplaçant. Le nom de famille de Kajsa était Vinter, *hiver* en suédois. Dietmar devait donc s'appeler Sommar, *été*, un nom tout à fait courant en Allemagne, après un infime ajustement linguistique. La voiture appartenait à une entreprise d'emballage industriel à Bielefeld. La société s'avérait employer un directeur des ventes du nom de Dietmar Sommer. Une enquête approfondie révéla que monsieur Sommer était marié et père de deux enfants. La Kajsa chérie de Preben n'était donc rien de plus qu'une distraction pour un cadre allemand aux mauvaises intentions.

— Le muguet, mon cul ! s'écria Preben.

Il était par conséquent en route pour Bielefeld où il avait l'intention de rendre visite à l'Allemand et lui flanquer une torgnole. Ou deux.

Il avait déjà défini un mode opératoire. Il commencerait par un direct du droit, suivi d'un crochet du gauche. Sauf s'il était déjà à terre, bien sûr.

— Quel enseignement il en tirera ? demanda Petra. À part que les coups de poing font mal ?

Johan répondit pour le Danois. Il avait perdu le compte de toutes les gifles administrées par Fredrik au fil des ans, sans avoir pour autant rien appris sur rien.

Sauf en cuisine, mais il doutait que cela ait un rapport avec les gifles. C'était fou, d'ailleurs, le nombre de compliments qu'il avait reçus pour ses petits plats ces derniers jours. Masterchef ! Génie ! Et les mots gentils de Preben en danois, auxquels il n'avait rien compris.

— Je vais bientôt commencer à vous croire, ajouta-t-il.

— Et tu auras raison, dit Petra.

Pour en revenir à sa question, Petra reconnut qu'elle n'avait pas trouvé entièrement déplaisant de tanner le derrière de Victoria avec une batte de base-ball. Mais c'étaient surtout les paroles qui avaient suivi qui avaient tout changé. Son ancienne persécutrice était sans doute encore en train de se venir les ongles, de pure terreur.

Preben pouffa en entendant Petra. C'était typique de ses voisins qui vivaient de l'autre côté du détroit ! Si on avait pu achever quelqu'un à coups d'arguments, il ne serait plus resté un seul Suédois sur Terre. L'entrepreneur en fumier surnommait ses poings « la dynamite danoise ». Tout en les frottant l'un contre l'autre, il dit qu'il se ferait un plaisir de flanquer une correction à l'Allemand.

Johan lui demanda s'il n'avait pas peur que Dietmar riposte.

— Peur ?

On pouvait dire beaucoup de choses sur son compte, les informa le routier. Mais il n'était pas stupide, et il n'avait pas peur. Durant ses jeunes années, il s'était exercé, les samedis soir, à administrer et à recevoir des corrections. Surtout à les administrer. Sans perdre trop de temps en bavardage au préalable.

Agnes écoutait et savourait. Qui aurait cru qu'une rencontre fortuite sur une aire d'autoroute danoise pouvait se révéler plus intéressante que tous les échanges entre les habitants de Dödersjö au cours des cinq derniers siècles ? Pour relancer la discussion, elle y mit son grain de sel.

— Je me demande ce qu'on risque, en Allemagne, pour des coups et blessures.

— Qu'est-ce que tu veux dire ? demanda Preben.

Simplement que les Allemands avaient la réputation d'être plutôt forts pour coffrer les fauteurs de trouble, non ? Le camion de fumier de Preben était sans doute très bien pour beaucoup de choses, mais il ne paraissait pas être la meilleure option pour prendre la fuite.

Preben n'avait pas réfléchi à cela. Il avait quatre épandages de fumier planifiés cette semaine dans le Jutland, et bien plus dans le reste du Danemark les suivantes. Il ne serait pas très judicieux d'être arrêté par la police allemande. Risquait-il plus qu'une amende ?

Agnes trouva vite la réponse grâce au moteur de recherche sur sa tablette tactile, qui la renvoya vers un site mentionnant le barème des pénalités pour coups et blessures dans la République fédérale.

— Dans le meilleur des cas, une lourde contravention, en fonction de la violence des coups. Six mois au frais si tu dépasses trop les bornes, et jusqu'à dix ans s'il y a autant de dynamite que tu le dis dans tes poings. Tu devrais peut-être te contenter de la première torgnole, ou de la deuxième ?

Mon Dieu, les Suédois avaient vraiment le don de compliquer les choses ! Ne pouvaient-ils pas l'accompagner à Bielefeld pour l'aider ? Dans l'intérêt de l'humanité.

— T'aider comment ? objecta Petra. En immobilisant Dietmar pendant que tu le cognes ?

Non, le Danois n'en espérait pas tant. Il avait compris qu'il aurait besoin d'un plan pour prendre la fuite dès qu'il aurait asséné les coups. On pouvait dire beaucoup de choses sur son compte, expliqua le camionneur, mais il n'était pas stupide. Et il n'avait pas peur. Et il n'était pas non plus le roi des plans. Jusqu'ici, il avait juste prévu de rendre visite à Dietmar Sommer sur son lieu de travail, de demander à lui parler, et « paf ! » dès qu'il se montrerait.

Devant une foule de témoins, bien sûr. Son camion de fumier garé devant la porte. Il en avait conscience à présent.

Petra dit au Danois d'arrêter de rêver. Ses amis et elle se rendaient à Rome pour une affaire de la plus haute importance et le temps était compté, comme Preben avait dû le comprendre à ce stade. Pour cette raison précise, ce ne serait pas bien grave de finir en prison. D'ailleurs, aurait-il le temps de passer devant un juge avant que le Jugement dernier juge la Terre entière ? Et condamne tout le monde à la même peine, quel que soit le nombre de coups de poing impliqués.

Agnes, elle, qui n'était toujours pas convaincue par les calculs apocalyptiques de Petra, voulait s'amuser le plus possible en route.

— Bielefeld ne représente pas un gros détour, fit-elle remarquer.

Elle eut alors une idée diabolique.

— Tu pourrais peut-être faire la leçon à Dietmar sur son mode de vie immoral avant que Preben lui tombe dessus avec sa dynamite danoise. Ensuite, on l'aidera à s'échapper. Comme ça, tu auras eu ton compte, Preben aura eu son compte, et Dietmar aura eu le sien.

— Et après, je vous invite tous à dîner, ajouta Johan.

— Peut-être pas Dietmar ? objecta Agnes.

Petra vit soudain la possibilité de donner un peu plus de sens à leur vie pendant le pitoyable temps qu'il leur restait. Maintenant qu'elle avait clarifié les choses avec Malte et réglé son compte à Victoria, c'était au tour de Fredrik. Mais le voyage pour Rome était long. Quel bonus ce serait, si sur leur route ils parvenaient à réparer d'autres injustices. Ils devaient de toute façon passer la nuit ici, puisque Johan refusait de les laisser manger pendant qu'ils roulaient. Quitter l'autoroute, rendre visite au directeur des ventes et lui asséner quelques vérités sur le sens moral ne demanderait pas beaucoup plus d'une heure. S'ils pouvaient au passage éviter à un livreur de fumier danois de rencontrer son créateur dans une cellule en Allemagne, ce serait sans doute une bonne action comme une autre.

— C'est l'heure du dessert ! déclara Johan en disparaissant dans le camping-car.

Parfait, songea Petra. Cela lui laisserait le temps de réfléchir.

Le dessert, présenté avec soin dans des coupes en verre, s'accordait assez mal avec les descriptions de Preben concernant les caractéristiques d'un fumier organique danois supérieur. Prélevant une généreuse cuillère de crème au chocolat décorée de marmelade d'argousier et de mûres, le Danois souligna tout de même une certaine similarité visuelle. Lorsqu'il proposa d'aller chercher un échantillon de fumier pour qu'ils se fassent une meilleure idée, les autres déclinèrent poliment son offre.

Lorsque vint le moment du café-cognac, Preben leva son verre et étudia le liquide sous tous les angles. Agnes se douta de ce qui allait suivre.

— Mon cher Preben, puis-je te demander de ne pas faire la comparaison que je te crois sur le point de faire au sujet du cognac ?

Le livreur répondit par un regard offensé. Les gens n'avaient aucune idée de l'importance des déjections de vaches dans le cycle écologique. Mais soit, il était d'accord pour parler de la fin des temps. Petra était-elle certaine que l'apocalypse frapperait aussi Bielefeld ? Ce serait toujours une consolation.

Petra était fatiguée de devoir répéter que l'atmosphère ne pouvait pas disparaître juste un petit peu, ou seulement par-ci par-là. En entendant que les températures chuteraient à – 273,15 degrés en un dixième de seconde, la première inquiétude de Preben avait été que le fumier gèle, de même que les mâchoires de frein du camion.

— Si tu veux bien savourer ce cognac en silence cinq minutes, Preben, et si tu m'autorises à expliquer de nouveau ce qu'implique la disparition de l'atmosphère, je promets que nous t'aiderons à Bielefeld demain. Je crois que j'ai déjà un plan.

13

Mardi 30 août 2011

Plus que 8 jours

Le Danois fit sa toilette matinale dans un buisson de l'autre côté de l'aire de repos, à bonne distance de la table du petit déjeuner, ayant compris que les Suédois apprécieraient l'attention. Histoire de se faire bien voir, il demanda même une lingette humide à Johan, en s'assurant que tous l'entendent.

Après avoir mangé des œufs Bénédicte et du saumon à la marinade maître d'hôtel, ils tombèrent d'accord pour convoyer vers le sud. Ralentis par le poids lourd de Preben et le ferry entre Rødby et Puttgarden, ils n'arriveraient à Bielefeld que dans la soirée. La visite à Dietmar devrait attendre le lendemain.

— D'abord le dîner, puis la correction, énuméra Johan. Avec ou sans sermon entre les deux. Il ne faut pas se battre à jeun. Je dirais même plus : il ne faut rien faire du tout le ventre vide. Des souhaits particuliers concernant le menu ?

— Des hamburgers ? suggéra Preben.

— Ou pas, trancha Johan. Je vais réfléchir.

Agnes, derrière le volant, était encore préoccupée par son alter ego virtuel. Svalbard pouvait être une expérience unique, mais tandis que ses compagnons dormaient profondément, la vieille dame aux cheveux violets avait tenté de retoucher des photos pour échafauder une histoire qui ait une chance de paraître crédible. Une moyenne de 3 degrés en août. Y avait-il de la neige ? Quelle quantité ? Sans oublier les ours polaires qui rôdaient dans les parages. Mortellement dangereux. Rien à gagner non plus en placements de produit.

Elle fit part de ses inquiétudes à la prophétesse.

Petra ne voulait pas provoquer de querelle, mais Agnes venait-elle vraiment de décrire Svalbard comme une expérience unique sans avoir jamais posé un pied sur l'archipel ? Était-elle certaine de distinguer la fiction de la réalité ?

Agnes rétorqua qu'une prophétesse de l'apocalypse était sans doute la personne la moins bien placée pour faire ce genre de commentaire.

L'atmosphère resta quelque peu tendue dans le camping-car, jusqu'à ce que les effluves venus de la cuisine se diffusent jusqu'à l'avant. Petra ne put s'empêcher de demander ce qui mijotait. Johan répondit qu'il préparait des paillassons de pomme de terre en entrée. Le plat principal serait dans le même esprit. En suggérant des hamburgers, Preben lui avait fait comprendre qu'il devrait privilégier la simplicité.

— Et qu'est-ce que c'est, un plat simple, pour un esprit aussi remarquable que le tien ? se renseigna Petra.

— Une pizza.

— Qui l'eût cru !

— Avec du caviar russe.

Il est déjà bien assez compliqué de s'arrêter pour la nuit avec un camping-car lorsqu'on quitte la Suède, où vous pouvez stationner où bon vous semble. Si en plus vous êtes accompagné d'un camion de fumier modèle XXL, cela demande encore plus d'organisation.

Petra s'attela au problème. Elle demanda à Preben et Agnes de diriger le convoi vers Kipa Industrie-Verpackung GmbH sur Friedrich-Hagemann-Strasse, au numéro 7, où elle trouva précisément ce qu'elle cherchait : une usine fermée pour la nuit, offrant suffisamment de place pour les deux véhicules et la table du dîner.

Entre l'entrée et le plat principal, Petra prit le Danois à part pour lui expliquer son plan. La tâche était plus aisée maintenant qu'elle avait pu étudier les environs.

— Nous laissons le camping-car et le camion de fumier ici, tournés vers la route. Je vais à l'accueil, je demande Dietmar Sommer. Quand il arrive, il me suit sur le parking pour rencontrer quelqu'un qui veut lui parler.

— Mais je n'ai pas envie de lui parler !

— Ne me parle pas non plus, s'il te plaît. Pour l'instant, contente-toi d'écouter.

Petra avait l'intention de mêler l'ex-petite amie de Preben au drame. Si elle prétextait un message de la part de Kajsa en Suède, le père de famille adultère devrait en toute logique être à la fois nerveux et intrigué.

Petra l'entraînerait derrière l'usine, à 60 ou 70 mètres. S'ils marchaient lentement, cela lui laisserait quelques minutes pour prêcher la valeur d'une famille soudée, de l'exemple qu'on donnait à ses enfants, et des serments qu'on prêtait. Si ses paroles faisaient mouche, Dietmar serait une meilleure personne quand il se changerait en glaçon une semaine plus tard. Il aurait peut-être même le temps d'exprimer sa gratitude avant qu'ils atteignent le coin du bâtiment.

— Tu nous attends là, expliqua-t-elle à Preben. Sans témoins. Si j'ai bien compris, ce sera « paf ! » direct, pas d'entrée en matière. Puis, retour rapide en quinze secondes à nos véhicules.

Preben sourit. Maintenant, il saisissait ! Finalement, il avait l'intention d'échanger quelques mots avec Dietmar pendant qu'il le cognerait. Avec le direct du droit, il dirait : « Celui-là, c'est de la part de Kajsa. » Et avec le crochet du gauche : « Et celui-là, c'est de la mienne. »

Johan les appela à table. La pizza était prête.

— Du champagne un mardi soir, ça peut vous sembler un peu exagéré, mais je veux faire honneur au caviar. Dom Pérignon Œnothèque 1996. Une année avec une belle longueur et une belle acidité.

— De la pizza ! gloussa Preben. Trop cool !

Les détails du plan de Petra pourraient attendre le lendemain.

— Ça t'embête pas si je gratte le machin noir ? T'aurais pas une bière ?

La nuit tomba sur la zone industrielle. Le café et les digestifs étaient bus, le plan pour le lendemain finalisé. Il était temps de se dire bonsoir. Tout allait bien.

Après quoi, rien ne se déroula comme prévu. C'est rarement le cas.

14

Le fils du betteravier

Partie 1 sur 5

Tandis que trois Suédois et un Danois partageaient une pizza au caviar russe sur le parking d'une zone industrielle en Allemagne, à l'autre bout du monde, le Russe Alexandre Kovaltchuk levait son verre de vodka à sa propre santé. Il le faisait parfois, après une longue journée.

Le destin le mettrait bientôt sur le chemin d'Agnes, de Johan et de Petra, mais cela n'apporterait rien de bon à Alexandre (ni à personne d'ailleurs) de le savoir à l'avance. Une agréable brise soufflait de la mer et caressait la vaste terrasse du palais sous la voûte étoilée. Il dit au personnel de se retirer. Ces instants nocturnes, il les voulait pour lui seul.

Alexandre était né cinquante ans plus tôt, dans un environnement complètement différent. Son père et sa mère s'usaient à cultiver des betteraves sucrières sur des terres pauvres et reculées de la campagne soviétique. Les années succédant à la Grande Guerre patriotique n'avaient été tendres avec personne. Quand il ne pleuvait pas trop, il ne pleuvait pas assez. La terre se fendillait, les sources se tarissaient. Il était impossible d'atteindre les niveaux de production fixés par le Comité d'État pour la planification du Conseil des ministres de l'Union soviétique, à 1 200 kilomètres de là. La décision de Staline d'exécuter deux des sept membres du Conseil pour stimuler les survivants avait eu pour seul effet d'inciter ceux-ci, par pure terreur, à inscrire dans le plan quinquennal en cours de rédaction que la météo allait devenir 60 % plus favorable.

Alexandre n'était pas encore né lorsque ses parents quittèrent la campagne pour la ville de Stavropol, où les conditions météorologiques ne représentaient pas une question de vie ou de mort.

Après ce déménagement, la chance leur sourit. Le père d'Alexandre intégra un groupe de jeunes hommes assez courageux pour critiquer Staline loin des oreilles indiscrètes. Parmi eux se trouvait un ami d'enfance de leurs années à Privolnoïe. Il s'appelait Mikhaïl Sergueïevitch, mais tout le monde le surnommait Micha. Autrefois, il était populaire au village car il possédait un vieux pneu avec lequel les autres garçons venaient jouer.

Mikhaïl Sergueïevitch était plus malin que quiconque. Il intégra le Parti communiste, fit carrière au sein de l'organisation de la jeunesse et se tailla une place dans la sphère politique modérément corrompue de Sébastopol. Il animait des groupes de discussion secrets dans différents sous-sols sans autres témoins que les rats, qui jusqu'ici avaient disposé des caves pour eux tout seuls.

Avant de partir pour Moscou, il s'arrangea pour nommer le père d'Alexandre responsable de l'entretien de la ville de Sébastopol. Entre amis d'enfance, on se serrait les coudes. Le père d'Alexandre lui exprima sa gratitude en lui offrant en retour un pneu de voiture flambant neuf décoré d'un ruban rouge. Il aurait ainsi un nouveau jouet pour se distraire pendant les soirées solitaires qui l'attendaient dans la capitale.

Le futur président Alexandre Kovaltchuk fit ses premiers pas, grandit, entra dans l'adolescence, puis l'âge adulte. Pendant ce temps, son père veillait à la propreté dans les quartiers de Sébastopol où vivaient ceux qui lui étaient utiles. Le paysan qui courbait l'échine sur ses désolants champs de betteraves était devenu un puissant au dos droit. Son vœu le plus cher était de voir son premier-né emprunter la même voie. À ces fins, il l'obligea à lire des ouvrages de philosophie et des pamphlets politiques en français. Selon l'opinion générale parmi les cercles de réflexion dans les caves, ce n'était qu'une question de temps avant que les communistes français dominent l'Europe centrale, et on aurait alors besoin de médiateurs entre Staline, à Moscou, et les nouveaux dirigeants, à Paris. Tel était l'espoir que le père d'Alexandre nourrissait pour son fils.

Alexandre lisait donc les ouvrages, consultait un dictionnaire du début du siècle, comprenait tout au plus la moitié, lisait encore, comprenait un peu plus – et parvint à la conclusion que les stalinistes français étaient aussi dérangés que Staline lui-même. En revanche, le français était une belle langue, contrairement à l'anglais balbutiant qu'il apprenait aussi. Imaginez un peu, une langue construite de façon à ne jamais prononcer correctement la lettre *r*.

bride aux gangs locaux mal organisés, qui prospéraient parce qu'on manquait de tout dans l'exemplaire société soviétique.

Il conseilla à son fils de se tenir à bonne distance de la mafia. Peut-être les choses auraient-elles mieux tourné pour Alexandre à Moscou si, sur ce point précis, il avait un peu moins obéi à son père.

Car la mafia était passée à l'offensive.

Pendant ce temps, l'ami de son père rejoignit le co rant anti-staliniste, au grand jour et sans la compagn des rats. La chose fut possible parce que Staline ava eu le bon goût de mourir.

Mikhaïl Sergueïevitch, plus connu sous le nom Gorbatchev, fit si bonne impression dans les couliss du pouvoir que le président du Conseil, Khrouchtch le nomma ministre de l'Agriculture tout en l'introduisa dans le Politburo, dont il devint le plus jeune memb depuis sa création.

Le futur président Kovaltchuk n'avait alors qu' peu plus de vingt ans, mais son père lui offrit pour s anniversaire un authentique diplôme universitaire d'é nomie (ce n'était pas donné, le directeur de l'insti était un vrai rapace). Grâce à cette éducation tom du ciel et aux relations de son père, Alexandre le bus jusqu'à Moscou et rejoignit l'équipe de Mik Sergueïevitch en tant que conseiller chargé de l'imp export, puisqu'il était le seul à parler d'autres lang que le russe.

Si son apprentissage des langues l'avait éclairé représentation du monde était surtout teintée les récits de son père sur la culture des betterav Privolnoïe, un village dont l'ensemble des ressou cumulées se résumait, lors du départ de la famill 8 arracheuses à betteraves, 12 poules, 3 charrettes, pas de chevaux pour les tirer. Et un vieux pneu.

Le père avait élevé le fils dans le meilleur esprit c muniste. Il était persuadé que l'idéologie dans laq il avait grandi serait éternelle. En conséquence, le g ral de la collecte des déchets ne serrait pas tro

15

Mercredi 31 août 2011

Plus que 7 jours

Tout avait si bien commencé. Preben avait reconnu l'Audi de Dietmar sur le parking du personnel. Tout correspondait : le modèle, la couleur et la plaque d'immatriculation. Le mari adultère était donc dans la place.

Le camping-car et le camion étaient en position. Preben se posta au coin du bâtiment. Petra franchit la porte de l'usine d'emballage et dit à la réceptionniste qu'elle avait un message important pour M. Sommer. Était-il présent ?

Tout à fait, mais qui la standardiste devait-elle annoncer ?

Petra n'y avait pas réfléchi.

— Dites-lui que c'est de ma part. Je suis quelqu'un de très important en Suède. Secrets professionnels. Un peu de discrétion, si vous voyez ce que je veux dire ?

La réceptionniste, à contrecœur, s'en contenta. M. Sommer fut manifestement assez intrigué, car elle informa Petra qu'il arrivait.

Quand les portes de l'ascenseur s'ouvrirent, la fête s'acheva avant même d'avoir commencé. Dietmar Sommer mesurait plus de 2 mètres et ressemblait à un lanceur de poids plus qu'à un directeur des ventes.

130 kilos minimum, estima Petra. L'homme semblait constitué uniquement de muscles.

— De quoi s'agit-il ?

Pour couronner le tout, il avait une voix caverneuse.

D'abord une leçon de bonnes manières, puis un passage à tabac, si on suivait le plan. Seulement, le géant qui se tenait face à Petra aurait à peine senti la batte de base-ball de Malte sur son crâne, si Preben l'avait eue à portée de main.

Bien sûr, Petra pouvait s'en tenir au plan et entraîner le lanceur de poids au coin du bâtiment, mais à quoi cela mènerait-il, si ce n'est à une complicité d'homicide ? Sur un citoyen danois. Et possiblement sur Petra.

— Oui, de quoi peut-il bien s'agir ? répéta-t-elle tout en se creusant la tête.

— Alors ? insista Dietmar de sa voix grondante.

— Elle dit qu'elle vient de Suède, intervint la réceptionniste, embarrassée d'avoir laissé entrer cette énergumène.

Peut-être Dietmar Sommer vit-il un rapport entre l'étrange visite et son aventure avec Kajsa, car il parut soudain gêné.

— Suède, improvisa Petra, craignant que le géant fasse le lien. Danemark. Allemagne. Pays-Bas. Australie. Vietnam. Nous sommes tous, avant tout, des Terriens, n'est-ce pas ?

Pas très convaincant.

— Vous vous êtes perdue ? avança Dietmar Sommer.

Excellente idée !

— Absolument ! Je me suis perdue comme jamais de ma vie. Je me demande si je n'ai pas confondu Bielefeld avec Białystok.

Tandis que que le colosse se demandait comment on pouvait confondre une ville de l'ouest de l'Allemagne avec une autre à l'est de la Pologne, Petra lui présenta ses excuses.

— Je ne vous dérange pas plus longtemps. Au revoir, monsieur Sommer. Et alléluia !

Où était-elle allée chercher un truc pareil ?

Petra franchit les portes à reculons et se dépêcha de rejoindre Preben. Le lanceur de poids était encore trop ébahi pour la suivre.

Elle tourna à droite au coin, et encore à droite 60 mètres plus loin. Derrière le bâtiment, Preben se tenait prêt.

— Tu es seule ? Pourquoi il n'est pas là ?

Petra répondit par une autre question :

— Tu veux mourir, Preben ?

Pas vraiment. Pas tout de suite, en tout cas.

— Qu'est-ce que tu veux dire ?

— Je t'expliquerai plus tard. Viens, on file.

Après avoir entendu Petra lui décrire Dietmar Sommer, Preben déclara qu'on pouvait dire beaucoup de choses sur son compte, mais il n'était pas stupide. L'avait-il déjà mentionné ? Brutaliser quelqu'un qui ne remarquerait même pas les coups avant de les rendre ? Non, Preben connaissait ses limites. Il remercia la prophétesse pour sa présence d'esprit. Elle lui avait vraisemblablement sauvé la vie !

— Je t'en prie, dit Petra, songeant que le moment était venu pour elle et ses amis de faire leurs adieux au Danois.

Toutefois, Agnes n'était pas de cet avis. Elle avait trouvé l'adresse de Dietmar Sommer. Puisque le lanceur de poids se trouvait manifestement au travail, pourquoi ne pas lui jouer un tour qui l'attendrait chez lui ?

Petra, de nouveau elle-même, insista : Agnes, Johan et elle avaient une mission qui les attendait à Rome, et il y avait urgence. Elle souhaita au Danois bonne chance en amour. Il était temps que leurs chemins se séparent.

Preben accusa le coup. Agnes tâcha de le consoler en lui fournissant un message de la part de Kajsa que Preben pourrait glisser dans la boîte aux lettres du lanceur de poids. Cela devrait suffire à causer pas mal d'ennuis, pas vrai ?

Voilà comment le directeur des ventes rentra du travail à peu près au moment où le camping-car quittait l'Allemagne, en route vers le sud, et où le camion de fumier repassait la frontière danoise. Preben avait bien glissé le message d'Agnes signé du nom de Kajsa dans la boîte aux lettres de la famille Sommer, mais il ne s'était pas arrêté là. Leur villa bien trop belle semblait provisoirement vide, ce qui lui avait donné l'envie d'aider ses propriétaires à combler la piscine presque achevée dans le jardin.

Avec du fumier.

Christiane, l'épouse de Dietmar, attendait son mari dans l'allée devant la maison.

— Regarde ce que j'ai trouvé dans la boîte aux lettres, l'accueillit-elle en brandissant un papier. Une certaine Kajsa de Suède t'envoie toute son affection.

Dietmar en eut froid dans le dos. L'épouvantable odeur qui parvenait à ses narines ne l'aidait pas à y voir clair.

— Qu'est-ce qu'elle écrit ? demanda-t-il, redoutant le pire.

— Que son nounours d'amour lui manque.

Et merde…

— Nounours ? répéta-t-il.

Christiane n'était pas idiote.

— C'est toi, le nounours.

Dietmar Sommer ne trouva rien de mieux à dire que :

— Qu'est-ce qui pue comme ça ?

Ce à quoi elle répondit :

— Toi, Dietmar.

16

Mercredi 31 août 2011

Plus que 7 jours

Les occupants du camping-car n'apprirent jamais l'attaque au fumier de Preben, mais Agnes révéla à ses deux acolytes le contenu de la lettre qu'elle avait rédigée pour le Danois. Johan mit plusieurs minutes à comprendre. Comment Kajsa pouvait-elle envoyer un message si c'était Agnes qui l'avait écrit ?

Petra, qui saisit un peu plus vite, se sentit vaguement honteuse de la joie mauvaise que lui inspirait le probable sort de Dietmar. Le sens du reste de la vie était de réparer, pas de briser.

En étudiant la carte routière, la vieille dame aux cheveux violets constata qu'il leur restait au moins une étape, plus vraisemblablement deux jusqu'à Rome. Ensuite, ils auraient encore quatre ou cinq jours devant eux avant que le ciel leur tombe (ou sans doute pas) sur la tête. Petra n'était pas tout à fait nette, mais en dehors de ce détail, Agnes n'avait pas grand-chose à redire. L'aventure avec le Danois avait été fantastique. En plus, Travelling Eklund avait enfin trouvé un vol au départ du Svalbard et se faisait plaisir chez Tiffany à Oslo. Une enveloppe de 30 000 couronnes, c'était cependant bien trop peu pour une grande fan de Tiffany.

À propos d'argent, les sommes qu'elle percevait commençaient à être importantes. Sur son compte suédois, qui plus est. Il faudrait bientôt privilégier une autre solution.

— J'ai pensé à quelque chose, annonça Agnes.

— On peut savoir à quoi ? demanda Petra.

À l'arrière du camping-car, Johan lança :

— Nous n'avons plus d'ail. On pourrait s'arrêter quelque part, ou bien je dois revoir mon menu ?

Agnes poursuivit :

— Vous ne voulez pas qu'on profite de l'occasion pour voir du pays ?

— Ça dépend du pays.

— La Suisse. C'est pratiquement la porte à côté.

— Vous m'avez entendu, à l'avant ? De l'ail !

— On va te trouver ça, Johan, le rassura Agnes.

— Pourquoi la Suisse ? demanda Petra.

— Zurich. J'ai quelques millions sur mon compte en banque en Suède, et je crois qu'ils feraient bien de se volatiliser avant que, disons, le fisc les remarque.

— Et tu crois que ça pourrait arriver au cours des sept prochains jours ?

Agnes ne voulait pas risquer une nouvelle querelle. Mieux valait une demi-vérité.

— Si nous jouons de malchance, ça pourrait arriver demain matin et nous nous retrouverions avec une tête d'ail en tout et pour tout.

— Vous avez parlé d'ail ? intervint Johan.

Zurich ne représentait pas un gros détour. Et puis, la route étant encore assez longue, ce serait un bon endroit où s'arrêter pour la nuit. Petra approuva la proposition d'Agnès. Elle n'aimait pas l'idée de vivre la dernière semaine de son existence sans un budget illimité pour les repas et les boissons.

Il n'y avait aucun risque de voir le fisc débouler le lendemain et saisir les actifs d'Agnes à la Handelsbanken de Bromma. Ça ne marchait pas comme ça. Mais Petra n'avait pas besoin de le savoir, et ce mensonge était nettement préférable à la perspective de remettre encore en question les calculs apocalyptiques de la prophétesse. Agnes se contentait de le faire en silence. Si elle avait raison, elle aurait tout le temps de le faire observer à Petra. Si elle avait tort, aucune d'elles n'aurait le temps de s'en rendre compte.

Travelling Eklund n'avait jamais déclaré la moindre couronne reçue ni payé le moindre öre d'impôts. Cela ne pouvait pas durer. Il était risqué de laisser cet argent sur un compte soumis à la réglementation bancaire suédoise. Agnes tenait à minimiser ce risque.

Donc, direction la Suisse.

Johan obtint enfin son ail et put compléter son menu en trois temps pour le soir : sashimi de saumon fumé aux oignons blancs confits et œufs de truite, filet de bœuf à la provençale et citronfromage à la parisienne. Il avait eu lui-même l'idée de cette nuance parisienne : il trouvait les sonorités aussi bonnes que le goût.

Ils dégustèrent ces merveilles autour de leur table de camping sur le parking d'Ikea Dietlikon, à un jet de pierre de Zurich.

— Ils ont beaucoup d'ustensiles de cuisine là-dedans, si jamais il te manque quelque chose, l'informa Petra. Et ils ne ferment pas avant un moment.

— Merci, mais ça ira, répondit Johan.

Les spatules à prix cassé ne lui inspiraient pas confiance.

17

Jeudi 1er septembre 2011

Plus que 6 jours

Herbert von Toll attendait depuis quarante ans de succéder à son père à la tête de la banque, mais le vieux s'accrochait à son fauteuil de directeur dans son bureau de directeur.

Aucune statistique n'expliquait pourquoi il n'était pas mort et enterré depuis des lustres. Il avait 96 ans, fumait des cigares et buvait son premier whisky dès 9 heures du matin. Le deuxième à 9 h 30. Il ne cessait de répéter que cela fouettait le sang et l'esprit et, au grand dam de son fils de 76 ans, il avait raison. L'ancêtre n'était même pas sénile.

Quand une dame très chic aux cheveux violets entra dans leur banque, le vieux Konrad lui mit immédiatement le grappin dessus. Jusqu'à ce qu'il comprenne qu'elle ne pesait pas plus de 5 millions de couronnes suédoises.

— Herbert ! appela-t-il. Lâche la corbeille à papier que tu es en train de vider et ramène-toi. J'ai une cliente pour toi.

Il allait avoir un client ! Cela n'arrivait presque jamais.

La dame se présenta sous le nom d'Agnes Eklund, suédoise. Elle avait une petite fortune à la Svenska

Handelsbanken de Bromma, près de Stockholm, et souhaitait transférer son argent là où l'administration suédoise ne le trouverait pas.

Herbert von Toll ne fut pas plus impressionné que son père par les chiffres que mentionnait Mme Eklund, mais il tomba tout de même sous le charme. Dans leur agence, ils avaient trop rarement l'occasion de croiser des attraits féminins. La banque et la finance étaient l'apanage des hommes. Et des vieux de 96 ans.

En outre, Mme Eklund avait une aura quasi irrésistible, dont elle avait manifestement conscience.

— L'homme dans ce bureau, au visage fripé comme un pruneau, serait-il par hasard votre père ?

— Euh, oui. Comment l'avez-vous deviné, madame Eklund ?

— Épouse de feu M. Eklund, précisa Agnes. Mon mari a eu la bonne idée de quitter ce monde il y a un paquet d'années.

— Toutes mes félicitations, madame veuve Eklund. Pour ma part, je soupçonne depuis longtemps Père d'être immortel.

— Espérons que non, répondit Agnes, qui fut à deux doigts de consoler le sympathique Herbert von Toll en déclarant tenir de source sûre que le vieux trépasserait dans six jours. Au fait, je m'appelle Agnes. En Suède, nous sommes beaucoup moins formels.

Oh, proposait-elle de se tutoyer au bout de quelques minutes à peine ?

— Herbert, se présenta-t-il. Enchanté, absolument enchanté, madame veuve Agnes.

— Simplement Agnes, s'il te plaît.

Le banquier et la vieille dame tombèrent vite d'accord. Il trouvait très pratique qu'elle soit cliente à la Handelsbanken. Ainsi, la première étape consisterait à transférer l'intégralité de son compte en banque de sa petite agence vers la filiale du même groupe à Zurich. Herbert décida de contacter son homologue en Suède afin de lui parler des engagements de prêt d'Agnes à l'étranger, de sorte qu'il n'ait aucune raison de faire des difficultés.

— Je ne suis au courant d'aucun engagement de prêt, fit observer Agnes.

Herbert lui lança un regard confus. La vérité était une chose relative et la fin justifiait les moyens. Pour transférer l'argent à Zurich, ils se rendraient ensemble à l'agence de la Svenska Handelsbanken située sur Löwenstrasse. Ce n'était pas loin, il fallait simplement prendre garde aux tramways qui pouvaient s'avérer sournois.

— Je te protégerai.

En début d'après-midi, toutes les pièces du puzzle étaient en place. Numéro de compte suisse, société écran aux Condors et décision d'Herbert et Agnes de se revoir.

— Tu m'inviteras à l'enterrement de ton père ?

— J'espère que nous n'attendrons pas si longtemps, dit Herbert en baisant la main de la vieille dame.

— Ça s'est bien passé ? s'enquit Petra.

— Très bien. L'argent a quitté la Suède. Et j'ai même une entreprise désormais, dans un pays dont j'ai oublié le nom.

— Une entreprise ? Pour quoi faire ?

— Aucune idée.

Johan fut extrêmement satisfait de savoir leurs finances assurées. Il planifiait une sensationnelle dégustation à leur arrivée à Rome et, à cette fin, il s'était procuré à Zurich les ingrédients requis.

— Ils parlent bizarrement dans ce pays. Et leur drapeau me fait penser à celui d'un hôpital. Mais pour ce qui est des produits de base, il n'y a pas à se plaindre.

18

Le fils du betteravier

Partie 2 sur 5

Quand Mikhaïl Gorbatchev échoua suffisamment longtemps à redresser la politique agricole, on jugea qu'il était temps pour lui de faire de même avec le pays entier. En effet, nul n'avait moins échoué que lui. Sans compter ses petits coups de chance. À Khrouchtchev avait succédé Brejnev, suivi par Andropov et Tchernenko.

L'Union soviétique ne pouvait pas continuer à changer de dirigeant comme on change de chemise ou de slip. Gorbatchev était jeune, fringant et prudent avec l'alcool. Il fut élu secrétaire général à l'unanimité alors que le corps de Tchernenko n'était pas encore froid.

Et toujours aux côtés de Gorbatchev, le futur président Alexandre Kovaltchuk fut promu premier conseiller.

Il se fit imprimer des cartes de visite, qui mentionnaient 18 spécialités différentes. Il était tout, d'expert en oxygénation des mers intérieures à docteur en métallurgie. Il fut ainsi invité à une série de séminaires, banquets et réceptions diplomatiques partout en Europe de l'Ouest, sans avoir un sou à débourser. Alexandre avait soif de connaissances, maintenant qu'il allait bâtir de ses propres mains la nouvelle Union soviétique (avec l'aide de l'ami d'enfance de son père).

Sans vouloir offenser Helsinki, Stockholm, Berlin, Bruxelles et Dublin, ce fut à Paris qu'il apprit le plus de choses et fut le plus impressionné. Dès le hall des arrivées à l'aéroport, il constata que les Français s'en sortaient bien, même si, chez eux, le communisme n'avait jamais vraiment prospéré. On croulait sous les produits de consommation en tous genres. Précisément le point faible de Staline, estimait Alexandre, à moins que ce ne soit les 5 millions de victimes de son régime. Ou 10 millions ?

Pendant ses quelques jours dans la capitale française, il s'extasia devant les grille-pain, les calculatrices, les machines à pain, les cigarettes qui ne sentaient pas la mort-aux-rats, le vin qui n'évoquait pas la pisse de chat, les voitures certes un peu cabossées par endroits (les Français étaient d'un tempérament affectueux, même au volant), mais qui démarraient quand il fallait et s'arrêtaient à la demande. On trouvait des aliments dans les supermarchés, de la viande au rayon boucherie. Pour couronner le tout, le soleil brillait.

Le plus remarquable fut tout de même sa visite dans un restaurant chic des Champs-Élysées. Alexandre se vit attribuer une table avec vue sans avoir à glisser quelques billets dans la poche poitrine du maître d'hôtel.

En bref : s'il n'y avait pas eu cette odeur d'ail omniprésente, il aurait déclaré Paris rêve communiste. Dès son retour à Moscou, il fit part de son expérience, et plus, à son secrétaire général.

Gorbatchev hocha la tête, songeur. Lui aussi avait vu du pays et eu l'occasion de réfléchir à une ou deux petites choses. Mais le jeune Kovaltchuk disait-il vrai ? Avait-il vraiment bénéficié d'une table devant la fenêtre sans que nul tente de grappiller une piécette en contrepartie ?

Oui, c'était la vérité vraie.

— D'un autre côté, ils m'ont servi des escargots à l'ail. Croyez-vous, monsieur le secrétaire général, que c'était une vengeance pour l'absence de pot-de-vin ?

Gorbatchev en doutait. En revanche, il voyait toujours plus clairement que Staline s'était trompé depuis le début, en tous points ! Il avait tout misé sur l'industrie lourde. Résultat : un citoyen désireux d'acquérir un grille-pain, ou simplement du pain, devait se ranger dans une file d'attente de plusieurs kilomètres – ou se tourner vers le marché noir. Qui florissait.

Alexandre suggéra que l'Union soviétique copie tout bonnement la Constitution française, à l'exception des carrosseries cabossées, de l'ail et des escargots.

Gorbatchev avait une confiance aveugle en son premier conseiller, depuis que ses recommandations agricoles avaient permis à la nation d'atteindre 38 % des objectifs de production, contre les 19 % de son prédécesseur. Néanmoins, convertir l'Union soviétique en République française en l'espace d'une nuit – n'était-ce pas un peu osé ? Combien de membres du Politburo feraient une crise de nerfs après une telle métamorphose ?

Le secrétaire général hésita. Ne pouvait-on pas imaginer une transition plus discrète, avec juste la bonne dose de socialisme mélangée aux autres ingrédients ?

Alexandre redouta que le chef ne se dégonfle avant même de s'être mis en marche. Visiblement, il avait besoin qu'on le pousse dans la bonne direction. Le premier conseiller déclara alors avoir remarqué une chose au cours de ses voyages, notamment en France. Là-bas, on avait le droit de dire ce qu'on voulait, même à plusieurs, en brandissant des pancartes où l'on insultait les gens ou les idées qu'on n'aimait pas. Cela s'appelait manifester.

Gorbatchev acquiesça de nouveau. Contrairement à son premier conseiller, il était très familier de cette tradition. Où le jeune homme voulait-il en venir ?

Eh bien, pourquoi ne pas mettre en place une nouvelle politique d'ouverture dans la société soviétique ? Cela n'encouragerait-il pas les gens à faire comme les Français – descendre en masse dans la rue, avec ou sans pancartes ?

Gorbatchev demanda où était l'intérêt.

Le premier conseiller sourit. Monsieur le secrétaire général sous-estimait l'amour de son peuple. Les manifestations se dérouleraient bien sûr à son avantage. Alexandre imaginait déjà d'interminables défilés qui scanderaient « Gor-ba-tchev, Gor-ba-tchev » à la gloire des courageuses réformes proposées par leur dirigeant.

— À défaut d'autre chose, cela devrait adoucir les têtes de bois du Politburo.

Bien qu'il soit risqué de les appeler ainsi, l'argument fit mouche.

Le secrétaire général ne pouvait qu'approuver l'image dépeinte par le jeune Kovaltchuk. Ainsi, le dernier guide communiste soviétique décréta-t-il qu'on allait inventer un mot : *glasnost*. Pour faire court, cela signifiait qu'à partir de ce moment on avait le droit de dire ce qu'on voulait sans encourir la mort, ni même la prison.

Cela fut l'avant-dernier clou dans le cercueil de l'Union soviétique, car le peuple prit son dirigeant au mot.

Le pauvre Gorbatchev fut attaqué des deux côtés : par ceux qui pensaient qu'il allait trop loin, et ceux qui le trouvaient trop timoré ou trop lent à appliquer ses réformes. Quant aux interminables cortèges chantant les louanges de la modération, ils brillèrent par leur absence. Pendant ce temps, Vory – l'ingénieuse mafia – étudiait attentivement la situation et plaçait ses pions.

Le dernier clou dans le cercueil porta le nom de *perestroïka* – « restructuration » ou « innovation ». Impossible d'utiliser le mot « privatisation », sans doute le plus laid de la langue russe. Cette restructuration signifiait notamment que, à tous les niveaux, les fonctionnaires d'État soviétiques bénéficiaient d'une plus grande marge de manœuvre en matière de prise de décisions.

« Oh, merci beaucoup ! » salua Vory.

La politique d'Alexandre Kovaltchuk au nom de Gorbatchev eut pour effet de faire craquer l'Union soviétique de bout en bout. La mafia, jusqu'ici relativement provinciale, allait bientôt prospérer et se développer dans des activités commerciales à visée internationale. Seule constante : le total manque de respect pour la loi.

19

Jeudi 1er septembre 2011

Plus que 6 jours

Après une journée presque entièrement consacrée aux finances de ses passagers, le camping-car n'avait aucune chance d'atteindre Rome avant la tombée de la nuit.

Agnes, Petra et Johan traversèrent plusieurs courts tunnels et un très long, et débouchèrent enfin de l'autre côté des Alpes.

Dans la région de Bellinzone, au nord de Lugano, une bonne heure avant l'arrêt prévu, les paupières d'Agnes commencèrent à s'abaisser encore et encore. L'autoroute était large et descendait presque jusqu'à la frontière italienne (pour ce que cela changeait au problème). Agnes éprouverait par la suite de profonds regrets, et Petra ne comprendrait pas comment elle avait pu accepter une chose pareille. Quoi qu'il en soit, Johan proposa de prendre le volant, pour que la vieille dame puisse se reposer.

C'était donc lui qui conduisait quand le trio se mit en quête d'un emplacement approprié pour la nuit, aux abords de Côme. Bien sûr, Johan s'emmêla les pédales. D'abord un peu, puis davantage. Petra tenta de le guider avec des « maintenant à gauche, enfin *par là* », et « cette fois à droite, non, *à droite*, j'ai dit ». Leur voyage prit fin quand Johan heurta un cycliste. Pas très vite ni vraiment fort, mais tout de même. Comme s'il avait de nouveau poussé une caravane en haut d'une pente.

Au moins parvint-il à s'arrêter. Petra se rua dehors pour constater s'ils avaient à présent un homicide sur les bras. Agnes, qui somnolait encore quelques instants plus tôt, était désormais parfaitement réveillée.

Le cycliste, qui s'était cogné la tête, semblait un peu secoué. Pour ne pas dire désorienté.

— Qu'est-ce qui s'est passé ? demanda-t-il dans un anglais impeccable.

— Il y a la même réplique dans *À la poursuite d'Octobre rouge*, les renseigna Johan. Si je ne mélange pas les films. Ça m'arrive parfois.

— Quelle chance qu'il parle une langue que tu maîtrises ! s'emporta Petra. Tu vas pouvoir lui expliquer ce qu'il t'a pris de pratiquement l'écraser.

Johan répondit qu'il ne lui avait rien pris du tout. C'était arrivé comme ça. Le présumé Anglais, toujours étendu sur le trottoir, répéta sa question.

— Vous venez d'être renversé, l'informa Johan.

— Renversé ? Par qui ?

Petra réagit instantanément. L'homme ne se souvenait de rien.

— Une Audi noire, immatriculée en Allemagne.

Puis, se tournant vers un Johan stupéfait, elle ajouta, en suédois :

— Et tiens ta langue à partir de maintenant.

L'Anglais réussit lentement à s'asseoir, puis tenta prudemment de se relever. Il tanguait, mais il y parvint.

Puis il aperçut son vélo, la roue avant complètement tordue.

— Mon Bianchi, se lamenta-t-il, comme si un être cher gisait à ses pieds.

— C'est terrible, renchérit Petra. De vrais dangers publics, ces Allemands ! Vous avez besoin d'aller à l'hôpital ? On peut vous déposer ?

— C'est moi qui conduis, intervint Agnes.

Non, l'hôpital ne serait pas nécessaire. En revanche, il voulait bien faire un petit bout de chemin avec eux. Il n'habitait qu'à quelques kilomètres de là et ne se sentait pas très bien. Il n'était pas en état de faire la route à pied avec le vélo cassé, tout ça.

— Vous avez relevé la plaque d'immatriculation de la voiture ? demanda l'accidenté.

— Non, désolée.

— Je crois que je suis ton raisonnement, souffla Johan à Petra en suédois. On appelle Preben ? Il se souvient peut-être du numéro.

Si Petra n'avait pas connu Johan, elle n'en aurait pas cru ses oreilles.

— Tu as conscience que c'est toi qui as renversé le cycliste, hein ? Pas Dietmar avec son Audi. Elle n'a pas quitté Bielefeld.

— Euh, oui, je sais. Mais je pensais que…

Johan s'interrompit.

— Ou alors, je n'ai pas pensé… Je crois que je vais continuer à me taire.

L'Anglais se révéla en fait gallois, mais c'était presque pareil. Il s'appelait Gordon, était avocat de profession et avait des clients anglophones aisés dans son carnet d'adresses. Il était particulièrement fier de compter George et Amal Clooney parmi eux. Un instant trop tard, Gordon se rappela qu'il n'aurait sans doute pas dû en dire autant. La discrétion était de mise dans sa profession.

— Je me demande si je n'ai pas une commotion cérébrale.

— Possible, confirma Agnes. Ce genre de chose délie la langue. Mais dites-nous-en plus.

Elle mourait d'envie de tout savoir sur la confortable vie au bord du lac de Côme. Travelling Eklund s'y était déjà rendue quelques fois, mais pour Agnes c'était une première.

— *Le* George Clooney ? s'exclama Petra.

— *Congratulations, you're a dead man*[1], récita Johan.

— Quoi ? dit Gordon le Gallois.

— *Ocean's Eleven.* Je connais un tas de films par cœur. Et je sais cuisiner. Et causer des problèmes.

Les trois Suédois aidèrent le Gallois à franchir la porte de son 5-pièces avec terrasse donnant sur le lac. Johan réquisitionna la cuisine tandis que le groupe se mettait à l'aise sur la terrasse. Il avait apporté ses ingrédients du camping-car.

— Vous êtes tous vraiment prévenants, les remercia Gordon en leur servant un whisky en guise d'apéritif. Je dirais même gentils. Pas comme l'Allemand qui m'a renversé. J'espère qu'il va passer une mauvaise nuit.

1. « Tu es un homme mort. »

Bien sûr, le trio l'ignorait, mais Dietmar Sommer passait effectivement une mauvaise nuit dans l'hôtel où l'avait exilé sa femme. Qui, du reste, avait téléphoné à Kajsa.

Johan dut faire un grand nombre d'allers-retours entre le camping-car et le déplorable placard à provisions de Gordon pour récupérer ce qui lui manquait. Le repas en trois temps aurait dû être un événement inoubliable dans la vie de leur hôte, si ce n'est que le lendemain matin il ne se rappelait presque rien.

Que s'était-il passé, déjà ? N'avait-il pas été heurté par un camping-car ? Que les trois Suédois avaient décrit comme une Audi ? Ensuite, ils l'avaient ramené chez lui dans l'Audi, ou plutôt le camping-car. Comment s'était-il débrouillé pour manger, après ça ? N'était-ce pas l'homme dans l'Audi de la taille d'un camping-car qui avait préparé le repas ? Dans sa cuisine, où il ne gardait pourtant que des boîtes de conserve ? Comment cela avait-il pu être aussi fantastique ? S'était-il vraiment produit ne serait-ce que la moitié de tout cela ?

Gordon décida qu'il avait rêvé toute la scène. Il sortit sur la terrasse pour fumer une cigarette et retrouver son calme.

Et découvrit son Bianchi adoré, la roue avant tordue.

20

Vendredi 2 septembre 2011

Plus que 5 jours

Tandis que l'avocat gallois écrasait sa cigarette, annulait son rendez-vous matinal avec George Clooney et retournait au lit, Agnes, Petra et Johan étaient déjà à des kilomètres de là, direction Rome.

— Sympathique bonhomme, se remémora Petra. Il avait un tas d'histoires fascinantes à raconter. Imaginez donc, les époux Clooney œuvrent bénévolement contre la corruption dans le monde entier. Vraiment louable. Je doute qu'ils aient le temps d'accomplir grand-chose en cinq jours, mais tout de même.

Agnes fit observer que la future fondation Clooney prévoyait de se concentrer sur des pays tels que le Soudan du Sud, le Congo, la République centrafricaine – et les Condors.

— Je me demande si ce n'est pas là que se trouve mon argent.

— Du moment que ta carte de crédit fonctionne, peu importe où il se trouve, répondit Petra d'un ton insouciant.

— Gordon a aussi parlé d'Europe de l'Est, se souvint Johan. C'est où ?

— Juste à l'est de l'Europe de l'Ouest.

Johan s'abstint de poser la question qui le démangeait.

Ils avaient encore un peu plus de 600 kilomètres à parcourir. Agnes pensait clore la soirée en cherchant sur Google un lieu de stationnement pour camping-car à Rome. Cependant, quand Petra répéta pour la énième fois qu'ils feraient mieux de se mettre en route très tôt le lendemain parce qu'il ne leur restait plus beaucoup de temps, ce fut la goutte d'eau qui fit déborder le vase. N'avait-elle pas le droit de savourer tranquillement la vie qui lui souriait enfin après toutes ces années ? Depuis la nuit des temps, le point commun des prophètes de l'apocalypse était de s'être trompés, tous autant qu'ils étaient.

La vieille dame aux cheveux violets avait vécu bien assez longtemps pour ne plus avaler de couleuvres. Elle avait à peine plus de 30 ans quand son mari s'était plaint du passage à la conduite à droite en Suède. Il était d'avis que Dödersjö devait faire exception. Il avançait le risque d'un choc frontal entre sa Saab et le tracteur du paysan Fagerlund quand ils se croiseraient sur la seule voie de la commune. Comment croire que le paysan se rangerait de l'autre côté de la route du jour au lendemain ? Possédait-il seulement une radio pour apprendre la nouvelle ?

En réalité, le patron d'usine avait trop écouté les rumeurs selon lesquelles les profonds changements pouvaient causer des cancers liés au stress. Il ne voulait pas rouler à droite, parce qu'il redoutait de tomber malade. Peu après, il marcha sur un clou qui lui fut fatal.

Revenant à la réalité, Agnes décida de se documenter sur le domaine de prédilection de Petra. Au fil de ses recherches, elle mémorisa l'essentiel et nota le reste sur un Post-it.

Il leur restait encore de nombreuses heures de route avant d'atteindre la capitale italienne. Autant les mettre à profit pour dire ce qu'elle avait sur le cœur. Quand le silence se fut éternisé suffisamment longtemps dans le camping-car, elle lança, de but en blanc :

— La fin du monde ? Franchement, Petra. Je n'ai pas trouvé une seule personne sur le Net qui soutienne ta théorie d'une apocalypse qui aura lieu le 7 septembre 2011, à 21 h 20.

La prophétesse se redressa sur son siège, comme si elle avait attendu cette conversation.

— À quelques minutes près. Et pourquoi en trouverais-tu ? J'aurais dû faire une annonce ?

— Non, je crois surtout que d'autres ont peut-être fait leurs propres calculs sur la question, mais que personne n'est parvenu au même résultat.

Petra entendit des échos de l'Académie des sciences. Les gens étaient tellement stupides. Bon, au moins Agnes dialoguait avec elle, il fallait le lui concéder.

— Ma chère, rétorqua-t-elle, l'atmosphère n'est pas un sujet facile à appréhender. Juste à la surface du sol, on parle de troposphère, ensuite vient la stratosphère, puis la mésosphère et encore plus haut la thermosphère.

— Et alors ?

— L'épaisseur de chaque couche est fluctuante, et varie aussi en fonction de l'endroit où l'on se trouve.

— Je me trouve dans la région de Bologne, et toi aussi. C'est comment, ici ?

— Je n'ai pas effectué de recherches sur Bologne en particulier, mais la troposphère s'élève grosso modo jusqu'à 12 kilomètres au-dessus de nos têtes. C'est un peu différent au niveau des pôles. Quand j'ai dit que le monde serait détruit au même instant, ce n'était pas tout à fait vrai. Cependant, il ne devrait pas y avoir plus d'un dixième de seconde de différence d'un endroit à l'autre. Probablement quelques centièmes.

— On ne pourrait pas aller dans un des endroits où la Terre va survivre plus longtemps ? demanda Johan, qui suivait l'échange depuis sa cuisine.

— Tu veux dire que tu aimerais un centième de seconde de plus ?

— Ou même plusieurs.

— Sais-tu combien représente un centième de seconde ?

Johan songea qu'un centième paraissait beaucoup, mais il sentit à la voix de Petra qu'il était sur la mauvaise voie. Il répondit qu'il était occupé à plier les serviettes.

— Quoi qu'il en soit, poursuivit Petra, ce n'est pas la troposphère le problème.

— Ravie de l'apprendre, répliqua Agnes.

— C'est la thermosphère. Là, les rayons ultraviolets du Soleil provoquent l'ionisation des atomes. Le nom thermosphère vient du grec *thermos*, qui signifie chaleur.

— Tu n'avais pas parlé de froid ? intervint Johan. Je préférerais avoir chaud.

— 2 000 degrés, ça ira ?

Petra soupira. Une conversation avec Agnes et Johan était aussi épuisante qu'une discussion avec un verre de lait et une assiette en carton.

— Laissons de côté les détails techniques, intervint Agnes. Malgré tout, je ne peux pas m'empêcher de penser que tu n'es pas la première à découvrir que l'univers s'éteindra un jour. L'humanité est déjà passée par un bon paquet de prétendues apocalypses, et pourtant nous voilà assis dans un camping-car, en train de bavarder.

— Je suis debout, fit observer Johan.

— Tu peux t'asseoir, si tu veux.

Petra demanda à quoi Agnes faisait allusion, au juste.

— J'ai l'embarras du choix.

— Alors choisis.

Agnes tenait discrètement son Post-it entre le pouce et l'index de la main gauche, qui reposait sur le volant.

— Eh bien, selon un moine espagnol, tout devait s'arrêter le 6 avril 793. On dirait que ça n'a pas été le cas.

— Est-ce que tu compares ma science aux élucubrations d'un moine espagnol du VIIIe siècle ? Je te parie ce que tu veux qu'il a mêlé Jésus à sa tambouille.

Agnes dut reconnaître que oui. Le Messie était censé revenir ce jour-là pour emmener le monde entier avec lui. Mais Christophe Colomb, alors ? Il affirmait que le Jugement dernier aurait lieu au cours de l'an 1656.

— Le type qui a confondu l'Amérique et les Indes ?

Agnes ne céda pas. Elle avait bonne mémoire. Et une antisèche.

— Jacques Bernoulli !

— Qui ça ?

— Un éminent scientifique ! Rien de religieux dans sa prédiction. Pas de « Je le sens ». Pure analyse !

— Et que disait-elle ?

— Qu'on baisserait tous le rideau en avril 1719. La Terre serait percutée par une comète. Bam !

— Difficile de prévoir quoi que ce soit avec les comètes. Il ne faut pas vendre la peau de l'ours avant de l'avoir tué, comme on dit. La gravitation de la Terre dévie la trajectoire des corps qui se dirigent vers nous, et il faut en permanence refaire les calculs. Le plus souvent, la comète nous dépasse avant qu'ils soient terminés. C'est une bonne idée d'avertir les gens au sujet des comètes, mais seul un nigaud graverait les choses dans le marbre les concernant.

— On m'appelle ? demanda Johan.

— Non. Qu'est-ce qu'on mange ce soir ?

— Surprise.

Agnes avait encore des ressources sur son Post-it.

— Jeane Dixon, 1962. Astronome reconnue, si j'ai bien compris.

— Non, astrologue frappadingue reconnue. Autre chose ? Balance tout ce que tu as.

Agnes songea à tous ces pauvres Témoins de Jéhovah qui avaient dû se préparer à au moins 20 fins du monde au cours des derniers siècles. Était-ce Jéhovah lui-même qui leur murmurait à l'oreille, elle n'en savait rien, mais se tromper à ce point vingt fois de suite…

Elle savait que Petra les écarterait pour des raisons religieuses, aussi Agnes ne se donna-t-elle pas la peine de les mentionner. Mais elle pouvait peut-être citer Harold Camping, le célèbre numérologue.

— Jusqu'ici, il s'est trompé trois fois sur quatre. La quatrième apocalypse est pour octobre prochain, selon lui.

— Dans ce cas, il va être vachement surpris le 7 septembre, s'il en a le temps, dit Petra. Tu n'as pas l'intention de me sortir les Mayas et 2012, hein ?

Agnes l'avait envisagé, mais elle mentionna plutôt le Russe Kuznetsov, qui avait persuadé une trentaine de pauvres bougres de se calfeutrer dans une grotte afin de survivre à la fin du monde qui adviendrait en mai 2008. Ils avaient apporté des vivres pour six mois. Agnes ne comprenait pas ce qu'ils avaient prévu de faire ensuite.

— Quelle sorte de vivres ? se renseigna Johan.

Agnes n'en savait rien.

— Veux-tu que je t'explique comment, lorsque certaines circonstances seront réunies, les molécules d'air de la thermosphère vont s'électriser, à un moment scientifiquement déterminé par mes soins, et ce qui en découlera ? proposa Petra.

— Non merci, dit Agnes. Je suis sûre que tout ira bien.

21

Vendredi 2 septembre 2011

Plus que 5 jours

Agnès décida de se faire une raison et d'accepter le mauvais comme le bon dans cette affaire. Selon Petra, l'avenir de l'humanité reposait sur une équation en 64 étapes qu'aucune personne douée d'un peu de jugeote ne pouvait comprendre. Quant à Johan... difficile de croire qu'on pouvait être si incapable et si talentueux à la fois.

Les deux comparses avaient tout de même offert à Agnes une nouvelle vie pleine de piquant. Comment disaient les jeunes, déjà ? YOLO !

À une heure et demie de route de la capitale italienne, la vieille dame aux cheveux violets ressentit le besoin de se dégourdir les jambes. En plus, il fallait faire le plein.

Elle sortit donc à la station-service à hauteur d'Orvieto, prit de l'essence et se gara. Elle avait un petit creux.

— Tu pourrais préparer un sandwich, Johan ? Ou n'importe quoi d'autre à se mettre sous la dent ?

— Un rôti de céleri fumé aux aiguilles de pin, servi avec foie gras et pommes, ça t'irait ? C'est une spécialité värmlandaise. C'est où d'ailleurs, le Värmland ?

Comme je le disais, incapable et talentueux à la fois, songea Agnes.

— Le Värmland n'est pas loin du Dalsland, qui n'est pas loin du Bohuslän, qui n'est pas loin de Göteborg. Un simple sandwich m'aurait suffi.

Pendant ce temps, Petra effectuait quelques étirements près du camping-car en s'aidant de la batte de base-ball. On se raidissait vite à rester si longtemps assis.

Un automobiliste italien dans une Porsche la klaxonna, jugeant qu'elle l'empêchait d'avancer. Puis il commit l'erreur de baisser sa vitre et de passer aux injures. Non que la prophétesse comprenne les termes qu'il employait, mais ses intonations ne laissaient aucune place au doute.

Petra fut envahie par un besoin urgent et à présent familier de redresser un tort. Elle s'approcha de l'automobiliste, s'excusa de lui avoir par mégarde barré la route, et lui demanda s'il en avait encore sur le cœur. Au fait, parlait-il anglais ? Dans le cas contraire, qu'il ignore cette conversation.

Les connaissances du conducteur de Porsche en langues étrangères étaient limitées, mais pas nulles. Il était vendeur de prothèses dentaires, entre autres en Grande-Bretagne, où il avait appris des mots comme *prothèse complète*, *prothèse partielle* et *consultation en implantologie*. Il avait plus de difficulté avec les autres mots. Encore plus vu son humeur : il venait de se disputer avec sa femme. Ou plutôt, elle s'était disputée avec lui. Pour la cent millième fois. Plus que tout, il aurait aimé lui faire sauter les dents, s'il l'avait osé et s'il n'avait pas su combien cela pouvait coûter.

— Vous ne pouvez pas aller faire votre gym ailleurs ? cracha-t-il. Je suis pressé.

Petra posa la batte de base-ball sur son épaule et sourit.

— Toutes mes excuses pour mon étourderie. J'aurais dû me mettre de l'autre côté du camping-car, bien sûr. Je serais toutefois curieuse de savoir quel regard vous portez sur votre propre agressivité. Et comment vous appréhenderiez la situation si vous saviez qu'il ne vous reste que quelques jours à vivre.

La prophétesse se tenait debout à côté de la portière, tandis que le conducteur colérique était assis derrière son volant, dans une position d'infériorité qui le mettait mal à l'aise. Sans compter qu'il avait bien l'impression que la femme à la batte de base-ball venait de le menacer de mort. Quelques jours à vivre, avait-elle dit ?

Le vendeur de prothèses dentaires vivait en tous points, sauf quand il s'agissait de sa femme, en suivant le précepte suivant : la meilleure des défenses, c'est l'attaque. Fidèle à sa devise, il éructa « Cazzo ! » et ouvrit sa portière avec une telle force qu'il envoya la femme et sa batte de base-ball à terre. L'instant d'après, il était penché sur la menace neutralisée. Par sûreté, il confisqua son arme.

Alors qu'il cherchait ses mots en anglais, il reçut un coup de poêle à frire sur la tête. Johan s'occupait de son céleri fumé aux aiguilles de pin quand il avait remarqué par la fenêtre du camping-car un inconnu s'en prenant à son amie et protectrice, la batte de base-ball à la main. Quelques secondes plus tard, l'Italien était à terre, tandis que Petra se relevait.

— Merci, dit-elle. Ça, c'est de la poêle à frire !

— En fonte, précisa Johan. C'est une Ronneby Bruk. La qualité a un prix.

Agnes descendit à son tour du camping-car. Constatant le désastre, elle songea qu'à cet endroit et cet instant précis la vie avait peut-être un peu trop de piquant. Avec leur véhicule à la plaque d'immatriculation falsifiée et leurs permis de conduire inexistants, elle n'avait pas la moindre envie de savoir ce que l'allumé numéro 1 et l'allumé numéro 2 avaient fabriqué, mais plutôt de se sauver d'ici.

— Embarquement immédiat ! lança-t-elle. Départ dans dix secondes.

À son grand soulagement, Petra eut le temps de voir l'Italien se relever tandis qu'ils partaient. Il allait certes périr comme tout le monde dans quelques jours, mais Johan et elle n'étaient pas habilités à précipiter le processus.

Travelling Eklund avait déjà visité trois fois Rome, contrairement à Agnes. Assise au volant, celle-ci lançait des coups d'œil inquiets dans le rétroviseur, guettant un signe de la police italienne. Elle n'écouta que d'une oreille les explications de Petra : quelque chose à propos d'une discussion cordiale avec un homme qui l'avait interrompue pendant ses étirements, suivie de l'inexplicable attaque de l'homme.

Agnes résuma à voix haute la semaine écoulée, telle qu'elle la voyait. La mission de paix de Petra et Johan à travers l'Europe avait abouti à une voiture cabossée, un coup de tête à un agent de sécurité, une collision avec un avocat britannique et un Italien K.-O. sur un parking. Et tout ça alors qu'ils n'avaient même pas encore localisé leur vraie cible. Agnes en conclut que, s'il le fallait, elle voulait bien admettre que la fin du monde était pour bientôt, et serait bien méritée. Mais ce n'était quand même pas une raison pour le mettre en pièces avant l'heure, si ?

Petra lui fit remarquer qu'elle avait oublié de mentionner Dietmar. N'avaient-ils pas résolu ce problème de la façon la plus pacifique possible ? Johan ne dit rien, trop occupé à graisser sa poêle à frire en fonte Ronneby Bruk en lui adressant des excuses silencieuses.

Après un bon laps de temps sans que la police italienne se manifeste, Agnes parvint enfin à se calmer. Elle appréciait sincèrement qu'aucune journée ne soit semblable à la précédente depuis sa rencontre avec Petra et Johan. En revanche, une femme assez intelligente pour résoudre une équation en 64 étapes devait aussi être capable de trouver les mots justes à prononcer lors de sa prochaine rencontre avec un représentant aléatoire du genre humain, leur évitant ainsi d'être arrêtés avant d'avoir atteint leur destination.

Petra se considérait comme parfaitement innocente dans ce qui venait de se passer à la station-service, mais trouva les observations d'Agnes plutôt intéressantes. Une équation parfaite, composée de mots au lieu de chiffres.

— Je crois que je vais mettre au point une espèce de *check list*, déclara-t-elle. Pour m'assurer que les mots que j'emploie soient les bons. Johan pourrait aussi s'en servir quand il verra son frère. Aucun de nous ne souhaite brandir des poêles à frire devant l'ambassade suédoise, n'est-ce pas ?

Agnes se demanda une seconde si elle venait d'améliorer ou d'aggraver les choses. Cependant, rien n'indiquait qu'ils avaient la police italienne aux trousses, aussi décida-t-elle de continuer à appliquer le principe « YOLO ». Surtout à la pensée de ce qui se tramait à l'arrière du camping-car. Visiblement, Johan avait déjà oublié l'incident et était entièrement absorbé par la préparation du dîner.

Avant d'arriver, Agnes chercha sur sa tablette un lieu où ils pourraient stationner une fois à Rome, et trouva un terrain de camping suffisamment central.

L'endroit offrait assez de place pour leur véhicule, mais était tout de même petit et surpeuplé. Petra promit de ne pas discuter avec leurs voisins, du moins pas avant d'avoir terminé sa fameuse *check list*.

— Que penses-tu de commencer mes phrases par : « Mon cher monsieur » ? Ou « Ma chère dame » ? Mais ça ne sonne pas aussi bien. Je dois encore y réfléchir.

Johan s'affairait toujours dans la cuisine. Demain était LE grand jour et exigeait des plats de qualité supérieure.

Petra songea que ce qu'elle dégustait depuis sa rencontre avec Johan était déjà « de qualité supérieure », mais elle comprit qu'ils s'apprêtaient à entrer dans une nouvelle dimension. Elle n'était pas sûre d'avoir déjà vu autant de couverts sur une même nappe.

— Quand il le faut, il le faut, déclama Johan en tendant à ses deux amies un menu rédigé à la main. Il va falloir le partager, parce que j'ai mis un quart d'heure à l'écrire.

Restaurant Camping-car, au menu ce soir

Glace à l'huile de colza pressée à froid,
caviar russe et noix fraîches
Allumettes de poires croquantes,
chou-rave confit et raifort
Cornets croustillants de pomme de terre
fourrés au flétan fumé et aux œufs de lump
À boire : Champagne Charles Heidsieck
Blanc des Millénaires 1995
*
Confit de lapin et foie gras sauté,
thym citron et graines de fenouil
Consommé de tomates fermentées,
piments Aji Amarillo et huile de colza
pressée à froid
Fricassée de tomates rôties,
oignons confits, petits pois et amandes
accompagnée d'une tuile aux herbes
À boire : Würzburger Stein Silvaner
Erste Lage Juliusspital 2008
*
Queue de homard rissolée, beurre blanc
de carottes et crudités aux graines de fenouil,
aneth frais

À boire : Domaine Langlois-Château,
Saumur Blanc Vieilles Vignes 2001

*

Filet de sandre à la moelle fumée et navets
blancs pochés, sabayon de cresson et caviar
À boire : Chassagne-Montrachet,
Joseph Drouhin 2004

*

Pigeon au sang rôti sur l'os laqué à l'orange
sanguine, frotté aux graines de fenouil
et coriandre
Endives rôties au jus de pomme,
miel et citron, farcies à l'ail des ours
Compote de pommes rouges
caramélisées
Sauce à l'ail, orange sanguine,
laurier et jus de volaille
Salade d'hiver et ail des ours
À boire : Brunello di Montalcino Pianrosso,
Ciacci Piccolomini 1998

*

Sorbet aux herbes avec meringue au citron
et pêches au sirop de champagne
et verveine citronnelle
À boire : Sauterne blanc,
Château Suduiraut 2002

L'autodidacte s'excusa une nouvelle fois auprès d'Agnes et de Petra de ne leur avoir offert qu'un menu pour deux, mais il avait encore beaucoup de pain sur la planche.

— Du pain sur la planche ? s'étonna Petra. Quand as-tu commencé à préparer tout ça ? Il y a une semaine ?

Johan avoua qu'en examinant ses plats d'un peu plus près on pourrait remarquer un ou deux expédients. Voire des tricheries. Dont une qu'il était disposé à admettre directement :

— L'aneth n'est peut-être pas si frais que ça, vu que je l'ai acheté il y a deux jours.

Dans l'ensemble, il estimait pourtant ne pas avoir trop de motifs de rougir. À l'occasion, il était prêt à exposer ses théories sur la planification à long terme en cuisine, mais, pour le moment, celle-ci le réclamait.

— Je reviens dans un quart d'heure. Ne buvez pas trop de vin sans moi.

Le trio venait à peine de passer au confit de lapin quand Petra se sentit obligée de se répéter.

— Je ne comprends pas comment tu t'y prends. Comment inventes-tu des saveurs pareilles ? Comment arrives-tu à si bien accorder tous les ingrédients ?

Agnes hocha la tête en signe d'approbation.

— J'ai toujours été fière de ma fricassée de poulet, mais ça… c'est à des lieues de ma tambouille.

— Ah bon ? dit Johan, avant de comprendre que c'était le même compliment, mais avec d'autres mots.

À présent, il voyait clairement que ses compagnes de voyage ne le félicitaient pas simplement par politesse. Elles le pensaient vraiment !

— Masterchef et génie. C'est moi, dit-il fièrement en levant son verre.

— Waouh, commenta Agnes lorsqu'elle goûta le Würzburger.

— Fruité et légèrement fleuri, expliqua Johan. En cherchant bien, vous sentirez la poire jaune, le melon d'hiver et d'autres saveurs encore. Le lapin aurait été fier d'être en si bonne compagnie s'il n'avait pas été… euh, mort.

Opprimé par son frère dès l'instant où il avait appris à marcher, persuadé d'être incapable d'apprendre quoi que ce soit, Johan n'avait même pas essayé. Au lieu de ça, il s'était entièrement dévoué aux saveurs et senteurs, seules et associées les unes aux autres.

Puis il avait fait la connaissance de Petra, qui ne l'avait pas une seule fois traité de nigaud, d'idiot ou de décérébré. Sauf pendant le coup de fil de Fredrik, lorsqu'ils étaient attablés dans la cuisine d'Agnes. L'amour-propre de Johan grandissait de jour en jour.

Les lacunes, elles, demeuraient.

Quand Johan apporta le sorbet aux herbes avec la meringue au citron, les trois amis évoquèrent enfin la stratégie à adopter pour le lendemain et leurs retrouvailles avec Fredrik, raison même des événements de la semaine passée. Celles-ci auraient lieu à l'ambassade de Suède, car nul ne savait où il habitait. Le cadet y passerait un sacré savon à l'aîné. Mais comment ?

— J'ai tant de reproches à lui faire maintenant que j'ai ouvert les yeux. Je crois que je vais commencer par les bonbons du samedi. Les souris en gélatine et les fraises Tagada que rapportait maman, tant qu'elle était en vie. Fredrik les chipait tous. Je ne connais toujours pas le goût d'une souris en gélatine, mais une fois, en passant l'aspirateur, j'ai trouvé une fraise Tagada par terre.

— Tu l'as mangée ? demanda Agnes.

Johan acquiesça.

— Trop de sirop de glucose.

Ce que Johan tentait de dire, c'est qu'il comprenait à présent que les enfants étaient censés aimer les friandises. Et que Fredrik s'était moqué de lui en lui faisant croire qu'il lui rendait service – et à ses dents – en les mangeant toutes à sa place.

Le jeune frère naïf sentait pourtant qu'il ne l'emporterait jamais sur Fredrik dans un débat sur les confiseries. Son aîné était trop roublard. Après tout, c'était lui qui maîtrisait les mots.

Pendant que Johan parlait des sucreries du samedi, Agnes et Petra goûtèrent le dessert.

— Jésus Marie Joseph ! s'écria la prophétesse.

— Je n'aurais pas dit mieux, ajouta Agnes.

— Vous noterez les notes finales de champagne et de verveine citronnée, les informa Johan.

— Tu es dément ! dit la vieille dame.

À ces mots, le cuisinier lui lança un regard triste. Petra se dépêcha d'expliquer ce que voulait dire Agnes. Les mets qu'il avait cuisinés étaient si bons que c'était de la folie. Ce qui ne voulait pas dire que Johan était fou. Au contraire… Oui, masterchef et génie.

Johan retrouva le sourire. Un sourire qu'on ne lui connaissait pas. Plein d'assurance.

Retour à leur problème. Petra réfléchit tout haut à la possibilité de passer sur l'histoire ancienne et de tout miser sur le génie de Johan. Puisqu'il avait toujours été un « nigaud » aux yeux de Fredrik, le cadet ne pouvait-il pas simplement mettre l'aîné K.-O. avec une éblouissante recette de son cru ?

Agnes dit qu'elle voyait où Petra voulait en venir.

— Pas moi, dit Johan.

Petra creusa un peu plus dans cette direction. Coller un menu sous le nez de Fredrik n'aurait pas grand effet. Cela n'exigeait-il pas plutôt la table de camping et toute une farandole de plats ? Mais était-il garanti alors que Fredrik s'inclinerait, aussi divins soient les arômes et les parfums ? Après tout, il avait dégusté ces repas de luxe pendant des années et les avait accueillis par des critiques et des gifles.

Le trio était dans une impasse.

Petra se sentait responsable du succès de l'entrevue entre Johan et Fredrik. Le but de l'opération était que le grand frère apprenne quelque chose et se remette en question. Mais après avoir entendu la manière dont il traitait le « nigaud » par téléphone, comment croire que leur prochaine conversation se déroulerait mieux ? En outre, Johan répétait avec virulence qu'il ferait lui-même le ménage dans son passé, et personne d'autre. Hors de question, donc, d'envisager que Petra l'escorte, un sourire de travers sur les lèvres et la batte de base-ball sur l'épaule.

Elle commençait presque à regretter son attitude hautaine envers l'entrepreneur en fumier Preben. Il avait voulu casser la figure à cet imbécile de Dietmar, tandis qu'elle avait voulu lui faire la morale. Ni l'un ni l'autre n'avait eu gain de cause. Mais Fredrik n'avait pas une stature de lanceur de poids. Et il n'était peut-être pas impossible de lui faire entendre raison.

Agnes avoua penser à peu près la même chose. Pendant toutes ces années, Johan n'avait tiré absolument aucune leçon de toutes les claques reçues sur l'oreille au fil des ans, confortant la théorie de Petra que les gens devraient se parler, et non se battre.

D'un autre côté, l'exemple de son défunt mari venait contredire cette vision des choses. Avare au-delà de l'imagination, le sabotier avait rendu Agnes malheureuse tout au long de leur mariage. Elle avait tenté de le convaincre de vivre, et pas seulement de survivre, en vain.

— J'ai vraiment essayé de toutes mes forces, mais ça ne nous a menés nulle part.

— Et tu regrettes aujourd'hui de ne pas lui avoir donné de claques ? Ou tu cherches à nous dire autre chose ?

Petra fut elle-même étonnée par sa question. Celle-ci fit naître un petit sourire sur les lèvres d'Agnes.

— Il s'est pour ainsi dire giflé tout seul, répondit-elle, quand il a marché sur son clou. L'enseignement n'a pas été immédiat, mais je me souviens comme si c'était hier que dans sa fièvre il a regretté d'avoir voulu économiser les 3 litres d'essence du trajet jusqu'à l'hôpital de Växjö.

En réalité, c'était loin d'être vrai : le sabotier était resté avare jusque sur son lit de mort, mais à la guerre comme à la guerre. Agnes voulait amener la conversation dans une direction précise et, à cette fin, elle pouvait se permettre de déformer quelque peu la vérité. Et même prétendre croire à la prophétie de son amie.

— Grâce à tes calculs concernant l'apocalypse, Petra, nous avons la certitude que Fredrik va échapper aux six ans de prison qu'il mériterait pour le vol aggravé des millions de la vente de l'appartement qui revenaient à Johan. Cela ne nous donnerait pas une certaine marge de manœuvre à la Preben ?

Petra remercia la vieille dame aux cheveux violets pour sa contribution au débat, et tout particulièrement pour la reconnaissance indirecte de l'irréfutable vérité sur l'imminente fin du monde. Au vu des circonstances, elle était plutôt d'accord. Toutefois, elle voulait entendre l'opinion du principal intéressé.

Johan, qui avait gardé le silence pendant l'échange, se remémorant toutes les gifles de Fredrik, se tourna vers la prophétesse.

— Deux ou trois gifles par semaine pendant quinze, vingt ans. Ça fait combien ?

Petra répondit que les données fournies ne lui permettaient pas d'apporter une réponse précise. Grosso modo, Fredrik avait sans doute maltraité son frère bien plus de deux mille fois.

— Où veux-tu en venir, mon cher ? Mis à part au fait que c'est horrible, bien sûr.

Agnes et Petra étaient tout ouïe.

Johan leur expliqua qu'il s'était entraîné mentalement à rendre ses gifles à son frère, mais que ça n'avait pas bien fonctionné, même en pensée. Les coups de Fredrik venaient pour ainsi dire du haut, car il le dépassait de 10 centimètres. En inversant les rôles, la manœuvre atteindrait plutôt le menton.

— Alors tu renonces à lui rendre la pareille ?

Petra nota la déception dans sa propre voix.

— Je n'ai pas dit ça. J'ai bien entendu ce que vous avez dit sur ce clou dans le pied, mais où est-ce que je vais pouvoir en trouver un et comment je pourrais convaincre Fredrik de marcher dessus ? Et si, à la place, je serrais plutôt le poing et lui tapais sur le nez ?

22

Le fils du betteravier

Partie 3 sur 5

Alexandre Kovaltchuk lâcha Gorbatchev à temps, s'entraîna rapidement à ingurgiter de grandes quantités de vodka et, armé de son charme, se fraya un chemin jusqu'à l'entourage de Boris Eltsine, premier président de la nouvelle Russie.

Eltsine fut si impressionné par la sacrée descente du jeune Kovaltchuk qu'il lui confia davantage de responsabilités dans le renouveau que l'aurait osé Gorbatchev. Un matin, après sa première vodka, Alexandre fut ainsi chargé de colmater le plus de brèches possible dans la fragile constitution russe rédigée à la va-vite. L'économie de marché combinée à des lois et règles d'une autre époque signifiait que même en embauchant un avocat suffisamment habile, il était quasi impossible de commettre quoi que ce soit d'illégal. Et quand cela se produisait quand même, il y avait toujours des pots-de-vin. On voyait de plus en plus de belles voitures occidentales dans les rues de Russie. Un bon nombre d'entre elles appartenaient à de hauts dignitaires du système judiciaire. La plupart d'entre eux percevaient un salaire qui leur permettait à peine de faire le plein d'essence, et pas trop souvent.

En comparaison, l'Ouest américain avant sa conquête avait été un modèle d'ordre et d'organisation.

Pendant que l'État, saisi d'une fièvre de privatisations, bradait ses institutions séculaires dans une complexe opération de bons d'achat que seuls les plus doués et rusés savaient décrypter, Alexandre s'attela à réformer le système d'imposition. Mais il y avait beaucoup trop de chiffres impliqués dans cette affaire. Pour la première fois, il avait une bonne raison de se plaindre que son diplôme d'économie se résume à un bout de papier.

Résultat, pour ceux qui suivaient à la lettre les nouvelles règles, il fallut s'acquitter de 118 % d'impôts sur le capital accumulé, suite aux réformes d'Alexandre.

Bien sûr, personne n'était aussi bête. Les plus riches n'essayèrent même pas de payer leurs impôts. Ils employaient leur argent à engager de nouveaux avocats. Ceux qui n'appartenaient pas à la mafia veillaient, par souci pour leur santé, à ne pas contrarier Vory et consorts.

Mère Russie allait de mal en pis. À présent, on pouvait se procurer les mêmes choses qu'à Paris, et pourtant pas tout à fait. Durant l'année 1992, les prix des biens et services furent multipliés par 25. Ceux qui avaient déjà de grosses difficultés à joindre les deux bouts eurent des difficultés vingt-cinq fois plus importantes en moins de dix mois.

Le gratin de Vory comprit qu'il était sur le point de s'approprier de vastes pans du pays, mais pour cela il avait besoin de l'appui des chefs des branches locales – et ceux-là se plaignaient haut et fort. Combien exiger pour la protection d'un banal salon de coiffure quand le prix d'une coupe doublait toutes les deux semaines ? Et pouvait-on d'ailleurs exiger quoi que ce soit quand les gens ne pouvaient pas se payer une visite chez le coiffeur ?

Les grands chefs de la mafia tinrent une réunion stratégique. Les choses ne pouvaient pas continuer comme ça.

Après mûre réflexion, ils décidèrent de ne pas s'opposer à Eltsine. À première vue, l'État était sur la voie de l'effondrement, mais Vory savait que même un loup blessé pouvait égorger son adversaire. Les vieux communistes avaient une longue expérience dans la manière de mater modérément la mafia. Les sous-estimer maintenant, juste parce qu'ils saignaient ? Voilà qui aurait été stupide.

Le maudit conseiller d'Eltsine, en revanche ! Le type qui avait pondu les 118 % d'impôts. Qui avait causé un tel chaos que, bientôt, la corruption ne serait plus rentable. Qui refusait des audiences à Vory, peu importe sous quel nom ses membres se présentaient.

Ce parfait abruti ne savait pas à qui il avait affaire.

Et serait donc bientôt aussi mort qu'abruti.

La décision fut unanime.

On pourrait croire que l'aversion de Vory envers le conseiller d'Eltsine n'était pas entièrement fondée. C'était après tout ses conseils enthousiastes en matière de perestroïka qui avaient poussé 80 % de la nouvelle Russie capitaliste dans les bras de la mafia et de ses collaborateurs. Après *glasnost* et *perestroïka*, il était temps que le monde apprenne le mot *oligarchie*.

Mais la condamnation à mort fut prononcée. Quand les choses en arrivaient là, c'était fichu. Dans 999 cas sur 1 000.

Le hasard voulut qu'Alexandre Kovaltchuk soit le millième.

Voilà pourquoi, bien plus tard, les choses prirent une certaine tournure pour Agnes, Johan et Petra.

23

Samedi 3 septembre 2011

Plus que 4 jours

Johan était sur le point de renoncer à décocher un coup de poing sur le nez de Fredrik. Il venait de se rappeler ce qu'avait dit Agnes sur la peine qui aurait attendu Preben pour un acte similaire à Bielefeld.

La vieille dame aux cheveux violets, qui avait déjà pris des libertés avec la vérité en décrivant les regrets de son mari sur son lit de mort, songeait à présent que pour leur bien à tous les trois, elle ferait mieux de continuer sur cette voie.

Johan était vraiment un as en cuisine (et films américains). Petra était douée en mathématiques et physique. Quant à elle, elle comprenait la puissance d'Internet. Il n'y avait qu'à prendre cette infime détail, qu'elle lut à la vitesse de l'éclair dans le Code pénal suédois et parvint à faire rentrer dans le crâne de Johan et de Petra. Selon la loi, un coup de poing sur le nez n'entraînant pas plus de dommages qu'un saignement et une infime fracture serait assimilé à de la légitime défense.

— C'est clair comme de l'eau de roche selon le chapitre 24, premier paragraphe, mentit-elle.

— Légitime défense ? répéta Johan.

Ou mensonge légitimé, songea Petra, approbatrice.

— Cela signifie que si on se retrouve acculé et qu'on ne peut se libérer que par la force, alors ce n'est pas illégal, même si cela cause un saignement de nez au passage.

Les yeux de Johan scintillèrent.

— Légitime défense. Une bonne légitime défense en plein sur le nez, jusqu'à ce qu'il saigne. Y a plus qu'à.

L'ambassade de Suède se situait dans la partie est du centre de Rome, dans un quartier calme avec de beaux immeubles. Il fut aisé de trouver une place de stationnement pour le camping-car, en vue de l'entrée.

L'ambassade occupait un bâtiment de quatre étages, à la façade orange. Malheureusement, elle était protégée par une clôture métallique, haute et pointue. Inutile d'envisager l'escalade.

La clôture était percée par un portail en fer forgé, tout aussi infranchissable. Impossible de déterminer avec certitude s'il était verrouillé, mais c'était sans doute le cas : Petra découvrit un interphone sur un montant du portail.

Johan pourrait sûrement amadouer le gardien pour entrer, mais l'effet de surprise serait gâché. Et après le nécessaire coup de poing décidé à l'unanimité, il lui serait ardu de ressortir. Le même problème logistique qu'avec Dietmar Sommer, en somme. Avant de découvrir sa stature de lanceur de poids.

— Je ne pourrais pas simplement invoquer le paragraphe 24 du code légitime ? suggéra Johan.

— Chapitre 24, premier paragraphe, corrigea Agnes. Du Code pénal. Tu ferais bien d'apprendre ça par cœur. Et aussi l'italien. Et non, je crois qu'il vaudrait mieux éviter les ennuis d'abord et expliquer le motif de notre venue ensuite. L'idéal serait de croiser ton frère dans la rue. À proximité du véhicule qui nous permettra de nous enfuir.

— Je me demande où il habite, lança Johan.

— Certainement pas dans un camping-car, répondit Petra. Avec 60 millions de couronnes, on peut s'offrir bien plus, même à Rome.

Il était 11 heures du matin. Il n'y avait aucun mouvement ni passage à l'ambassade. Absolument aucun. À cet instant, Petra prit conscience d'un terrible détail. Suivi d'un second, encore plus terrible.

— Merde, on est samedi !

— Et alors ? s'étonna Johan.

Il n'avait pas l'habitude d'entendre Petra jurer.

— Et demain, c'est dimanche !

Agnes explicita :

— Elle veut dire que l'ambassade est probablement fermée. Deux jours de suite.

Ils ne parviendraient pas à mettre la main sur Fredrik avant lundi au plus tôt. À deux jours exactement de plus rien du tout. La marge de manœuvre devenait trop mince au goût de Petra. Elle envisagea la possibilité de parcourir les rues de Rome à la recherche de leur cible, mais renonça. Deux millions et demi d'habitants, et seuls Dieu et le pape savaient combien de touristes.

Ils prirent l'effroyablement triste décision de rester à proximité de l'ambassade pendant tout le week-end s'il le fallait. Quelqu'un finirait bien par passer, et saurait comment joindre Fredrik Löwenhult.

À l'approche de 19 heures, Johan souleva la question de l'ordre des priorités. La quête du nez de Fredrik surpassait-elle le repas d'une importance vitale qu'il avait déjà planifié ? Agnes préféra ne pas s'en mêler. Petra, elle, serait bien restée encore un moment, mais après tout c'était le poing de Johan, et son frère.

— OK, on laisse tomber pour aujourd'hui. On reviendra demain avant l'aube, d'accord ?

Johan réintégra la cuisine à l'arrière du camping-car. Agnes démarra et fit route vers le camping. La déception de Petra était palpable.

Samedi soir, fin des vacances d'été. Une fête se préparait chez leurs voisins immédiats au camping. La veille, Petra avait marmonné qu'un ou deux parmi eux auraient bien besoin d'une conversation entre quatre yeux. Sa mauvaise humeur n'arrangeait rien à l'affaire. Agnes craignait un nouvel incident dans le genre de celui avec le gars à la Porsche. C'était plus qu'elle se sentait capable de supporter.

— Tu n'as tout de même pas l'intention de chercher la bagarre, hein ? dit-elle à Petra.

— Je ne cherche jamais la bagarre. D'ailleurs, ma *check list* est prête. Tu veux que je te la lise ?

— Surtout pas.

En quittant l'ambassade, ils avaient fait un stop pour se ravitailler. Une partie non négligeable des revenus d'Agnes avait été utilisée pour l'achat de vêtements mieux adaptés à la chaleur, de vivres et de boissons – davantage de vivres et de boissons –, et d'un bon barbecue de voyage. Il serait toujours possible de l'abandonner une fois leur mission remplie. Ou de l'offrir à un voisin fêtard.

Leur préantépénultième jour sur cette Terre se prolongea tard dans la nuit et s'acheva avec des grillades et une bonne quantité d'anesthésique contre la frustration de Petra. Ou, selon les mots de Johan :

— Rioja Alta, Gran Reserva 904.

24

Dimanche 4 septembre 2011

Plus que 3 jours

L'Italien moyen a des habitudes plus tardives que le Suédois. En outre, le fait qu'on soit dimanche expliquait pourquoi, à 5 h 55, le camping-car était presque le seul véhicule à rouler sur le périphérique de Rome. Le trio se gara près de l'ambassade à 6 h 15. Difficile de croire que Fredrik ou quiconque ait pu arriver avant eux.

6 h 15 devint 7 h 15 sans qu'ils aient aperçu le moindre signe de vie. Puis 8 h 15. Petra était de plus en plus exaspérante. Jusqu'à ce que, ô surprise, un employé se montre aux alentours de 8 h 30. Bientôt rejoint par un autre. Puis encore deux.

— On est pourtant dimanche, s'étonna Petra, pleine d'espoir.

Agnes suggéra de s'approcher et de se renseigner auprès de l'un d'eux, mais Petra objecta que si quatre personnes étaient déjà venues, on pouvait s'attendre à d'autres. Sinon, ils pourraient sonner et aviser.

Depuis leur véhicule, ils avaient une vue dégagée sur le portail en fer, de l'autre côté de la rue. Mais seul Johan reconnut la personne qu'ils cherchaient.

— Là-bas ! s'écria-t-il soudain, à 8 h 56.

— Où ?

— Sur le trottoir, près de la voiture rouge.

Fredrik n'était qu'à une centaine de mètres. Quatre-vingt-dix. Quatre-vingts.

— Qu'est-ce qu'on fait, maintenant ? demanda le petit frère.

Petra s'aperçut qu'ils n'avaient pas finalisé la marche à suivre la veille, trop occupés à parier qui boirait le plus de vin. Soit dit en passant, elle était certaine d'avoir gagné.

Cinquante mètres. Bientôt, le frère aîné franchirait le portail de l'ambassade, causant de nouveaux problèmes au trio. Petra prit le commandement des opérations, et une décision immédiate.

— Vas-y tout de suite ! Descends de ce camping-car et boxe-le. En plein sur le nez. Dépêche-toi ! Et reviens vite.

Johan sortit du véhicule en trébuchant et arriva devant le portail en même temps que son frère.

— Salut, Fredrik.

L'aîné n'en crut pas ses yeux.

— Le Nigaud ? Qu'est-ce que tu fiches ici ?

Johan sentit sa récente détermination flancher un peu. S'entendre affubler à nouveau du surnom que Fredrik lui avait toujours donné le ramena dans le passé, à une époque révolue.

— Tu viens m'emprunter de l'argent ou quoi ? Comment tu es arrivé jusqu'ici ? Tu ne trouverais pas l'Allemagne sur une carte d'Europe centrale !

— Je sais où se trouve Bielefeld, répliqua Johan. Et je sais que l'Europe de l'Ouest est à l'ouest de l'Europe de l'Est.

Il serra les poings. Devait-il d'abord frapper puis expliquer ? Expliquer et ensuite frapper ? Ou frapper deux fois sans explication ? Qu'aurait fait Petra ?

Johan ne fit ni l'un ni l'autre, car une troisième personne s'interposa.

— Bonjour, Fredrik. Puis-je te demander à qui tu parles ?

Fredrik resta sans voix…

— Tu ne comptes pas faire les présentations ?

… mais n'eut d'autre choix que de tâcher de la retrouver.

— Bien entendu… Voici mon frère… Johan. À peine arrivé de Suède. Johan, voici l'ambassadeur Ronny Guldén, mon supérieur.

— Enchanté, Johan, le salua l'enjoué et populaire ambassadeur en lui serrant la main. Que nous vaut votre visite à Rome ? Simple amour fraternel, ou prévoyez-vous un peu de tourisme ?

Johan répondit franchement. C'est mal de mentir.

— Je suis ici pour aplatir le nez de mon frère. Un coup de poing ou deux. J'étais en train de réfléchir à la question quand vous êtes arrivé, monsieur l'ambassadeur.

— Quoi ? glapit Fredrik.

L'ambassadeur Guldén fut absolument enchanté.

— C'est donc l'amour fraternel qui vous amène ! Magnifique ! J'ai moi-même un petit frère adoré. Mais je ne l'ai jamais appelé autrement que Tas de merde.

Ronny Guldén pouffa à ce souvenir. Puis il eut une idée :

— Fredrik et moi avons une réunion de planification à 9 heures avec quelques collègues mal réveillés.

Aujourd'hui est un jour particulier. Mais pourquoi ne pas revenir à 16 heures, Johan ? Nous donnons en fin de journée notre soirée annuelle des ambassadeurs. Nous sommes dimanche, je sais, mais c'est la tradition. Il y aura des amuse-gueules, du champagne, et des bavardages insipides la moitié de la soirée, ou la soirée entière dans le pire des cas. Ça vous tente ? Si vous avez envie de vous ennuyer un peu, peut-être ?

L'ambassadeur pouffa à nouveau à son trait d'esprit.

— Non, il n'en a pas envie, intervint Fredrik, qui sentait poindre la panique.

Autoriser un des pires imbéciles de Suède à assister à une fête avec son patron et la totalité du corps diplomatique de Rome ? Cela pourrait saboter sa carrière.

— Oui, avec plaisir, répondit Johan, en ajoutant avec sérieux, ce qui fit l'effet d'une plaisanterie : Je pourrai toujours lui démolir le nez pendant les mises en bouche. D'ailleurs, qu'avez-vous prévu dans ce domaine ?

— Vous êtes absolument hilarant, approuva l'ambassadeur Guldén. C'était un plaisir de faire votre connaissance, et nous pourrons bavarder un peu plus ce soir. Revenez à 16 heures, je vous mets sur la liste des invités. Je suppose que vous portez le même nom de famille que votre frère ? Dress code *business casual.* À présent, venez, mon cher troisième secrétaire, j'ai une réunion de planification à diriger et vous, des photocopies à faire.

— Qu'est-ce qui s'est passé ? demanda Petra. Qui est venu tout gâcher ?

— Qu'est-ce que c'est, un troisième secrétaire ? demanda Johan.

— Euh, ça doit être un titre dans le domaine diplomatique.

— Et qu'est-ce que ça veut dire *business casual* ?

— Qu'il faut porter un veston. Ou plutôt, un costume. Pourquoi ?

25

Dimanche 4 septembre 2011

Plus que 3 jours

Petra décida qu'Agnes déciderait.

Celle-ci sélectionna un costume gris foncé Canali, une cravate à motifs argentée et des chaussures Branchini en cuir de veau au design audacieux – bleu marine à la pointe, puis passant par le bleu clair, le gris, le violet, le rouge et le noir avant d'arriver au jaune vif sous la cheville.

— Des chaussures rayées ? s'étonna Johan.

— Tu ne peux pas comprendre, répondit Agnes.

Elle venait de l'habiller de vêtements de marque qui auraient pu lui rapporter de l'argent si Travelling Eklund avait été un homme. Agnes envisagea un instant de donner un frère à son alter ego, mais renonça. Elle avait déjà bien assez à faire comme ça.

Petra se sentait de plus en plus mal à l'aise. Les jours passaient. D'un autre côté, ils avaient maintenant accès à l'ambassade. La principale mission de Johan ce soir serait d'obtenir l'adresse de son frère. Le trio souhaitait en effet aussi peu que Preben rencontrer son créateur dans une maison d'arrêt. Il serait bien plus prudent de démolir le nez de Fredrik devant la porte de son appartement.

— Tu es sûr que tu as compris ce que je t'ai expliqué ? demanda-t-elle à Johan.

— Quoi ?

— Que tu ne peux pas plaider la légitime défense à l'intérieur de l'ambassade.

Johan acquiesça.

Cette fois-ci, ils se garèrent un peu plus loin. Des invités, sur leur trente et un, arrivaient déjà de tous côtés. Aucun n'eut à se battre avec l'interphone, car le portail était grand ouvert et les nouveaux arrivants accueillis par un employé de l'ambassade. Petra observait la scène à l'aide de ses jumelles achetées pour l'occasion.

— Troisième secrétaire, dis-tu ? Il a plutôt l'air d'un concierge.

Johan voulait régler cette affaire lui-même, sans la proximité physique d'Agnes, de Petra ou de la batte de base-ball. Mais ça ne l'empêchait pas d'être nerveux.

— Sois simplement toi-même, l'encouragea Agnes.

— N'exagérons pas, intervint Petra. Fais plutôt profil bas, c'est un meilleur conseil.

— Vous m'attendez ici ?

— Toute la nuit si besoin.

Avait-on jamais vu diplomate suédois à l'air plus malheureux que Fredrik quand il vit Johan s'avancer ?

— Salut, frangin, lança le cadet.

Un concierge, songea-t-il, sentant son assurance grandir.

— Tu as intérêt à te tenir à carreau, cracha Fredrik. Pas un mot, pas d'initiative. Tu pars au bout de dix minutes. C'est compris ?

Il n'eut pas le temps de donner plus de consignes, car l'ambassadeur de Nouvelle-Zélande approchait, son épouse à son bras. Ils n'avaient pas eu besoin de venir en limousine, la représentation néo-zélandaise n'étant qu'à deux pas, à un jet de pierre de celles du Lesotho et d'Estonie.

Fredrik prenait sa mission de concierge très au sérieux. Il avait étudié les photographies de tous les ambassadeurs susceptibles de faire une apparition à la soirée. Ce qui impliquait aussi de connaître leurs titres.

— Docteur Matheson, madame Matheson. Soyez les bienvenus.

Le couple diplomatique hocha la tête avec dignité et franchit le portail. Fredrik constata que Johan les avait déjà imités.

— Dieu me protège, murmura-t-il tandis que la première secrétaire du Lesotho s'avançait à son tour.

— Madame Mable Malimabe, bienvenue en Suède.

26

Obama, Ban Ki-moon et quelques fragments de toute la misère du monde

Ban Ki-moon se demandait parfois dans quel pétrin il s'était fourré.

Il était né au milieu de la péninsule coréenne encore occupée par les Japonais. Pendant sa plus tendre enfance, sa famille, sans le sou, s'était réfugiée dans les montagnes, où elle s'était terrée pendant toute la guerre de Corée.

Quand le Nord et le Sud s'étaient retranchés chacun de son côté du 38e parallèle, sa mère et son père avaient eu le courage de retourner à Chungju. Leur fils de 9 ans pourrait enfin y recevoir une véritable éducation.

Il fit bon usage de cette chance. Élève modèle, il obtint une bourse pour se rendre aux États-Unis. Il passa sa licence à l'université de Séoul, sa maîtrise à Harvard et entama une carrière politique. Ensuite, il accéda au poste de ministre des Affaires étrangères. Et devint – sans le moindre pot-de-vin – secrétaire général de l'ONU.

Ce soir-là, il se trouvait à l'ambassade américaine de Rome en compagnie de l'ambassadeur Thorne et du président Obama en personne. On était dimanche, c'est vrai, mais les présidents et les secrétaires généraux n'ont pas le temps pour ce genre de considérations.

Lorsqu'il était jeune étudiant aux États-Unis, Ban Ki-moon avait eu la chance de serrer la main de John F. Kennedy. À présent, il discutait avec le successeur des successeurs de Kennedy au huitième, neuvième degré. D'égal à égal. Tandis que l'ambassadeur américain leur servait du café. Ou plutôt du thé.

Comme bien souvent quand les deux hommes s'entretenaient, la conversation portait sur la corruption, phénomène mondial et menace toujours croissante contre l'ordre public, le développement économique, la démocratie et l'environnement. Sur ce point, Obama et Ban Ki-moon étaient entièrement d'accord.

Le président américain arrivait directement d'une audience avec Angela Merkel à Berlin et devait se rendre dès le lendemain à Varsovie pour une réunion avec le Premier ministre Donald Tusk. Cet automne-là, c'était la Pologne qui assurait la présidence de l'Union européenne. Selon Obama, Merkel comme Tusk appartenaient au nombre toujours plus restreint de politiciens qui souhaitaient accomplir quelque chose de positif. Ce qui ne signifiait pas pour autant qu'ils étaient toujours d'accord.

Ban Ki-moon, pour sa part, devait faire face à la crise en Syrie. Un chaos qui s'était déchaîné au début de l'année. Ou au VIIe siècle, si l'on voulait philosopher. À moins que la graine de la discorde n'ait été semée par l'impitoyable gouvernement colonial français à partir des années 1920. Ou par le soutien soviétique à Hafiz el-

Assad, qui avait permis à ce dernier d'étendre son bras sur le pays, jusqu'à son décès et l'accession au pouvoir de son fils.

Pour Bachar el-Assad, les droits de l'homme étaient une bagatelle à laquelle l'homme n'avait pas droit. Il crachait sur les États-Unis et vomissait Israël. Il faisait un doigt d'honneur aux islamistes et – pire encore, de l'avis de beaucoup – avançait que les femmes étaient également des êtres humains. Cependant, il s'avéra que sa version bricolée maison du socialisme soviétique ne fonctionnait pas. Contrairement à la corruption.

À présent, il était attaqué de toutes parts. Ce n'était que justice, s'autorisait à penser le secrétaire général. N'empêche, l'ONU devrait intervenir. Loin derrière chaque lutte politique, religieuse ou géographique, il y avait toujours des milliers, des centaines de milliers ou des millions de gens normaux, dont la seule philosophie était en substance de pouvoir mettre le petit déjeuner sur la table au réveil en ayant fait sa part du job la veille. Et sans voir pleuvoir les grenades à midi.

En simplifiant largement, on pouvait dire que le conflit en Syrie opposait un dirigeant laïc, qui jugeait que personne n'avait droit à rien, à une bande d'islamistes, pour qui l'homme (mais pas la femme) avait tous les droits. Aucun des deux ne prenait en considération les souhaits des citoyens, à titre individuel.

Obama et Ban Ki-moon avaient l'ambition de faire une vraie différence lors du sommet du G20 qui se tiendrait à Cannes, en France, fin octobre, début novembre.

Ce devait être le plus important de tous les temps ! La guerre civile syrienne allait bientôt s'apaiser, cela ne faisait aucun doute. En revanche, ils avaient une autre raison de se retrousser les manches. Ils savaient tous les deux qu'on ne convainc personne de la nécessité de réformer le système monétaire mondial en se pointant un quart d'heure avant la réunion. Pas plus qu'on établit des règles plus strictes sur les transactions financières ou qu'on ouvre de nouvelles voies pour lutter contre la corruption. D'où la série d'entretiens préparatoires qu'ils avaient prévus.

Dans l'intervalle entre ce dimanche et le prochain sommet du G20, ils prévoyaient en outre une session extraordinaire avec la conférence de l'Union africaine. Obama et Ban Ki-moon étaient tous deux conviés en tant qu'observateurs et invités d'honneur.

La corruption africaine était si répandue qu'elle ne tarderait pas à talonner la corruption russe. Ce n'était pourtant pas le sujet principal de la réunion. Pas du tout, en fait. À l'ordre du jour figuraient la crise économique mondiale (qui frappait le plus durement le continent le moins coupable), les troubles en Libye (dont le dirigeant avait poussé l'avarice et l'égoïsme un chouia trop loin), ainsi que l'environnement (car les membres de la conférence savaient que l'Américain et le Coréen avaient ce thème à cœur).

Cet après-midi-là, Barack Obama et Ban Ki-moon eurent une discussion des plus franches à propos des chefs d'État à même d'assumer de plus grandes responsabilités, et de ceux auxquels ils auraient souhaité sept ans de malheur si cela n'avait pas été déplacé.

— Il nous faut rallier le plus de dirigeants possible à notre opinion, conclut Ban Ki-moon. Pour accentuer la lutte contre les paradis fiscaux.

Obama acquiesça.

C'était dans les paradis fiscaux que finissait la majeure partie de l'argent issu de la corruption mondiale. De là, dans le pire des cas, il servait à financer des organisations terroristes. Dans le meilleur des cas, l'escroc corrompu voulait seulement s'acheter une babiole sympa, comme une équipe de foot. Pendant ce temps, la nation qui avait généré l'argent s'appauvrissait. Bientôt, le seul moyen de survivre pour chaque citoyen et travailleur était de faire comme tout le monde et rapiner le plus possible.

Obama et Ban Ki-moon ne purent s'abstenir d'évoquer l'ignoble Aleko, président des lilliputiennes Condors, dans l'océan Indien. Il y avait en effet un risque qu'ils doivent faire du charme à l'enfoiré pendant la session extraordinaire de l'Union africaine.

Pendant que l'OCDE, l'OMC, l'UE et consorts luttaient pour réprimer les moyens des paradis fiscaux, Aleko en profitait pour hisser les Condors au premier rang de la catégorie. La seule règle sur les transactions financières internationales que le pays semblait disposé à suivre était que les règles n'avaient pas lieu d'être.

Aleko était déjà détesté par le continent entier avant même la transformation des Condors en paradis fiscal. Il faut dire que sept ans de suite, il s'était échiné à saboter toutes les réunions de la conférence de l'Union africaine. Au grand dam des autres membres, il était impossible de l'exclure des sessions, car son archipel appartenait officiellement à l'Afrique. Selon les statuts de l'Union, tous les chefs d'État ou de gouvernement du continent avaient une voix dans les suffrages.

La conférence de l'Union africaine établissait une politique pour l'ensemble de ses pays membres et définisait les mesures à adopter dans des domaines tels que le maintien de la paix, la sécurité, l'économie ou l'environnement. Chaque décision devait être validée à l'unanimité.

Ce n'était pas arrivé depuis 2004 lorsque, du jour au lendemain, les Condors avaient changé de président.

Au début, les membres les plus anciens de la conférence avaient tenté d'amadouer le nouveau.

— Voyons, mon cher Aleko, qu'est-ce qui vous gêne dans la formulation « Nous ne ménagerons aucun effort pour éradiquer le VIH et le SIDA » ?

— Je ne vous le dirai pas.

Comme un gosse de 9 ans d'humeur boudeuse.

Au bout de quelques sessions, le président de la conférence avait changé de stratégie.

— Il ne nous reste plus qu'à finaliser notre déclaration. Président Aleko, comment proposez-vous de formuler les choses ?

— « L'industrie de la pêche est insuffisamment mise en valeur. »

— Mais nous sommes en train de parler d'un pacte de non-agression continental !

— Si tout le monde mangeait du poisson, on se chamaillerait moins.

— Mon cher Aleko...

— *Président* Aleko, je vous prie.

La conférence qui, durant la décennie pré-Aleko, avait pris l'habitude des formulations consensuelles, se mit rapidement d'accord sur le surnom à donner au nouveau dirigeant des Condors. Président, bien sûr. Dans un contexte officiel. Mais, en privé, les chefs des 54 pays membres employaient un terme plus visuel et moins poli. Le numéro 55 était :

Un trou du cul.

Ban Ki-moon et Obama s'étaient préparés, chacun de son côté, pendant le long vol pour la capitale italienne (où un an plus tôt, le secrétaire général de l'ONU avait accepté une invitation du pape Benoît XVI à prendre le thé le lendemain en fin de matinée), ce qui expliquait en partie pourquoi leur entrevue ce dimanche ne dura pas longtemps ; ils savaient tous deux ce qu'ils voulaient. À savoir la même chose.

Marché conclu. Poignée de main. Et il n'était pas encore 16 heures.

— Un dîner, peut-être ? proposa Ban Ki-moon.

— Avec plaisir, répondit Barack Obama.

— Ou alors on s'incruste à l'ambassade de Suède, suggéra Thorne. Ils donnent leur soirée annuelle des ambassadeurs aujourd'hui, et elle démarre bientôt. Je suis invité, je pense que je n'aurai pas de mal à vous faire entrer aussi.

Le président et le secrétaire général de l'ONU sourirent. Une soirée avec des ambassadeurs, ça semblait prometteur.

— Sept minutes de route, précisa l'ambassadeur Thorne.

Le *Secret Service*, dédié à la protection d'Obama, n'émit aucune objection.

27

Samedi 4 septembre 2011

Plus que 3 jours

Quand Johan arriva, l'ambassadeur Guldén fut aussi jovial que lors de leur rencontre le matin même.

— Ah, vous voilà ! Quel plaisir. Maintenant, dites-moi tout sur votre amour fraternel. Vous avez sûrement une relation très spéciale, tous les deux.

La conversation entre Guldén et Johan n'alla pas plus loin. Au même moment, un employé chuchota quelques mots à l'oreille de l'ambassadeur.

— Ban Ki-moon ? Obama ? Merde !

Johan ignorait ce qui pouvait bien se passer, mais il avait mieux à faire. Il venait d'apercevoir un serveur avec un plateau chargé d'amuse-bouches.

— Excusez-moi, qu'est-ce que vous avez là ?

— Des canapés au saumon.

— Je le vois bien. Mais ça ? répéta Johan en désignant une substance presque invisible cachée sous un bout de saumon. On dirait du wasabi avec du fromage frais. J'ai raison ?

Le serveur eut l'air dépité.

— Je ne sais pas, ce n'est pas moi qui les prépare. Je ne fais que servir les invités. En revanche, je peux demander à notre chef.

— L'idée n'est pas mauvaise. Mais si je dis moutarde de Dijon, pommes, noix, raifort… vous dites ?

— Que j'appelle le chef.

L'ambassadeur du Canada, Fox, avait à peine aperçu son homologue et voisin américain qu'il lui mit le grappin dessus.

— Dave ! Par ici. Maintenant, écoute-moi bien !

Ban Ki-moon se retrouva instantanément au bras de l'ambassadrice biélorusse, de surcroît ancienne maîtresse officieuse du président.

— Madame l'ambassadrice. Je suis ravi de vous voir ici, mentit le secrétaire général.

Pendant ce temps, Barack Obama se dirigeait droit vers le plateau de canapés le plus proche. On le laissa en paix, car nul ne savait qui l'avait convié. L'ambassadeur suédois réfléchit intensément. Thorne avait disparu d'un côté, Ban Ki-moon de l'autre. Que devait-il faire ?

Attendre, décida-t-il. Pas de précipitation.

— Voici pour vous, monsieur le président, dit le chef cuisinier de l'ambassade, qui s'était joint à la fête pour parler de toasts au saumon avec un invité.

— Wasabi, dit Johan à Barack Obama.

— Obama, dit le président Obama.

— Non, les canapés contiennent du wasabi. Moi aussi d'ailleurs, maintenant que j'y pense. Vu que j'ai mangé quatre canapés. Je m'appelle Johan.

Barack Obama se réjouissait déjà de cette rencontre. Le chef s'esquiva, il n'était pas là pour se mêler aux diplomates plus que nécessaire. En particulier quand l'un d'eux était le président des États-Unis.

— Du wasabi, ce n'est pas bête. Normalement, je suis plutôt un amateur de moutarde.

— Vous aussi ? Il faut se méfier de la moutarde. Prenez-en ne serait-ce qu'un petit peu trop, et vous gâchez tout.

— Moutarde de Dijon et pommes confites, dit Obama.

— Et cresson, ajouta Johan (qui s'étonna lui-même de connaître autant de mots bizarres en anglais).

Dans un coin, 20 mètres plus loin, le troisième secrétaire de l'ambassade était à deux doigts de défaillir. Son crétin fini de frère était en pleine discussion animée avec le président des États-Unis – il avait fallu que ça tombe sur lui.

Fredrik avait ses raisons de se terrer dans un coin. Il voulait éviter d'entamer lui-même une conversation avec qui que ce soit, afin de garder un œil attentif sur les faits et gestes du Nigaud.

Hélas… Le deuxième secrétaire de Finlande aperçut son confrère suédois apparemment esseulé et décida de procéder à une opération de sauvetage. Compte tenu de leurs nationalités, ils pourraient toujours parler de hockey à défaut d'autre chose.

Johan orienta la conversation vers une de ses recettes préférées de carpaccio de bœuf et resta bouche bée en apprenant que son interlocuteur n'avait jamais entendu parler du västerbottensost, le roi des fromages suédois. Qui était-il donc ? Il aurait été grossier de ne pas se renseigner. Cependant, peut-être devait-il se présenter avant de l'interroger.

— Mon nom est Johan, comme je vous l'ai dit. Löwenhult. Masterchef et génie, à ce que j'ai compris. Frère d'un employé de cette ambassade. J'étais venu lui casser la figure, mais je me suis retrouvé entouré d'amuse-bouches. Et à présent, le västerbottensost.

Obama avait le même rire que l'ambassadeur suédois.

— Et vous, qu'est-ce que vous faites dans la vie ? poursuivit Johan.

Le président américain devint immédiatement sérieux et répondit avec philosophie.

— Ah, Johan. Je me le demande chaque jour.

— Vous ne savez pas ?

— C'était tellement plus simple avant. « *Yes, we can* » et compagnie. J'ai encore le feu, ce n'est pas ça. Mais c'est bien ce que je me demande : qu'est-ce que je fais dans la vie ?

L'homme semblait sympathique. C'était *Obrama*, son nom ? Il s'y connaissait en cuisine. Mais ne pas savoir ce qu'on faisait ? Un peu bizarre, tout de même.

Obama baissa d'un ton. Non que ce fût nécessaire, personne n'osait s'approcher de lui, et les conversations alentour étaient suffisamment bruyantes.

— Prenez par exemple cette histoire d'UA.

Johan avait récemment appris ce qu'était l'UE. Petra lui avait asséné un cours magistral tandis qu'ils approchaient de la Suisse. Soit ce pays était dans l'UE et ses voisins ne l'étaient pas, soit l'inverse, il ne savait plus trop. Mais il fallait saisir les rares occasions qui se présentaient de paraître instruit.

— L'Union européenne, dit-il.

— Non, africaine. Le continent fait face à d'énormes défis. Le secrétaire général et moi avons passé la moitié de la journée à nous arracher les cheveux à cause d'un gnome qui sabote tout ce qu'il peut. Devoir manœuvrer un président comme un enfant… Oui, je me demande la même chose que vous : qu'est-ce que je fais ?

— Un enfant ?

— Aleko.

Johan se demanda s'il était censé connaître Aleko. Et le secrétaire général. Mais quand on ne savait pas, on ne savait pas. Autant commencer par l'un des deux.

— Qui est Aleko ?

— Là, vous voyez ! Vous ne savez même pas qui c'est. Presque personne ne sait d'où il sort, pourtant il tient la moitié du monde et l'Afrique entière en otage. Le président des Condors. Une population de 260 000 habitants, contre un milliard d'Africains sur le continent. Plus connu sous le nom de Trou du cul. Parfaitement mérité, si vous voulez mon avis.

Le président Obama songea qu'il était peut-être un peu trop franc du collier, mais il avait pour ainsi dire terminé sa journée. On était dimanche et cette nouvelle connaissance, le masterchef et génie, paraissait décontractée. Cela semblait normal de lui rendre la politesse.

Le troisième secrétaire tenta de jeter un coup d'œil par-dessus l'épaule du deuxième secrétaire qui s'entêtait à lui parler de hockey sur glace. Les Finlandais étaient apparemment champions du monde. Fredrik s'en fichait comme d'une guigne. Que se passait-il donc là-bas ?

La situation, dont il pensait qu'elle n'aurait pu être pire, venait justement d'empirer. Le secrétaire général de l'ONU, Ban Ki-moon, s'était joint au président américain et à son débile de frère. Adieu, la diplomatie. Autant se résigner et parler hockey.

— Oui, la Coupe du monde était vraiment fantastique cette année. Surtout votre premier match, vous m'avez tenu en haleine.

— Celui contre le Danemark ? On l'a pourtant remporté haut la main, 5-1.

— J'ai dit le premier ? Je pensais au dernier.

— 6-1 cette fois. Contre vous.

— Mon cher secrétaire général ! Permettez-moi de vous présenter mon nouvel ami, Johan. Masterchef, génie – et philosophe, selon moi.

— Ravi de vous rencontrer, Johan. Ban Ki-moon.

Était-ce l'homme qu'Obama venait de mentionner ? Il était secrétaire général. Connaissait-il Fredrik ? Peut-être les secrétaires se serraient-ils les coudes.

Tandis que Johan s'interrogeait à ce sujet, Ban Ki-moon raconta à Obama son échange avec l'ambassadrice biélorusse.

— Je suis navré. Qu'avait-elle à dire ?

— Ce n'était pas très clair, mais je crois qu'il était question de m'offrir une datcha sur le Dniepr si son ancien amant et son pays se voyaient attribuer un siège au Conseil de sécurité de l'ONU. Dans le cas contraire, elle me souhaitait sept ans de malheur.

Barack Obama soupira.

— Combien d'Aleko y a-t-il donc autour de nous ?

Enfin un nom que Johan reconnaissait.

— Le Trou du cul ! intervint-il.

Ban Ki-moon sourit. C'était un vocable qu'il n'employait pas lui-même, mais qu'il ne trouvait pas totalement usurpé. Le président Aleko s'était fixé depuis plusieurs années le but impossible d'obtenir par la discorde des positions importantes au sein de l'Union africaine. Une ambition aussi minable que chimérique.

— Ce n'est pas moi qui ai utilisé ce mot le premier, avoua Johan. C'est ce monsieur, qui ne sait pas ce qu'il fait dans la vie.

Ban Ki-moon attendit la suite, l'air curieux. Barack Obama expliqua :

— Mon ami Johan est un homme simple et franc. Sur ce point, il a raison. Je ne sais pas toujours ce que je fais, mais je sais une chose : le monde n'a pas besoin de fauteurs de trouble comme Aleko.

Quelque chose chez cet homme, et sa fraîcheur toute suédoise, plaisaient beaucoup à Obama. Très bonne idée, cette soirée des ambassadeurs.

Un serveur passa avec un plateau en argent et proposa du champagne au trio. Johan remarqua du coin de l'œil que, à l'autre bout de la salle, Fredrik l'observait d'un air mauvais. Il n'appréciait sans doute pas que son petit frère se fasse de nouveaux amis. Johan aurait trouvé très agréable de pouvoir lui aplatir le nez devant tout le monde, mais Petra le lui avait défendu. Cependant, il était toujours possible de le faire enrager.

Johan leva ostensiblement sa coupe vers Obama et… l'autre type.

— Eh bien, trinquons, chers amis. À Aleko. Ou plutôt *contre* lui, hein ?

Barack Obama et Ban Ki-moon sourirent à pleines dents et levèrent leur verre.

Obama fut alors rappelé à ses responsabilités.

— J'aurais aimé m'entretenir plus longuement avec vous, Johan, mais je devrais faire le tour de la salle, et représenter un peu mon pays.

Je me demande de quel pays il parle, songea Johan.

— Une dernière chose, ajouta Obama. Et je vais peut-être trop loin avec cette requête. Après tout, nous nous connaissons à peine.

— Dites-moi, l'encouragea Johan.

S'apprêtait-il à se faire un ami de plus ? Ce serait le troisième en une semaine. Le quatrième en comptant Preben.

— Ce västerbottensost.

— Oui, eh bien ?

— Vous croyez que vous pourriez m'en envoyer un morceau ?

Fredrik parvint finalement à échapper au Finlandais et se hâta de rejoindre Johan au moment précis où Barack Obama et Ban Ki-moon s'éloignaient.

— Tu n'étais pas censé parler à qui que ce soit ! Et tu devais partir au bout de dix minutes ! Qu'est-ce qui s'est passé ! De quoi avez-vous discuté ?

L'espace d'un instant, Johan faillit reprendre ses vieilles habitudes et répondre « Oui, maître », « Pardon, maître », et obéir aux ordres de Fredrik. Mais alors il se rappela qui était et avait toujours été son frère. Et surtout, il lut de la peur dans ses yeux. De la peur ! Envers lui, son frère cadet ! Johan fut empli d'un sentiment de confiance en soi qu'il n'avait jamais éprouvé auparavant.

— Nous avons parlé de cet endroit miteux. Des petits fours médiocres. Et du champagne bas de gamme.

— Bordel de merde, commenta Fredrik.

Encore la peur !

— Ensuite, nous avons parlé de l'Afrique. Les problèmes de… l'Union américaine risquent de devenir une affaire d'incontinence.

— Nom de Dieu !

Les mots qui lui venaient n'étaient peut-être pas les bons, mais cela ne faisait qu'accroître le plaisir. Fredrik était à la torture.

L'ambassadeur Guldén les rejoignit alors.

— Ravi de voir que vous savez prendre des initiatives, Johan. C'est absolument merveilleux de voir le président américain s'amuser ainsi en compagnie suédoise.

— Qui ? dit Johan.

C'était sorti tout seul. L'ambassadeur parlait sans doute d'Obrama.

— Et toi, Fredrik ? Qu'est-ce qui t'est passé par la tête ? Te cacher dans un coin ! Et bavarder hockey sur glace avec un secrétaire finlandais presque aussi insignifiant que toi ! Oui, je vous ai entendus. En plus, ils nous ont éliminés en finale de la Coupe du monde. Qu'est-ce qui t'a pris, bon sang ?

Fredrik était désespéré, mais il n'arrivait pas à prononcer un mot. Si l'ambassadeur était arrivé une seconde plus tôt, il aurait entendu Johan confondre l'Afrique avec l'Amérique et continent avec incontinence. Il avait tout de même dû remarquer, à l'instant, que cette tête de nœuds ne savait même pas avec qui il avait bavardé. N'avait-il pas des yeux pour voir ? Des oreilles pour entendre ?

— Je me souviens très bien de votre père. J'ai eu la chance d'officier sous ses ordres à Istanbul. Quel homme merveilleux ! Quel esprit d'initiative il avait ! Aujourd'hui encore, tout le monde raconte comment il a passé une nuit entière à déclamer du Shakespeare devant Nixon. Absolument inestimable à cette époque où le monde était à feu et à sang ! De quoi avez-vous discuté, Obama et vous, Johan ? Est-ce qu'il connaît aussi Shakespeare dans le texte ?

Johan n'avait jamais entendu parler de ce Shakespeare.

— Nous avons surtout discuté des canapés au saumon, avec et sans wasabi. Avant d'en arriver à ce trou du cul d'Aleko.

— Merveilleux ! Culture culinaire, franchise et responsabilité internationale. Pas comme parler hockey avec un moins-que-rien. Tu as beaucoup à apprendre de ton frère aîné, Fredrik.

La situation était de plus en plus surréaliste.

— C'est mon frère cadet, corrigea Fredrik, misérable.

— Tu m'en diras tant, dit l'ambassadeur, avant de taper sur l'épaule de Johan et de tendre sa coupe vide à Fredrik. Tu n'auras qu'à aider pour le ménage quand ce sera fini. Comme ça, nous aurons tous rendu un petit service à notre nation aujourd'hui.

Sur ces mots, il s'éclipsa.

— Obrama est le président du pays d'Amérique, hein ? dit le petit frère.

28

Le fils du betteravier

Partie 4 sur 5

Du temps où Gorbatchev était encore ministre de l'Agriculture, son conseiller avait une bonne raison de visiter Berlin. Il effectua par la suite une poignée de voyages dans la capitale de la République démocratique allemande. Au cours de l'un d'eux, Alexandre fit la connaissance du dynamique Günther, un homme du même âge que lui, ambitieux, parlant suffisamment bien le russe pour qu'ils se comprennent sans difficulté. Après quelques joyeuses soirées, ils commencèrent à évoquer leurs idéaux. Günther, en particulier, éprouvait un profond besoin de sincérité. La chose était malheureusement impossible avec les Allemands de l'Est. En plus des 90 000 employés du ministère de la Sécurité d'État, le pays comptait plusieurs centaines de milliers d'informateurs enregistrés, encouragés à espionner leurs amis, collègues et voisins.

Avec Alexandre – Sacha –, c'était différent. Car il était russe.

Günther lui apprit qu'il travaillait pour une entreprise publique de logistique, ce qui lui permettait de trafiquer différents registres de la Stasi et de toucher des primes en dénonçant des compatriotes non seulement innocents, mais également décédés. Les certificats de décès se trouvaient en effet dans un autre registre, sous l'autorité de Günther lui aussi.

Voilà pourquoi la Stasi, sur les tuyaux de Günther, recherchait au moins 30 ennemis présumés de l'État, sans en trouver aucun. Ils étaient déjà tous enterrés.

— Des primes pour moi, et des soucis pour personne, conclut Günther. À la tienne, mon ami !

Cela fonctionna pendant quelques années, Günther veillant à désigner des suspects qui n'avaient pas de famille que la Stasi puisse interroger. Mais un jour, trop pressé de rejoindre son ami Sacha autour d'une bière au pub, Günther mélangea plusieurs documents et dénonça une femme à Dresde, une très grosse pointure selon son rapport. Peut-être avait-elle déménagé à Leipzig pour gagner sa vie comme tenancière de bordel, il n'était pas très sûr.

Contrairement au haut dirigeant de la Stasi, un colonel qui venait d'enterrer son épouse, le cœur lourd de chagrin. Il avait à présent sous les yeux le rapport de Günther affirmant que sa bien-aimée, la pure et innocente Heidrunn, s'était relevée d'entre les morts au troisième jour et était partie ouvrir une maison close à Leipzig.

La poursuite des 30 personnes introuvables fut immédiatement interrompue. À la place, tous les agents se mirent à rechercher Günther, qui survécut en faisant tout le trajet jusqu'à Moscou dans le coffre de la voiture de Sacha.

Une fois sain et sauf, il lança son affaire, qui consistait à vendre de faux coupons alimentaires à l'arrière d'un taxi. Ou plutôt de 70 taxis, quand la magouille atteignit son apogée, juste avant l'effondrement de l'Union soviétique. Günther était un survivant et devint un nom respecté au sein de Vory. Il avait, en effet, assez de bon sens pour partager. Et pour ne pas souffler un mot de l'identité de son meilleur ami dans les cercles les plus fermés du Kremlin.

Voilà pourquoi il ne fallut pas plus de vingt minutes après la condamnation à mort du conseiller d'Eltsine par la mafia pour que Günther soit mis au courant. Bien sûr, une minute plus tard, Alexandre était également informé. En toute hâte, il remplit ses deux plus grosses valises à rabord, y glissant trois caleçons, quelques lettres qu'il tenait à conserver, une brosse à dents mais pas de dentifrice, et des liasses et des liasses de billets de 100 dollars bien serrés. Non déclarés et non taxés, évidemment. Pourquoi aurait-il dû être le seul à faire les choses dans les règles ? Par sécurité, il emmena aussi son meilleur ami dans sa fuite.

Jusqu'à ce jour, le fils de l'ancien betteravier s'était toujours appelé Alexandre Kovaltchuk. Sa première mesure, quand il atterrit dans le pays où il était certain que la mafia russe ne le trouverait jamais, fut de changer de nom. Cela lui coûta 100 dollars. Pour 100 de plus, « Aleko » tout court devint en outre citoyen condorien. Ale pour Alexandre. Ko pour Kovaltchuk.

Nouveau nom, nouvelle nationalité, nouveau pays. Avec deux valises remplies d'argent et des connaissances exhaustives sur la manière de se faire une place dans la société, où qu'il se trouve. Aleko entama alors une nouvelle ascension vers le sommet. Avec cette fois la ferme intention d'aller jusqu'au bout.

29

Dimanche 4 septembre 2011

Plus que 3 jours

Johan rejoignit Agnes et Petra. La soirée à l'ambassade s'était bien passée, mais c'était dans le camping-car qu'il se sentait le mieux.

Ses amies voulurent évidemment tout savoir. Et avant ça, s'ils devaient filer de façon urgente.

— Non, pas d'urgence.

— Tu n'as pas donné de coup de poing, hein ?

— Non. Ou plutôt si. En quelque sorte. Je pourrais assimiler tout ça tranquillement ?

Les trois amis finirent la soirée au camping. Johan portait encore son costume Canali et ses chaussures cousues main en cuir de veau arc-en-ciel. Il détonnait tant que les enfants des tentes voisines s'approchèrent pour lui demander des autographes.

Au bout d'un moment, la patience de Petra atteignit ses limites. Elle interrompit la séance de dédicaces, dispersa les gamins en les menaçant de les soumettre à sa *cheklist*, et demanda à Johan ce qui s'était passé à l'ambassade.

Il raconta qu'il y avait eu beaucoup de monde, mais qu'il n'avait parlé quasiment à personne. Seulement à un certain Obrama et à son secrétaire, Ban Ki-machin.

— Obama et Ban Ki-moon ? demanda Petra.

— Exactement.

— Tu te moques de moi ?

Johan sortit une carte de visite de sa poche poitrine.

— Qu'est-ce que ça dit ? s'enquit Agnes.

— Je ne suis pas sûre, hésita Petra, mais je crois que j'ai le numéro de portable perso du président des États-Unis sous les yeux.

Johan confirma que oui, Obrama était probablement président américain.

Les deux amies durent écouter pendant une demi-heure les souvenirs décousus de Johan avant d'avoir une idée relativement claire de la situation. Le jeune homme, semblait-il, avait réussi à faire ami-ami avec Barack Obama autour de canapés au saumon, et à rencontrer le secrétaire général des Nations Unies, Ban Ki-moon. Sans avoir la moindre idée de leur identité.

— Vous pouvez m'expliquer encore une fois cette histoire d'ONU ? demanda Johan.

Il avait aussi torturé son frère, sans toucher un seul de ses cheveux.

— Je n'ai eu besoin ni de coup de poing sur le nez, ni de batte de base-ball, ni de poêle à frire Ronneby Bruk. Il m'a suffi d'Obrama.

— Obama, le corrigea machinalement Petra.

— Oui, mais avec un *r*.

— Non, sans *r*.

— Si, insista Johan, en ressortant la carte de visite du président. Ah non, mince, tu as raison ! Obrama sans *r*. Regarde !

Agnes préféra changer de sujet.

— Qu'est-ce qu'on fait maintenant ?

— Je ne sais pas, dit Petra.

— Moi, je sais, déclara le masterchef.

Johan avait décidé que le lendemain matin, ils remonteraient dans leur camping-car et se rendraient dans un pays qui s'appelait les Condors. Là-bas, ils se feraient un devoir de sermonner un homme du nom d'Aleko. Ils pouvaient reléguer Fredrik aux archives, il avait eu ce qu'il méritait même si cela n'avait pas pris la forme qu'ils avaient imaginée. L'avantage, c'est qu'ils avaient désormais un coup de poing sur le nez dans leur manche pour un usage futur.

— Je dis comme Obrama sans *r*, Aleko est un trou du cul.

Cette affirmation appela un peu plus d'explications. À savoir que le président des Condors s'amusait à bloquer d'importantes décisions au sein de l'Union américaine.

— Africaine, intervint Petra.

— Celle-là aussi ?

— Seulement celle-là.

Soit. En tout cas, le secrétaire de l'ONU semblait partager cet avis.

— Secrétaire général, compléta Petra.

Agnes réalisa que c'était précisément aux Condors que le charmant Herbert von Toll lui avait ouvert un écran et que George Clooney voulait mettre de l'ordre. Ils risquaient d'avoir du mal à s'y rendre en camping-car.

— Les Condors sont un archipel dans l'océan Indien.

Johan donna l'impression de vouloir poser une question.

— Non, il n'y a pas de pont, le devança Agnes. Et c'est loin. Mais ça devrait quand même être marrant. Pas vrai, Petra ?

La prophétesse aimait sa vie plus que jamais. Quel dommage qu'elle doive bientôt prendre fin !

— Quand est-ce qu'on part ?

30

Lundi 5 septembre 2011

Plus que 2 jours

Agnes chercha des billets d'avion tandis que Petra et Johan dormaient à l'arrière du camping-car. Au petit déjeuner, elle avait deux mauvaises nouvelles.

Le vol pour les Condors ne partait que peu avant minuit, le jour même. Deux correspondances. D'abord à Addis-Abeba, puis à Dar es-Salaam. Arrivée le jour suivant, dans l'après-midi.

— Il ne nous restera plus qu'un jour, fit remarquer Petra.

Visaient-ils trop haut ? Auraient-ils le temps d'approcher le président des Condors avant que le monde entier se change en glace ?

— Il y a peut-être d'autres trous du cul un peu plus près de nous, dans ce cas ? réfléchit Agnes. Les billets d'avion sont déjà payés, mais ça ne serait pas une grande perte.

Petra réfléchit, et conclut que non. Elle devait tant à Johan.

— Il est vrai que le temps nous est compté, mais on a dit les Condors, alors ce sera les Condors.

— Bien, approuva Agnes. Après tout, qui sait, l'atmosphère changera peut-être d'avis.

— L'atmosphère n'a pas de volonté propre.

Soucieuse d'éviter une querelle, Agnes prétexta un autre problème à régler.

Johan, qui jusqu'ici s'était contenté d'écouter, trouva cela un peu bizarre.

— Un problème pire que la fin du monde ?

— Pas encore.

En vérité, l'alter ego d'Agnes, âgé de 57 ans de moins qu'elle, s'était retrouvé dans une fâcheuse situation. Après Svalbard, où régnait l'âge de glace du commerce, et Oslo, Travelling Eklund avait poursuivi vers sa ville préférée, Paris. Peut-être était-ce le stress dû au camion de fumier, au lanceur de poids, à la visite à la banque et autres problèmes dans le monde physique qui causa l'erreur de calcul d'Agnes. Elle qui avait toujours été très attentive à la logistique laissa Travelling Eklund atterrir à Séoul juste avant son décollage à Paris.

Ç'aurait dû être le contraire. Outre la journée entière que durait le voyage, il fallait rajouter une demi-journée étant donné que la Terre était ronde.

— Tout le monde peut se tromper, dit Johan, qui savait de quoi il parlait.

Certes, mais Internet grouillait d'apprentis détectives. En l'espace de vingt minutes, une véritable tempête s'était déchaînée sur le blog et le compte Instagram de Travelling Eklund. Immédiatement, plusieurs visiteurs s'étaient mis à examiner de plus près ses photographies en les reprenant depuis le début, il y avait plus d'un an de cela. Agnes n'était alors pas aussi habile avec le logiciel de retouche d'images, et s'était montrée négligente.

Rien qu'un peu, mais assez pour celui ou celle qui savait quoi chercher.

Les internautes s'en étaient donné à cœur joie. En agrandissant le cliché à 800 %, on voyait nettement que la première montre de luxe de Travelling Eklund avait fait l'objet d'un montage. Le bras entier, en fait. Comment les ombres sur une photo de Londres pouvaient-elles être orientées vers le sud-ouest d'un coté et vers le sud-est de l'autre ? Pourquoi manquait-il un genévrier derrière la tour de Pise ? Et ce magnifique cliché de Tokyo, avec le plus haut sommet du Japon en arrière-plan : pourquoi tant de neige sur le mont Fuji en juillet ? On se serait plutôt cru au mois de mars. En avril, au plus tard.

Tout au long de la nuit, les preuves s'accumulèrent, confirmant que Travelling Eklund était une arnaque au dernier degré et qu'elle n'avait jamais voyagé nulle part autrement que via Internet. Une hypothèse vit bientôt le jour : derrière cette combine se cachaient sans doute des marques de luxe internationales. En particulier l'une d'elles.

Les deux premières lettres de LVMH sont les initiales de Louis Vuitton. Les deux dernières, celles de Moët Hennessy. Quelques mois avant l'affaire Travelling Eklund, LVMH était devenu l'actionnaire majoritaire de Bulgari et avait ainsi conforté sa position de leader dans le secteur du luxe à l'échelle mondiale.

Sponsoriser un phénomène internet avec l'intention voilée d'augmenter ses ventes aurait été une stratégie grotesque de la part d'un groupe qui se prenait extrêmement au sérieux. Ce n'était donc pas LVMH qui avait rempli le compte en banque d'Agnes Eklund. L'argent provenait plutôt d'une longue liste de petites marques ambitieuses, de vulgaires copies qui désiraient se rapprocher de l'original.

Avec le temps, Agnes était passée experte dans les messages qui pouvaient rapporter de l'argent. Une de ses astuces les plus fréquentes était d'accrocher ses *followers* avec un « Regardez ce que je viens de trouver ! », suivi de la présentation d'un objet de bon goût, mais pas très connu. Les petites entreprises aux rêves de grandeur ne voyaient pas de mal à accorder à ce phénomène internet anonyme 30 000, 50 000 ou 100 000 couronnes en remerciement pour le coup de pouce, tandis que LVMH dépensait 30, 50 ou 100 millions d'euros dans la construction de sa propre image de marque.

Cependant, Agnes ne pouvait pas laisser Travelling Eklund afficher un style trop clinquant. La plupart de ses messages rendaient des hommages indirects aux marques les plus chics au monde, comme Versace, Gucci, Rolex et – un must absolu pour Agnes – Bulgari.

Bulgari était tout simplement irrésistible. Peu importait qu'il s'agisse de montres, de bijoux, de lunettes ou de sacs à main – tous leurs produits étaient si élégants qu'Agnes éprouvait une profonde ferveur. À tel point qu'elle pouvait presque sentir des effluves divins rien qu'en admirant un flacon de parfum, tant qu'il arborait le nom BVLGARI.

Travelling Eklund partageait ses coups de cœur avec le monde entier. Et, en une seule nuit – tandis que le tribunal populaire inspectait photo après photo, texte après texte –, un soupçon fugitif se mua en vérité suprême : Travelling Eklund n'était qu'un personnage fictif. Créé de toutes pièces par Bulgari.

Le premier hashtag #boycottbulgari fut lancé avant le réveil d'Agnes. Pendant qu'elle buvait son premier café de la journée, il se multipliait par 100 000.

Assise devant un petit déjeuner incomparable de Johan, elle consulta sa tablette. Tandis que l'innocent Bulgari était toujours plus traîné dans la boue, l'appareil se mit à tinter à chaque message des petites entreprises aux grands rêves.

« Travelling Eklund est-elle vraiment fictive ? »

« Nous vous prions de tout nous rembourser sur-le-champ ! »

« Supprimez les photographies montrant nos produits ! »

« Nous ne voulons plus rien avoir à faire avec vous ! »

Des centaines de milliers de jeunes et moins jeunes filles suivaient les insouciants et coûteux voyages d'Eklund à travers le monde. Ainsi que quelques hommes. Le jeune alter ego de la vieille dame aux cheveux violets était pour eux un modèle. Un rêve.

Et à présent, une imposture.

Voyant combien Agnes était préoccupée, Petra tenta au mieux de la réconforter. Il était regrettable que Travelling Eklund doive mettre un terme à ses voyages, et par là même à ses rentrées d'argent. Mais il ne fallait pas oublier qu'il ne leur restait que deux jours à vivre ici-bas. Avec près de 5 millions de couronnes sur le compte d'Agnes, soit un budget de 2,5 millions par jour.

Agnes la remercia pour ces mots gentils. Oui, son double fictif prendrait sa retraite à Séoul. Une ville bien agréable. Heureusement qu'elle n'était plus à Svalbard lorsque le scandale avait éclaté. Et 2,5 millions par jour, c'était fantastique, en supposant que l'apocalypse ne se révèle pas aussi fictive que son alter ego.

— Oh, ma chère Agnes, tu n'as pas besoin de t'en faire pour ça.

— Que pensez-vous de mon pain à la mangue ? les interrompit Johan. Recette inédite avec des noix, du gingembre et quelques ingrédients qui vont vous surprendre.

Ses deux amies parlaient trop à son goût. Même le petit déjeuner méritait le respect.

31

Mardi 6 septembre 2011

Plus que 1 jour

L'attente fut longue à l'Aeroporto Leonardo da Vinci. Ce n'est qu'à 00 h 05, avec vingt-cinq minutes de retard, que le vol 703 d'Ethiopian Airlines décolla pour Addis-Abeba. Agnes était épuisée par le long après-midi et la soirée passés au terminal des départs internationaux. Il arrivait sans cesse de nouvelles révélations et accusations. Surtout, la pression s'accentuait sur la direction de Bulgari, pressée d'admettre ce qu'elle n'avait pourtant aucune raison d'admettre.

La vieille dame avait également dû garder un œil sur Petra, qui déambulait dans l'aéroport en guettant l'occasion de tester sa *check list* sur le premier venu. La prophétesse disait n'avoir besoin que d'un bref échange qui, avec un peu de chance, évoluerait en conflit, comme avec l'Italien colérique à la Porsche trois jours plus tôt. Mais s'achèverait de manière plus paisible, bien sûr. C'était après tout le but de la *check list*.

Agnes lui fit observer qu'il y avait peu d'endroits moins bien choisis qu'un aéroport pour engager une bagarre. Une simple conversation animée et ils pourraient se voir interdits d'embarquer.

Dans la file de contrôle des passeports, elle dut intervenir auprès de Petra.

— Je me fous qu'il ait un air triste. Montre-lui tes papiers et circule quand il te le dit. Pas un mot suggérant qu'il devrait faire le point sur sa vie.

Petra entendit et obéit. Avec le vague sentiment qu'Agnes n'avait pas entièrement tort.

De son côté, la prophétesse avait ses propres soucis. Quand l'heure de l'embarquement approcha, elle dut chercher Johan un bon moment avant de le découvrir dans la cuisine du lounge Star Alliance où, en sa qualité de masterchef et génie, il enseignait l'art de rouler des wraps. Chose étonnante, le personnel était disposé à l'embaucher.

— Merci, avec joie, accepta Johan.

Petra lui expliqua qu'il était physiquement impossible de monter dans l'avion tout en restant au sol. Il devait choisir. De préférence ce que Agnes, elle et lui avaient convenu.

— Évidemment, dit Johan après avoir réfléchi à la question.

Petra épuisait Agnes. Johan épuisait Petra. Et Internet les épuisait tous les trois. Ils n'étaient pas rassurés par ce qui se passait sur la Toile, et pas mécontents d'être sur le point de changer de continent. Vu les circonstances, un séjour prolongé dans la ville d'origine de Bulgari ne pouvait que mal finir.

Finalement, ils embarquèrent. La vieille dame de 75 ans s'endormit sur son siège avant qu'on lui serve son plateau-repas et ne se réveilla que pour le petit déjeuner, au-dessus du Soudan, une bonne heure avant l'atterrissage.

À 9 h 45, leur deuxième vol décolla pour Dar es-Salaam. Ce furent les cinquante uniques minutes sans incident de leur long voyage vers Monrovi et les Condors.

Leur dernier vol était prévu à 13 h 25.

Soit 11 h 25 en Italie.

32

Mardi 6 septembre 2011

Plus que 1 jour

L'International Criminal Police Organization, plus connue sous le nom d'Interpol, siège dans la ville française de Lyon. En septembre 2011, cette organisation intergouvernementale affichait un nombre impressionnant de 187 États membres. Trois autres s'apprêtaient à l'intégrer : Curaçao, Saint-Martin et le Soudan du Sud.

Interpol est spécialisé dans la criminalité défiant les frontières, mais chaque nation garde sa souveraineté au sein de l'organisation. Il n'existe pas de super-policiers qu'on dépêcherait de Lyon pour arrêter la mauvaise graine qui germerait à n'importe quel endroit du monde.

Imaginons un instant qu'une brebis galeuse soit identifiée à Rome. Lyon alerte l'unité spéciale de la police italienne qui constitue le prolongement d'Interpol, le BCN, Bureau central national. Notice rouge signifie : « Arrestation de l'intéressé dans la mesure du possible ». Notice jaune : « Localisation de la personne mentionnée ». Notice bleue : « Tâchez de savoir ce qui se passe ». Notice verte : « Cette canaille pourrait être sur le point de causer des problèmes ». Notice orange : « Alerte à la bombe, grenade et autre dispositif destiné à détruire et blesser ». Enfin, notice noire : « Ce criminel est déjà mort, mais nous voulons en savoir plus. Quelles infos avez-vous ? ».

Le monde étant parfois étonnamment petit, le vice-président de Moët Hennessy – Louis Vuitton SE (LVMH) à Paris était non seulement originaire de Lyon, mais aussi membre du même club de tennis que le bras droit du secrétaire général d'Interpol. Si l'on voulait limiter les dégâts subis par Bulgari, il fallait trouver la personne derrière le canular Travelling Eklund et la poursuivre en justice. Le joueur de tennis 1 mit donc la pression sur le joueur de tennis 2, assez haut placé pour lancer une alerte tricolore (bleu, jaune, rouge). Ce qui signifiait : « Découvrez ce qu'il s'est passé, trouvez cette conne et arrêtez-la ».

Parfois, le monde est encore plus petit qu'on ne le croit. Le directeur financier de Bulgari à Rome était justement le président du premier club de pêche à la mouche de la région sud de la capitale. En troisième sur la liste d'attente pour le statut de membre exclusif figurait l'agent spécial Sergio Conte, qui œuvrait au sein du BCN de Rome.

Quand le hasard s'ajouta au hasard, Conte écopa d'une affaire tricolore merdique (à son avis, en tout cas) qu'il ne pouvait ignorer. Il subissait une pression des deux côtés : un joueur de tennis à Lyon et un pêcheur à la mouche qui avait le pouvoir d'ouvrir ou de verrouiller pour l'éternité la porte du club dont Conte aspirait plus que tout à devenir membre.

Sur le coup de 11 heures, l'agent spécial entama une présentation pour son horripilant chef et un petit groupe de collègues du BCN. L'objet de la mission se nommait Agnes Eklund, née en 1936, de nationalité suédoise. Un profil Instagram, attribué à Mme Eklund en raison de son rattachement à un compte de la Svenska Handelsbanken, indiquait qu'elle se trouvait à Rome. Ou du moins s'y trouvait vingt-sept heures plus tôt, lors de la dernière connexion au profil en question. (Interpol et son BCN partageaient leurs ressources, ils savaient qui était où dès lors que la cible avait l'imprudence d'allumer son ordinateur ou sa tablette.)

L'agent spécial Conte admit que l'affaire ne semblait pas prioritaire. Il évoqua à peine la pression qu'il subissait de Lyon et ne révéla pas son propre intérêt pour le club de pêche à la mouche. En revanche, il argumenta longuement sur un point. Instagram était un phénomène tout récent, Internet dans son ensemble n'était pas bien vieux. Le BCN pouvait redouter à l'avenir d'autres affaires similaires, totalement transfrontalières, le principe même d'Internet. Son moteur, tout simplement.

— À la lumière de ce rapport, je recommande de répondre à la demande de Lyon et de consacrer des ressources à cette affaire. Niveaux : bleu, jaune, rouge.

Le chef de Sergio Conte fit glisser ses lunettes sur le bout de son nez, et le regarda par-dessus la monture.

— Vous me surprenez, monsieur l'agent spécial Conte. Mais soit. Si vous vous passionnez pour cette affaire d'arnaqueuse suédoise, je vous invite à vous lancer à sa recherche. Toutefois, nous n'y consacrerons qu'une seule ressource. Vous. Nous autres continuerons à nous occuper de broutilles comme la traite d'êtres humains, le terrorisme mondial, les menaces contre la démocratie et les fraudes fiscales se chiffrant à plusieurs milliards.

Conte se sentit stupide.

— Merci. Je m'y mets tout de suite, si vous permettez, chef. Je pense que la criminelle présumée sera capturée avant la fin de la journée.

La présentation n'avait requis que vingt minutes. La décision prise, le groupe se dispersa aussitôt. Quatre minutes plus tard, à 11 h 25, Conte ouvrit ses moteurs de recherche de pointe.

À 11 h 26, il découvrit que la suspecte avait quitté Rome pour Addis-Abeba, où elle prendrait un autre vol vers Dar es-Salaam et sa destination finale, Monrovi.

La pseudo-démocratie des Condors dans l'océan Indien comptait parmi les 187 États membres d'Interpol, mais seulement sur le papier. Agnes Eklund devait donc être capturée au plus tard à Dar es-Salaam.

Telle fut la conclusion à laquelle parvint l'agent spécial Conte, deux minutes après le décollage du vol 865, qui reliait l'aéroport Julius Nyerere en Tanzanie à l'archipel des Condors.

— Maudit sois-tu, Julius Nyerere.

À présent, ça allait se corser.

33

Mardi 6 septembre 2011

Plus que 1 jour

L'aéroport Aleko International (récemment renommé en hommage au président, par ledit président) ne comptait qu'une unique piste d'atterrissage de terre dure, rouge et ferreuse, au lieu de bitume.

Le vol 865 décolla non seulement à l'heure à Dar es-Salaam, mais il atterrit aussi à l'heure, à la minute près. La bonne marche des choses n'était pourtant pas la principale caractéristique de sa destination.

L'avion se gara à l'extérieur du terminal numéroté A, malgré l'absence de terminaux B, C ou D. Après avoir descendu les marches de la passerelle, les voyageurs furent guidés vers le bâtiment. Sur cette courte distance, ils furent accostés par des vendeurs de babioles en tous genres. Ils n'étaient pas très nombreux, car seuls ceux qui avaient pu glisser assez de francs condoriens dans les bonnes poches avaient le privilège d'avoir franchi le contrôle de sécurité qui portait mal son nom.

Devant l'aéroport délabré, Johan regarda autour de lui à la recherche du camping-car, avant de prendre conscience que le véhicule appartenait désormais au passé. En revanche, les maigres bagages du trio les attendaient sur un chariot surveillé par un garde qui connaissait personnellement tous les potentiels voleurs de valises.

— Qu'est-ce qu'on fait, maintenant ? demanda Petra. Il nous reste environ trente et une heures avant l'apocalypse.

— Ma cuisine me manque, gémit Johan.

— Je croyais que tu voulais aplatir le nez du président Aleko ? lui rappela Agnes.

— Pas le ventre vide. Où pouvons-nous le trouver ?

— Les rois vivent habituellement dans des châteaux et les présidents dans des palais présidentiels, l'informa Petra. Que diriez-vous de commencer par chercher un hôtel ?

— De quoi a l'air la cuisine de l'hôtel ? s'enquit Johan.

— Je te dirai ça dès que je saurai dans lequel nous allons descendre, dit Agnes en allumant sa tablette.

Au même moment, les moteurs de recherche de l'agent spécial Conte lui apprenaient que la dame était arrivée à destination.

L'Hôtel du Palais n'était pas aussi majestueux que le laissait présager son nom. La vue depuis les trois chambres simples n'aurait inspiré aucun post à Travelling Eklund, même si elle n'avait pas pris sa retraite à Séoul.

Celle d'Agnes donnait sur une arrière-cour, peut-être celle d'une société de pneumatiques, car des centaines de pneus usagés y étaient empilés, à demi protégés sous de la tôle ondulée.

Petra, logée un étage plus haut, pouvait voir au-delà de la société de pneumatiques, qui se composait de plus de pneus que de société. De l'autre côté de la rue étroite se dressait une maison à deux étages dont le toit semblait avoir été emporté par le vent. Manifestement, la bâtisse était encore habitable, car nul ne s'était soucié de remédier au problème...

Johan, indifférent à son environnement, arpenta les couloirs de l'hôtel à la recherche de la cuisine. Il tenta de se renseigner à la réception, mais le vieil homme derrière le comptoir ne parlait qu'un français approximatif et une langue dont Johan ne connaissait même pas l'existence.

— *Excuse me*, fit alors une voix dans son dos.

De l'anglais ! Au moins 12 des films que Johan connaissait par cœur contenaient cette expression.

Il fit volte-face et récita sans réfléchir :

— *Excuse me, excuse me. Excuse you for what?*[1]... *La vie est belle* de Frank Capra, 1946.

Johan tomba nez à nez avec un homme d'âge moyen vêtu d'un uniforme, qui resta momentanément sans voix à la suite de cette réponse rapide comme l'éclair. Ce qui donna à Johan le temps de poursuivre :

— Vous parlez anglais ? Formidable ! Pourriez-vous me dire où se trouve la cuisine de l'hôtel ? J'avais l'intention d'y faire un saut et de leur proposer mon aide.

L'homme en uniforme se ressaisit vite.

— Je l'ignore. Mais auriez-vous une idée d'où je peux trouver Agnes Eklund ?

---

1. « Excuse-moi. Excuse-moi. – T'excuser pour quoi ? »

Le visage de Johan s'éclaira.

— Absolument ! Vous la connaissez ?

— Pas du tout. J'ai simplement l'intention de l'arrêter.

Le chef de la police condorienne était le meilleur et le seul ami du président Aleko.

Quand un Italien se proclamant agent spécial à Rome lui téléphona en hurlant au sujet d'une femme à localiser et reconduire à Dar es-Salaam, il appela le président pour l'en informer.

— BCN ? demanda Aleko.

— Style Interpol, expliqua Günther.

— Ah bon, si ce n'est que ça. On les emmerde. Mais cherche la vieille et tâche de savoir ce qu'elle vient faire ici.

L'agent Conte s'attendait à cette réaction de la part des Condors. Officiellement, Lyon devait maintenant déléguer la recherche de la suspecte au pays membre situé dans l'océan Indien. Ce n'était plus du ressort de l'Italie. Mais alors, pour sûr, rien n'avancerait. Ni du point de vue de l'arrestation ni du point de vue de la liste d'attente du club de pêche à la mouche.

Les Condors faisaient à peine la superficie d'une petite région italienne, aussi y avait-il des raisons de penser qu'Agnes Eklund n'avait pas l'intention d'y passer le restant de ses jours. Elle avait certes 75 ans, mais si elle gardait la forme, elle finirait par regagner tôt ou tard la civilisation. Conte organisa une surveillance des aéroports de Maputo, Dar es-Salaam et Nairobi. Il n'y avait pas d'autres routes possibles à moins de faire voile vers le continent, et pas de systèmes fiables à l'aéroport Aleko International pour lui annoncer à l'avance où et quand elle se déplacerait.

Grâce à l'assistance de Johan, le chef de la police arrêta non seulement Agnes mais aussi Petra et l'indicateur lui-même. Ils étaient considérés jusqu'à nouvel ordre comme des invités, et furent logés à ce titre à la maison d'arrêt. La cellule offrait trois vraies couchettes, ils n'auraient pas à s'asseoir ou s'allonger par terre. Le seau hygiénique était à l'abri des regards, derrière un rideau. Un lavabo dans un coin. Couvert de rouille, mais tout de même.

— Ne buvez pas l'eau du robinet, les avertit le chef de la police. Je ne veux pas avoir une épidémie de gastro sur les bras. Je vais dire à mon assistant de vous apporter une carafe.

— Pour la quatrième fois, s'énerva Petra. Qu'avons. Nous. Fait ?

— C'est ce que nous verrons. Mais pas aujourd'hui. C'est l'anniversaire de ma fille.

— Comment ça, « pas aujourd'hui » ? Nous n'avons pas de temps à perdre ici. Nous avons des choses importantes à faire, et nous sommes pressés ! Relâchez-nous, nom de Dieu !

Elle était nettement plus contrariée pour Johan que Johan lui-même.

— Une chose à la fois, répondit le chef de la police. Je reviendrai demain dès que je serai réveillé. Ça ne devrait pas être trop tard. À moins qu'Ibrahim ne se pointe à la fête… Il est dangereux, il ne sait pas s'arrêter.

Tandis que Petra s'efforçait de réprimer sa frustration, Agnes tentait de comprendre comment Bulgari et les sponsors floués de Travelling Eklund avaient réussi à les faire arrêter.

Johan, lui, réagit « à la Johan ».

— Comment s'appelle votre fille ? Quel âge a-t-elle ?

Le chef de la police sourit.

— Angelika, la prunelle de mes yeux. Elle a 6 ans aujourd'hui. Rendez-vous compte !

— Un beau prénom. Et comment vous appelez-vous, monsieur le chef de la police, si vous me permettez cette question ?

— On s'en fout, Johan, lança Petra.

— On s'en fout, renchérit Agnes.

Fraterniser avec un homme qui leur mettait des bâtons dans les roues ?

— Günther, répondit Günther.

Il était 23 h 20 sur l'archipel des Condors et les trois amis étaient assis chacun sur leur couchette dans la plus belle cellule de la maison d'arrêt. À présent, le compte à rebours avait sérieusement commencé. Petra contempla cette perspective une minute entière, avant d'annoncer :

— Plus que vingt-trois heures et cinquante-neuf minutes. Nous ne verrons jamais le président. On ne devrait pas se contenter de démolir le nez de son chef de la police ?

Johan n'était pas d'accord avec cette idée.

— Le papa d'Angelika ?

Petra s'énerva. Était-elle vraiment la seule à saisir la situation ?

— Elle n'aura pas le temps de s'apercevoir que son père a le nez cassé avant qu'ils soient réunis dans l'au-delà, c'est si difficile à comprendre ?

— Si tes calculs sont corrects, lui rappela Agnes.

— Imbécile, lâcha Petra.

— Elle ou moi ? demanda Johan.

Aïe. Voilà un mot qu'elle aurait dû éviter.

Dans la cellule, l'atmosphère était tendue. Mais la tristesse et la résignation dominaient la colère.

Le sixième anniversaire d'Angelika dépassa en splendeur tout ce dont elle aurait pu rêver. La fête eut lieu dans le jardin de tonton Aleko, sur un promontoire entouré par les eaux vertes de l'océan sur trois côtés.

Le palais était digne d'un président. Huit bâtiments, un théâtre en plein air, une arène équestre pour le saut d'obstacles, une piscine et une pelouse grande comme quatre terrains de football, agrémentée de meubles confortables et plantée de palmiers et de brachystegia.

Cent vingt invités, et un intrus – le fougueux Ibrahim – qui se débrouilla pour organiser un concours de karaoké sur la scène du théâtre jusqu'à 2 heures du matin. Le président Aleko gagna en interprétant « The Winner Takes It All » d'Abba. La petite Angelika était couchée depuis longtemps, rêvant au poney qu'elle venait de recevoir. Elle l'appellerait Pocahontas.

Aleko célébra sa victoire en partageant une vodka russe avec son ami Günther.

— Qu'est-ce que c'était, cette histoire de vieille qu'Interpol veut arrêter ?

— Je ne sais pas encore. Je les ai mis sous les verrous, ses amis et elle, avant d'aller chercher le cheval. Selon le type qui a téléphoné de Rome, il s'agit d'une affaire d'escroquerie.

Aleko sourit.

— Intéressant. Amène-la ici demain, pour qu'on l'interroge ensemble.

— Comme tu veux. Et les autres ?

— Ils pourraient aussi être utiles. Mais ne viens pas trop tôt, je vais avoir besoin de faire la grasse matinée. Qui a invité ce cinglé d'Ibrahim ?

— Lui-même.

Le président Aleko soupira. Les cousins de sa défunte épouse étaient vraiment sans-gêne.

34

Le fils du betteravier

Partie 5 sur 5

Mieux vaut avoir des amis que des ennemis. Si vous tenez à vous brouiller avec quelqu'un, la mafia russe est le pire choix possible. Elle n'oublie jamais, ne pardonne jamais et n'abandonne jamais.

Le contrat sur l'homme aux 118 % ne fut jamais exécuté. Le foutu conseiller principal du président Eltsine déserta le même jour son bureau au Kremlin. Le lendemain, le président émit le soupçon que le crime organisé était responsable de sa disparition. Seul Vory savait qu'Eltsine avait raison en théorie, mais tort en pratique. Toujours est-il que cela marqua le début de la fin. Avant d'être trop ivre, de bon matin, le président ordonna une série de sanctions contre les activités essentielles de la mafia. Et quand il fut rond comme une barrique, l'après-midi, il se montra encore plus hardi. Selon lui, ceux qui avaient le plus à perdre d'un taux d'imposition de 118 % sur le capital accumulé étaient ceux dont les actifs existants dépassaient ceux de tous les autres. Par exemple, cet oligarque ayant racheté des gazoducs et des oléoducs à l'État pour 180 millions de dollars et qui, trois semaines plus tard, était assis sur environ 6,5 milliards.

Le fortuné homme d'affaires fut arrêté pour excès de vitesse, accusé de résistance violente suivie d'outrage à la cour et, surprise, de possession de stupéfiants. Nul ne comprenait, l'oligarque encore moins que les autres, comment 500 grammes d'héroïne pure avaient pu se glisser sous son oreiller à la maison d'arrêt. Au lieu de ses traditionnelles vacances d'été à Saint-Tropez, il allait maintenant pouvoir profiter de seize années de prison.

Eltsine fut satisfait. La mafia, elle, était furieuse. Envers le président, bien sûr. Mais surtout envers Alexandre Kovaltchuk, qui avait disparu sans laisser de traces.

Le mot russe *vor* signifie « voleur ». Dans un sens plus restreint, un *vor* est un membre du crime organisé russe. Au pluriel, cela donne *vory*. Ou si vous préférez Vory : la mafia russe.

Rassembler sous la bannière de Vory l'ensemble du crime organisé russe serait une grossière simplification de l'histoire. Au cours du siècle précédent, différents réseaux criminels s'étaient développés dans différentes directions, bien souvent sous la forme de libres associations sans les strictes organisation et hiérarchie caractérisant leurs homologues italiens. Ce qu'il y avait de pratique avec Vory, c'était sans doute la haute opinion que ses membres avaient d'eux-mêmes et qui les empêchait de se mêler aux politiciens et fonctionnaires communistes. Cela avait changé depuis. Staline avait envoyé des criminels et des opposants politiques dans les mêmes camps de travail. Quand on casse des cailloux côte à côte sept ans d'affilée, on finit par tisser des liens. En bref, les voleurs et les communistes avaient appris à se connaître et à se comprendre.

À la mort de Staline, début 1953, son redoutable chef de la sécurité Lavrenti Beria trouva la vie trop solitaire. Il tenta de se faire de nouveaux amis en accordant l'amnistie à un million de voleurs des camps du goulag. Cela n'empêcha pas Khrouchtchev de le faire exécuter sur-le-champ, sous le chef d'accusation de 300 viols et nombre d'autres crimes. Une partie était inventée. La majorité était vraie.

Il fut cependant impossible de renvoyer dans les camps les voleurs libérés. Ils se firent tous la belle et nouèrent de nouveaux liens, solides et éternels, avec les dirigeants communistes et fonctionnaires soviétiques à tous les niveaux.

Sous l'ère Khrouchtchev émergea un genre nouveau de corruption : le pouvoir et le crime avançaient main dans la main. Sous Brejnev, elle atteignit sa maturité. Quand Andropov arriva au pouvoir, il eut à peine le temps de lancer une vaine tentative de contre-attaque avant de succomber à une insuffisance rénale. Le Soviet suprême décida alors de donner sa chance à Tchernenko, un homme de 73 ans atteint de toutes les maladies imaginables, y compris une cirrhose avancée. Quand il passa l'arme à gauche une grosse année plus tard, ce fut le tour de Gorbatchev. Et avec lui d'Alexandre Kovaltchuk, son conseiller on ne peut plus mal renseigné sur la nature et – surtout – l'avenir de Vory.

Au grand dam de la mafia, l'exécrable Kovaltchuk ne sombra pas avec Gorbatchev.

Durant ses années de conseiller principal de Boris Eltsine, il définit des taux d'imposition surréalistes et provoqua la mafia sans même s'en apercevoir. Il fut avisé au dernier moment de la colère de Vory et quitta le pays avant de devoir quitter cette Terre. Il atterrit, pour ainsi dire, dans un endroit secret, sous une identité secrète. Là, il entama une nouvelle carrière, notamment grâce à l'aide de deux valises remplies de billets verts. L'ancien Alexandre accéda en seulement quelques années au rôle de premier conseiller d'un énième président – dans un pays où il était infiniment plus facile d'être calife à la place du calife.

Tout aurait pu bien se terminer.

Si ce n'est que Vory n'oublie jamais, ne pardonne jamais et n'abandonne jamais.

35

Mercredi 7 septembre 2011

Moins d'1 jour restant

Le chef de la police, dont le prénom avait des consonances on ne peut moins condoriennes, pénétra au volant de sa Jeep dans l'enceinte du palais présidentiel, bien protégé à la pointe de son cap.

La femme recherchée et ses camarades étaient assis à l'arrière. Tous trois menottés, puisque le chef de la police, ancien informateur de la Stasi légèrement mafieux sur les bords, n'avait pas des yeux dans le dos.

Günther les guida dans la bibliothèque et leur indiqua chacun un siège. La pièce était vaste, avec une belle hauteur sous plafond. En revanche les étagères étaient vides, car le prédécesseur d'Aleko avait fait brûler toute la littérature du pays. En partie parce qu'il ne savait pas lire, mais aussi parce que, fraîchement arrivé à son poste, il avait souhaité paraître entreprenant. Il avait commencé par sa propre bibliothèque, pour donner l'exemple. Ça lui avait pris quinze jours.

Aleko, à ce moment-là, se maintenait depuis plusieurs années à proximité du pouvoir suprême. Mais quand le brûleur de livres avait pris la tête du pays, il avait commencé à avoir chaud aux fesses. Il était à la fois vice-président, ministre des Affaires étrangères et chef de l'unité des gardes du corps. Cela impliquait que sa carrière allait s'achever en même temps que celle du président s'il ne veillait pas à prendre les devants.

En sa qualité de chef des gardes du corps, il rédigea donc l'ordre présidentiel de remplacer chaque garde par une personne d'une loyauté indéfectible. Le président ne sachant pas lire, il ratifia le décret, croyant qu'il s'agissait de la commande du piano pour le cinquantième anniversaire de sa femme.

Aleko put alors procéder en toute tranquillité à son coup d'État. On n'infligea pas la moindre égratignure à qui que ce soit, mais on fit monter le brûleur de livres dans un bateau de pêche qu'on envoya vers une île à 40 kilomètres de là. Indemne, mais avec l'interdiction d'en repartir. Aucun livre ne fut plus jamais brûlé. La femme de l'ancien président reçut son piano.

Le président Aleko entra dans la bibliothèque aux rayons vides, flanqué de chaque côté d'un cousin par alliance muni d'une arme. Il salua Günther de la tête et se tourna vers les trois amis alignés.

— Tu les as menottés ? Retire-leur ça tout de suite. Ce ne sont pas des animaux !

Le chef de la police obéit.

Aleko s'approcha et examina tour à tour Agnes, Petra et Johan, leurs passeports en main. Il ouvrit le premier.

— Agnes Eklund.

Agnes ne dit rien. Petra répondit pour elle. Furieuse.

— Pourquoi nous avez-vous arrêtés ? Nous n'avons rien fait !

— Du moins pas encore, concéda Johan.

Le président Aleko pria le numéro 2 et le numéro 3 de la rangée de fermer leur clapet, il était occupé avec le numéro 1.

Le Trou du cul se tenait à moins d'un mètre d'Agnes. Johan comprit que Petra serait la suivante et lui ensuite. À cet instant, la question du coup de poing sur le nez s'arrangerait. Impossible de savoir ce qui arriverait après, mais s'il parvenait à emprunter un téléphone, il pourrait appeler Obrama pour tout lui raconter.

— Agnes Eklund, répéta Aleko. Recherchée par Interpol. Soupçonnée de fraude. Pardonnez ma curiosité, mais en quoi consiste la fraude en question ?

Agnes répondit qu'elle se posait la même question. Elle s'était contentée de publier du contenu personnel sur une application appelée Instagram et sur son blog, et diverses marques de luxe s'étaient mises à lui envoyer de l'argent.

— Argent que vous avez accepté avec reconnaissance, je présume ?

— Pas seulement cela, monsieur le président. Je l'ai transféré ici, aux Condors. Comment cela s'est passé exactement, je n'en sais franchement rien. C'est mon banquier à Zurich qui s'occupe de ces choses-là.

Aleko tomba immédiatement sous le charme de la vieille dame.

— Très sage de votre part, dit-il. Très sage. Nous allons bientôt étudier de plus près votre démarche, mais d'abord, je voudrais faire la connaissance de vos amis.

Le président ouvrit le passeport suivant.

— Petra Rocklund.

Pendant que le président et la dame aux cheveux violets bavardaient, Petra avait réfléchi à la meilleure stratégie à adopter pour le groupe. Elle avait compris au commentaire de Johan qu'il avait l'intention d'exécuter son plan en dépit des chances quasi nulles de s'en tirer. Elle le soupçonnait d'attendre patiemment en se répétant comme un mantra « légitime défense ».

Puisque de toute façon cette journée serait leur dernière, elle jugea que la meilleure décision était de se sacrifier pour l'équipe. Ainsi, Johan resterait innocent. Agnes serait sans doute remise à Interpol, elle-même envoyée en prison, mais le masterchef aurait le temps d'informer le président américain du geste de Petra.

— Petra Rocklund, répéta Aleko. Répondez quand je vous parle.

La prophétesse répondit amplement et largement. Bondissant de son siège, elle lui asséna un crochet du droit suivi d'un crochet du gauche. Le président atterrit sur le sol de sa bibliothèque, Petra penchée au-dessus de lui.

— Le nez, Petra ! s'écria Johan. Le nez !

Elle n'en eut pas le temps. Elle avait déjà été neutralisée par le chef de la police et les deux gardes du corps. Günther lui immobilisait les bras dans le dos tandis qu'un cousin par alliance du président lui pointait un pistolet sur la tête.

Il ne restait sans doute guère plus de huit heures, mais Petra cessa de se débattre. L'idée d'une balle dans la tempe lui était extrêmement désagréable. Plutôt la chute de l'atmosphère. En outre, elle avait réussi à asséner deux coups bien sentis, même si elle avait raté le nez. C'était déjà très satisfaisant.

Le président resta étonnamment calme. Il se releva en se massant les joues.

— Vous venez d'enfreindre la loi condorienne, Petra Rocklund, mais peut-être vous en doutiez-vous ?

— Je ne connais pas les lois de ce pays, mais oui, j'ai dû en enfreindre une ou deux. Ça fait mal ?

Le président reconnut que c'était encore douloureux. Cependant, il se flattait d'être civilisé et ne prévoyait pas de lui rendre la monnaie de sa pièce. Mme ou Mlle Rocklund serait traduite en justice et condamnée conformément aux principes de l'État de droit. C'était d'ailleurs le président lui-même qui jugeait ce genre d'affaires. Séance tenante. Petra Rocklund avait-elle quelque chose à dire pour sa défense ?

La prophétesse réfléchit à la meilleure façon de protéger Johan.

— Pour ma défense, je voudrais vous dire que votre cravate est horriblement moche, monsieur le président. Elle ne va qu'avec une seule chose, à mon avis. Votre visage.

— J'en prends note, répondit le président Aleko. Sept ans.

— Sept ans de quoi ?

— D'internement.

Petra s'esclaffa. Elle ne jouait pas la comédie, son éclat de rire était sincère. Sept minutes auraient été contrariantes. Mais sept ans, cela lui était franchement égal.

36

Mercredi 7 septembre 2011

Moins d'1 jour restant

À l'annonce de son jugement, Petra n'eut pas la réaction à laquelle le président se serait attendu. Cependant, il l'ignora et passa au dernier des trois compagnons.

Johan était très ému par le geste de Petra. C'était une vraie preuve d'affection. Elle avait manqué le nez, mais ce n'était pas la fin du monde. Et voir un pistolet braqué sur la tempe de son amie avait été terrible. Il fallait à tout prix qu'il en informe Obrama.

Le président ouvrit le passeport de Johan.

— Johan Valdemar Löwenhult.

— C'est moi. Je préfère Johan. Masterchef et génie. Pourriez-vous me prêter un téléphone ?

Le président songea que cet individu était encore plus étrange que le numéro 2 du trio. Il répondit par une autre question :

— Est-ce que Löwenhult est un nom courant dans votre pays ?

Johan réfléchit. Aucune des personnes auxquelles il avait apporté le courrier ne s'appelait ainsi, il s'en serait souvenu. D'un autre côté, il n'avait pas eu le temps d'en distribuer beaucoup avant d'être renvoyé.

— Je ne sais pas. Il est courant dans notre famille, mais ça ne compte peut-être pas ?

— Né à Stockholm, constata le président.

— Oui, confirma Johan.

— Il y a trente ans.

Le président Aleko eut soudain l'air songeur.

— D'une mère qui s'appelle *Kerstin* Löwenhult ?

— S'appelait, répondit Johan. Elle est morte. Cela fait une Löwenhult de moins, si jamais vous essayez de nous recenser.

— Je suis désolé, dit le président Aleko. Je suis sincèrement désolé.

Petra se dégagea de la prise du chef de la police après avoir signalé qu'elle avait fini de se bagarrer. Les paumes ouvertes, elle s'approcha du président.

— Eh, toi ! lança-t-elle.

— Ce n'est pas vraiment ainsi qu'on s'adresse à un président. Mais je vous en prie, qu'avez-vous sur le cœur ? D'autres opinions au sujet de ma cravate ? De mon visage, peut-être ?

— Comment connais-tu le prénom de sa mère ? Ce n'est pas dans son passeport.

Aleko savait que cette observation viendrait. Peut-être pas de la part de cette enragée, mais cela ne faisait pas grande différence.

Il prit une grande inspiration.

— Je viens de comprendre que… votre masterchef et génie ici présent… Johan Valdemar… est mon fils.

37

Mercredi 7 septembre 2011

Moins d'1 jour restant

Après son aventure d'un soir avec un jeune diplomate d'une contrée lointaine et sa grossesse non désirée, Kerstin Löwenhult écrivit plusieurs lettres au père de Johan au fil des ans. Alexandre brûla la première, mais conserva les suivantes. Sans trop savoir pourquoi. Bien plus tard, sous son nouveau nom aux Condors, il se demanda si, de manière inconsciente, ce n'était pas le besoin de se rappeler la qualité de sa semence. Son épouse condorienne et lui n'avaient jamais eu d'enfants. Elle le croyait responsable. Il ne voulait pas lui révéler qu'il avait la preuve du contraire.

Son épouse suivit la même voie que Kerstin alors qu'elle n'avait pas 55 ans. Partie des suites d'une longue maladie. Les Condors ne dénombraient que quatre médecins : un oto-rhino-laryngologiste, deux médecins généralistes et un réparateur tanzanien de télécopieurs qui avait un jour eu l'idée d'améliorer sa situation en se faxant lui-même une licence de médecin falsifiée.

Ce fut malheureusement ce dernier qui examina l'épouse d'Aleko. Il avoua la supercherie un peu trop tard et fut condamné à douze ans en tant que médecin pénitentiaire dans l'unique prison des Condors. C'était toujours un escroc, mais Aleko songea qu'il avait sans doute appris des rudiments de médecine au fil des ans.

Le président alla chercher les lettres de Kerstin et entama leur lecture à voix haute. Ce qui permit à Johan de comprendre, mais aussi de croire ce qu'il entendait : papa Aleko, en sa qualité de conseiller de Gorbatchev, avait parcouru l'Europe dans le cadre d'accords divers, et l'un d'eux l'avait conduit à participer à une conférence et à un banquet diplomatique à Stockholm. Et à la nuit qu'on savait.

Des lettres de sa mère, Johan comprit aussi que Bengt Löwenhult, l'homme qu'il avait toujours considéré comme son père, était homosexuel et avait partagé son temps entre la diplomatie et son secrétaire de petit ami, jusqu'à sa retraite au soleil.

Johan éprouva une immense satisfaction. Bengt avait donc abandonné son fils Fredrik à son propre sort, mais pas lui. Puisqu'il n'était pas son fils.

Celui qui eut le plus de mal à comprendre cette histoire était le camarade est-allemand du président. Aleko n'avait jamais parlé de ses égarements de jeunesse ; pourquoi l'aurait-il fait ? Qui aurait cru qu'ils le rattraperaient ainsi ? Au bout de trente ans !

Le président sentit toutefois que des excuses étaient de mise.

— Pardon, Günther. Mais puisque au bout du compte je viens d'avoir un fils… voudrais-tu devenir mon frère ? Pour de vrai, je veux dire. Je peux arranger ça.

Günther sourit. Il serra son nouveau frère dans ses bras en lui disant qu'ils n'avaient pas besoin de s'embarrasser de la paperasse. Ils étaient frères depuis leurs folles soirées à Berlin, de nombreuses années plus tôt.

Puis Günther se tourna vers Johan.

— Je te souhaite la bienvenue dans notre famille.

— Merci.

— Non que cela ait une grande importance, les interrompit Petra, mais par simple curiosité : je suis toujours condamnée à sept ans de prison ?

— Jugé, c'est jugé, répondit Aleko. Impossible d'annuler le verdict. Cependant, en ma qualité de président, j'ai le droit de référer la question de la grâce à la Cour suprême. Celle-ci va se réunir dans un instant. Et elle a maintenant tranché. Vous êtes graciée.

Petra fut rassérénée. Elle pourrait embrasser l'éternité l'esprit tranquille. Sa mission était accomplie, le trou du cul Aleko avait reçu ce qu'il méritait. Elle avait raté le nez, mais au vu des révélations qui avaient suivi, elle ne voulait pas lui infliger plus. Si la chose avait été possible, elle aurait même retiré son geste.

Agnes était clouée à son siège, absolument stupéfaite.

— Je ne voudrais pas faire mon intéressante, dit-elle au président, mais ai-je raison de présumer qu'Interpol ne m'a toujours pas trouvée ?

— Interpol ne trouve rien dans ce pays sans me demander d'abord.

— Ou à moi, ajouta le chef de la police Günther. Je ferais sans doute mieux de faire semblant de vous chercher, d'ailleurs. Cet agent spécial à Rome m'appelle sans arrêt pour me demander si j'avance.

Sur ce, le plus gros était clarifié. Pour tous, sauf une personne.

— Papa ? dit Johan.

— Oui, fiston ?

— Où est la cuisine ?

38

Mercredi 7 septembre 2011

Plus que 5 heures

Agnes, Petra et Johan se virent attribuer chacun une élégante mini-suite au premier étage de l'aile est du palais présidentiel. La prophétesse de l'apocalypse fut horrifiée par le papier peint de sa chambre. C'était une explosion de fleurs. Et de feuilles. Rempli de petits oiseaux, de baies rouges, de fruits jaunes. Un singe. Une tête de girafe. Le motif se répétait sur les quatre murs. Même la porte était tapissée. Elle n'arriverait jamais à dormir ici.

Bon, ce n'était pas non plus essentiel. À 23 h 20, heure locale (21 h 20 en Suède), plus ou moins quelques minutes, tout allait s'arrêter. Il restait moins de cinq heures.

Petra sentit son estomac gargouiller. Quand le groupe se réunit sur la terrasse pour partager un cocktail à la papaye, elle questionna le président sur la répartition des repas. Aleko l'informa que le dîner était servi chaque soir à 20 heures, et suivi d'un en-cas nocturne plus raffiné aux alentours de minuit.

— Nous manquerons l'en-cas, dit Petra, mais j'attends le dîner avec impatience. Peut-on connaître le menu ?

Le président n'en savait rien. Mais Johan revenait justement de la cuisine, où il avait eu une conversation laborieuse avec le chef.

— Du poisson.

— Quelle sorte ? demanda Aleko.

— Je ne sais pas. Le cuisinier ne parle que quelque chose qui s'appelle le français, une langue parlée en France. Mais ce qu'il m'a montré ressemblait pas mal à mes chaussures.

Le président jeta un coup d'œil aux Branchini en cuir de veau de son fils retrouvé. Bleu marine à la pointe, se fondant en bleu clair, violet, rouge, noir et jaune vif.

— *Triggerfish*, l'informa-t-il. Baliste, en français. Qui est parlé aux Condors. Et par-ci par-là dans le reste du monde.

Johan acquiesça. « Baliste » pouvait en effet être le mot que le cuisinier avait répété chaque fois que Johan avait réclamé du saumon. Il ne restait qu'à se renseigner sur le nom français du västerbottensost.

— Fromage du Västerbotten ? avança Agnes.

Johan la remercia et demanda où était la cave à vin. D'ailleurs, en réfléchissant bien, le masterchef parlait français, dans une certaine mesure :

— Bordeaux, dit-il. Bourgogne. Champagne. Loire. Gérard Depardieu. « *You don't like me, do you?*, « *We don't have to like each other; we just have to be married.* »

Le président Aleko ne suivait plus.

— Ton fils connaît par cœur tous les films du monde, expliqua Petra. Gérard Depardieu vient de provoquer une association d'idées. Les derniers mots viennent sans doute de *Green Card*.

— 1990, confirma Johan. Peut-être 91. Et donc, cette cave à vin ?

Il n'y en avait pas, mais le palais avait d'amples réserves de vodka.

— À quoi ça sert d'être président si tu n'as pas de cave à vin ?

Aleko répondit qu'il ne pouvait pas se douter qu'il hériterait soudain d'un fils doublé d'un masterchef, sans quoi il s'y serait préparé. Il claqua des doigts, faisant surgir une assistante invisible en temps normal. Aleko lui ordonna de rapporter le meilleur vin du meilleur hôtel.

— Blanc ou rouge ? demanda l'assistante.

— Toutes les couleurs sur lesquelles tu peux mettre la main. La plus grande quantité possible. Dis-leur que je viendrai payer à l'occasion, si je m'en souviens.

39

Mercredi 7 septembre 2011

Plus que 4 heures

En attendant le dîner, le président estima que l'ambiance générale exigeait un soupçon d'alcool dans le jus de papaye. Et même une dose généreuse. Aleko venait de devenir père à l'âge de 55 ans. Il fallait célébrer l'événement.

— Papaya Vodka Sour pour tout le monde, lança-t-il à la serveuse la plus proche. Sans trop forcer sur la papaye et le sour.

Petra jeta un coup d'œil à sa montre, et décida qu'il n'y avait pas de raison d'accueillir l'éternité en faisant la grimace. Quand la serveuse revint avec un plateau chargé de boissons, elle s'empara immédiatement d'un verre.

— Trinquons, déclara-t-elle. Trinquons à tout ce que nous avons vécu !

— Et à tout ce que nous vivrons, compléta Aleko.

Un bref instant, Petra parut sur le point de lui expliquer une ou deux petites choses, mais Agnes lui chuchota :

— Laisse le président profiter de son bonheur jusqu'au bout. De sa nouvelle paternité et tout.

Elle n'ajouta pas, mais pensa très fort, qu'ils expliqueraient le lendemain les délires de Petra à Aleko. En revanche, elle s'interdit de songer à la possibilité que la prophétesse de l'apocalypse puisse avoir raison. Quel dommage, à présent qu'ils étaient là !

Après quelques tournées de cocktails que seul Aleko trouva trop légers, son assistante revint avec 280 bouteilles de vin et champagne. Le directeur de l'hôtel avait humblement requis un dédommagement de 750 000 francs condoriens. Voire un peu plus, sachant qu'il n'avait plus que de l'eau et du Coca-Cola à offrir à ses clients.

— Oui, oui, fit Aleko.

Johan farfouillait déjà parmi les cartons, où il trouva plusieurs pépites.

— Nous boirons ça avec l'entrée. Et ça, avec le poisson dont j'ai oublié le nom. Et nous ouvrons ça maintenant, dit-il en indiquant un carton contenant 12 bouteilles de chablis grand cru Les Clos 2002. Fruité et léger, avec des nuances de pomme jaune.

— De pomme ? s'étonna son père, qui avait globalement été élevé au thé noir et à la vodka.

40
Mercredi 7 septembre 2011
Plus que 3 heures

Le poisson reçut l'approbation mesurée du masterchef, en dépit de l'absence de västerbottensost dans le pesto. Mais de la crème glacée avec une sauce au chocolat en dessert ? Il ne pouvait pas tolérer ça.

— Comment s'appelle le cuisinier, papa ?

— Malik, je crois. Pourquoi ?

— J'ai besoin de lui parler.

— Je dois le virer ? Tu n'as qu'à le dire.

— Nous verrons ça demain. D'abord, j'ai besoin de le comprendre, et qu'il me comprenne. En dehors de tout ce qui touche au vin, je ne connais que deux mots de français : Gérard et Depardieu. Comment allons-nous régler ça ?

— Ça s'appelle un interprète, dit Aleko.

Après le jus de papaye arrangé, le chablis, le poisson, le chardonnay en complément et le dessert d'une simplicité grotesque, les hôtes se dispersèrent sans concertation sur la vaste terrasse. Agnes avec sa tablette. Johan, plus loin, afin d'analyser les différences de goût de plusieurs pralines. Petra dans une confortable chaise longue, les mains sous la nuque et un sourire aux lèvres.

La prophétesse présumait qu'elle garderait conscience une fraction de seconde suffisamment longue pour avoir le temps de savourer la confirmation de sa complexe équation en 64 étapes. À cet instant, elle seule et nul autre dans le monde entier ne comprendrait ce qu'il se passait. À part peut-être Agnes. Sûrement pas Johan.

Le président Aleko, considérant le verre de *tokaji eszencia* sucré que son fils lui avait donné d'office, se demandait comment une boisson autre que la vodka pouvait le rendre si serein. Le vin, mais aussi la journée qu'il venait de vivre, l'emplissait d'un sentiment de douceur.

Il décida de se promener parmi ses hôtes, en commençant par Petra sur sa chaise longue.

— Tu as l'air satisfaite, observa Aleko en tentant de sourire à la femme qui lui avait administré deux coups de poing un peu plus tôt.

— Je le suis, répondit-elle. Pour la première fois, nous allons tous être traités sur un pied d'égalité. Et par là, je veux dire tout le monde.

Qu'est-ce qu'elle racontait ?

— Tu es communiste ? demanda l'ancien premier conseiller du dernier dirigeant de l'Union soviétique.

La prophétesse sourit encore plus largement :

— Bah, je suis la dernière réaliste. Agnes m'a demandé de ne pas gâcher l'ambiance, alors je n'en dirai pas plus. Nous aurions pu continuer cette conversation jusqu'au petit déjeuner si les choses avaient été différentes.

Aleko ne comprit rien, si ce n'est que Petra avait sans doute une case en moins. Et dire que, après avoir frappé le président condorien au visage, elle récoltait pour toute punition un verre d'un vin prestigieux à savourer sur la terrasse dudit président…

Le président se dirigea vers son invitée suivante. Il s'assit près d'Agnes, son verre de vin doux hongrois à la main, pour s'enquérir de son état d'esprit.

Comme Petra, la vieille dame aux cheveux violets était parfaitement satisfaite, mais pour des raisons différentes. Elle était heureuse que sa vie, si longtemps figée, prenne à présent chaque jour un virage à 180 degrés. Et en cet instant, elle savourait que la vie marque une pause et lui permette de se détendre. Elle n'était plus toute jeune.

Elle avait emprunté la tablette tactile de Günther. Le chef de la police avait appris un certain nombre de choses depuis sa nomination, et il présumait que cet agent spécial à Rome savait ce qu'il faisait. Ainsi Günther avait-il tapé sur l'épaule d'Agnes pour lui conseiller de laisser sa propre tablette éteinte, afin qu'on ne puisse pas la localiser.

Tandis que Günther s'éclipsait pour superviser Angelika et Pocahontas, Agnes avait allumé la tablette d'emprunt et avait entrepris de se renseigner sur le pays où ses millions et elle se trouvaient. La lecture n'avait pas été réjouissante. Et voilà que le responsable de cet état de fait venait lui demander comment elle allait.

— Bien, merci, monsieur le président. Le vin est excellent, la brise est tiède ce soir, et je suis en train de m'instruire sur votre pays. Vous semblez diriger absolument tout, monsieur le président, j'ai le sentiment d'avoir déposé toute ma fortune à vos pieds.

— Arrête tout de suite de me donner du monsieur le président, s'il te plaît. Je m'appelle Aleko. Depuis plusieurs années.

— Tu as changé de nom ? Quel était le précédent ?

— C'est une longue histoire. Nous l'aborderons une autre fois.

— Dans ce cas, parlons plutôt de mon argent. Pourquoi mon conseiller à Zurich voulait-il que je le transfère ici ? Un homme charmant, du reste.

Aleko but une nouvelle gorgée de tokaj, puis il se tamponna les lèvres et félicita Agnes. Son pécule ne pouvait pas être déposé devant des pieds plus sûrs. La curiosité n'est pas dans la nature du peuple condorien, nul ne lui demanderait d'où venait et où irait peut-être son argent. Si un autre pays, une autre organisation ou autorité posait des questions, ils n'obtiendraient pas de réponse. La République populaire des Condors ne coopérait avec personne, ne s'inclinait devant personne. Et pour cette incroyable discrétion, la nation ne prélevait qu'un pourcentage négligeable de commission. C'était d'ailleurs certainement cette raison qui avait amené le conseiller suisse d'Agnes à recommander la Banque condorienne dont, par ailleurs, Aleko se trouvait être le directeur. À moins qu'il n'en soit P-DG ? Quelque chose de cet ordre. Bref, c'était lui le chef.

Par le biais de son alter ego à présent injustement retraité, la vieille dame aux cheveux violets avait bien plus voyagé que la plupart des gens, et elle reconnaissait un pays merdique quand elle en voyait un. L'argent était certes à l'abri, mais les Condors n'avaient pas beaucoup d'autres raisons de se vanter.

— J'ai lu qu'un Condorien adulte sur deux ne sait ni lire ni écrire.

Peut-être avait-elle parlé d'un ton un peu plus accusateur que voulu, car le président changea le sien.

— Sans doute est-ce aussi bien ? On écrit tellement de bêtises. À quoi servirait-il aux gens de les lire ?

Agnes enchaîna :

— Et la mortalité infantile est tout simplement terrifiante.

Cette fois, le président fut franchement agacé.

— Tu devrais être soulagée, non ? Cela fait moins d'analphabètes.

C'était sans doute le commentaire le plus stupide qu'Agnes ait jamais entendu, et pourtant elle avait grandi à Dödersjö. Mais aujourd'hui, un père et un fils avaient été réunis. Qui était-elle pour provoquer le père de Johan ?

Une fois cette décision prise, aucune querelle présidentielle n'était plus nécessaire. Mais Johan, qui se trouvait tout près avec ses pralines, nota qu'une certaine froideur s'était installée entre Agnes et Aleko.

— De quoi parlez-vous ?

— De rien de particulier, répondit le président. Seulement du fait que ton amie Agnes ne peut comprendre à quel point il est difficile de diriger un pays qui a subi pendant des siècles la tyrannie de l'impérialisme.

Qu'est-ce que c'est que ces conneries ? songea Agnes. Soit, s'il voulait continuer à pleurnicher, il serait servi.

— Mais l'Éthiopie, le Liberia et les Condors ne sont-ils pas les seuls pays d'Afrique à n'avoir jamais été colonisés ? riposta-t-elle, remerciant en silence Günther de lui avoir prêté sa tablette.

Aleko le savait parfaitement, merci bien.

— Exactement ! enchaîna-t-il avec conviction. C'est justement là que je voulais en venir. Seules trois nations ont résisté quand le brutal impérialisme s'est emparé de l'Afrique. Ne cherchez pas d'histoires aux Condors, voilà ce que je dis. Ce que dit tout mon peuple, d'ailleurs.

— Ou alors l'explication est que l'Éthiopie et le Liberia témoignaient d'une grande stabilité et d'une vigueur économique, tandis que personne ne se souciait de tes petites îles perdues au milieu de l'océan.

Aleko se rendit compte que la dame aux cheveux violets était un adversaire redoutable. Mieux valait étouffer tout de suite le débat.

— Pourquoi poses-tu des questions si tu sais déjà tout ?

Johan ne suivait pas, mais il avait maintenant la certitude que papa et Agnes étaient en désaccord.

— Vous vous disputez ? À quel sujet ?

— Madame Agnes semble être experte en la manière de diriger un pays. Et elle a décidé de me l'enseigner.

Qu'on se le dise une fois pour toutes, Johan était absolument imperméable à l'ironie.

— C'est vrai, Agnes ? s'émerveilla-t-il. Je croyais que ta spécialité était la construction de canots en bois ? Ou était-ce les sabots en bois ?

La concernée se donna du courage avec une gorgée d'un énième verre de ce chardonnay américain qui avait relevé d'un cran le niveau du poisson.

— Non, il se trouve que j'ai juste lu un peu. Ton père dirige un des pays les plus pauvres du monde. La moyenne d'âge est de 18 ans, la mortalité infantile explose et le taux d'analphabétisme est de 50 %. Le principal secteur économique de l'archipel était l'exploitation forestière, jusqu'à ce que toute la forêt soit abattue sans que personne pense à replanter des arbres. Depuis, ce sont la pêche et l'agriculture qui maintiennent les gens en vie, mais la terre s'érode sans la forêt pour la consolider, les cours d'eau s'envasent et les récifs de corail se dégradent. N'importe quel fabricant de canots ou de sabots aurait fait un meilleur boulot. À l'exception de mon mari, peut-être – qui a heureusement marché sur un clou rouillé et, par avarice, refusé d'aller chez le docteur.

Elle ne mâchait pas ses mots. Aleko ne savait par où commencer.

— Qu'est-ce que ça veut dire, « érode » ? dit Johan.

Après avoir couché Angelika et ramené Pocahontas à l'écurie, le chef de la police Günther rejoignit le petit groupe. Il nota immédiatement la tension dans l'atmosphère.

— Que se passe-t-il ? demanda-t-il. Je croyais qu'on faisait la fête.

— Rien, dit Aleko, boudeur. À part que cette bonne femme qui est championne en fabrication de sabots de bois veut me destituer et gouverner mon pays.

Günther connaissait bien son ami et quasi-frère.

— Génial. Je me demandais depuis longtemps quand une tentative de coup d'État nous tomberait dessus. Le dernier remonte à sept ans, et c'était nous qui l'avions organisé, si je me souviens bien. Si tu arrêtes les expériences avec le vin et que tu retournes à la vodka, mon cher frère, tu verras que ta bonne humeur reviendra vite.

Miracle, la suggestion arracha un sourire au président. La vodka était devant lui sur la table, alors pourquoi pas ?

— Tu as raison, comme toujours, Günther.

Aleko se servit et leva son verre en direction d'Agnes.

— C'est un soir de réjouissance. Trinquons à cet honneur, ma chère sabotière.

Agnes n'était pas rancunière pour deux sous.

— Et au tien, mon cher dictateur.

Petra abandonna vite la compagnie pour s'installer sur une chaise longue encore plus confortable dans le jardin en contrebas de la terrasse, un verre de rouge à la main (pour varier les plaisirs). Et un éternel sourire aux lèvres. Elle commença à compter les étoiles au firmament. Les trois heures restantes devinrent deux heures quarante-cinq. Bientôt, seulement deux heures et demie. Une serveuse passant par là demanda si elle devait remplir le verre de mademoiselle. Petra accepta volontiers et ajouta qu'elle souhaitait une nouvelle rasade chaque fois que le niveau baissait.

— Jusqu'à la fin des temps.

La serveuse acquiesça d'un air avisé.

41

Mercredi 7 septembre 2011

Plus que 2 heures

Malik, qui avait eu l'audace de servir de la glace en dessert, s'aventura tout de même sur la terrasse pour apporter le café avec de larges quantités de digestifs. À sa vue, Johan se rappela qu'il connaissait aussi le mot français « cognac ».

Les fêtards autour de la table s'étaient réconciliés tandis que plus loin, sur sa chaise longue, Petra fredonnait « What a Wonderful World ». À quelques pas de là, une serveuse la surveillait, une bouteille de vin à la main.

Le président ne cherchait pas une nouvelle querelle, mais il ressentait le besoin de se justifier face aux critiques à peine voilées d'Agnes. Cela pourrait fonctionner, s'il avançait prudemment.

— Veux-tu que je te raconte comment je me maintiens au pouvoir depuis sept ans ? Ce n'est pas un récit violent.

— On fait en sorte de s'entourer d'amis ? devina Agnes en pointant le menton vers Günther.

— En partie, oui.

Les frères et sœurs, cousins germains ou éloignés de sa défunte épouse condorienne occupaient toutes les positions clés du pays (sauf celle de chef de la police, puisque Aleko l'avait offerte à Günther qui avait toujours souhaité porter l'uniforme). Aleko avait aussi modifié la Constitution du pays. À présent, elle stipulait qu'un président resté en poste pendant cinq ans était automatiquement reconduit, à moins que la Cour suprême en décide autrement.

— Et la Cour suprême se compose de… ? s'enquit Agnes.

— Moi. Pourquoi ?

— C'est commode. Un sabotier reste à son poste jusqu'à ce qu'il ne parvienne plus à vendre de sabots. Ou marche sur un clou. Ou les deux à la fois.

Au nom de la paix des ménages, Aleko s'abstint de commenter cette histoire de sabots. Il dit que la principale raison pour laquelle il siégeait encore à ce poste au bout de sept ans était sa popularité.

— Vous pensez que les gens aiment la mortalité infantile élevée, l'analphabétisme et l'absence de système de santé ?

Aleko ne releva pas l'attaque. Il avait définitivement arrêté de bouder.

— Mon peuple m'aime parce que je me dresse contre le reste du monde, c'est-à-dire tous les porcs de l'Union africaine.

— Les porcs ? répéta Johan.

— Façon de parler, Johan, dit Agnes.

— Allume la télé, si tu veux. Tu pourras voir toutes les tentatives de l'Union pour opprimer la plus petite nation du continent, et la façon dont le président du pays lui tient tête au nom du fier peuple condorien.

— Fantastique ! dit Johan. C'est pour ça qu'ils t'appellent le Trou du cul ?

— Combien de chaînes de télé y a-t-il aux Condors ? demanda Agnes.

— Une, la renseigna Aleko. Je sais à quoi tu penses. La bonne femme n'était pas idiote. La directrice de la chaîne de télé, Fariba, était la sœur jumelle de la défunte épouse du président. Son autorité était indiscutable. Durant sa première journée en poste, elle avait licencié les trois premières personnes qu'elle avait croisées, pour le principe. En l'espace d'une seconde, les employés restants étaient devenus indéfectiblement fidèles.

— On dit aussi que je suis moderne, ajouta Aleko. Sa mesure la plus récente avait été la conversion de sa nation en paradis fiscal international pour tous ceux qui ne voyaient pas l'intérêt de payer des impôts à leur propre nation. Comme Agnes. Et pour tous ceux qui ne pouvaient pas payer l'impôt sur la fortune, même s'ils l'avaient souhaité. C'était l'inconvénient de l'argent sale. Tout était si simple avant, quand un sac en plastique rempli de billets représentait un atout et pas un problème.

Pour la première fois, Agnes n'avait aucun commentaire âpre dans sa manche.

— Bref, les gens vont mieux sous mon administration, dit Aleko. Pas beaucoup, mais un peu. Et nous sommes très fiers ! Nous avons déposé notre candidature pour l'organisation de la Coupe du monde de football dans trois ans.

— Vous avez gagné ?

— Non, ce sera le Brésil. Il n'y a pas plus corrompu que la FIFA.

— Est-ce que vous avez seulement un stade ? se renseigna Agnes.

— Que diriez-vous de faire un karaoké ? intervint Günther.

42

Mercredi 7 septembre 2011

Dernière heure ici-bas

En dépit de deux cocktails à la papaye, deux verres de chablis, quelques verres de chardonnay et trois ballons de cognac, l'approche de 23 h 20 et de son éventuel impact sur la fin de la soirée n'avait pas échappé à Agnes. Johan, en revanche, fasciné par cette drôle de compétition musicale, voulut y convier sa grande amie Petra. Voilà déjà quelques heures qu'elle contemplait le ciel.

— Tu vas bouger un peu, hein ? dit-il affectueusement en la tirant par le bras.

Petra se laissa guider jusqu'à la scène en plein air du palais présidentiel. Elle avait son intarissable verre de vin dans une main et à présent un micro dans l'autre. Le sol tanguait. Étaient-ils en pleine mer ? Une gorgée de plus stabiliserait peut-être tout ça.

Elle écarta le morceau que lui proposait Günther, « Hotel California », et refusa de feuilleter parmi les centaines de chansons du répertoire. Son moment sous le ciel avait été bien trop solennel.

— Permettez-moi de vous réciter de la poésie, dit-elle. Emily Dickinson.

Il restait peut-être quinze minutes avant l'apocalypse. Petra songea à son poème préféré. Il n'y aurait pas mieux pour faire ses adieux à l'existence. Mais ça tanguait tout de même terriblement. Bon, c'était comment, déjà ?

Il s'était effacé.

Petra but encore une gorgée. Qui ne l'aida pas. Encore une. Toujours le blanc. Et le silence sur la scène.

Son public attendait Dickinson, elle ne pouvait plus se rabattre sur « Hotel California ». Alors elle se lança :

Brille, brille petite étoile
Dans la nuit qui se dévoile
Tout là-haut au firmament
Tu scintilles comme un diamant

Agnes était sans doute la seule à savoir qu'Emily Dickinson n'avait aucune responsabilité dans les vers que la prophétesse venait de déclamer. Johan applaudit avec enthousiasme. Il ressentait une profonde affection pour Petra et lui souhaitait d'avoir raison au sujet de la fin du monde, quelle que soit la date prévue. La première chose qu'il ferait alors serait de la serrer très fort dans ses bras.

Günther s'aperçut que Petra avait de sérieuses difficultés à tenir sur ses jambes. Ce magnifique poème d'Emily Dickinson semblait lui avoir coûté ses dernières forces.

Le fauteuil roulant de l'épouse d'Aleko trônait depuis quatre ans sur un coin de la scène, en symbole de la présence spirituelle de la défunte. Günther lança un regard interrogateur à son quasi-frère, qui acquiesça.

Son épouse l'avait utilisé pendant les trois dernières semaines de sa vie, quand le réparateur de télécopieurs lui diagnostiquait une carence en vitamines au lieu d'un cancer. Le fauteuil allait reprendre du service.

À 23 h 15, Petra fut transportée dans sa chambre. Elle avait encore son verre dans une main et le micro dans l'autre. Il avait depuis longtemps perdu la fréquence de l'amplificateur sur scène, ce qui n'empêcha pas la prophétesse de se raviser et d'entonner :

Welcome to the Hotel California
Such a lovely place. Such a lovely place...

À 23 h 17, Agnes avait à peu près réussi à déshabiller la prophétesse et à la mettre au lit. À 23 h 17 min 30 s, Petra dormait profondément. À 23 h 19, Agnes rejoignit les autres. Ayant continué à surveiller l'heure, elle prit Johan à part et lui dit tout bas :

— Il est 23 h 20, plus ou moins quelques minutes.

— Déjà ? s'étonna Johan. Je croise les doigts pour Petra.

— Parfois, je ne comprends pas comment ça tourne dans ta tête.

— Moi non plus.

Partie II

Après la fin du monde

43

Jeudi 8 septembre 2011

Petra se réveilla avec un bourdonnement sous le crâne. Était-ce la faute du papier peint ? Toutes ces feuilles. Les petits oiseaux. Les baies rouges, les fruits jaunes, le singe. Et la tête de girafe.

Peut-être que le motif n'avait rien à voir là-dedans. La sensation pouvait parfaitement venir de l'alcool. Il s'était passé tant de choses en si peu de temps. Ils avaient été arrêtés, avaient dormi en prison, avaient été conduits au palais, amenés devant le président.

Auquel elle avait réussi à administrer deux sacrés coups.

— Bien joué, Petra, se félicita-t-elle tout haut.

Et après… Ils étaient père et fils ! Elle avait envoyé le père de Johan au tapis ! Ce n'était plus si bien joué.

Fête et réconciliation. Verre de vin perpétuellement rempli. Y avait-il eu karaoké ensuite, ou bien était-ce resté au stade de la proposition ?

Impossible de s'en souvenir.

Une conclusion digne, quoi qu'il en soit, de la nanoseconde d'éternité qu'on appelait l'espèce humaine.

Bientôt, tout serait fini.

— Adieu, univers, lança-t-elle en refermant les yeux, pour ne pas emporter avec elle le motif psychédélique dans l'éternité.

Mais, attendez un peu.

Quelle heure était-il ?

Petra rouvrit les yeux.

Il faisait clair dehors.

La vérité lui apparut brusquement. Elle ferma les yeux. Et si… c'était impossible…

Elle garda les paupières baissées. Elle ne voulait pas les relever une nouvelle fois. Plus jamais.

Elle risqua un regard.

Le motif. La lumière. Le chant d'oiseaux qui ne venait pas du papier peint, mais du jardin.

La Terre tournait encore.

Petra s'était trompée.

Quand Johan entra dans le salon pour le petit déjeuner, papa Aleko et Agnes étaient déjà là.

— Bonjour, fiston, l'accueillit le président. Agnes et moi sommes en train de parler politique. Elle me disait qu'elle trouve que les Condors devraient avoir un programme pour les citoyens les plus âgés. C'est fou comme elle en sait peu sur notre pays. Personne ne vit vieux, ici. Les gens cassent leur pipe peu après la cinquantaine, pour la plupart.

— Un système de santé correct, alors ? marchanda Agnes. Comme ça, les gens vivront plus longtemps et auront l'usage des résidences pour personnes âgées dont je parle.

— Ça a l'air cher, dit Aleko.

Johan n'écoutait pas. S'il avait bien tout compris, le soir précédent, il avait été en même temps 21 h 20 et 23 h 20 plus ou moins quelques minutes. Vers la fin, il avait beaucoup été question de karaoké et de fauteuil roulant. Puis Agnes avait dit que c'était le moment, alors que le moment n'était pas venu. Finalement, Johan s'était endormi dans le lit qu'on lui avait assigné, ses chaussures arc-en-ciel aux pieds. À ce stade, il n'y avait plus du tout pensé.

Mais à présent…

Il devait savoir.

— Où sommes-nous ?

— Au même endroit qu'hier. Dans le palais présidentiel. Pourquoi ?

— Le monde ne s'est pas écroulé ?

— De quoi parles-tu ? s'étonna Aleko.

— Je vais t'expliquer, dit Agnes. Non, Johan. Le monde se porte aussi bien et mal qu'hier, et vraisemblablement que demain. Petra est une personne fantastique, mais elle s'est trompée. Pour être honnête, je le savais.

— Pauvre Petra, soupira Johan. Elle doit être effondrée.

Au même instant, ils furent rejoints par la prophétesse.

D'une humeur radieuse.

— Bonjour, mes amis.

— Beau temps, pas vrai ? lança Agnes. Le simple fait qu'il y ait encore une météo va bien au-delà de ce que certains d'entre nous prévoyaient.

— Je me suis trompée, dit Petra.

— Vraiment ?

— Trêve de plaisanterie ! J'ai passé quelques minutes pénibles au réveil, mais j'ai déjà compris à quel endroit de mes calculs je me suis égarée. Approximativement.

— Alors, quand la Terre va-t-elle être détruite la prochaine fois ? J'aimerais bien le savoir pour faire des projets.

— Je te prie de m'accorder un certain délai avant de répondre à cette question. Quand on modifie un paramètre, les autres peuvent changer dans une complexe réaction en chaîne. Un peu trop de choses à assimiler pour toi, je pense.

— Quelqu'un pourrait-il m'expliquer ce qu'il se passe ? s'énerva Aleko. Je suis président, bon sang !

La prophétesse de l'apocalypse s'exécuta. Quand elle eut fini, Aleko lui demanda si c'était pour cette raison qu'elle lui avait ri au nez quand il l'avait condamnée à sept ans de prison.

Petra acquiesça avec un sourire.

Aleko eut le sentiment de s'être fait avoir. Il demanda si elle arriverait à garder le sourire quand il annulerait son amnistie. Mais Petra ne s'y laissa pas prendre. Le président avait lui-même dit expressément que « jugé, c'est jugé ».

44

Jeudi 8 septembre 2011

Le calme tomba sur le palais présidentiel. Petra et Agnes étaient assises chacune sur une chaise longue sous un parasol à un bout de la piscine. La prophétesse avait trouvé du papier et un stylo. Elle calculait, barrait, soulignait et recalculait.

— C'est fascinant dans toute sa complexité, expliqua-t-elle à la sceptique à côté d'elle. Tout est relié à tout.

— Vraiment ?

— Regarde ça. Si j'attribue à ce paramètre la valeur « 7 »... alors la Terre sera détruite dans... voyons voir... 212 ans.

— Bien. Dans ce cas, il nous reste assez de marge pour nous échapper.

— Par contre, si je lui donne à la place la valeur « 6 »... la Terre sera détruite... au printemps.

— Prenons le 6 et nous pourrons nous épargner cette conversation.

— Je ne peux tout de même pas choisir les paramètres et valeurs comme ça me chante. Comment peut-on être aussi bête ?

Aleko était assis à l'autre bout de la piscine, les pieds dans l'eau. À côté de lui, son fils retrouvé l'imitait. Le père sentait qu'il avait près de lui un potentiel successeur aux lointaines élections semi-démocratiques. Autant commencer à montrer au gosse les ficelles du métier.

Il entreprit d'expliquer que les affaires étrangères et la politique intérieure des Condors allaient de pair. La meilleure façon de rester longtemps à son poste était de bénéficier du soutien populaire.

— Tu veux dire que les Condoriens doivent avoir à manger sur la table ?

— Non, merde. Il ne faut pas les habituer. Si tu leur donnes un doigt, ils réclameront le bras. Ce dont les gens ont besoin avant tout, c'est de leur fierté et de leur dignité.

Ces deux mots ne caractérisaient en rien Johan, même s'il avait beaucoup mûri la semaine passée, mais il voulait en savoir plus.

Les Condors, plus petit pays d'Afrique, comptaient 250 000 habitants à quelques variations près en fonction du nombre de décès depuis le dernier recensement.

— Compare cela aux 180 millions du Nigeria. Aux 100 millions de l'Éthiopie, de l'Égypte et du Congo. Ou tous les autres : la Tanzanie, l'Afrique du Sud et le Kenya ont une population de 50 millions d'habitants chacun. Ce pays de merde qu'est le Soudan ne se compose que de sable, et pourtant 40 millions de personnes y vivent.

Johan comprenait sans comprendre. Surtout sans comprendre. Qu'est-ce que les chiffres de population venaient faire là-dedans ?

Aleko expliqua que l'on calculait ainsi le poids de ces pays les uns par rapport aux autres. Ce qui signifiait que les Condors n'étaient jamais évoqués quand l'Union africaine devait pourvoir des postes importants au sein de l'organisation.

— Par exemple ?

— Commissaires, chefs d'investigation, émissaires spéciaux...

— Que fait un comm... izaire ? ânonna Johan.

— Ça varie. Il commande la paix et la sécurité, ou les affaires économiques, ou l'infrastructure et l'énergie...

Beaucoup de mots ardus à la fois. Johan s'enhardit.

— Qu'est-ce qui te correspond le mieux ?

Le président n'avait jamais réfléchi à la question. La paix et la sécurité pouvaient impliquer de se rendre dans des zones de guerre, ce qui ne semblait ni paisible ni sûr. L'expérience en économie d'Aleko était certes significative, mais peu adaptée à la réalité actuelle. Sur ordre de Gorbatchev, il avait tenté de développer des relations commerciales bilatérales avec la Corée du Nord. Il avait envoyé 50 000 chapkas soviétiques à Pyongyang et avait reçu en retour une demande de 8 kilos d'uranium enrichi en échange de la moitié des chapkas à peine réceptionnées.

Infrastructure et énergie... Ce serait peut-être la solution. Pas plus tard qu'il y avait quelques jours, il avait discuté avec le cousin de sa défunte épouse en charge de l'aéroport de la possibilité d'asphalter la route vers le centre-ville. Peut-être même la piste de décollage et d'atterrissage, pendant qu'ils y étaient.

— Je ne sais pas, dit Aleko.

Mais ce n'était pas la question. Le vrai sujet était que les Condors méritaient le respect des autres pays africains ! Un poste important renforcerait la valeur du pays tout en inspirant encore plus de fierté à la population. Et de fil en aiguille, maintiendrait Aleko en sûreté dans son palais. Tout allait de pair.

Or, ses homologues de la conférence de l'Union l'avaient envoyé balader quand il les avait approchés avec ses requêtes. Voilà pourquoi Aleko avait changé de tactique et s'était lancé dans une guerre d'usure : désormais, il s'opposait à tout et tout le monde. Et il avait l'intention de continuer jusqu'à ce qu'ils cèdent.

La session extraordinaire de l'Union se tiendrait dans quelques semaines. Günther était stratège en chef lorsqu'il s'agissait de mettre le reste de l'Afrique de mauvais poil. D'ailleurs, il allait bientôt présenter ses grandes lignes pour la future réunion à Addis-Abeba.

Johan voulut savoir s'il avait bien compris ce que venait de dire son père.

— Tu veux dire que tu te conduis le plus mal possible envers l'Union pour qu'ils commencent à t'apprécier ?

La question sonnait presque comme un piège. Le fiston avait grossièrement simplifié le conflit. Mais avait-il pour autant tort ?

— C'est à peu près ça, admit prudemment Aleko.

— Et ça a marché, jusqu'ici ?

Sale gosse ! Ça n'avait pas marché du tout. Aleko ressentit le besoin de se justifier. Le refus de l'Union d'accéder à ses demandes engendrait un sympathique effet secondaire.

— Un attrayant poste de commissaire serait le bienvenu, c'est vrai. Mais en attendant, plus l'Union africaine est en colère contre moi, plus je suis populaire ici. On appelle cela polarisation. Plus les ennemis extérieurs sont nombreux, plus la solidarité du groupe grandit. Même Idi Amin l'avait compris en son temps.

— Qui ?

Expliquer à son fils qui était Idi Amin prendrait trop de temps. Johan était vraiment plaisant, mais plus masterchef que génie. Aleko alla droit au but.

— Il accusait les Indiens d'Ouganda de tous les maux. Il leur a donné quelques jours pour faire leurs valises et se barrer.

— Et ensuite, tout s'est arrangé ?

La question de Johan était parfaitement sincère.

— Au contraire. C'étaient les Indiens qui menaient les affaires. À leur départ, plus rien ne fonctionnait. Mais Idi Amin est devenu très populaire, jusqu'à ce que les gens s'en rendent compte. Et il leur a fallu un moment.

Johan acquiesça, sans pour autant savoir quel était le pays concerné. Après tout, il y en avait tellement dans le monde. Cependant, il avait constaté par lui-même combien il s'était rapproché de Petra quand ils avaient lutté ensemble contre des ennemis extérieurs.

Pour autant, il n'était pas enchanté que ce sympathique Obrama raconte à qui voulait l'entendre que son père était un trou du cul.

— Ne pourrait-on pas trouver un compromis ?

— Comment ça ?

— Eh bien, si tu étais un petit peu moins un trou du cul envers Obrama, Idomin et les autres.

— Qu'est-ce que j'y gagnerais ? Et c'est Idi Amin, au fait. Il est mort il y a dix ans.

Aleko songea que son fils raisonnait à peu de chose près comme Gorbatchev, qui avait tenté de rendre son peuple globalement satisfait et n'était parvenu qu'à se fâcher avec tout le monde. Il omit de mentionner son propre rôle de conseiller dans ces événements.

C'est à cet instant qu'Agnes s'approcha du père et du fils et demanda si elle pouvait se joindre à eux. Elle avait besoin d'une pause sans Petra.

— Je l'apprécie énormément, et je lui suis reconnaissante de beaucoup de choses. Mais si je reste là-bas, je vais devoir écouter ses élucubrations sur la prochaine échéance de la destruction de la Terre, et je n'en ai pas la force en ce moment.

— Quelle est sa conclusion ? demanda Aleko.

— Elle y travaille encore. La dernière date que j'ai entendue se situait entre le printemps prochain et deux cents ans. De quoi parlez-vous ?

— Papa vient de m'expliquer comment fonctionne la politique. Le rôle du président est de veiller à ce que le peuple n'ait pas à manger sur la table, et à se chamailler avec le maximum d'autres pays. C'est comme ça que tout va pour le mieux.

Agnes se remémora sa récente conversation avec Aleko. En l'absence de système de santé, les gens mouraient jeunes, ce qui évitait au président de financer des soins pour les personnes âgées.

— Ton père est très intelligent, Johan, dit-elle d'un ton aigre. Mais il n'est pas certain qu'il soit accueilli au royaume des cieux le jour du Jugement dernier.

Voilà un concept que Johan avait appris il y a peu de temps.

— Ce n'était pas hier ?

45

Jeudi 8 septembre 2011

Aleko se sentait bousculé de toutes parts : par la vieille Agnes, par son fils Johan – et de plus en plus par lui-même. Jusqu'ici, tout avait été si simple : se remplir les poches le plus longtemps possible, puis se repositionner pour s'engraisser davantage. Comme sous Gorbatchev. Quand le navire avait sombré, il ne l'avait pas suivi dans l'abîme, mais s'était sauvé chez Eltsine. Cette paix avait duré jusqu'au jour où la mafia avait décidé que c'en était trop. Il avait alors été contraint à une fuite désordonnée jusqu'à un pays dont quasi personne ne connaissait l'existence, en dehors de Khrouchtchev – alors aussi mort qu'Idi Amin.

Lors de sa mission de premier conseiller au Kremlin, Aleko avait feuilleté des archives secrètes remontant à l'aube de la nation, à l'affût d'erreurs d'anciens dirigeants dont il pourrait tirer des leçons. Voilà comment il avait fini par comprendre le raisonnement du Soviet suprême au sujet de l'Afrique, et appris le nom du pays qu'il dirigerait bien des années plus tard.

L'Union soviétique n'étant apparue qu'en 1922, elle avait loupé le coche qui avait permis à la Belgique, la

Grande-Bretagne, la France, l'Empire allemand, l'Italie, le Portugal et l'Espagne de se partager le continent africain. Elle en avait grapillé de petits morceaux au cours de la guerre froide en soutenant les indépendantistes en Angola, au Mozambique et en Guinée-Bissau. Des milliers de jeunes Africains s'étaient alors vu offrir une formation à l'université soviétique, incluant une bonne part d'enseignement du socialisme béni, avant de retourner dans leurs pays respectifs. Quelques-uns étaient montés sur les barricades et avaient été tués. Toutefois, les plus assidus avaient non seulement trouvé la bonne idéologie, mais aussi la meilleure manière de naviguer dans les coulisses du communisme. Une pièce dans la bonne poche à la bonne occasion, épauler la bonne personne et attendre tranquillement le bon moment pour planter un poignard dans le dos.

Aleko pouvait passer plusieurs jours d'affilée parmi les archives secrètes, en particulier quand Eltsine était si saoul qu'il ne notait pas l'absence de son premier conseiller, ni de personne d'autre. Comme la semaine suivant sa visite à Washington chez le président Clinton – qui avait gracieusement passé sous silence l'escapade nocturne du président russe à travers la Maison-Blanche. Un président russe en caleçon, et désespérément en quête de pizza.

Il y avait de tout dans les archives du Kremlin, des rapports de divers agents de terrain jusqu'aux brillants exposés de Khrouchtchev devant le Politburo. Ces derniers étaient d'une précision étonnante, et regorgeaient d'éléments historiques.

Dans les écrits de Khrouchtchev, Aleko apprit que les Condors n'avaient jamais éveillé l'intérêt des colonisateurs au siècle passé en raison de la faible superficie et de la situation isolée de l'archipel. Certains étaient certes venus y jeter un coup d'œil au début du XXe siècle, pour vérifier une rumeur. Mais après avoir tué quelques milliers d'autochtones et déclaré l'or inexistant, les Britanniques étaient repartis les premiers, bientôt imités par les Français. Ceux-ci avaient toutefois laissé une école derrière eux. Et quelques maladies vénériennes.

La plus pauvre des nations pauvres avait dû se débrouiller tant bien que mal pendant plusieurs décennies, jusqu'à ce que le premier secrétaire du Parti communiste soviétique découvre son potentiel. Un pays entièrement malléable, peuplé de quelques centaines de milliers d'habitants sans véritable gouvernement.

La situation des Condors, entre l'Afrique à l'ouest, l'Arabie au nord et l'Inde loin à l'est, avait engendré au fil des siècles une population métissée qui, en outre, s'était métissée avec elle-même. Certains descendaient d'esclaves africains, d'autres de marins au long cours bloqués sur la terre ferme pendant la saison des tempêtes, et qui avaient trouvé un autre gagne-pain dans l'intervalle.

Khrouchtchev s'était proposé de nommer une personne convenable, de l'aider à éliminer les opposants et de bâtir de l'extérieur une société socialiste modèle pour servir d'inspiration à l'Afrique, et pourquoi pas au Yémen, qui bordait la péninsule Arabique.

D'après les documents secrets, il avait sélectionné les quatre éléments les plus talentueux de l'archipel pour préparer l'avenir de la nation et du communisme. Ils avaient été envoyés à Moscou pour recevoir un enseignement des bonnes théories. Au bout de deux ans, Khrouchtchev devait choisir personnellement le grand gagnant.

Ce choix lui fut épargné. À peine trois semaines après son arrivée, un des étudiants traversa la rue devant un tramway, et il ne resta que trois candidats. Deux d'entre eux découvrirent les vertus bienfaisantes de la vodka, vidèrent deux bouteilles et s'entre-tuèrent à coups de couteau. Chacun étant parvenu à ses fins, il ne resta à Khrouchtchev qu'un seul candidat.

Le quatrième suivit les deux années de formation, consistant en un entraînement officiel selon la doctrine marxiste, et en un entraînement moins officiel sur la manière d'avancer aux dépens des autres. Ensuite, il rentra aux Condors afin de prendre la tête du pays grâce à ses mécènes soviétiques et à sa propre ruse. Khrouchtchev était satisfait.

Mais tout tourna mal.

Numéro 4 lança un parti politique et parvint en moins de dix mois à devenir le premier président démocratiquement élu du pays. En fait, il arriva à ses fins en omettant de communiquer la date des élections, l'emplacement des bureaux de vote et le déroulement du scrutin. La participation se limita donc à une seule personne, le candidat lui-même.

La première décision du président nouvellement élu fut de faire du français la langue officielle du pays, en plus de l'antique variante d'arabe que presque tous parlaient. Le français avait du style, et le nouveau président le pratiquait plutôt bien après deux ans passés à l'école que les colons avaient oubliée après eux. La seconde décision fut de donner un organe de presse au Parti communiste, *La Vérité condorienne*, publié dans une langue qu'il était presque le seul à comprendre, dans un pays dont presque toute la population était analphabète, et dont le contenu était à des années-lumière du titre.

Dans son élan, il dilapida la moitié des ressources du pays avant d'être évincé par un coup d'État de son bras droit, qui poursuivit sur la même voie.

Khrouchtchev se demanda ce qui ne tournait pas rond chez les Condoriens, mais ne baissa pas les bras. On forma plus d'étudiants à l'université soviétique. On ouvrit des écoles financées par l'argent soviétique sur l'archipel, on passa des accords de commerce entre les deux nations sœurs (l'une étant quelques milliers de fois plus grande que l'autre, mais tout de même).

Mais il ne poussa pas plus loin son rêve de communisme africain. D'abord, la crise de Cuba accapara toute son attention. Puis il se brouilla avec tout et tout le monde, et fut assigné à résidence dans un appartement de Moscou où il passa ses journées dans un fauteuil à bascule, à s'interroger sur le sens de la vie. Jusqu'à ce qu'il succombe à une crise cardiaque.

À la différence de Khrouchtchev, Aleko n'avait jamais eu foi dans le communisme. Ni en quiconque d'autre que lui-même. Et Günther. Et, bien plus tard, sa femme.

Et voilà qu'à présent il s'était découvert un fils ! Un jeune homme au cœur pur. Honnête. Curieux. Masterchef. Et apparemment aussi génie, même si ça ne sautait pas aux yeux.

Il avait eu droit en bonus à une vieille dame aux cheveux violets qui lui parlait comme s'il n'était pas clair qu'Aleko était le chef, et donc qu'il avait raison. Et puis qu'il détenait le pouvoir – dans le cas où malgré tout il aurait eu tort.

Il ne fallait pas oublier la prophétesse de l'apocalypse qui avait attaqué Aleko avec ses poings et son effronterie, mais que la Cour suprême avait graciée ! Une décision plutôt émouvante, si Aleko passait sur le détail de la composition de la cour.

En résumé, le président condorien était en bonne voie pour une crise existentielle. Il ne pouvait plus s'autoriser à presser le pays comme un citron jusqu'à la fin de ses jours, sinon Johan ne pourrait jamais lui succéder. Qu'avait le quatorzième président des Condors – honnêtement – que ses 13 prédécesseurs n'avaient pas ?

Rien ?

Non, ce serait exagéré. Aleko voyait deux atouts évidents. L'un était cette histoire de fierté. Il n'y avait pas plus fier qu'un Condorien, et ce grâce à Aleko !

L'autre était *Game of Thrones*. Dès qu'il avait été possible de voler la série en ligne, Aleko avait chargé sa belle-sœur Fariba de diffuser un petit extrait par semaine à une heure de grande audience. Certes, il n'y avait que 10 épisodes pour le moment, mais une fois qu'elle avait passé tous les extraits, elle reprenait du début. Aleko savait que Marx considérait la religion comme l'opium du peuple. Selon les observations du président condorien, *Game of Thrones* remplissait mieux cet office. Dans le bon sens du terme, car un peuple drogué était un peuple docile. Aucun Condorien n'avait jamais vu autant de peau nue en dehors de sa chambre à coucher !

De la nourriture sur la table ? songea le président. Non, il connaissait son peuple. Ce à quoi il aspirait, c'était sa fierté et le sexe à la télé. Tous les mercredis à 20 heures.

D'un autre côté, pourquoi s'accrocher à la présidence ? Cela permettrait-il à Johan de lui succéder un jour sans que cet éternel rabâchage au sujet de la fraude électorale s'enracine ?

Probablement pas.

Argh ! Le président s'apprêtait à rendre un mauvais service monumental à son fils ! Il lui semblait que son fils le sentait. Et la bonne femme aux cheveux violets était franchement critique.

Merde.

Au milieu de ce fouillis mental, la prophétesse de l'apocalypse s'approcha de lui. Elle présenta ses excuses pour son erreur de calcul du jour précédent et promit de vite revenir avec un nouveau résultat. Dans l'intervalle, elle suggéra au président de revoir ses méthodes de gouvernement, dans l'intérêt de son fils. La Terre risquait d'exister encore pendant plusieurs années. Petra aurait volontiers apporté son concours au président dans sa tâche, mais elle serait plus utile à l'humanité en se concentrant sur son équation en 64 étapes, version 2.0.

— Dès que j'aurai terminé, je me tiendrai à ton entière disposition. En attendant, le meilleur conseil que je puisse te donner est d'écouter la dame aux cheveux violets. Certes, c'est une sceptique du Jugement dernier, mais, à part ça, elle possède une grande sagesse.

Petra ne pouvait concéder plus à Agnes ; elle n'était pas prête à admettre que les doutes de son amie étaient fondés.

Aleko l'écouta attentivement et décida de suivre son conseil : écouter la vieille dame et ses idées rébarbatives sur le système de santé, les personnes âgées et Dieu sait quoi encore.

Pendant ses trois premières années au pouvoir, le président avait distribué les postes de ministres aux moins talentueux parmi les parents de son épouse. À sa mort, il avait perdu sa dernière bonne raison de ne pas les limoger.

Pendant la cérémonie après l'enterrement, il avait prononcé un discours en l'honneur de la disparue et en avait profité pour annoncer la dissolution du gouvernement, à l'exception de lui-même. L'occasion était parfaite, puisque toute la famille, et donc les ministres, était réunie.

Les oncles, tantes, neveux, cousins, cousins éloignés et petits cousins s'étaient immédiatement vu attribuer un autre poste, et une augmentation pour les empêcher de râler. L'un était devenu directeur de l'aéroport, un autre chargé du tourisme, un troisième directeur du bureau des passeports condorien…

Ce soir-là, l'une des cousines encore en poste envoya un subalterne au palais pour obtenir des photographies et signatures. Le soir même, elle apporta en personne trois passeports diplomatiques tout neufs.

Johan et Petra gardèrent leurs noms de famille, tandis qu'Agnes devint Agnes Massode Mohadji.

— Comment l'as-tu choisi ? s'informa-t-elle.

Aleko déclara qu'une personne recherchée par Interpol avait tout intérêt à changer de nom au plus vite, mais reconnut que la manœuvre avait été précipitée. En outre, son éducation russe limitait son imagination. Apercevant le jardinier en train de nettoyer la piscine en compagnie de son amant, il leur avait demandé leurs noms. L'un s'appelait Massode, l'autre Mohadji.

— Agnes Massode Mohadji, murmura la vieille dame aux cheveux violets. Eh bien, pourquoi pas ? Grand merci pour ce nouveau nom et cette nouvelle nationalité, je devrais pouvoir me déplacer sans être arrêtée. Mais un passeport diplomatique, était-ce bien nécessaire ?

— Absolument ! Tu es désormais ministre de la Santé.

— Ah bon ?

46

8-14 septembre 2011

Aleko avait sa propre conception de l'équité. Peu importe qu'une chose soit injuste, tant qu'elle s'abattait sur tout le monde. Voilà pourquoi il ne limogea pas seulement un ou deux ministres dans son mécontentement, mais le gouvernement tout entier. Et maintenant qu'il venait d'offrir un poste à Agnes, ses principes lui interdisaient de négliger Petra et Johan.

Il commença par la plus difficile des deux. La meneuse du groupe, qui l'avait brutalisé, insulté et enfin conseillé. Cela exigeait un entretien d'embauche afin de s'y prendre comme il faut.

Il trouva Petra là où il s'y attendait : sous le parasol au bord de la piscine, griffonnant sur du papier.

— Tu veux un boulot ? lança-t-il.

— J'en ai déjà un, dit Petra en indiquant les chiffres de son équation.

Sans vouloir déprécier ce travail, Aleko avait plutôt en tête un poste au gouvernement.

— Ça te plairait d'être ministre des Technologies de l'information ?

— Non merci.

— Ministre de l'Avenir ?

— Non merci.

Aleko sentit poindre l'agacement. Comment pouvait-on refuser un poste de ministre ?

— Ailleurs qu'au gouvernement, alors ? Directrice générale de l'unité météorologique et hydrologique ?

— Vous avez ça ?

— Je peux m'arranger.

— Non merci.

— Le centre de recherche spatiale condorienne ?

— Il n'y en a pas non plus, hein ?

Avec un soupir, Aleko abandonna.

— Amuse-toi bien toute seule avec tes chiffres, alors. Mais accorde-nous quelques mois avant que l'atmosphère nous tombe sur la tête. Agnes travaille à une réforme du système de santé, ce serait dommage que tout le monde meure avant qu'elle ait pu la mettre sur pied.

Petra ne daigna pas répondre au président, mais lui demanda :

— Tu as autre chose sur le cœur ou je peux continuer mes calculs ?

La tâche fut nettement plus facile avec Johan.

— Aimerais-tu devenir le ministre des Affaires étrangères des Condors ?

La meilleure façon de préparer le fiston à prendre un jour les rênes du pays était l'immersion.

— Avec plaisir ! Ça fait quoi, un ministre des Affaires étrangères ?

L'étranger, c'est la somme de tous les pays du monde sauf celui où l'on se trouve. Voilà pourquoi le ministre des Affaires étrangères Löwenhult n'hésita pas une seconde lorsqu'il dut prendre sa toute première décision : il commanda du saumon norvégien, du västerbottensost et des queues d'écrevisses de Suède.

Pendant ce temps, Agnes Massode Mohadji se rendit au Kenya et au Nigeria pour recruter du personnel soignant. La ministre de la Santé condorienne passa devant les yeux vigilants d'Interpol chaque fois qu'elle atterrissait et décollait.

Elle revint au bout de quatre jours, accompagnée de 16 médecins et 200 infirmières. Ils parlaient tous anglais, sans quoi la ministre n'aurait pas pu s'entretenir avec eux. Elle se rappela un peu trop tard que le personnel aurait également besoin de communiquer avec les patients. Une erreur qu'elle avoua au président et à son collègue ministre autour du café du matin.

— Je fais une nouvelle virée sur le continent pour m'acheter une douzaine d'interprètes, ajouta-t-elle.

— Je sais à quoi ça sert, un interprète, lança Johan.

C'était grâce à l'un d'eux qu'ils pouvaient désormais chaque jour prendre petit déjeuner, déjeuner et dîner.

La prophétesse de l'apocalypse fut laissée en paix. Tel Ferdinand le taureau humant des fleurs sous son chêne-liège, elle planchait sur son équation à l'abri sous son parasol au bord de la piscine présidentielle. Cette fois, elle n'avait pas droit à l'erreur, son honneur était en jeu.

Cela ne l'empêcha pas de donner au président un ou deux conseils. Notamment celui d'exploiter la créativité et l'étincelle reconquise de la dame aux cheveux violets.

— Ne sois pas inutilement radin. Donne-lui carte blanche !

Aleko dut lutter contre sa nature. Aider ses compatriotes à vivre plus longtemps était loin d'être gratuit. Cependant, si Agnes y parvenait, il pourrait en attribuer le mérite à Johan. Quel fier papa il serait si son fils remportait un jour une élection présidentielle sans tricher, ou presque !

— Carte blanche, dis-tu ? Pour Johan aussi ?

Petra n'avait pas le courage de lui mentir effrontément ni de lui parler franchement.

— Je te prie de m'excuser, mais je dois retourner à mes chiffres.

Le président battit en retraite, tandis que la prophétesse s'accordait un bref instant de réflexion.

En cet instant, elle aurait dû être morte, changée en bloc de glace de – 273 degrés. Le globe aurait dû être parsemé de près de 7 milliards de glaçons de forme humaine. Figés dans la position exacte, assise, debout ou allongée, qu'ils avaient quand l'atmosphère leur était tombée dessus.

Pas une seule personne n'aurait dû survivre pour raconter ce qu'il ou elle avait vu. Ni pour l'écouter.

Pourtant, les choses avaient tourné comme on sait. Soudain, il y avait 7 milliards de témoins vivants. Mais témoins de quoi ? Nul n'était au courant de l'erreur de Petra. Elle était partagée entre le dépit causé par son erreur de calcul, et le plaisir de pouvoir entamer le calcul de la vraie fin du monde.

Mais pas trop partagée non plus, songea-t-elle en chassant ces pensées. Quand elle était jeune et égarée, elle passait la majorité du temps à ruminer sur les secrets de l'univers et la fugacité de la vie. Cela ne l'avait menée nulle part. Enfin, si, à des hordes de lycéens ingrats.

Au lieu de trop philosopher, elle se rappela tous ceux qui y avaient consacré leur vie. Comme Descartes, auteur du célèbre « Je pense, donc je suis ». Qui ensuite pensa si mal qu'il alla jusqu'à Stockholm et mourut de froid dans le château plein de courants d'air de la reine Christine de Suède. Petra sourit à la pensée que le philosophe français aurait pu compter parmi les personnes auxquelles Johan et elle auraient aimé rendre visite pour redresser un tort. Comment l'entrevue aurait-elle commencé ? Peut-être ainsi :

« Eh bien oui, René. Je pense à toi, donc je suis. En ce qui te concerne, tu ne penses pas du tout, que penses-tu de cela ? »

Chacun s'était vu attribuer un rôle. La session extraordinaire de la conférence de l'Union africaine approchait à grands pas, avec le président américain et le secrétaire général de l'ONU en invités d'honneur.

Avant qu'Aleko ne nomme un ministre des Affaires étrangères, il n'avait eu que son quasi-frère Günther pour discuter stratégie, et comment les sessions de l'Union étaient la meilleure occasion d'énerver le reste du continent. Johan étant encore un bleu, mieux valait laisser Günther se charger de l'aspect tactique cette fois encore.

— Mais tu nous accompagnes à la conférence, hein, Johan ? J'aimerais bien te présenter.

Son fils acquiesça. Obrama sans *r* viendrait aussi, et il voulait du västerbottensost.

47

15-25 septembre 2011

L'agent spécial Sergio Conte avait chaque jour au téléphone le président du club de pêche à la mouche. Et au moins deux des huit avocats de la multinationale innocente au téléphone… Un pour Bulgari et un pour la maison mère à Paris. La campagne de boycott sur Instagram, Facebook et de nombreux blogs contre ce que l'on appelait la « stratégie cynique de Bulgari pour se faire de l'argent sur le dos des braves gens » atteignait sans cesse de nouveaux sommets. Servir un modèle créé de toutes pièces à des jeunes était de très mauvais goût. Travelling Eklund était la bonne étoile que suivaient des centaines de milliers d'adolescentes. Et soudain, on apprenait qu'elle n'existait pas ! Qu'elle n'avait jamais existé !

Le boycott planétaire des produits de ce vautour avait déjà été relayé dans les journaux télévisés et dans les émissions de débat. Les chroniqueurs s'indignèrent de cette attitude de rapace qui atteignait des sommets, au point que l'entreprise milliardaire ne se gênait même plus pour avoir recours à un pur canular. Certes, l'affaire n'avait pas encore été prouvée, mais il n'y avait pas de fumée sans feu.

Bulgari et LVMH donnèrent une conférence de presse durant laquelle le P-DG et le directeur du groupe clamèrent leur innocence. Ils furent hués. L'un d'eux avait eu l'idée peu sage d'arriver en limousine. Il repartit avec une vitre couverte de yaourt grec. La vague semblait impossible à freiner, à moins que la vraie coupable ne dédouane Bulgari face aux caméras de télévision.

Mais pour cela, ils devaient la trouver.

L'agent Conte exposa la situation aux avocats, à savoir qu'Agnes Eklund se trouvait aux Condors, un des 187 pays membres d'Interpol, et que le chef de la police de l'archipel lui avait assuré qu'on la recherchait. Mais aussi – les Condors étant (comme on savait) les Condors – qu'il avait pris des mesures pour arrêter Eklund à l'instant où elle poserait le pied sur le continent africain.

Les avocats ne furent pas satisfaits de s'entendre dire que les Condors étaient les Condors. Stressé, Sergio Conte se sentit obligé d'appeler le chef de la police condorienne pour la énième fois.

— Quelle bonne surprise, monsieur l'agent spécial, le salua Günther. Ça faisait longtemps. Ah non, pardon, c'était seulement hier.

Conte l'appréciait de moins en moins.

— Des nouvelles d'Agnes Eklund ?

— L'archipel est grand, monsieur l'agent spécial, répondit le meilleur ami d'Aleko, et quasi-oncle du camarade de la femme recherchée.

— Il n'est pas grand du tout, cracha Conte.

Günther commençait à se lasser de l'entêtement d'Interpol. Il se rendit donc au palais pour s'entretenir avec la femme recherchée.

— Tu ne crois pas que ce serait plus simple si on te tuait ?

— Qui ? Agnes, ou la veuve Eklund ?

Ce soir-là, la dramatique collision entre une voiture et une calèche fit la une du journal télévisé condorien. Les informations ne montrèrent que des photos, mais elles étaient bien assez terribles. Agnes avait passé plusieurs heures à les retoucher.

Une femme blanche aux cheveux violets, par ailleurs activement recherchée par Interpol, avait percuté de plein fouet l'attelage au volant d'une voiture volée. Le cheval avait été tué sur le coup, la femme avait également succombé sur les lieux de l'accident d'une sévère hémorragie. Le cocher (le frère de la meilleure amie de l'épouse condorienne de Günther) décrivit avec force détails comment il avait tenté de sauver d'abord son animal, puis la femme. En vain.

— Nous l'avons trouvée, finalement, annonça le chef de la police à l'agent spécial Conte.

— Vous êtes absolument certain de l'identité de la défunte ?

— Il n'y a pas beaucoup de femmes blanches de 75 ans aux cheveux violets dans ce pays. Ce qu'il reste de la personne concorde avec les renseignements du passeport qu'elle avait sur elle.

— Pouvons-nous venir voir la dépouille ?

Ah, zut ! Il fallait improviser, et vite.

— Non, désolé. Nous n'avons pas de morgue, alors le corps a déjà été incinéré. Je peux vous envoyer son passeport taché de sang, si vous voulez.

L'agent Conte dut s'en contenter. Les foutus avocats seraient furieux, et sa place sur la file d'attente du club de pêche à la mouche serait menacée. Mais quand on est mort, on est mort.

48

15-25 septembre 2011

Günther songea que ces appels quotidiens de Rome avaient été distrayants. Il confia à Agnes qu'il déplorait la perspective de ne plus jamais avoir de nouvelles de l'agent spécial Conte.

Le chef de la police dut se consoler avec la stratégie d'obstruction continue envers les dirigeants du continent africain. Il avait beaucoup appris durant sa carrière d'informateur de la Stasi, puis durant ses années dans le Soviet et les débuts de la Russie, où il était l'un des meneurs du syndicat des faux coupons alimentaires. Il était passé maître dans l'art de se quereller.

Comme la fois où, sur la suggestion du premier conseiller d'Eltsine, il avait envoyé 16 petites montgolfières vers la Biélorussie afin de lâcher 200 coupons alimentaires sur Minsk et faire enrager Loukachenko. Malheureusement, le vent avait tourné et les coupons étaient tombés dans une ville à la frontière biélorusse, qui s'était retrouvée avec dix fois plus de coupons que d'habitants, et cent fois plus de coupons que de nourriture. Cela s'était terminé en chaos généralisé, mais

Loukachenko, à 170 kilomètres de là, n'avait pas pour autant interrompu son dîner.

Günther était prêt à hausser le ton envers l'Union africaine, mais ne savait pas comment il allait gérer la présence du président américain et du secrétaire général de l'ONU. Les querelles avec l'UA entière avaient un objectif supérieur clair. Les conséquences seraient plus incertaines si Aleko jouait les imbéciles devant deux des hommes les plus puissants du monde.

Cependant, nécessité fait loi. Lors de la session précédente, Günther avait réussi à convaincre son meilleur ami de faire mine d'être dur d'oreille. Ce qui avait assuré leur succès avait été (selon Günther) que son quasi-frère entendait tantôt mal, tantôt pas du tout :

— Un émissaire spécial dédié aux potentielles irrégularités en Tunisie, donc. Qui est contre, en dehors du président Aleko, bien sûr ? demanda le président du Malawi quand on évoqua le cas dramatique d'un marchand de Sidi Bouzid qui s'était immolé par le feu pour protester contre la saisie arbitraire de sa charrette de légumes.

— Nudisme ? s'étonna Aleko.

— Tunisie, bon sang, corrigea le président. Vous votez pour ou contre, Aleko ?

Le président condorien ne répondit pas.

— Aleko ?

— Oui, qu'est-ce qu'il y a ?

Et ainsi de suite. Pendant deux jours.

Mais cette fois ? Günther trouvait important d'innover, ne serait-ce que par fierté. L'idée du président montrant la lune à l'assemblée lui plaisait, mais il lui manquait une entrée en matière. Il ne pouvait pas baisser son pantalon juste comme ça. À moins que ?

En attendant que l'inspiration lui vienne, Günther inscrivit au dernier moment le président comme orateur pour cette session. Restait à savoir de quoi il parlerait. Dans le cas où la proposition sur le derrière serait abandonnée en cours de route.

49

Lundi 26 septembre 2011

Dans l'intervalle entre la seizième session ordinaire et la dix-septième, la conférence de l'Union africaine casa une session extraordinaire fin septembre 2011. À l'ordre du jour figuraient la Libye et la question climatique. Et la crise économique mondiale.

Cinquante-cinq chefs d'État et de gouvernement d'Afrique y prirent part, accompagnés de leurs gratte-papier. Ainsi que le secrétaire général de l'ONU et le président des États-Unis, avec leurs équipes.

La session se tenait à Addis-Abeba, en Éthiopie.

Le siège de l'assemblée, un bâtiment de 99,9 mètres de haut, était si récent qu'on n'avait même pas eu le temps de l'inaugurer. Il avait été érigé grâce à la généreuse contribution du gouvernement chinois – et en partie par de la main-d'œuvre chinoise. Dans la précipitation, quelqu'un avait malencontreusement laissé sur place un système d'écoute clandestine de pointe. Ou plutôt trois : dans les murs, dans les meubles de manufacture chinoise et dans le système informatique lui-même. Tout ce qui se disait ou s'écrivait était transféré chaque nuit à un serveur à Shanghai. Cet espionnage ne fut découvert que quand la cellule informatique du siège identifia une saturation de réseau répétée entre 2 heures et 4 heures du matin, que ne pouvait expliquer le seul visionnage de films pornos par le gardien de nuit. Il est vrai qu'il en regardait en continu, mais pas 225 à la fois.

La révélation avait été publiée dans *Le Monde*. On soupçonna les bienfaiteurs chinois. Ils furent profondément indignés, puis vexés quand le gouvernement éthiopien refusa poliment leur offre de reconfigurer le système informatique à leurs frais.

Mur à mur avec le siège de l'Union se trouve le Grand Hôtel de l'Union africaine, dont la clientèle se compose principalement de potentats. Quand le secrétaire général de l'ONU y descend, on met à sa disposition la suite continentale. Quand le président des États-Unis fait grâce de sa présence, on lui réserve tout un étage. La sécurité est maximale, du voisinage immédiat jusqu'à l'entrée, au lobby, aux restaurants. Aucun des meubles ne vient de Chine.

Pendant les deux jours de session extraordinaire, seule une personne en possession de la bonne accréditation (par exemple, un ministre africain des Affaires étrangères) pouvait s'approcher des ascenseurs, y entrer et hocher solennellement la tête à l'intention du groom.

Si cette personne répondait « Seizième, s'il vous plaît » quand ledit groom s'enquérait de l'étage souhaité, cela exigeait un peu plus. Quand les portes de l'ascenseur s'ouvraient, il fallait parlementer avec une femme et un homme des services secrets.

— De quoi s'agit-il ? Qui venez-vous voir ?

— Je cherche Obrama, dit Johan. C'est le président des États-Unis.

Après les réunions avec Angela Merkel, Ban Ki-moon et Donald Tusk au début du mois, le président américain eut le temps de repasser chez lui avant de retourner à Londres pour un entretien avec le jeune Premier ministre David Cameron, qui lui raconta en chuchotant presque qu'il envisageait d'organiser un référendum sur la question de l'appartenance à l'UE. Il planifiait ainsi de mettre des bâtons dans les roues au populiste UKIP.

— Mieux vaut prévenir que guérir, ajouta-t-il avec un sourire.

Obama acquiesça. Il pensait aussi que cette mesure proactive devrait fermer les plus grands clapets. L'UKIP avait fait 3 % et quelques aux dernières élections. Il était ridicule qu'on l'autorise à définir un quelconque ordre du jour.

Avantage non négligeable de cette entrevue à Downing Street, le décalage horaire était insignifiant entre Londres et Addis-Abeba, épargnant au président américain un chamboulement supplémentaire de son horloge interne. Voilà pourquoi son humeur était excellente. Pourtant, il n'était pas sûr de savoir combien de temps durerait la session extraordinaire. Il venait de voir que cet emmerdeur de président condorien s'était ajouté en dernière minute à la liste des orateurs du lendemain.

On frappa à la porte du bureau où le président se préparait. Les services secrets avaient consulté le chef du staff présidentiel, qui approcha enfin son propre patron.

— Oui, Bill ?

William Daley paraissait soucieux.

— Vous avez de la visite, monsieur le président.

— Vraiment ? Qui est-ce ?

— Le ministre des Affaires étrangères des Condors.

— Hors de question ! s'écria Obama.

— Il dit qu'il s'appelle Johan Löwenhult et qu'il est venu vous offrir 4 kilos de « Väster-bottens-ost », j'ai un doute sur la prononciation. En tout cas, les services secrets ont sécurisé le fromage, vous ne courez aucun danger.

À la surprise du chef du staff, le président sourit jusqu'aux oreilles.

— Le visiteur est aussi inoffensif que le fromage, dit Obama. Johan Löwenhult et lui sont tous deux les bienvenus. Mais tu parlais des Condors et d'un ministre des Affaires étrangères ?

— C'est ainsi que M. Löwenhult s'est présenté.

Obama sourit à nouveau.

— Il te charrie, Bill. Fais-le entrer. Et apporte un couteau à fromage.

— Eh bien, tu sais ce que tu fais, au bout du compte ! lança Johan dès qu'il aperçut le président.

— C'est un plaisir de te revoir, Johan, quelle bonne surprise ! Mais que veux-tu dire ?

— La dernière fois que nous nous sommes vus, tu ne savais pas ce que tu faisais. Aujourd'hui, tu viens sauver l'environnement et l'économie. C'est du moins ce que j'ai entendu dire.

Obama reconnaissait bien là son ami de l'ambassade suédoise. Le masterchef et génie. Droit au but, dans le mille.

— Nous verrons comment ça se passe. Mais ne me fais pas attendre, je veux absolument goûter ton västerbottensost.

— Pas le mien, le tien. Mais on ne peut pas le manger comme ça, il lui faut un accompagnement.

À ces mots, Johan sortit ses ingrédients de son sac à dos passé au scan.

Le président équato-guinéen s'était débrouillé pour porter un nom encore plus long que celui de son pays. Teodoro Obiang Nguema Mbasogo était aussi irrité que les autres dirigeants du continent par son homologue condorien Aleko. En outre, le Trou du cul s'était inscrit comme orateur pour la session extraordinaire. Le président de l'UA avait beau le souhaiter ardemment, il n'avait pas le droit de l'en empêcher, les règles de la conférence y veillaient. C'était un peu plus facile dans son pays, où Teodoro Obiang faisait un peu comme cela lui chantait depuis qu'il avait destitué son cinglé d'oncle par un coup d'État, trente-deux ans plus tôt.

Chaque chef d'État avait droit à vingt minutes à la tribune d'orateur. *Pas une minute de plus pour Aleko*, songea le président, qui n'avait aucune intention de se soumettre à cette règle lors de son propre discours de bienvenue.

Il mit quarante-sept minutes à débiter son texte sur les liens d'amitié, les efforts conjugués, la concentration et la lumière au bout du tunnel. Les seuls sujets qu'il n'eut pas le temps de mentionner furent le climat, l'économie mondiale et la corruption.

Assis au premier rang, le président américain Obama pensait à autre chose. Notamment au saumon, aux queues d'écrevisses et au västerbottensost. Quatorze rangs derrière lui, le président condorien Aleko somnolait. Il avait encore vingt heures devant lui avant son intervention et, éventuellement, son exhibition. Il ne savait pas encore quelle direction prendrait sa prestation cette année, mais il avait une confiance absolue en son meilleur ami, quasi-frère et chef de la police.

Günther avait promis de lui envoyer son discours par e-mail à temps pour sa prise de parole, et il tenait toujours ses promesses.

50

Lundi 26 septembre 2011

Agnes prenait sa tâche de ministre de la Santé au sérieux. Elle réalisait des progrès depuis le premier jour, ce qui n'avait rien d'étonnant. Une aggravation de l'état pitoyable du système de santé était techniquement impossible.

Après la démolition initiale, les choses avancèrent bien trop lentement au goût de la vieille dame, qui avait grandi dans une bourgade parfaitement immobile. Elle bénéficiait au moins d'un budget raisonnable depuis que le président avait accepté de renoncer temporairement à une partie de ses pourcentages du PNB. Mais les différents bâtiments poussaient lentement, pour ceux qui avaient vraiment commencé (après seulement quelques semaines, mais tout de même). La ministre déterminée fit planter à côté du chantier huit tentes où son personnel soignant put démarrer des soins, grâce à une unité électrique fonctionnant au diesel.

La vie valait vraiment la peine d'être vécue, mais les voyages avec Travelling Eklund manquaient à Agnes. Le soir, en guise d'autothérapie, elle se distrayait avec son programme de traitement des images. Elle y construisit son hôpital idéal intégré à une résidence pour personnes âgées digne de ce nom. Sur sa lancée, elle ajouta une école dans chaque vallée, un nouvel aéroport et une Bourse. Elle conçut un centre commercial avant de démolir la majeure partie du centre de la capitale et de tout reconstruire. Les frais excédaient plusieurs fois les ressources cumulées de la nation. À quoi bon lésiner quand tous ces travaux n'étaient que virtuels ?

Le chef de la police Günther avait de bonnes raisons de se rendre au palais présidentiel au moins trois fois par semaine en compagnie de sa fille. C'était là que vivait Pocahontas, son poney. Pendant qu'Angelika l'ignorait au profit de son cheval et du moniteur d'équitation, son père aimait s'asseoir à côté d'Agnes. Il n'appréciait pas autant la compagnie de la prophétesse de l'apocalypse qui, jour après jour, s'isolait sous le même parasol avec son équation. À en juger par ses mimiques et grommellements, elle avançait.

— On dirait qu'elle se rapproche de la date du Jugement dernier, lança Günther à Agnes.

— J'espère que la fin du monde arrivera avant le résultat, répliqua la ministre de la Santé. Je ne supporterai pas un nouveau décompte.

— Qu'est-ce que c'est que ça ? demanda Günther en apercevant les créations virtuelles de la vieille dame aux cheveux violets.

Agnes lui expliqua. Le pays pourrait ressembler à cela dans vingt ou trente ans si le président ne serrait pas trop les cordons de la bourse. Malheureusement, il ne les lâchait pas.

L'ami d'Aleko eut soudain une illumination.

Dans quelques heures au plus tard, il était censé envoyer au président une ébauche de discours pour la conférence. Jusqu'ici, la rédaction avançait lentement. Ce postérieur dénudé le poursuivait, mais il ne savait comment préparer le geste. Tôt ou tard, le président devrait remonter son pantalon, et s'ils choisissaient le mauvais moment, cela pourrait être interprété comme une forme de capitulation.

Il tenait la solution : les fantastiques horizons imaginés par la ministre de la Santé ! L'aménagement était sans doute extravagant, mais présentait une sélection d'infrastructures convenable. Günther comprit soudain comment Aleko pourrait causer la pagaille à la conférence – une nouvelle fois !

Il téléphona immédiatement à son frère d'armes. Aleko, voyant le nom de Günther s'afficher, demanda immédiatement :

— Tu as trouvé ?

Günther répondit :

— Quelle est la pire chose qu'aient vue au moins 10 des porcs de la conférence ?

— Le sida ?

— Non. Les élections libres et démocratiques.

Bien sûr ! Günther avait raison. Il y avait désormais des médicaments pour freiner l'évolution du sida. Mais des élections présidentielles honnêtes, cela signifiait un départ à la retraite pour une bonne partie de ceux qu'ils cherchaient à enquiquiner. Cependant, où Günther voulait-il en venir ? Puisque eux-mêmes pensaient, tout comme les porcs, qu'il ne fallait pas pousser la démocratie trop loin… ?

Günther et lui étaient bien d'accord. Mais les membres de l'Union africaine, eux, n'en savaient rien.

51

Mardi 27 septembre 2011

Le président de l'Union africaine avait fait un mauvais calcul en plaçant Aleko en dernier sur la liste des orateurs. Il espérait que la plupart des participants seraient déjà sur la route du retour et que le Trou du cul s'adresserait à des sièges vides. Mais tout le monde resta jusqu'au bout. D'abord parce que les deux invités d'honneur étaient encore présents, mais surtout parce qu'on se demandait avec une grande curiosité ce que le Trou du cul allait encore bien pouvoir inventer. Compte tenu de la présence du secrétaire général de l'ONU et du président américain, ça risquait fort d'être la honte du siècle pour l'Afrique tout entière.

Une hôtesse connecta l'ordinateur portable d'Aleko à l'écran géant. Apparemment, il comptait illustrer ses délires.

— Estimés membres de la conférence, attaqua-t-il. Estimés invités d'honneur.

Il ne s'était pas encore couvert de ridicule, mais les choses sérieuses commençaient maintenant.

Aleko ouvrit une première image.

— Voici la vision que se fait notre architecte de notre futur centre de soins et résidence pour seniors. Il n'est pas encore achevé, mais il est prévu qu'il accueille 2 000 patients et 500 résidents permanents.

Le bâtiment se dressait juste au bord de l'eau. Agnes avait mis toute sa dextérité dans les détails.

— L'institution est cependant déjà établie. Médecins, infirmiers, thérapeutes, psychologues – le tout selon une organisation bien huilée et efficace. Alors que nous attendons encore la fin des travaux, nous avons vu au cours des douze derniers mois de remarquables résultats médicaux.

Aleko changea d'image.

— Et voici un exemple d'une de nos futures écoles villageoises. Quand le système d'enseignement primaire sera achevé, il y en aura une dans chaque vallée, pour atteindre un total de 18 établissements. L'éducation est l'avenir ! C'est ainsi que nous bâtirons des Condors fortes pour les générations futures.

Sans se référer aux slides restantes, Aleko égrena une série d'autres projets en construction : université, centre commercial, centre de traitement des eaux…

— … car qu'y a-t-il de plus important que la sauvegarde de notre nature ?

Aleko sentit qu'il n'avait pas encore assez secoué l'assemblée. Les propositions de Günther évoquaient un avenir trop lointain. N'importe qui pouvait être visionnaire. Aussi ajouta-t-il un petit bonus quand les deux dernières images apparurent à l'écran.

— Notre fière nation est également sur le point de développer une place financière, en dépit de notre position assez isolée dans l'océan Indien.

Puis il ajouta, à tout hasard, que la première Bourse du pays était quasi achevée.

— Et ceci, estimés membres et invités d'honneur, est le nouvel aéroport des Condors, Aleko International. Récemment inauguré ! En tant que nation insulaire isolée, nous dépendons principalement, comme vous le savez, de la navigation aérienne. Et nous souhaitons que tous nos visiteurs soient chaleureusement accueillis.

Ces derniers mots firent mouche. La Bourse et l'aéroport le plus moderne du continent ne pouvaient être réduits à des rêves ou des délires ! Aleko entendit un murmure courir parmi les participants. Après cette digression, il revint à ses notes. C'était le moment de l'apothéose :

— Estimés membres et invités d'honneur, je constate votre étonnement. Comment les petites Condors ont-elles les moyens de réaliser tout cela ? La réponse est l'anti-corruption.

Le dernier boniment de Günther alla droit au but. Toute la salle resta bouche bée.

— Précisément ! Ce que vous venez de voir et d'entendre sera le résultat de mes sincères efforts contre les dessous-de-table, les abus de pouvoir, les liens frauduleux entre fonctionnaires et criminels, et les échanges commerciaux non taxés, afin que la société entière bénéficie de services qui devraient être gratuits. En un an, les Condors ont triplé leur produit national brut grâce à une politique de tolérance zéro envers la corruption. Pendant la même période, l'alphabétisation de la population a augmenté de 20 %, et l'âge moyen de 18 %. La mortalité infantile a été divisée par deux.

Courte pause artistique à la tribune de l'orateur, puis :

— Et ce n'est que le début.

Teodoro Obiang Nguema Mbasogo regarda l'heure. Le Trou du cul prononçait un discours absolument catastrophique et il avait encore quatorze minutes devant lui. Serait-il possible de payer quelqu'un pour couper le courant ?

— La corruption, estimés membres et invités d'honneur, est le cancer du continent – et du monde. La République démocratique des Condors est prête à prendre le commandement de la lutte contre ce qui est peut-être la pire maladie de l'humanité. Si la conférence le souhaite, bien sûr. Elle n'a pas toujours témoigné une confiance démesurée en nous et nos ambitions.

Sept participants se tortillèrent sur leur siège. Au moins trois autres auraient dû être mal à l'aise. Quelques auditeurs épars acquiescèrent. Tous percevaient la puissance explosive du discours de l'ancien Trou du cul devant deux des hommes les plus influents du monde.

Le président Aleko ouvrit le bras et invita Johan à le rejoindre sur scène.

— Permettez-moi de vous présenter notre ministre des Affaires étrangères, Johan Löwenhult. Je ne mens pas en disant qu'il est le cerveau derrière le développement hors du commun des Condors.

Johan laissa son père raconter des bobards. Il avait promis de jouer le jeu, sans pour autant avoir bien compris toute la situation. Habituel.

Le masterchef était ravi des réactions qu'il observait au premier rang du public – les yeux brillants d'Obrama sans *r*. En revanche, Aleko était d'une pâleur étrange.

— Qu'est-ce qu'il y a, papa ? chuchota Johan. Tu ne te sens pas bien ?

— Je ne sais pas, répondit Aleko.

— Qu'est-ce que tu ne sais pas ?

— Pourquoi j'ai parlé de l'aéroport.

Johan acquiesça, ajoutant qu'il avait été lui-même étonné. Il ignorait combien de temps durait normalement la rénovation d'un aéroport, mais quand on savait que les travaux n'avaient pas commencé quand son père et lui s'étaient envolés la veille, on pouvait s'attendre à ce qu'il y ait encore un peu de boulot.

Johan eut une idée : pourquoi ne pas rappeler les ouvriers du chantier de la Bourse quasi achevée pour qu'ils s'occupent fissa de l'aéroport ?

Bon sang, mais c'est bien sûr. Parce que la Bourse n'existait pas non plus.

L'idée était aussi simple que séduisante. Au lieu de se montrer désagréable en tout point afin d'énerver l'assemblée, Günther avait proposé l'inverse, en s'appuyant sur les images d'Agnes.

Jouer la carte démocratique en face d'Obama et Ban Ki-moon et dépeindre les Condors en nation modèle. Du génie pur !

Du moins jusqu'à ce qu'Aleko s'éloigne de ses fiches et promette un peu plus qu'il ne pouvait accomplir. Voire beaucoup plus.

Le nouveau héros du continent n'eut que quelques secondes pour surmonter sa panique, car lorsque Johan et lui interrompirent leurs messes basses, le président américain s'avança jusqu'à son homologue condorien pour lui serrer la main.

— Toutes mes félicitations pour votre discours édifiant, dit-il avant de se tourner vers Johan. Tu m'as bien eu, sacrée fripouille. Masterchef, génie et ministre des Affaires étrangères ! Pourquoi n'as-tu rien dit quand nous nous sommes rencontrés à Rome ?

Johan continua à jouer le jeu fascinant de son père.

— Nous étions trop occupés à examiner les amuse-bouches, nous n'avons pas eu le temps de développer beaucoup plus.

Le président présenta ses excuses à Johan et Aleko pour ses propos à l'ambassade de Suède. Voilà pourquoi il ne fallait pas croire les rumeurs. Dire que Johan était membre du gouvernement, en plus de son statut d'expert en canapés au saumon, queues d'écrevisses et fromage !

Le ministre des Affaires étrangères était tout aussi stupéfait par le tour qu'avait pris sa carrière. Jamais il n'aurait cru qu'une chose pareille serait un jour possible lorsqu'il avait perdu son chemin après avoir livré son courrier.

Obama se mit à rire. Son homologue, le président Aleko, se joignit à lui. Pendant un instant, il oublia son estomac noué. Rendez-vous compte, il brillait sur l'estrade face à l'Afrique entière. Et CNN.

Puis la situation s'améliora encore. Ou empira, question de point de vue. Ban Ki-moon se joignit au trio pour couvrir d'éloges le président condorien.

— Le discours que vous venez de prononcer donne au monde entier un nouvel espoir.

— Merci, dit Aleko. Nous faisons de notre mieux.

Ban Ki-moon n'était pas quelqu'un de particulièrement spontané, mais il était sensible à l'ambiance autour de lui.

— Entre nous, monsieur le président, j'ai des projets déjà bien avancés pour dynamiser le travail de l'ONU contre la corruption. Je ne peux m'empêcher de penser…

Il laissa durer un peu le suspense.

— … que le rôle de coordinateur serait taillé sur mesure pour votre nouveau ministre des Affaires étrangères.

52

Mardi 27 septembre 2011

La situation eut le temps de s'aggraver encore un peu avant que le président et son fils remontent dans la limousine pour retourner à l'aéroport insolemment récent d'Addis-Abeba. Johan proposa que la Bourse presque achevée accueille le siège du plan anti-corruption renouvelé de l'ONU. Ban Ki-moon acquiesça avec enthousiasme et promit d'envoyer bientôt un assistant pour évaluer les locaux.

— La Bourse n'existe pas, bon sang, dit Aleko à son fils, quand ils furent dans la limousine. Tu y as pensé ?

Johan répondit qu'il pensait rarement autant qu'il devrait. Du moins pas aussi bien.

— Qu'allons-nous faire ?

Le président ne voulait pas jeter l'éponge. Pas encore. La première mesure de la longue liste serait : limiter les dégâts.

Les vingt minutes de trajet donnèrent le temps à Aleko de passer deux appels téléphoniques. Le premier pour s'occuper du problème de la Bourse à la fois presque achevée et inexistante.

Il n'y avait dans tout le pays que deux bâtiments pas totalement délabrés : le palais présidentiel et le bâtiment de l'administration fiscale du centre-ville. Le second pourrait faire l'affaire à condition de rafraîchir l'entrée, changer l'enseigne sur le toit et réaménager l'intérieur. Et d'installer le personnel des Impôts dans d'autres bureaux, bien sûr. Quelques années plus tôt, le directeur du fisc l'avait alerté sur leur besoin de nouveaux locaux. Aleko n'avait écouté que d'une oreille tandis que son visiteur ergotait au sujet de la difficulté à préserver l'éthique fiscale de la population et du nombre d'employés que la mission exigeait. Le président avait tout de même donné son feu vert quand le directeur avait promis que les nouveaux locaux engendreraient une augmentation des recettes au point de s'autofinancer en quelques mois seulement.

Mais la situation avait changé. De la limousine, Aleko ordonna au directeur des impôts de prendre ses cliques et ses claques et de s'installer dans une tente sur un champ aux abords de la capitale. Jusqu'à nouvel ordre.

— Quoi ? s'exclama le directeur, plus bouleversé qu'étonné.

Et pourtant, il était déjà très étonné.

Aleko lui demanda de se calmer. Il n'avait pas besoin de déménager avant la fin de la journée, c'était tout à fait suffisant si les locaux étaient vacants le lendemain après-midi. Le directeur pouvait emprunter des tentes à la ministre de la Santé, qui avait établi un campement entier à côté du chantier de l'hôpital.

— Les médecins arrivent à réaliser des opérations et tout ce qu'on veut dans les tentes, alors elles devraient convenir aussi pour calculer des impôts, n'est-ce pas ?

Le directeur protesta. À la fin de l'année, ses services devraient examiner 110 000 déclarations. Comment le président pensait-il que ses 90 employés les traiteraient dans une tente installée sur un champ ?

Aleko n'avait toutefois pas de temps à consacrer à un directeur d'agence caractériel (avec lequel il n'avait pas de lien de parenté) et lui ordonna d'arrêter de geindre. Et puis, qu'est-ce que c'était que ces bêtises ? Depuis quand les citoyens faisaient-ils eux-mêmes leur déclaration ?

Le directeur du fisc expliqua d'un ton légèrement supérieur :

— Les impôts et déductions sont une affaire complexe. Ils peuvent varier en fonction du nombre de personnes au sein du foyer, de délais de paiement, du montant des revenus… Il est important de tout bien comptabiliser.

— Non, pas du tout, rétorqua Aleko, qui savait peut-être mieux que quiconque ce que des règles fiscales complexes pouvaient infliger à une nation.

Douze minutes avant leur arrivée à l'aéroport d'Addis, le président décida ainsi d'une réforme des impôts exhaustive qui s'appliquerait à partir du lendemain matin à 9 heures. D'un tout autre genre que celles qu'il avait lancées dans l'Union soviétique depuis longtemps défunte.

— Désormais, vous prélevez des impôts à hauteur de la moitié, sur tout.

Le directeur fut stupéfait.

— Mais la taxe sur les entreprises ne s'élève qu'à 7 %. Et la nouvelle allocation familiale est exonérée d'impôts. Et les organisations bénévoles… Et les revenus élevés… C'est beaucoup trop compliqué… Nous ne pouvons pas…

— Les revenus élevés ? Combien y en a-t-il aux Condors ? La moitié, j'ai dit. Vous savez combien ça fait, la moitié d'une chose ? Vous coupez au milieu. Une des deux parties est la moitié. L'autre aussi, d'ailleurs. Faites ce que je dis ! Et licenciez les employés. Votre femme et vous pouvez appliquer vous-mêmes la nouvelle règle. Mais n'oubliez pas de prélever la moitié de leur dernier mois de salaire.

Aleko mit fin à la communication sans perdre de temps en politesses.

Il avait encore du pain sur la planche. La Bourse aurait besoin de montrer une forme d'activité quand le représentant de Ban Ki-moon viendrait l'inspecter. Des négociations financières, par exemple. Le président envisagea de lancer une poignée de sociétés par actions pour qu'elles achètent et vendent des titres entre elles. Avec un peu de chance, cela ferait monter leurs cours. Si c'était bien comme ça que ça fonctionnait…

De simples broutilles. Le deuxième appel téléphonique fut destiné à un cousin de la défunte épouse du président. Le responsable du piteux aéroport des Condors.

— J'ai vu ton discours à la télé, annonça le cousin par alliance.

— Bien. Dans ce cas tu sais déjà que nous avons un problème à résoudre.

Jusqu'ici, le directeur de l'aéroport suivait. Mais que faire ?

— Je n'ai pas encore la solution, admit Aleko. Commence par fermer l'aéroport.

— C'était ce que je craignais. Quelle raison dois-je avancer ?

— Tu peux accuser un oiseau nicheur ou ce que tu veux. Le ministre des Affaires étrangères et moi atterrissons dans une ou deux heures, je veux que tu aies trouvé une explication d'ici là.

Johan, à côté de son président de père, écoutait et tentait d'en prendre de la graine. Il trouvait l'idée de l'agence fiscale plutôt bonne. En revanche, il ne comprenait pas comment ils atterriraient si on fermait Aleko International.

— Il ne sera pas fermé pour *nous*, expliqua patiemment Aleko.

— Et l'oiseau nicheur, alors ?

— J'ai trouvé ! s'écria Petra.

Pendant qu'Aleko et Johan Löwenhult se préparaient à rentrer d'Addis-Abeba – d'où ils avaient astucieusement semé la pagaille dans toute l'Afrique –, la prophétesse avait achevé ses calculs.

— Qu'est-ce que tu as trouvé ? demanda Agnes. La date de la prochaine fin du monde ?

— Oui !

— Fascinant. J'ai le temps d'aller me brosser les dents ?

— Largement.

La déplorable erreur de calcul de Petra s'était produite assez tard dans la longue équation en 64 étapes. Le paramètre s'était répercuté jusqu'au bout, contaminant le reste. Ou, selon les mots de Petra :

— Le taux de variation de la valeur de la fonction est proportionnel à la valeur de la fonction.

En traduction libre, cela signifiait que la Terre ne serait plus détruite le 7 septembre 2011.

— Je l'avais remarqué, dit Agnes. Alors ? Combien de temps j'aurai pour me brosser les dents ?

Petra regarda sa montre afin de lui donner une réponse la plus précise possible.

— 5 ans, 42 jours, 12 heures et 20 minutes. À quelques minutes près.

Agnes avait tout le loisir de se payer la tête de la prophétesse ratée, pourtant elle s'abstint, se remémorant que Petra avait d'autres talents.

Quel âge avait la Terre, déjà ? Agnes fit une recherche sur sa tablette.

Les résultats variaient en fonction de si on mêlait Dieu à l'analyse, mais l'estimation qu'Agnes jugeait la plus crédible était 4,5 milliards d'années. C'était nettement plus que les 75 ans dont elle-même se flattait. En comparaison, les années qui lui restaient n'étaient même pas chiffrables. Petra, dans ses élucubrations, n'avait réussi qu'à rappeler à Agnes que tout s'arrête irrévocablement tôt ou tard, peu importe qui succomberait en premier : elle seule ou l'humanité tout entière.

Il s'agissait donc de vivre pleinement tant qu'elle en avait l'occasion. Elle n'avait jamais pensé un seul instant avoir commis une erreur en s'asseyant au volant du camping-car pour une destination inconnue, mais elle n'assimilait que maintenant combien cette occasion avait été unique. Et qu'elle n'hésiterait pas une seconde si d'autres camping-cars croisaient son chemin.

Petra, quant à elle, était absolument ravie de son nouveau calcul. Primo, il était scientifiquement solide comme le roc ; secundo, elle n'avait pas aimé être l'oiseau de mauvais augure qui rappelait sans cesse que la fête serait bientôt finie.

Car ça l'était, maintenant. Une fête. Depuis l'instant où elle avait été poussée dans une pente par le sympathique masterchef. À présent, elle attendait avec impatience le retour de son ami et de son père d'Addis-Abeba afin de leur annoncer qu'ils avaient encore un bon bout de temps devant eux.

Dans un moment de fol enthousiasme, elle envoya même un message aguicheur à Malte sur Facebook. Rien n'était plus pareil, maintenant qu'ils avaient cinq ans devant eux. Dire que lorsque Malte avait avoué qu'elle avait été son premier quelque chose, il leur restait moins de deux semaines…

Bien le bonjour d'une île perdue dans l'océan. Tout se passe bien avec Vicky ? Elle se peint encore les ongles ? Dis-lui de ma part qu'elle devrait changer de vernis, il ne va pas bien avec sa couleur de cheveux. Ou laisse tomber, tout compte fait. J'écris pour te dire que je prends grand soin de ta batte de base-ball.

Bisous de la part de ton premier quelque chose.

Le détail sur la batte de base-ball était faux, elle était restée dans le camping-car devant l'aéroport de Rome. Mais quelle ne fut pas la surprise de Petra de recevoir aussitôt une réponse ! Malte écrivait qu'il serait ravi de récupérer l'accessoire un jour. À condition qu'elle le restitue en personne, sinon ça n'avait pas d'importance.

Et il terminait par un cœur !

Avait-il plaqué Victoria ?

Agnes interrompit les rêveries sentimentales de la prophétesse pour lui demander ce qu'elles allaient faire de ces cinq ans et quarante-deux jours. Elle suggérait de commencer par ouvrir une bouteille de vin. Petra trouva l'idée bonne, mais elle pouvait être encore améliorée.

— Nous venons de bénéficier d'une grâce de cinq ans. Ça vaut bien du champagne.

Agnes était enchantée que cette nouvelle apocalypse leur offre un répit. Cela donnerait à tout le monde le temps de parler d'autre chose. Mais d'abord, champagne !

Elle aperçut l'employé qui entretenait la piscine. Massode. Ou bien Mohadji.

— Maître d'hôtel ! Pourrions-nous avoir une bouteille de champagne, s'il vous plaît ? Merci. Ou plutôt deux, en fait.

— Et des fraises, ajouta Petra.

53

Mardi 27 septembre 2011

Le vol 884 d'Aleko Airlines en provenance d'Addis-Abeba aurait dû décoller à 18 h 40, mais il attendit deux passagers retardataires. C'est souvent ce qui se passe quand l'un des voyageurs porte le même nom que la compagnie aérienne, et que l'autre est son fils. On les attend.

Puis, au moment où l'embarquement devait commencer, les écrans de l'aéroport affichèrent soudain que le vol était annulé. Sans plus d'explication.

Aleko était satisfait de voir que son cousin par alliance n'avait pas traîné. De surcroît, il l'informa par SMS qu'il avait affrété un jet privé pour le président et le ministre. Ainsi, ils n'auraient que le commandant de bord, le pilote et une hôtesse à soudoyer pour leur silence – contrairement à un vol régulier comptant 80 passagers et l'équipage au grand complet. Car il suffisait d'approcher d'Aleko International pour constater que l'aéroport était toujours aussi délabré : une piste d'atterrissage en terre battue, un terminal décrépit et un contrôle de sécurité qui n'aurait pas repéré un char d'assaut à 5 mètres.

Mais Aleko se répéta que ce n'était pas le moment de baisser les bras. Pas encore. Il avait goûté au sentiment de ne pas être un trou du cul, et il comptait s'y cramponner le plus longtemps possible.

Günther et le directeur de l'aéroport attendaient le père et le fils à Aleko International.

— Bon retour parmi nous, dit Günther. Vous êtes les héros de toute l'Afrique et de la moitié de la planète ! Tout le monde parle des Condors. Mais c'est fou ce que tu en as rajouté.

— Je sais, consentit Aleko.

Le chef de la police savait quoi faire. Il avait sous le bras une mallette remplie de dollars destinés à l'équipage, ainsi qu'une promesse de damnation éternelle si jamais ils disaient quoi que ce soit à qui que ce soit sur l'état de l'aéroport.

— Vous avez compris ? Bien. Dans ce cas, vous pouvez rentrer chez vous. Attention aux nids-de-poule sur la piste. On a vite fait de crever un pneu.

Ensuite, Günther annonça que toutes les routes étaient barrées dans un rayon de 2 kilomètres autour de l'aéroport, aéroport qu'aucun Condorien ne devait plus voir ni mentionner désormais. Cela lui semblait plus simple que de rechercher les 50 ou 60 personnes qui possédaient le téléphone et, de façon purement théorique, risquaient d'appeler la mauvaise personne pour lui raconter la mauvaise chose.

Son tour venu, le directeur d'Aleko International informa le président qu'il avait dû fermer l'aéroport après la découverte d'un oiseau en voie de disparition, le *Cyanolanius condorensis*, à un bout de la piste.

— Nul ne peut atterrir ni décoller avant la fin de la période de reproduction de l'oiseau, expliqua-t-il d'un ton impérieux.

Le président avait une vision pragmatique des rapports entre l'homme et la nature. Dès que les caisses de l'État le permettraient, il comptait d'ailleurs faire dynamiter le sommet de la troisième plus haute montagne du pays afin de permettre l'exploitation de houille. Les plans avaient fuité lorsqu'il avait envoyé des ingénieurs effectuer des mesures. Un chef de village s'était bientôt présenté devant le président en expliquant qu'il représentait les chèvres des montagnes. Les chèvres et leurs pâturages. Il y avait un truc à propos de pâturages. Aleko ne se souvenait plus de quoi.

Et maintenant, ça. Personne aux Condors ne pouvait se soucier moins que lui du minuscule oiseau bleu et blanc qu'avait pondu le directeur de l'aéroport.

— Tu ne pouvais pas trouver mieux que ce fichu moineau ? ronchonna-t-il, tout en songeant qu'il parlait trop durement, d'autant plus que l'idée était de lui.

— Il est extrêmement rare, insista le directeur de l'aéroport.

Bon, feindre de se soucier des animaux pourrait œuvrer à la construction de son image de marque. Aleko hocha la tête. Inutile de se chamailler avec son cousin par alliance, qui avait fait tout ce qu'il fallait.

— Bon boulot. Très bien, cet oiseau. Il est comestible, au fait ?

Puis il ordonna que l'asphaltage de la piste commence au plus vite : il en avait besoin la semaine suivante.

— Ce sera tout ? ironisa le directeur de l'aéroport.

— Non, il nous faut aussi un nouveau terminal. Je vais t'envoyer une photo.

54

Mardi 27 septembre 2011

Le président Aleko convoqua une réunion de crise au palais dès que Johan et lui arrivèrent. Il avait besoin de toute l'aide qu'il pouvait obtenir de Günther, Johan, Agnes et Petra. Il ne s'attendait pas à trouver les deux femmes égayées par le champagne.

— Cinq ans ! s'écria Petra lorsqu'elle aperçut les trois hommes.

— Jusqu'à la fin du monde ? demanda le président. J'aurais préféré cinq minutes.

Il leur expliqua la gravité de la situation. Dans l'immédiat, ils avaient besoin d'un nouvel aéroport, terminal compris. À court terme, il faudrait rafraîchir et rebaptiser l'agence fiscale de la capitale. À un peu plus long terme, pour préserver la réputation présidentielle, Agnes devait achever son complexe hospitalier, quelqu'un serait chargé de construire huit écoles et une dernière personne, une université entière.

Agnes répondit que sans vouloir remuer le couteau dans la plaie, il ne fallait pas oublier d'y ajouter quelques petites choses comme des enseignants, du matériel pédagogique, des maîtres de conférences et un ou deux professeurs. Difficulté supplémentaire, la majorité des étudiants potentiels ne savait pas encore lire.

— Il y a des livres d'images, dit Johan. Mais ce n'est sans doute pas pareil ?

Aleko grommela qu'apprendre vite aux gens à lire n'était qu'une bêtise.

— Il n'y a que des conneries dans les journaux, de toute façon. Sauf dans ceux que je contrôle. C'est-à-dire tous, maintenant que j'y pense.

Une rapide estimation révéla que les caisses de l'État condorien avaient besoin d'un renflouage de 400 millions de dollars. La situation était plutôt désespérée. À ce constat, Aleko lança en plaisantant qu'il aimerait bien que l'apocalypse se dépêche.

— Il n'y aurait pas moyen de faire de l'argent là-dessus, au fait ?

— Ça ne serait pas volé, vu le temps que j'y ai passé, murmura Petra d'un ton qu'Agnes ne lui avait jamais entendu auparavant.

Avait-elle pris la question au sérieux ?

Non seulement la prophétesse avait pris la question au sérieux, mais elle se l'était déjà posée plusieurs fois.

Neuf ans de travail bénévole. Pas le moindre remerciement. L'Académie royale des sciences n'avait même pas daigné la recevoir pour lui permettre d'expliquer ce qui allait se produire. Non, on lui avait envoyé le concierge, comme si elle était un vulgaire charlatan.

Petra ne pouvait dissimuler ses sombres pensées. Agnes s'abstint soigneusement de faire observer que « charlatan » était peut-être le bon terme après tout, car la prophétesse n'en avait pas fini.

— J'ai réfléchi.

— Pas moi, dit Johan.

— Raconte-nous, l'encouragea Agnes.

Petra se tourna vers Aleko.

— Que dirais-tu si j'affirmais que la Terre va être anéantie dans trois semaines ?

— Ce n'était pas cinq ans, il y a un instant ?

— On s'en fout, j'essaie d'être pédagogue, là. Réponds juste à ma question, s'il te plaît.

Aleko n'eut pas d'autre choix que de jouer le jeu.

— Dans ce cas, je répondrais sans doute que je ne te crois pas.

— Et si je te présentais une équation avancée en 64 étapes qui apporte la preuve incontestable ?

Aleko réfléchit un instant.

— Alors j'ajouterais sans doute que je ne te crois pas et que ton équation est incompréhensible.

La prophétesse acquiesça, satisfaite.

— Tu veux gagner 100 dollars ? lança-t-elle.

Cent dollars ? C'était plutôt 400 millions qu'il fallait à Aleko, mais soit.

— J'aimerais bien.

— Parfait. On parie ? Si tu me files 100 dollars, je t'en rends 200 dans trois semaines si la Terre tourne encore.

— Qu'est-ce que tu as dit ?

Agnes commençait à voir où Petra voulait en venir. Elle expliqua au président qu'ils tenaient une solution gagnant-gagnant sur toute la ligne. Soit il récupérait le double de sa mise, soit la Terre était détruite et il n'aurait que faire de 100 dollars de plus ou de moins.

Petra acquiesça. La dame aux cheveux violets avait la tête sur les épaules. Tout ce dont ils avaient besoin, c'était un messager crédible pour diffuser l'équation, de préférence un émissaire qui ne soit pas elle, étant donné qu'elle ne voulait pas passer le restant de ses jours en prison.

— Pour 100 dollars ? dit Aleko.

— Fois quelques millions.

Quand la somme d'argent potentielle atteignit de telles proportions, Aleko parvint à nouveau à suivre. Mais pourquoi devrait-il avoir confiance en ce messager « crédible » ? Et qui chargeraient-ils de recueillir l'argent pour le faire disparaître ?

Petra y avait déjà réfléchi.

— Outre cet intermédiaire, nous avons besoin d'une banque sans scrupule aux Condors.

— J'ai ça.

— Qui la dirige ? se renseigna Agnes. Un cousin ? Un demi-frère ?

— Un cousin éloigné de ma femme. Il fera ce que je lui dis. Comme tous les autres.

— Ensuite, il nous faut une banque en Suisse, poursuivit la prophétesse. Pour des raisons de crédibilité. Agnes a un amoureux là-bas.

La dame aux cheveux violets s'empourpra. Ce n'était pas entièrement faux. Elle correspondait avec l'élégant et sympathique Herbert von Toll depuis le jour de leur rencontre à Zurich. Mieux valait changer de sujet.

— Si nous voulons toucher un large public, il nous faudra aussi une personne qui s'y connaisse en réseaux sociaux, compléta-t-elle. Que nous n'aurons pas besoin de chercher. Je suis juste ici.

— Et ensuite, nous aurons besoin d'un bouc émissaire, conclut Petra.

— Un bouc émissaire ? s'étonna Johan.

La prophétesse ne voulait pas perdre le fil de son exposé.

— Je t'expliquerai plus tard, Johan.

À la perspective de recettes significatives dans un avenir proche, Aleko se sentit revivre. Le plus futé de ses cousins par alliance allait lancer d'ici quelques jours l'asphaltage de la piste d'atterrissage.

Restait la question du terminal. Un tragique incendie pourrait faire l'affaire, décida Aleko. Qui l'aiderait à s'assurer que le hall de départs et d'arrivées brûle de fond en comble avant même sa mise en service ? Du jour au lendemain, le trou du cul élevé au titre d'espoir de l'Afrique deviendrait l'objet de la compassion du monde entier. Le tout amplifié par les images de la télé condorienne montrant un président au bord des larmes au milieu des cendres de son bel aéroport. Avec dans la poche les millions que promettaient Agnes et Petra, il pourrait reconstruire le terminal en toute tranquillité. Ou plutôt le construire tout court.

Par miracle, tout allait s'arranger.

Du moins Aleko le croyait-il.

55

Le cauchemar du troisième secrétaire

Tandis qu'Agnes, Aleko et Petra peaufinaient leur plan pour s'assurer un avenir radieux, Johan se débattait avec Malik dans la cuisine du palais présidentiel. À ce stade, le cuisinier connaissait deux mots suédois. Saumon. Et västerbottensost.

Pendant ce temps, l'ambassadeur Ronny Guldén convoquait Fredrik Löwenhult à sa résidence à Rome pour un entretien privé.

Le troisième secrétaire estimait que les choses n'allaient pas trop mal, quelques semaines après la catastrophe à l'ambassade avec le deuxième secrétaire de Finlande, le président Obama et son imbécile de frère Johan. Le temps guérissait toutes les blessures, après tout.

Et aujourd'hui, il tenait une opportunité. La première secrétaire Björkander était mutée à Pékin. La logique voulait que la deuxième secrétaire monte d'un grade, et Fredrik à sa suite.

Mais Hanna Wester n'était pas bien dégourdie. En outre, Fredrik avait pris certaines mesures pour l'empêcher de briller plus que lui. Pas grand-chose, des broutilles par-ci par-là. Cacher sa perforatrice à la moindre occasion, déplacer ses stylos et divers accessoires. Tandis que les autres planchaient déjà sur leur travail de la journée, Hanna Wester inspectait les couloirs. Elle n'osait pas demander si quelqu'un avait vu ses affaires disparues, craignant de paraître négligente. Du coup, elle paraissait simplement paresseuse.

La chose serait pour le moins inhabituelle, mais il arrivait parfois qu'un troisième secrétaire double son supérieur direct. Les prochaines minutes seraient l'instant de vérité. Fredrik se jura de ne pas montrer sa déception si Hanna conservait tout de même son rang dans la hiérarchie.

— Je suis content que tu aies pu venir.

— Bien entendu, monsieur l'ambassadeur.

— Notre première secrétaire Birgitta Björkander va nous quitter pour prendre ses fonctions à Pékin.

— J'en ai entendu parler.

— Cela signifie qu'il y aura une place vacante ici, à Rome.

— C'est ce que j'ai compris.

— Je crois que je tiens le nom de celui qui comblera cette absence, mais je voudrais d'abord avoir ton avis.

C'était un *celui*, pas une *celle*. Au revoir, Hanna Wester.

— Tu crois que ton frère Johan accepterait un poste aussi humble que celui de premier secrétaire, si je le lui proposais ?

Fredrik ressentit le pire choc de toute sa vie. Il avait raté les informations d'Addis-Abeba la veille.

— Johan ?

L'ambassadeur baissa la voix, d'un air de connivence.

— Je sais ce que tu penses. Que vais-je faire de Hanna ? Mais, entre nous, elle est encore presque aussi novice que toi.

Presque aussi novice ? Fredrik ressentit un choc encore plus grand que celui qui semblait le pire de sa vie un instant plus tôt.

— Je… je ne sais pas quoi vous répondre.

L'ambassadeur n'avait pas fini. Le reportage de CNN était une succession de louanges à l'égard de Johan. Fredrik n'avait-il pas appris ce que son frère aîné avait accompli ?

— Frère cadet, corrigea Fredrik.

— Oui, bien sûr. Mais obtenir l'oreille d'Aleko, soulever toute une nation… la plus petite nation d'Afrique, certes, mais tout de même. La corruption est après tout la plaie du continent, du monde entier ! On ne pourra jamais assez remercier Johan pour sa contribution.

— Je… je ne sais pas quoi répondre.

N'avait-il pas déjà dit cela ?

— Réponds-moi sincèrement. Personne ne connaît ton frère mieux que toi. Crois-tu sa loyauté envers la Suède assez grande pour accepter une régression de poste ?

Fredrik ignorait comment il avait survécu à l'entretien avec l'ambassadeur. L'homme le plus débile de l'univers était sur le point de détruire sa carrière avant qu'elle ait vraiment décollé. Johan ne connaissait pas la différence entre continent et incontinence, l'Amérique et l'Afrique, n'aurait pu situer l'Allemagne sur une carte d'Europe centrale – et pourtant il était le préféré de leur mère ! Une seconde avant de les quitter, c'était la main du Nigaud qu'elle avait saisie, pas celle de Fredrik. Son dernier mot avait été « Johan ». À présent, son chouchou allait devenir le héros de la diplomatie du monde entier. Aux dépens de Fredrik.

La vraie nature de Johan devait être révélée. De toute urgence. Pour deux raisons. La première, c'était la carrière de Fredrik. La seconde était que Johan allait finir par le rendre dingue.

Le troisième secrétaire inventa une histoire, prétextant que son fantastique papa, le célèbre ambassadeur, était tombé gravement malade. Y avait-il une chance que Fredrik puisse prendre quelques jours de congé pour filer à Montevideo lui faire ses adieux ?

Bien sûr ! L'ambassadeur Guldén accorda immédiatement une semaine de congé à son troisième secrétaire, et le pria de transmettre à son ancien patron ses chaleureuses salutations, s'il était encore réceptif. En sortant, Fredrik voulait-il bien dire à Hanna de se charger de la photocopieuse, pour que l'activité de l'ambassade ne s'arrête pas complètement ?

Fredrik n'avait aucun plan précis, mais plutôt une idée fixe. Officiellement, il était en route pour l'Uruguay, où résidait son père soi-disant mourant. En réalité, il se dirigeait vers les Condors, fébrile. Il était certain qu'une fois sur place une idée lui viendrait, peu importe de quel ordre. Dès que la vraie nature de Johan serait révélée, tout reviendrait à la normale.

Pendant le vol pour Mombasa, le frère de Johan visionna encore et encore l'extrait télévisé d'Addis-Abeba. Le discours du président condorien. Johan le rejoignant sur scène. La conversation bon enfant entre son frère cadet et deux des hommes les plus puissants du monde. De quoi avaient-ils parlé ? Comment était-il possible que le président américain et le secrétaire général ne comprennent pas ?

Quelque chose clochait, ou peut-être tout ! Ce crétin fini s'était rapproché du président le plus corrompu au monde dans le pays le plus merdique du monde, et voilà que ledit crétin aller coordonner les efforts de l'ONU contre la corruption !

Les gens refusaient de comprendre que Johan avait le quotient intellectuel d'une perche commune. Mais « le miracle condorien » ? Les perches nageaient sans but dans l'eau, mangeant du plancton, des larves d'insectes et de petits poissons. Elles étaient incapables d'une pensée intelligente. Et elles n'accomplissaient pas de miracles.

Fredrik s'était autoassigné la mission de découvrir le ou les problèmes. Cela exigeait d'aller fouiller sur place. Faisaient-ils trimer des esclaves sur le chantier ? Les images étaient-elles seulement authentiques ?

Il ne lui restait plus qu'une dernière correspondance à Mombasa quand il apprit que son vol était annulé. Comment ça, le précédent aussi ? Et celui d'après ? Mais il devait se rendre aux Condors ! Comment ça, « impossible » ?

56

Un président soucieux

Aleko était passé maître dans l'art de communiquer avec l'Afrique. Il suffisait de confier les thèmes qui l'arrangeaient à la responsable de la télévision et directrice des programmes Fariba, la sœur jumelle de sa défunte épouse. Contrairement à celle-ci, Fariba écoutait tout ce qu'Aleko lui disait.

La grande nouvelle du moment était la brusque fermeture de l'aéroport. Fariba décrivit l'oiseau d'une rare beauté, menacé d'extinction, dont on avait découvert le nid aux abords de la piste d'atterrissage. Or – comme l'avait toujours dit le président – rien n'était plus important que la sauvegarde de Mère nature. À présent, la fière Agence nationale de protection de l'environnement analysait la situation du *Cyanolanius condorensis*. Jusqu'à nouvel ordre, tous les vols étaient annulés ainsi que, pour des raisons de sécurité, tous les décollages et atterrissages d'hélicoptères.

— Quiconque entend le chant caractéristique de l'oiseau chrr-crrk-crrk-crrrrk-crk-crk est prié de contacter immédiatement le 122 23 7.

Après ce premier sujet, Fariba se rapprocha aussitôt de son beau-frère. Elle avait diffusé l'information en se conformant en tout point au scénario de Günther. À présent, par simple délicatesse, elle demanda au président s'il voyait un problème dans le fait qu'il n'existait pas d'agence condorienne de protection de l'environnement.

— Qu'est-ce qu'on en ferait ? rétorqua Aleko.

L'information sur l'oiseau se répandit dans le monde entier. Le secrétaire général de l'ONU en personne contacta le président Aleko. Quoiqu'il déplore le report de l'inspection de la Bourse, il félicita le président pour la responsabilité qu'il prenait envers la faune. La préoccupation des Condoriens pour leur archipel était un signal fort pour le monde entier.

Aleko le remercia de sa compréhension à l'égard de l'importance de la diversité biologique. Il ne mentionna pas ses projets d'extraction de houille, plus nécessaire que jamais à présent que la forêt avait été rasée jusqu'au dernier arbre. Il ne fit surtout pas mention du chef de village et porte-parole des chèvres des montagnes condoriennes.

Ban Ki-moon avait encore une demande. Le célèbre acteur hollywoodien George Clooney s'était également engagé dans la lutte mondiale contre la corruption avec sa charmante épouse Amal. M. Clooney venait d'appeler le secrétaire général pour exprimer son souhait d'entrer en contact avec Aleko afin de lui offrir ses louanges et encouragements. Le président autorisait-il le secrétaire général à communiquer son numéro à l'Américain ?

Aleko savait que Clooney avait interprété Batman dans un film de Hollywood quelques années plus tôt. La dernière chose dont ils avaient besoin était d'un parangon de vertu de renommée mondiale dans cette pagaille.

— Non, mais je peux noter son numéro de téléphone, si vous l'avez sous la main ? Je promets d'essayer de lui passer un coup de fil avant l'été.

À présent, si Ban Ki-moon voulait bien l'excuser, le président était très occupé.

Cela faisait beaucoup de choses à gérer à la fois. La question de l'argent n'étant pas des moindres. Et si le projet de service de paris d'Agnes et de Petra ne portait pas ses fruits ? La rénovation de l'aéroport coûterait plus à Aleko que toutes les réformes du chômage cumulées qu'il n'avait jamais entreprises. Ensuite, il y aurait tout le reste.

Combien pouvait-on raisonnablement investir pour sauver la nouvelle réputation du président ? *Beaucoup*, songea Aleko. Il était fatigué d'être un trou du cul, surtout maintenant qu'il avait goûté au contraire et souhaitait bâtir un avenir pour son fils. Que se passerait-il si les caisses de l'État se tarissaient pour de bon ?

Il pourrait toujours imprimer plus d'argent, bien sûr. Mais quelque chose lui disait que cette mesure avait un revers. Même Günther l'avait mis en garde contre cette solution. Son expérience lui avait appris qu'il ne suffisait pas d'imprimer des coupons alimentaires pour mettre la population de son côté. Il fallait avoir la nourriture qui allait avec.

Günther n'aimait pas voir son quasi-frère si soucieux.

— Et si on décidait simplement que la vieille dame et la prophétesse retomberont sur leurs pieds ? De nouveau ?

57

Vendredi 30 septembre 2011

— Est-ce que vous avez des hélicoptères ? demanda Fredrik à l'homme à l'accueil de Mombasa Helicopter Service ltd.

Le propriétaire, pilote et unique employé acquiesça. C'était d'ailleurs pour cela que son entreprise portait ce nom.

— Où voudriez-vous aller ?

— Aux Condors.

La mission fut annulée avant même d'avoir été assignée.

— Le vol aurait coûté 2 000 dollars. Mais nous n'avons pas l'autorisation d'atterrir. Ils ont trouvé un oiseau sur lequel tout le monde s'apitoie.

Fredrik s'assit sur une chaise. Il avait besoin de réfléchir.

— Vous ne pouvez pas rester là jusqu'à ce que les œufs de l'oiseau aient éclos. Ces choses peuvent durer longtemps.

Il était insensé qu'un oiseau, même en danger d'extinction, puisse faire fermer un aéroport international tout juste sorti de terre. L'interdiction d'atterrir était un nouvel indice qui venait confirmer les soupçons de Fredrik. Il y avait vraiment un gros problème. Aussi gros que celui que Johan avait représenté pour lui toute sa vie.

— Je vous propose 7 000 dollars si vous atterrissez où je veux, lança le troisième secrétaire.

Le propriétaire de la société avait besoin d'argent. Il était marié à la femme la plus fascinante de tout Mombasa, une spéculatrice de devises qui avait réussi à doubler la fortune familiale tous les trimestres, jusqu'au jour où elle s'était amourachée d'un producteur laitier richissime de Madagascar, et avait décidé de lui confier la tâche d'assurer l'indépendance financière de la famille pour l'éternité. L'éleveur avait le don de l'éloquence, il avait promis à ses investisseurs et ses compatriotes de l'or et de vertes forêts au point que, un jour, il s'était retrouvé président du pays. Jusque-là, tout allait bien pour le couple.

Or l'ancien producteur inaugura son mandat de président en s'offrant un jet privé avec l'argent de l'État, tandis que ses électeurs gagnaient toujours moins de 1 dollar par jour. La grogne se propagea parmi le peuple. Et l'ancien producteur laitier devint bientôt l'ancien président. Il fut chassé du pays et le chaos lui succéda. La devise malgache s'effondra en flèche. Un ariary valait 5 iraimbilanja, qui n'équivalaient eux-mêmes plus qu'à 0,005 dollar américain après avoir diminué jusqu'à devenir méconnaissables. À des kilomètres de là, la femme la plus fascinante de Mombasa vit ses investissements de 400 000 dollars US se changer en à peu près autant de billets qui, du jour au lendemain, furent plus utiles comme essuie-tout, sans que l'ariary montre la moindre qualité absorbante. La femme fut ruinée.

Il ne lui restait que son amour pour son mari et son charme irrésistible. Passant ses longs doigts dans les cheveux de son bien-aimé avec un sourire triste, elle disait que le lait malgache avait tourné et que, désormais, son époux ferait mieux de rester le plus possible au-dessus des nuages. Du moment qu'il était payé pour cela. En monnaie stable.

Une offre de 7 000 dollars représentait donc une grosse somme. Toutefois, ce client paraissait très disposé à payer gros.

— Je ne sais pas, hésita le pilote. Braver une interdiction d'atterrir implique des risques importants. Certes, on me connaît bien dans l'archipel, peut-être que… mais 7 000…

— 8 000, renchérit le troisième secrétaire.

Le pilote n'osait pas trop prolonger les négociations.

— Si vous me payez 10 000, on y va. Et j'atterris sur le nid de l'oiseau si vous voulez.

— Départ dans cinq minutes, dit Fredrik.

Les Condors n'ayant pas de gardes-frontières, le pilote savait qu'il n'y aurait personne pour les abattre en vol. En revanche, il devrait atterrir judicieusement. Les forces policières étaient tout de même raisonnablement actives.

Ce point était tout aussi important pour Fredrik. Il ne tenait surtout pas à faire la connaissance d'une prison condorienne même si, contre toute attente, sa construction s'avérait récente. Jusqu'à cet instant, il avait été porté par l'adrénaline, mais à présent qu'ils approchaient de l'archipel, tout devint brusquement réel. Allait-il simplement descendre de l'appareil ? Devait-il demander au pilote d'attendre ? Qu'il ait fait quoi, au juste ? Compter toutes les fissures dans la façade pouvait prendre du temps.

Argh. Tout était allé trop vite. Fredrik se sentit idiot. Non, pas idiot, ce serait exagéré. Mais il avait bâclé le travail. Il s'était trop précipité.

Ou pas !

— Je le savais ! s'écria-t-il quand l'hélicoptère fut en vue d'Aleko International.

L'aéroport était dans un état aussi pitoyable qu'il s'y attendait. La piste d'atterrissage était tracée dans la terre battue, le bâtiment du terminal semblait implorer : « Achevez-moi. » Rien – absolument rien – ne ressemblait à l'édifice que le président avait présenté à Addis-Abeba.

Le pilote se demanda ce que son voyageur savait, mais ne posa pas de question. Il fit ce qu'on lui demandait, d'ailleurs plus que volontiers puisqu'ils n'auraient visiblement plus besoin d'atterrir.

Fredrik le pria de survoler plusieurs fois l'aéroport assez bas. Ayant obtenu les images qu'il lui fallait, il n'avait besoin de rien d'autre et demanda à repartir. Le génie Fredrik Löwenhult, futur ambassadeur, possédait maintenant une preuve que le président Aleko bluffait. Et qu'il avait un complice : le satané frère de Fredrik.

— Frère cadet ! lança-t-il tout haut à l'ambassadeur Guldén, à plusieurs centaines de kilomètres de là.

58

Herbie et sa chérie

Les amis étaient dans l'ignorance bénie de la catastrophe qui se profilait. Fredrik Löwenhult figurait sans doute dans le top 3 des personnes qui ne devaient surtout pas apprendre la vérité sur l'aéroport Aleko International.

Le troisième secrétaire se trouvant officiellement à Montevideo, il ne pouvait pas détruire immédiatement l'existence d'Aleko et de son nigaud de frère. Il devait attendre son retour à l'ambassade. « Ça alors ! Regardez, monsieur l'ambassadeur, ce qui a été publié sur Internet » ou quelque chose de cette teneur. Guldén ne voudrait plus toucher Johan avec des pincettes, tandis qu'Aleko le Trou du cul deviendrait un plus grand trou du cul que jamais.

Pierre après pierre, l'édifice s'acheva. Agnes ne pouvait en être certaine, mais elle présumait que le très sympathique Herbert à Zurich se joindrait à leur plan. Et elle avait bien raison ! Le moment était venu pour le septuagénaire de couper le cordon ombilical qui le rattachait encore à son père nonagénaire.

Pendant leurs appels Skype longs et nombreux, Agnes et Herbert tombèrent non seulement d'accord sur la façon de procéder, mais s'affublèrent aussi de surnoms affectueux. Il devint « Herbie » et elle, « chérie ». Herbie avait été tellement impressionné de voir Agnes, à un âge mûr, embrasser la vie de la sorte, qu'il avait décidé de l'imiter. De préférence avec des informations. Chérie avait parlé de cette paroisse pétrifiée où elle avait grandi. Si on remplaçait « Dödersjö » par « Banque von Toll », leurs existences avaient une similitude frappante. Une différence notable néanmoins était que l'époux d'Agnes avait marché sur un clou et rendu l'âme, tandis que son père à lui semblait rajeunir et se ragaillardir à mesure que le temps passait. Il n'était pas normal, à presque 77 ans, d'être encore le coursier de son père.

Herbert attendait aussi impatiemment qu'Agnes leur prochain face-à-face dans seulement quelques jours. Le projet « Jugement dernier » exigeait de prendre certaines mesures à Zurich.

59

La dernière pierre de l'édifice

La question de la banque sans scrupule aux Condors était réglée, tout comme celle du garant digne de confiance en Suisse. Site web, comptes Instagram, Twitter et Facebook étaient prêts pour le lancement. Il ne manquait plus que la personne de confiance désignée par le groupe pour annoncer le sensationnel service de paris où nul ne pouvait perdre (si ce n'est la vie).

Où allaient-ils la trouver ? Agnes était expérimentée en matière de création de faux profils, mais le problème était justement qu'ils étaient faux – tandis qu'aucune personne réelle n'aurait de raison de se porter volontaire.

Ils faillirent se décourager, lorsque Günther arriva en renfort. Il écouta la vieille dame et la prophétesse, et en conclut à juste titre que ce dont ils avaient besoin était 1) une personne réelle avec un profil crédible, qui 2) avait succombé à une mort passée inaperçue. En d'autres mots : une personne effacée de la surface de la Terre.

— On avait pas mal de gens comme ça en Russie, à l'époque, lança Günther. Laissez-moi réfléchir.

Fouillant dans son passé, Günther se rappela un astrophysicien et professeur de l'université de Moscou qui était devenu trop indispensable pour son propre bien. Il avait un talent exceptionnel pour mesurer la manière la plus sûre pour les navettes russes de traverser les différentes couches de l'atmosphère, pénétrer dans l'espace et revenir. Le professeur mena une vie dangereuse pendant plusieurs années, car en échange de ses chiffres il exigeait toujours plus d'argent, une datcha plus grande et des filles de joie plus consentantes. Une fois, il avait tu un paramètre décisif jusqu'à deux jours avant le lancement, invoquant son besoin d'une nouvelle voiture. Non qu'on ait manqué de budget, de filles de joie ou de voitures, mais mélanger cela avec le programme spatial russe ? C'était tout bonnement de l'extorsion !

Günther savait qu'une personne avec au moins un pied au Kremlin s'était renseignée auprès de Vory pour savoir s'ils étaient disposés à supprimer le professeur désagréable sur ordre. Les membres de Vory hésitaient rarement quand l'occasion se présentait de rendre un service au pouvoir suprême. Surtout si cela ne leur causait aucun désagrément.

La démarche n'aboutit pas à ce moment-là, car on avait trop besoin des talents du scientifique. Mais quelques années plus tard, Günther lut dans le journal que le professeur en question avait disparu sans laisser de traces. *The Guardian*, à Londres, présumait qu'il avait fui vers l'Ouest. Selon Günther, il avait plutôt eu l'initiative stupide de transmettre assez de ses connaissances à un élève pour que l'État et Vory puissent se permettre de lui donner sa rétribution. De nature permanente.

Le chef de la police sourit en voyant qu'il avait trouvé la solution.

— Tu as fini de cogiter ? demanda Agnes, qui surveillait son expression.

— Smirnoff.

— Il n'est pas un peu tôt pour ça ?

— Le professeur Smirnoff, précisa Günther.

— Notre homme ?

Günther acquiesça.

— Je suis pratiquement sûr qu'il ne viendra pas protester.

Grâce à la dernière pièce de l'édifice, Agnes compléta le site où le professeur Smirnoff révélait qu'il s'était tenu à l'écart de toute publicité pendant des années pour travailler à sa plus importante équation mathématique et astronomique jusqu'ici. Il ne voulait pas dévoiler où il se trouvait exactement, mais laissait entendre qu'il pourrait s'agir d'un village montagnard dans les environs du Tibet. Il en profitait pour faire part à sa famille de ses regrets que les choses aient tourné ainsi, mais astronome un jour, astronome toujours, et son travail était important. Vital, même. Ses calculs ne pouvaient être remis en question.

Le professeur était prêt à aller très loin, jusqu'à parier avec le monde entier qu'il avait raison. Comme preuve de son sérieux, il avait choisi une banque réputée de Zurich comme garant. Ses travaux révélaient que l'atmosphère allait se dissiper et que le monde s'arrêterait le 18 octobre 2011, à 21 h 20, heure d'Europe centrale. Le service de paris auquel il faisait référence affichait :

Doublez votre mise !

Pariez 100 dollars que j'ai tort. Si je me suis trompé, vous récupérerez 200 dollars le 19 octobre à 16 heures au plus tard, heure d'Europe centrale. Si j'ai raison, à quoi vous serviraient 100 dollars ?

Le professeur publiait ses calculs détaillés sur son site internet : l'équation complexe dans sa totalité avec des chiffres complémentaires, tirets, flèches, explications pédagogiques et exemples de pièges qu'il avait évités au cours de son travail. La mise de 100 dollars n'était qu'un exemple. Chacun pouvait parier autant qu'il voulait.

Cette présentation laissait une impression extrêmement crédible grâce à la Banque von Toll, qui se portait garante. En outre, l'équation était si compliquée avec ses 64 étapes qu'il faudrait à n'importe quel Einstein au moins deux mois pour repérer l'entourloupe.

Et là, il serait déjà trop tard.

60

De l'art de neutraliser un témoin

Agnes, Aleko, Johan et Petra étaient assis dans le salon violet, célébrant avec du thé et des scones l'aboutissement de leurs préparatifs de l'arnaque à l'apocalypse, au moment même où le demi-frère de Johan faisait son incroyable découverte depuis l'hélicoptère au-dessus d'Aleko International. Un appel téléphonique laisserait bientôt entrevoir la catastrophe.

Le directeur de l'aéroport avait été chargé d'une importante mission. Il avait déjà rassemblé une équipe compétente de 200 ouvriers. Les travaux sur la piste d'atterrissage commenceraient le lendemain à 7 heures. L'aéroport faisait vraiment peine à voir, il ne s'en était jamais rendu compte auparavant.

Mais qu'est-ce que c'était que ça ? Un hélicoptère ? Le cousin par alliance du président reconnut l'appareil de la Mombasa Helicopter Service ltd. En revanche, il n'avait reçu aucune information au sujet de visiteurs. Ainsi fonctionnaient les Condors – tout passait par Aleko.

L'hélicoptère décrivit quelques cercles au-dessus de la zone avant de repartir dans la direction d'où il était venu.

Bizarre.

Le directeur de l'aéroport fit immédiatement son rapport au président, qui en cet instant encore éprouvait un bonheur parfait en compagnie de ses amis, du thé et des scones.

— Tu attends de la visite, Johan ? demanda Aleko.

— Je ne connais personne d'autre que vous tous ici présents. Et mon frère. Et un Danois qui s'appelle Preben. Et le président Obrama sans *r*. Et le secrétaire général Ban Ki-machin. Et un peu l'ambassadeur suédois à Rome, mais je ne vois pas ce qu'il viendrait faire ici.

Aleko songea qu'il lui aurait suffi de répondre par « non » à cette question inutile.

— En ce qui me concerne, je connais un peu plus de monde que ça, mais je n'ai pas le temps d'en dresser la liste. Je n'attends pas non plus de visite. Ce n'est pas bon si quelqu'un a vu l'état de l'aéroport avant que nous l'ayons rénové. Pas bon du tout.

Aleko demanda à Agnes de combien de temps elle avait encore besoin avant de se rendre à Zurich. La vieille dame lui rappela qu'ils étaient justement en train de fêter la fin des préparatifs ! Il ne restait plus qu'à effectuer une dernière relecture, qui serait largement terminée le lendemain matin, comme prévu.

— Et si nous faisions cela maintenant ?

— Tu veux dire maintenant *maintenant* ?

— Oui.

— Je peux toujours travailler en route.

Johan, son père, Agnes et Petra se rendirent à l'aéroport. Agnes était penchée sur son travail. Johan se retrouva au volant et s'étonna lui-même que cela se passe si bien.

— Je n'ai jamais vu personne conduire aussi mal que toi, mon fils, commenta le président.

— Tu n'es pas le seul, l'informa Petra.

Aleko pria Johan de ralentir un peu, afin qu'il puisse composer correctement le bon numéro sur son portable. Il appela la compagnie d'hélicoptère de Mombasa, dont l'appareil avait été réservé pour venir les chercher directement dans le jardin du palais le lendemain matin.

— Allô ? Ici le président Aleko. Combien avez-vous touché pour survoler mon aéroport il y a une heure ?

— Je ne sais pas de quoi vous parlez.

— 15 000 ?

Le pilote n'eut pas l'énergie de mentir à un homme qui ne le croirait jamais.

— 10 000.

— Revenez tout de suite et, cette fois, atterrissez. À l'aéroport.

— Vous allez m'arrêter ?

— Pas du tout. Mais 10 000, c'était bien peu pour une entrée illégale sur le territoire d'une puissance étrangère.

— Je sais. Et en plus, ça comprenait l'atterrissage. Au moins, j'ai réussi à me faire plus que les 7 000 qu'il me proposait.

— Vous avez aussi atterri ?

— Non, il a changé d'avis.

— Nous en discuterons. Dépêchez-vous. Nous vous attendons.

— Je dois d'abord refaire le plein. Je viens de déposer le radin.

Une heure et dix minutes plus tard, l'hélicoptère EC155 se posa, soulevant une poussière rouge. Tous les oiseaux menacés nichant le long de la piste d'atterrissage auraient pris la fuite, s'ils avaient existé.

Le pilote descendit de son appareil en se courbant sous les pales du rotor arrêtées, et entra d'un pas rapide dans le terminal délabré et désert.

— Bienvenue, le salua le président Aleko.

— Pareil, ajouta Johan.

— Merci, répondit le pilote.

Deux femmes, une âgée et une plus jeune, étaient assises à une table un peu plus loin. Personne d'autre dans le hall. Le président semblait tenir parole. Le pilote ne serait pas arrêté. Pas encore, du moins.

— J'éprouve un certain besoin de corriger l'histoire. Ou plutôt le présent, dit Aleko.

Le pilote ne comprenait rien, si ce n'est qu'il ferait mieux de se montrer obéissant.

— Je suis fort pour les corrections de toutes sortes. Dites-moi en quoi je peux vous aider.

Le président répondit par une autre question :

— Avez-vous jamais vu un plus beau terminal ? lança-t-il en regardant autour de lui.

Les nuées de terre de la piste d'atterrissage s'étaient infiltrées par les brèches dans les murs. Les scanners à rayon X tout rouillés du contrôle de sécurité n'avaient sans doute pas servi depuis plusieurs années. Il y avait des fissures au plafond et partout des fenêtres brisées.

Le pilote savait ce qu'il devait répondre, même s'il ne comprenait pas pourquoi.

— C'est sans doute le plus beau terminal aéroportuaire de toute l'Afrique.

Aleko hocha la tête, satisfait.

— Et que pensez-vous de la piste d'atterrissage asphaltée ?

— Plane, rectiligne et brillante.

— Bonne réponse. Nous nous comprenons.

Johan ouvrit une mallette. Il avait reçu des consignes.

— Vous étiez censé venir nous chercher demain pour 2 000 dollars. Et si nous disions plutôt 30 000 ?

Le pilote sourit.

— Pour 30 000, je verrais presque un terminal de plus.

— Un seul suffira, l'arrêta Aleko. Nous sommes un petit pays.

Le pilote regarda fixement Johan et reconnut le jeune homme qu'il avait vu à la télé, dans sa cuisine.

— Vous ne seriez pas le nouveau Monsieur anti-corruption de l'ONU ?

Johan trouvait le mot « anti-corruption » aussi difficile que « extraordinaire » ou « décérébré ». Mais l'évolution de sa carrière, de facteur raté à masterchef, génie et illustre ministre des Affaires étrangères, en passant par homme au foyer floué, lui avait donné un coup de fouet. Il savait à présent qu'il n'était pas complètement nul. Qu'il était capable d'apprendre. Il nourrissait maintenant des réflexions comme : « Comment une personne qui ne vaut rien pourrait-elle avoir ma sensibilité pour les goûts et les parfums ? » La question était rhétorique, même si Johan ne connaissait pas non plus ce mot.

Pendant les nombreuses et longues conversations avec son président de père, il fournissait des efforts pour comprendre au moins partiellement la culture dont il était devenu le représentant. Mais aussi l'importance de reconnaître dans quelles situations on pouvait graisser des pattes afin d'atteindre ses objectifs.

À présent, il avait le sentiment qu'il s'apprêtait à passer un test, avec son père comme témoin.

Le pilote s'était vu offrir 30 000 dollars pour témoigner, si nécessaire, qu'il avait vu un aéroport qui n'existait pas encore. Jusque-là, Johan suivait. L'accord semblait conclu, mais soudain les mots difficiles avaient jailli. Comme une remise en question. Qu'avait dit son père, déjà ? Qu'il s'agissait d'évaluer chaque situation et de reprendre l'initiative avant que l'adversaire ait compris son avantage.

— Monsieur anti-corruption, c'est bien moi, dit Johan avec une assurance feinte. D'ailleurs, vous me faites penser que j'ai cru voir encore 10 000 dollars dans la mallette.

Le visage du pilote s'éclaira.

— 10 000 de plus, voilà qui ferait plaisir à ma femme. Ne vous inquiétez pas. Tout Mombasa sait que je suis fidèle à ma parole vendue. Dites simplement ce que je peux faire de plus.

Aleko était fier de son fils, même si l'affaire commençait à leur coûter cher.

— Donne-lui l'argent, dit-il à Johan, avant de se tourner vers le pilote. Racontez-nous tout ce que vous savez.

Le propriétaire de la compagnie d'hélicoptère raconta, mais il ne pouvait pas en dire autant que le président l'aurait souhaité. Un homme blanc, entre 35 et 40 ans. S'exprimant en anglais. Il voulait à tout prix se rendre aux Condors. Comme l'avait déjà dit le pilote, ils auraient dû atterrir, mais le client avait changé d'avis à la vue de l'aéroport délabré.

— Pardon, l'aéroport flambant neuf.

L'inconnu lui avait ordonné de dessiner quelques cercles au-dessus de l'aéroport pendant qu'il prenait des photos avec son téléphone. Puis, satisfait, il avait demandé à regagner Mombasa.

— Et ensuite ?

— Il a disparu dans un taxi. Ils ont pris à gauche sur la route départementale. En direction de l'aéroport. Pas vers le centre-ville, en tout cas. C'est à peu près à ce moment-là que vous avez appelé.

À présent, un des deux témoins signalés était neutralisé. Restait l'autre. L'inconnu. En possession de photos. Qui était-il donc ?

— Dans ce cas, on y va tous, trancha le président.

— Où ça ? demanda le pilote. Si vous me permettez de poser la question, monsieur le président. Puisque, de toute façon, c'est moi qui vous y emmène.

— Zurich. Mais nous vous laissons à Mombasa avec votre hélicoptère.

61

L'entourloupe condorienne

Fredrik rentra à Rome avant la fin de son congé. Il détenait les preuves matérielles nécessaires pour que la lubie de l'ambassadeur Guldén refroidisse. Non, gèle. Meure, carrément.

Tout était allé trop vite. Il savait que l'ambassadeur Guldén ne pouvait offrir un poste à Johan de sa propre initiative. Ce genre de choses étaient discutées en haut lieu à Stockholm. Malheureusement, le patron de Fredrik en était à son quatrième mandat d'ambassadeur et on le tenait en haute estime au ministère des Affaires étrangères. Si Guldén expliquait aux décideurs que Johan était la solution à tous leurs problèmes, personne n'aurait rien à redire. Mais la perspective d'avoir son nigaud de petit frère comme patron était au-delà des forces de Fredrik.

Un observateur neutre aurait émis l'opinion que les compétences intellectuelles de Johan étaient d'un autre type que ce que l'ambassadeur suédois à Rome imaginait, et que Ronny Guldén – en général connu pour la finesse de son jugement – avait pour une fois méjugé de la situation et de la personne. Mais Fredrik allait bien au-delà. Même si Johan avait été la seule réponse pour sauver l'humanité, Fredrik aurait dit qu'il devait disparaître. Le frère aîné se sentait d'ailleurs au bord du malaise à l'idée que la paix puisse renaître, à un quelconque endroit et d'une quelconque façon, sans qu'il fût personnellement impliqué.

Néanmoins, si Fredrik déboulait dans le bureau de l'ambassadeur et lui mettait les photos sous le nez, Guldén risquait de s'enquérir de ce qu'il était allé faire en Afrique. Après tout, il s'était seulement vu accorder un congé pour aller voir son père mourant à Montevideo.

Fredrik ne pouvait ni présenter directement ses preuves à Guldén, ni revenir plus tôt que prévu à l'ambassade. S'envoler pour l'Uruguay, dire bonjour-au revoir à un père à l'agonie, et remonter immédiatement dans l'avion paraîtrait louche.

Or, Fredrik Löwenhult, malgré son empathie défaillante, était désireux de soigner sa réputation. Il finit donc par se terrer quelques jours dans son appartement à Rome, persiennes baissées. Mais pas désœuvré pour autant. Il lança un compte Instagram, qu'il baptisa « L'entourloupe condorienne ».

Il publia les unes après les autres les photos de l'aéroport délabré de Monrovi en vis-à-vis des images que le président des Condors avait présentées à l'Union africaine, au secrétaire général de l'ONU et au président des États-Unis. Et ce fut un plaisir suprême de rédiger un commentaire pour accompagner chaque illustration :

Le président Aleko a toujours été considéré comme un bouffon au sein de l'Union africaine. Depuis qu'il a nommé un nouveau ministre des Affaires étrangères, Johan Löwenhult, la situation déjà catastrophique a encore empiré. Selon des sources fiables, Johan serait bête à manger du foin. Le président et le nigaud ont formé une équipe qui a tenté d'embobiner tout un continent. Et même le monde entier !

Après quatre ou cinq images et autant de commentaires de la même teneur, l'auteur anonyme du compte anonyme commença à suivre le plus grand nombre possible de journaux, chaînes de télé, commentateurs politiques et abonnés ordinaires. Des centaines d'entre eux s'abonnèrent en retour par simple politesse, curiosité ou habitude. Fredrik avait parlé. La vérité sur le tout sauf fier aéroport des Condors se répandit comme une traînée de poudre.

Un doux soleil d'automne brillait sur Zurich. Tout était prêt.

Agnes, Aleko, Johan, Petra et Herbert von Toll étaient assis sur une terrasse dans une rue transversale de la Bahnhofstrasse. Agnes et Herbert étaient heureux de se revoir. La vie leur semblait si douce qu'ils commandèrent chacun un verre de vin blanc, tandis que le reste du groupe se contentait de cafés. Agnes avait posé sa tablette tactile sur son support.

— J'appuie sur « démarrer » ? demanda-t-elle.

Les autres acquiescèrent.

En réalité, elle dut appuyer plusieurs fois sur « démarrer ». Le projet Jugement dernier fut lancé sur trois plates-formes en même temps, toutes fournissant un lien vers un site internet qui paraissait tout ce qu'il y a de plus sérieux. Et une offre difficile à ignorer pour qui avait 100 dollars à perdre. Ou davantage, si possible.

Après avoir pris une profonde inspiration et lancé l'opération, Agnes leva son verre de vin vers Herbert.

— *May the force be with us.*

— *Star Wars*, reconnut Johan. Premier film en 1977, le deuxième en 1980, le troisième en 1983. C'était « *you* », pas « *us* ». Mais je te pardonne.

Agnes s'étonna de nouveau que Johan puisse être si cultivé en matière de cuisine, breuvages et films américains, et planer à ce point pour tout le reste. Toutefois, elle n'eut pas le temps de s'attarder sur cette curiosité de la nature. Elle avait le nez sur sa tablette et, à son côté, Herbert était en connexion directe avec la banque.

— Nous en sommes déjà à 500, annonça-t-il.

— 500 dollars en quelques minutes, approuva le président Aleko, impressionné.

— 500 paris. 95 000 dollars. 120 000, maintenant. 180 000.

Tandis que l'argent pleuvait, Johan pianotait sur son téléphone. Il savait qu'avec un peu de doigté on pouvait consulter les informations. Comment c'était, déjà ? Papa Aleko l'avait prié de surveiller le flux de nouvelles. Le nec plus ultra pour le projet Jugement dernier serait qu'il soit mentionné sur USA Today et CNN.

Aleko savait qu'il y avait de grands groupes médiatiques ailleurs dans le monde, par exemple au Japon et en Inde, mais il n'y avait nulle part autant de dollars qu'aux États-Unis. Il était peu probable que les médias aient déjà remarqué cette annonce d'apocalypse, mais…

— Regardez, lança Johan. C'est marrant !

Il leur montra un article de presse tout récent – avec photos ! – publié par *The Daily Sun* de Johannesburg.

« *L'entourloupe condorienne* ? »

Les photographies avaient été prises à basse altitude au-dessus de l'aéroport Aleko International, à travers une vitre scintillante d'hélicoptère. Le texte semblait rédigé par le correspondant à l'étranger du journal qui, à peine quelques jours plus tôt, à Addis-Abeba, avait vu et entendu en personne le président Aleko décrire son pays reconstruit – et présenter l'aéroport Aleko International dans un état complètement différent de ce que montraient ces photos. Le reporter soulevait ensuite la question de savoir si le président condorien s'était une nouvelle fois moqué du reste du continent. Il se référait à une révélation anonyme sur Instagram.

À peu près à l'instant où leurs recettes franchirent 2 millions de dollars, Aleko sentit la terreur l'envahir.

Comment Johan avait-il qualifié cela ? De « marrant » ?

— Dis-moi exactement ce qu'il y a de marrant là-dedans, dit l'homme sur le point de redevenir un trou du cul.

Sans retour en arrière, cette fois.

Johan avait découvert sur l'image un détail auquel les autres n'avaient pas prêté attention.

— Tu vois le reflet vert sur la vitre ?

— Oui ?

En regardant de plus près, on pouvait distinguer la main et le poignet du photographe. La lueur vert émeraude était le cadran d'une Rolex Oyster Perpetual.

— Mon frère Fredrik a exactement la même.

— Achetée avec ton argent, rappela Petra.

L'agréable pause vin et café, suivie du lancement du projet Jugement dernier, se mua en réunion de crise. La principale théorie – parmi les membres du groupe capables de raisonner normalement – était que le frère de Johan, Fredrik, était après eux. Et qu'il menait le match d'un point.

Agnes, qui se déplaçait aussi aisément dans la réalité que sur les réseaux sociaux, déclara que cela n'était pas un problème du tout, et qu'il n'y avait aucune raison que cela en devienne un.

— Comment cela pourrait-il ne pas l'être ? s'énerva Aleko. L'aéroport est horrible !

— Sur les photos de Fredrik, oui. Mais pas sur les nôtres.

— La différence est que les siennes sont réelles, pas vrai ?

Agnes s'esclaffa.

— Qu'est-ce que ça peut bien faire ?

Pendant ce temps, Herbert s'affairait de son côté, au cœur du système financier de la Banque von Toll.

— Qu'est-ce que tu fais ? demanda Petra.

— Je vérifiais une petite chose dans notre registre de clients. Le nom de Fredrik Löwenhult m'a mis la puce à l'oreille. Il a ouvert un compte chez nous cet été, et nous a confié la gestion de 64 millions de couronnes suédoises. La somme a déjà atteint 67 millions. Papa n'est pas juste une vieille peau de vache. Il est aussi très doué.

— 64 millions, réfléchit Petra. C'est un peu plus que notre estimation pour l'appartement.

— Puis-je avancer que je pense avoir trouvé notre bouc émissaire ? ajouta Herbert.

— Bouc émissaire ? fit Johan.

— Chut, dit Agnes.

62

Le monde entier prend le pari

Pendant que le monde s'écroulait autour du président qui ne voulait plus être un trou du cul, l'argent continuait à affluer sur un compte bloqué et contrôlé par Herbert von Toll, à la fière banque de son père à Zurich. Le taux croissant de participation était aussi impressionnant que logique. Internet a en effet la capacité de se multiplier de façon exponentielle dans certaines conditions données. Deux lecteurs deviennent quatre, puis huit, puis seize. Vingt-trois duplications plus tard, le nombre de lecteurs de la présentation s'élevait à 134 217 728. Après encore six nouvelles duplications, le site aurait eu plus de lecteurs que d'habitants sur notre planète, si cela avait été possible.

Toute fraude qui se propage comme un feu de brousse s'éteint tôt ou tard. Sauf celle-ci, car l'annonce du professeur Smirnoff reposait sur le choix donné aux parieurs de le croire ou non. Nul ne pouvait perdre plus que la vie, au même instant que le monde entier. Dans le cas contraire, le parieur récupérait le double de sa mise. La seule chance d'arrêter la propagation serait d'avoir des raisons concrètes de questionner la fiabilité de la banque qui se portait garante de l'opération. Beaucoup le tentèrent, aucun n'y parvint.

Banque von Toll. Fondée en 1935. Aucune observation particulière.

Peut-être – mais seulement peut-être – aurait-ce été possible si une autorité de stature mondiale avait exprimé des doutes. Comme Britney Spears, une des artistes les plus en vogue de l'année 2011. Dont le petit ami, Jason Trawick, annonça bientôt que Britney et lui venaient de parier 100 000 dollars afin de financer la coûteuse fête de fiançailles que planifiait le couple.

Ou Bill Gates, qui vit sa curiosité piquée par le dernier en date de la longue série de prophètes de l'apocalypse. Après avoir regardé de plus près les conditions, il déclara qu'il venait de parier 1 million de dollars afin de faire don de ses gains à la recherche sur le climat quelques semaines plus tard.

Ils furent imités par le tonitruant homme d'affaires Donald Trump qui, dans une série de messages Twitter, déclara que ces histoires de fin du monde n'étaient qu'un tas de balivernes, qu'il n'y avait aucune raison d'y consacrer plus d'attention, qu'on finançait déjà beaucoup trop de recherches et que sa première mesure quand il deviendrait président des États-Unis, comme il y était prédestiné, serait d'interdire les prophéties apocalyptiques ainsi que les commérages sur le changement climatique. En attendant ce jour, il avait parié 1,1 million de dollars. En revanche, à la différence de Bill Gates, il n'offrirait ses gains à personne. Il n'était pas communiste, lui.

Comment 8 millions de dollars s'étaient transformés en 300 millions en une nuit dépassait l'entendement d'Herbert. Jusqu'à ce qu'il comprenne qu'une poignée des hommes les plus puissants du monde s'étaient mis à montrer leurs biscoteaux. De même que tout un tas de vedettes.

Si Agnes avait pu craindre qu'aucun argent n'entre dans les caisses, à présent elle avait de plus en plus la certitude que le résultat dépasserait toutes ses attentes. Si les gens avaient su quelles sommes affluaient, n'importe qui aurait conclu avec raison que le professeur Smirnoff n'aurait jamais les moyens de rembourser ses dettes. Qui, à part peut-être Bill Gates, avait des centaines de millions de dollars à jeter par les fenêtres ?

Voilà pourquoi elle publia, sur toutes les plates-formes en même temps, des commentaires du professeur s'étonnant que quasiment personne n'ait osé relever son pari.

Petra voulut en savoir plus au sujet de l'aspect psychologique de l'opération en cours.

Dix ans d'utilisation assidue d'Internet avaient beaucoup appris à Agnes. Comme le fait que toute vérité exprimée sur les réseaux rencontrait invariablement une résistance depuis une direction quelconque, car il se trouvait toujours un internaute pour aspirer à autre chose. En outre, la fiction et la réalité fusionnaient à tel point que, très vite, nul ne distinguait plus l'une de l'autre. À la fin, tout le monde se réfugiait dans sa version préférée, sans aucun rapport avec la science ni même la vraisemblance. Cela conduisait à des échanges intellectuels de la teneur suivante :

A : « Il est donc scientifiquement prouvé que… »

B : « Ta gueule, enculé. »

Transposé à la situation présente, cela signifiait que, puisque presque personne ne voulait mourir, personne ne croyait aux vérités factices de Petra.

C'était plus la chance que l'intelligence qui leur donnait raison sur ce point.

L'opinion la plus répandue dans le débat planétaire affirmait que la prophétie était une mascarade qui ne méritait que dédain. Les gens qui l'exprimaient se voyaient bien sûr rétorquer : « Pourquoi tu ne paries pas tout ce que tu as sur ce que tu affirmes ? »

Une autre réaction consistait à se quereller sur les réseaux sociaux au sujet de l'équation censée prouver l'hypothèse. Quelques-uns clamaient (mensonge) avoir réussi à aller au bout des 64 étapes, mais personne n'aboutissait au même résultat. Oui, la Terre serait détruite, jusque-là d'accord. Mais quand ? L'un affirmait que cela se produirait dans six mille ans, un autre dans deux mille ans, et un troisième que la fin du monde avait eu lieu en 1882, mais il demandait un délai pour recompter. Les autorités autoproclamées s'annulaient mutuellement, plus personne ne leur prêtait attention, pas plus qu'au professeur.

Petra avait redouté que la supercherie du Jugement dernier n'engendre une panique générale, ou encore des comportements déviants. L'incident se rapprochant le plus de ses craintes fut la création d'un groupe Facebook qui lança une invitation à une orgie sexuelle à Hyde Park, avec début immédiat. Quelques heures plus tard, la police de Londres communiquait qu'elle avait arrêté un couple marié en pleins ébats dans ledit parc, et dispersé un petit rassemblement de spectateurs.

La prophétesse suivait le raisonnement d'Agnes sur le fonctionnement d'Internet et des humains, isolément et ensemble. Mais elle refusait que son amie appelle ses calculs des vérités factices. Elle avait truqué la fin de l'équation, remplaçant le paramètre 7,32 par 3,72. Ainsi, quiconque parvenait vraiment à examiner toutes les étapes de l'équation arriverait à la même conclusion que le professeur Smirnoff : la messe serait dite le 18 octobre prochain au soir. Ou juste après le déjeuner si on vivait à New York. Ou le lendemain matin, à Sydney. La fierté professionnelle de Petra lui interdisait de publier de purs faux.

— Au fait, se rappela-t-elle. Même sur Internet, un aéroport délabré reste un aéroport délabré, non ?

— Bah, fit Agnes en souriant.

63

Agnes prend le commandement

Le groupe de l'apocalypse rentra aux Condors en compagnie d'un Suisse de 76 ans qui venait de couper les ponts avec son père pour suivre une potentielle petite amie de 75 ans.

Aleko avait du mal à rester optimiste depuis l'attaque de Fredrik Löwenhult. La seule façon de réparer les dégâts de l'article du *Daily Sun* serait de montrer le terminal moderne au correspondant du journal en affirmant : « Regardez, ce compte anonyme sur Instagram n'est qu'un menteur. »

Le problème était qu'il ne mentait pas.

Pourtant, Agnes ne baissait pas les bras. Elle monta vite une stratégie de communication, ou « plan RP », en trois étapes :

1. Interview du pilote d'hélicoptère dans l'émission télé « Nos Condors »
2. Terminal provisoire
3. Recherche d'un « idiot utile »

Elle promit à Aleko que tout allait s'arranger.

Il s'en fallut d'un cheveu qu'elle ait raison.

64

Le plan RP d'Agnes

Partie 1

À la demande de la dame aux cheveux violets, le magazine critique d'information « Nos Condors » diffusa une interview exclusive du pilote d'hélicoptère de Mombasa au sujet des photographies de l'aéroport condorien délabré dont parlait soudain la moitié de l'Afrique.

— C'est à n'y rien comprendre, mentit le pilote.

Quelques jours plus tôt, un étranger lui avait demandé un aller-retour aux Condors.

— Je lui ai dit que c'était impossible, que les atterrissages étaient interdits à cause d'un oiseau menacé d'extinction.

— Qu'a répondu l'inconnu ?

— Qu'il ne souhaitait pas atterrir, simplement aller jusqu'à la frontière du pays et repartir. Il payait bien, et je ne voyais rien d'illégal là-dedans, alors j'ai accepté.

D'ordinaire, la belle-sœur du président Aleko se cantonnait à la direction de la chaîne, mais elle se montrait toujours au studio quand les circonstances le requéraient. Comme maintenant. Elle poursuivit d'un ton sévère.

— Mais les images ont été prises dans l'espace aérien des Condors ?

Le pilote d'hélicoptère prit un air embarrassé.

— Oui, avoua-t-il finalement. Quand nous sommes arrivés à hauteur de la frontière, l'étranger a dit qu'il me donnerait 2 000 dollars de plus si je poursuivais pendant quelques minutes. Quand j'ai de nouveau refusé d'atterrir dans l'archipel sans autorisation, il a dit que ce n'était pas nécessaire, qu'il me suffisait de survoler un moment la zone, puis de faire demi-tour. Je me suis dit que ça ne ferait pas de mal à l'oiseau.

— Avez-vous conscience que vous avez enfreint la loi ?

Le pilote se balança d'un pied sur l'autre.

— Désolé.

— Ce n'est pas à moi qu'il faut présenter vos excuses, mais au peuple condorien. Dites-nous ce qu'il s'est passé ensuite.

— J'ai enfreint la loi, comme on sait. Je suis passé rapidement au-dessus de l'aéroport, l'inconnu a fait des photos, puis il m'a dit que nous pouvions repartir. Nous ne sommes restés que quelques minutes dans l'espace aérien des Condors. Mais je sais que c'était mal.

— De quoi parliez-vous un instant plus tôt, en disant que c'est à n'y rien comprendre ?

— Eh bien, tout simplement… que l'aéroport est super beau !

— Il ne ressemble pas à ces images ?

— Pas du tout ! L'étranger a dû les falsifier ou bien les réaliser des mois plus tôt. Je ne comprends pas…

— A-t-il aussi pris des photos de la fière Bourse du pays ? Du chantier du nouvel hôpital ? De toutes les écoles en construction ?

— Non, non. Je le jure, seulement de l'aéroport.

65

Le plan RP d'Agnes

Partie 2

La piste d'atterrissage caillouteuse en terre battue était devenue – en un temps record – noire, brillante et régulière.

— Beau travail, dit Agnes en tapant sur l'épaule du directeur de l'aéroport, éreinté. Il ne manque plus que le terminal.

— Vous plaisantez ?

— Vous avez quatre jours.

— Vous plaisantez.

Mais Agnes ne plaisantait pas. L'excellente idée d'Aleko, brûler le vieux terminal en prétendant qu'il s'agissait du nouveau, tomba à plat. Après l'initiative de Fredrik Löwenhult, plus personne ne croirait une histoire pareille.

Elle sortit des croquis de ce qu'elle avait en tête : une façade de 110 mètres de long sur 8 mètres de haut, érigée sur la face du bâtiment tournée vers la piste d'atterrissage. Elle serait en bois, mais peinte en gris clair pour lui donner l'aspect du béton. Selon les plans, elle serait maintenue par un grand nombre d'étais à l'intérieur. Sous le bon angle et à la bonne distance, le vrai terminal, toujours décrépit, serait entièrement occulté. Selon cette perspective, l'aéroport serait la réplique exacte du mensonge qu'avait prononcé Aleko une bonne semaine plus tôt.

Sous couvert de la fausse façade, l'oiseau imaginaire pourrait s'occuper tranquillement de sa nichée, et le directeur de l'aéroport entamerait le laborieux travail d'arracher et de débarrasser l'épave cachée de l'autre côté. (Aleko voulait que les décombres soient déchargés dans la vallée du porte-parole des chèvres des montagnes, afin de lui occuper l'esprit pendant un moment.)

Le directeur demanda à Agnes si elle ne croyait pas que la supercherie serait révélée à l'instant précis où le premier voyageur franchirait les portes d'entrée perçant la façade.

— Vous avez quatre jours. Je l'ai déjà dit ?

66

Le plan RP d'Agnes

Partie 3

Le pilote d'hélicoptère généreusement soudoyé avait des talents d'acteur insoupçonnés. L'interview dans « Nos Condors » se répandit sur le continent. Soudain, on s'agitait dans les rédactions des journaux. Le Trou du cul était-il un trou du cul ou non ?

The Daily Sun sud-africain avait été le premier à remettre en question la crédibilité d'Aleko après les photos publiées sur Instagram. Le correspondant à l'étranger Samuel Duma s'était rendu à la conférence à Addis-Abeba, où il avait entendu le président décrire le miracle condorien et vu de ses propres yeux les clichés d'Aleko.

Ensuite, ce compte Instagram anonyme.

Et maintenant, un pilote d'hélicoptère au bord des larmes, qui jurait que les photos Instagram étaient truquées.

Le vilain petit canard était devenu un cygne, il redevint un caneton, puis devint un… oui, un quoi ? Samuel Duma avait-il traîné un innocent dans la boue ?

Il n'eut pas la conscience plus tranquille après la déclaration du président :

« J'ai décidé de la fermeture de l'aéroport international des Condors afin de protéger une espèce menacée sur notre planète. À présent, des forces nocives veulent ramener l'Afrique entière dans les éternelles ténèbres de la corruption. On utilise un pauvre oiseau pour ses objectifs répugnants, un frêle moineau qui ne souhaite rien de plus qu'étendre ses ailes. Je préfère sacrifier ma réputation internationale plutôt que réouvrir notre fier aéroport avant que le *Cyanolanius condorensis* ait quitté son nid. »

Samuel Duma estimait qu'il en allait de sa responsabilité, plus que de quiconque, de tirer toute cette histoire au clair. Le correspondant à l'étranger s'adressa au palais présidentiel condorien pour lui demander l'autorisation de visiter l'archipel, s'il le fallait en bateau. Une alternative raisonnable – selon le reporter – serait bien sûr l'hélicoptère, qui pourrait atterrir n'importe où, à bonne distance du moineau menacé. « *The Daily Sun* aspire ainsi à mettre fin une fois pour toutes aux rumeurs, et – espérons-le – à rétablir l'honneur du président condorien. »

Sans le savoir, Samuel Duma avait fait gagner du temps à Agnes. Un idiot utile s'était ainsi présenté de lui-même. On lui arrangea immédiatement un vol en hélicoptère de Mombasa vers les Condors. Toutefois, le porte-parole du palais (le président en personne, mais Samuel Duma ne pouvait pas le savoir) l'informa à regret que la visite ne pourrait être organisée – pour des raisons abracadabrantesques – avant quatre jours.

La vieille dame aux cheveux violets vérifia la réponse d'Aleko.

— Très bon, ces quatre jours. Mais d'où sors-tu cet « abracadabrantesque » ?

— C'est un mot que j'utilisais souvent à Moscou, quand j'avais besoin de remettre des gens à leur place. La parole peut être une arme.

— Sais-tu ce que cela signifie ?

— Tu n'imagines pas combien de fois j'ai eu l'intention de me renseigner, sans jamais le faire.

— Insensé.

— Je me trouve parfaitement raisonnable.

— « Abracadabrantesque » signifie « insensé ».

— Oh ! C'est donc ça.

Tel père, tel fils, songea Agnes. L'emploi d'*abracadabrantesque* rendait l'invitation présidentielle un peu abracadabrantesque, mais cela ferait l'affaire.

67

Échec sur toute la ligne

Il n'y avait qu'une chose qu'Aleko détestait plus encore que l'Union africaine : c'étaient les journalistes. Durant ses débuts en tant que président, il avait été assailli par plusieurs d'entre eux lors d'une conférence de presse en Gambie. Ils lui avaient posé des questions grotesques sur tous les sujets imaginables, y compris son opinion sur les droits de l'homme – comme si les droits de l'homme s'appliquaient à tous.

Il avait réussi à les moucher et, depuis, il fuyait les représentants de cette profession comme la peste. Pas étonnant, donc, qu'il hésite face à la proposition d'Agnes d'organiser un entretien d'apparence fortuite avec un journaliste, pour la bonne cause. Cependant, la vieille dame semblait savoir ce qu'elle faisait, et elle avait de bons arguments.

Voilà pourquoi Aleko se cachait à présent dans le bureau de la société d'hélicoptère de Mombasa, rongeant son frein, tandis que le pilote accueillait le correspondant à l'étranger Samuel Duma sur le seuil de la salle d'attente.

Le correspondant croyait qu'on lui offrait la possibilité d'atterrir sur l'île et d'interviewer le fier directeur de l'aéroport. Le pilote, lui, avait reçu la consigne secrète de se rappeler au bon moment qu'il n'avait plus assez de carburant et devait immédiatement rentrer à la base. Il effectuerait alors un ample demi-tour au-dessus de la piste d'atterrissage flambant neuve – ce qui les amènerait en vue de la façade en bois maquillée en béton, sous un angle parfait pour réaliser des clichés. De retour à Mombasa, ils croiseraient le président Aleko qui revenait justement d'une réunion importante au Caire (ou n'importe quel autre endroit), et accepterait bon gré mal gré d'accorder une interview au reporter.

Le Trou du cul deviendrait ainsi le champion du continent pour la deuxième fois en un mois.

Tel était le plan.

Pourquoi les choses ne se passent-elles jamais comme prévu ?

Tout semblait s'arranger pour papa. Johan ne s'intéressait pas trop aux détails, mais un homme important devait survoler l'aéroport et prendre des photos qui prouveraient qu'Aleko n'était pas un trou du cul. Ensuite, papa rencontrerait la personne importante à Mombasa et recevrait un tas de compliments avant de rentrer à la maison, pendant que le type important raconterait au monde entier quel homme charmant était le président condorien.

Johan aurait bien aimé apporter sa contribution. Aleko parlait souvent de l'importance de l'esprit d'initiative, de se montrer entreprenant, de prévenir au lieu de guérir. Johan eut alors une idée. Avec un préavis de seulement une heure, il s'arrangea pour passer à la télé condorienne.

En sa qualité de ministre des Affaires étrangères, il déclara qu'en soutien au travail acharné du président, il décrétait à compter de ce jour l'interdiction officielle de la corruption.

Il ne fut pas peu fier de lui.

Le climat condorien se caractérise par une saison sèche de mai à octobre, et une saison des pluies accompagnée de tempêtes, cyclones et humidité atmosphérique élevée de novembre à avril. Malheureusement, à l'heure du réchauffement climatique, même ces prévisions n'étaient plus fiables. Au cours de l'année 2011, la saison des pluies s'invita dès l'après-midi du 10 octobre.

Le pilote de l'hélicoptère fut pour le moins étonné quand des gouttes de pluie s'écrasèrent soudain sur son pare-brise. Bientôt, la progression devint plus difficile à mesure que le vent se levait. Cependant, le pilote avait des dizaines de milliers d'heures de vol derrière lui ; 10 ou 15 m/s ne lui faisaient pas peur. Les bourrasques montaient jusqu'à 20 m/s dans les villages.

Le voyage se poursuivit comme prévu. Au moment précis où l'appareil pénétrait dans l'espace aérien condorien, le pilote put lâcher le juron soigneusement répété dans le micro de son casque :

— Merde !

Samuel Duma demanda ce qui n'allait pas.

— J'ai oublié de refaire le plein, quel crétin !

Le correspondant sud-africain sentit son scoop menacé.

— Nous sommes presque arrivés ! Vous pourrez le faire aux Condors, non ?

Le pilote s'attendait à cette suggestion.

— Jamais de la vie ! Leur carburant de merde ferait rendre l'âme à n'importe quel moteur. Sauf si vous voulez effectuer un amerrissage d'urgence dans l'océan Indien au retour ?

Samuel Duma n'y tenait pas. Il voulait rentrer à temps auprès de sa femme pour fêter leur deuxième anniversaire de mariage. Ils comptaient se promener main dans la main au jardin botanique Walter Sisulu.

— Alors on repart, conclut le pilote, qui amorça un large arc de cercle au nord de l'aéroport.

À basse altitude, afin de ne pas gâcher la perspective sur la façade en toc.

Duma n'eut pas le temps de songer que le niveau de kérosène ne varierait pas beaucoup, que le pilote opère sur-le-champ un demi-tour ou qu'il atterrisse brièvement d'abord. Apercevant l'aéroport, il commença ses prises de vues, alternant photos et vidéos. Il tenait son scoop. L'aéroport était flambant neuf ! Les images aériennes étaient excellentes, avec la piste d'atterrissage en asphalte d'un noir luisant au premier plan et l'imposant terminal de béton juste derrière.

À ce moment, le vent gagna en force et la pluie frappa encore plus violemment le pare-brise.

Les craquements pourtant assourdissants des 14 larges étais en bois se brisant un à un furent inaudibles dans l'habitacle de l'hélicoptère. En outre, pilote et passager portaient tous deux un casque.

En revanche, l'instant fut parfaitement visible. Les photos et le film montrèrent avec une grande qualité et sans le moindre doute un terminal d'aéroport ployant sous le vent et révélant ce qui se cachait derrière.

68

Le terrible journaliste

L'appareil EC155 gagna du terrain, direction Mombasa. Le vol fut mouvementé sous la pluie et le vent croissants. Le correspondant à l'étranger Samuel Duma parvint tout de même à ébaucher un début d'article.

MONROVI – MOMBASA (*The Daily Sun*). Le président des Condors, Aleko, a fait sensation il y a seize jours à Addis-Abeba, lorsqu'il a déclaré au nom de son pays la guerre contre la corruption.

Son discours a engendré un nouvel espoir dans le cœur d'un continent tout entier, et lui a valu l'accolade du secrétaire général de l'ONU et du président des États-Unis.

Pourtant, Aleko a abusé le monde entier. La rumeur le dit corrompu, cynique et fourbe.

The Daily Sun révèle aujourd'hui que la rumeur dit vrai.

La suite devrait attendre qu'il soit dans la salle d'embarquement pour son vol de retour à Johannesburg, mais pas au-delà. Il tenait un scoop, et ce genre de chose était fait pour être partagé. En revanche, il devrait envoyer un e-mail aux Condors et donner au président de pacotille – l'homme qu'on appelait à raison le Trou du cul – l'opportunité de s'expliquer. Duma se doutait qu'il ne recevrait pas de réponse, mais le journaliste avait une certaine éthique. Cela donnerait en substance : « *The Daily Sun* a tenté d'obtenir un commentaire du président Aleko, qui n'a pas souhaité nous répondre. »

Dès que l'hélicoptère se posa, le correspondant commanda un taxi et regagna le local de la société d'hélicoptère pour ne pas attendre sous la pluie torrentielle.

À sa grande surprise, il y avait déjà quelqu'un. Un homme debout dans un coin, l'air d'attendre de pouvoir monter dans l'hélicoptère. Par ce temps ? N'avait-il pas un petit air familier ?

— Non mais franchement, je n'ai vraiment pas de bol aujourd'hui, hein ? dit le président Aleko. Moi qui ne réponds normalement jamais aux interviews.

Tout se déroulait selon le plan. Aleko était d'une humeur radieuse, malgré la météo catastrophique. Agnes était une incroyable gestionnaire de crise.

— Oh, mais ce ne serait pas l'envoyé spécial d'Addis-Abeba ! Évidemment que vous pouvez me poser une ou deux questions, puisque nous sommes tous deux immobilisés ici.

Samuel Duma mit une seconde à comprendre qu'il s'agissait vraiment de l'homme qu'il croyait. Il se ressaisit rapidement.

— Excellent, monsieur le président. Dans ce cas, voici ma première question : pourquoi avez-vous tenté de tromper le monde entier ?

Ce n'était pas du tout l'introduction à laquelle s'attendait Aleko.

— Je ne vous suis pas. Il me semblait que vous reveniez d'un reportage aux Condors. Ai-je manqué quelque chose ? L'hélicoptère s'est-il égaré ?

— Monsieur le président, j'ai une série de photos ainsi qu'un film montrant votre pathétique façade en bois renversée par le vent et révélant un des terminaux les plus lamentables de toute l'Afrique. Vous avez essayé de m'utiliser pour faire votre promotion. Ma question est donc : pourquoi ?

Aleko vit s'envoler les hommages. Saleté de météo ! Saleté de tout ! Les idées se suivaient à 100 kilomètres à l'heure dans sa tête. Serait-il envisageable de se jeter sur le correspondant et de le massacrer ici et maintenant ?

Duma s'aperçut que le président était secoué.

— Est-ce que vous êtes en train d'inventer une explication à l'improviste ? Croyez-moi, vous n'y arriverez pas. Je sais ce que j'ai vu, j'ai pris des photos et j'ai déjà eu le temps de formuler l'introduction de mon article. La meilleure chose à faire, monsieur le président, c'est de reconnaît…

— 25 000, l'interrompit Aleko. Dollars, bien sûr.

— Quoi ? lâcha Samuel Duma, déconcerté.

— J'ai dit 25 000 ? Je voulais dire 50 000. Trois ans de salaire, à peu près, c'est ça ?

Aleko se flattait de ne pas avoir son pareil pour acheter le silence des gens.

— Je dirais plutôt cinq ans de salaire, monsieur le président. Ou cinquante, si j'étais agriculteur aux Condors.

— Il n'y a qu'un idiot pour être agriculteur aux Condors. Mais je ne crois pas que vous en soyez un. Je pense qu'aujourd'hui pourrait être le plus beau jour de votre vie. Je propose une poignée de main pour 100 000 tout rond. J'ai beaucoup de choses à faire, et je voudrais repartir avant que la météo se dégrade encore, mais je voudrais d'abord régler cette pénible histoire.

C'était aussi l'avis de Samuel Duma. Si monsieur le président voulait bien l'excuser, il avait un article à boucler au plus vite.

— D'ailleurs, voilà mon taxi. Je vous remercie pour cette interview, monsieur le président. Je vous souhaite beaucoup de chance pour la suite. Adieu.

Sur ces mots, Samuel Duma brava la pluie, sauta dans son taxi et disparut. Cent mille dollars, c'était une somme vertigineuse pour n'importe quel journaliste sud-africain. Mais l'honneur de Samuel Duma n'était pas à vendre.

Le pilote d'hélicoptère avait achevé ses réglages afin d'éteindre son appareil. Ayant coché toutes les mesures de sécurité, il regagna son local. Il découvrit alors le président Aleko dans la salle d'attente.

— Bonjour, monsieur le président. Tout va bien ?

— Ta gueule, répliqua Aleko. Comment as-tu pu être assez stupide pour ramener le reporter après ce qu'il a vu ?

Le pilote pressentait que la journée ne finirait pas bien. Mais qu'était-il censé faire ?

— Qu'est-ce que j'étais censé faire ? protesta-t-il.

— Pour commencer, te débrouiller pour sombrer en mer. Ou au moins éjecter ton passager d'une hauteur de 500 mètres. N'importe quoi, sauf ça !

Le pilote avait un baromètre moral pour évaluer les niveaux de pots-de-vin selon les situations. D'après celui-ci, l'argent touché jusqu'ici ne lui donnait aucun motif de se suicider avec son hélicoptère et son passager. Quant à lâcher les leviers ne serait-ce que quelques secondes, en pleine tempête, afin de pousser son passager hors de l'appareil… non, cela se serait mal terminé pour tout le monde.

— Sauf pour moi, marmonna Aleko. Allez, démarre ton fichu hélico et ramène-moi chez moi.

— Pas par ce temps, monsieur le président. C'est beaucoup trop dangereux.

Aleko n'avait aucune intention de passer la nuit dans une salle d'attente. Il lança au pilote un regard particulièrement convaincant.

— Mais peut-être que ça va s'éclaircir, avec un peu de chance, ajouta le pilote. Nous décollons à 15 heures.

— 14 heures.

MONROVI – MOMBASA (*The Daily Sun*). Le président des Condors, Aleko, a fait sensation il y a seize jours à Addis-Abeba, lorsqu'il a déclaré au nom de son pays la guerre contre la corruption.

Son discours a engendré un nouvel espoir dans le cœur d'un continent tout entier, et lui a valu l'accolade du secrétaire général de l'ONU et du président des États-Unis.

Pourtant, Aleko a abusé le monde entier. La rumeur le dit corrompu, cynique et fourbe.

The Daily Sun révèle aujourd'hui que la rumeur dit vrai.

Les photos ci-contre sont éloquentes. Il y a moins de trois semaines, le président a présenté un nouveau terminal aéroportuaire étincelant pendant son discours très remarqué sur l'anti-corruption, face aux dirigeants de l'Afrique tout entière, au président américain Obama et au secrétaire général de l'ONU Ban Ki-moon.

En réalité, ce terminal n'était rien de plus qu'une façade en bois, qui a fini par terre au premier coup de vent.

The Daily Sun a obtenu une interview exclusive du président Aleko, pendant laquelle nous l'avons confronté à la réalité des faits. Le président ne s'est pas donné la peine d'avancer d'explication. En revanche, il a tenté à trois reprises de soudoyer votre serviteur et envoyé spécial. Lorsque nous lui avons fait observer que les sommes évoquées étaient effarantes au regard du salaire des braves travailleurs condoriens, Aleko ne s'est pas gêné pour traiter ses administrés d'idiots.

Reportage complet dans l'édition de demain du *Daily Sun*.

SAMUEL DUMA

La précoce saison des pluies sembla reculer, comme indécise. Le pilote d'hélicoptère se posa sans difficulté près du palais présidentiel, laissa descendre son passager, et repartit avec le vif sentiment que les jours d'Aleko étaient comptés. Sans doute ferait-il bien d'exiger tout de suite son règlement. Et de confier l'argent à son épouse en lui conseillant de spéculer sur un franc condorien fortement affaibli.

Quand Aleko entra dans la pièce où le cercle le plus restreint avait l'habitude de se réunir, Agnes, Günther, Herbert, Johan et Petra étaient en train de regarder la télévision. La chaîne d'information américaine CNN avait acheté quatre photographies et un film, qu'ils accompagnaient de citations tirées de l'article sud-africain, dont l'interview du président qui traitait ses concitoyens d'idiots. Ceci suivi de trois brèves interviews vidéo de Condoriens bloqués à Addis-Abeba depuis plusieurs semaines, après que leur vol retour avait été subitement annulé. Tous trois déclaraient qu'ils ne voulaient plus être représentés par un homme qui ne les respectait pas et mentait si ostensiblement. Nouveau clip, montrant le ministre condorien des Affaires étrangères décrétant l'interdiction officielle de la corruption à compter de ce jour.

Le président, les cheveux dégoulinant de pluie, ne prononça pas un mot de tout ce reportage dévastateur. Pas avant l'intervention de Johan.

— Les pots-de-vin ont toujours été interdits, non ? Comment ma cinglée de belle-sœur a-t-elle pu te laisser passer dans l'émission pour dire ça ?

Johan n'osait pas mentir à son père.

— Je lui ai glissé un billet de 100.

La journée d'Aleko s'acheva avec l'appel téléphonique de Ban Ki-moon pour leur signifier que Johan

Löwenhult n'était plus Monsieur anti-corruption. Quant au président, il pouvait se mettre sa place financière où il savait. Une expression que Ban Ki-moon n'avait jamais employée en plusieurs décennies au service de la diplomatie, mais, parfois, la diplomatie n'avait pas de mots assez forts.

Ce coup de fil rappela à Johan le numéro de téléphone que lui avait donné son père, celui de cet acteur hollywoodien.

— Je sens que l'atmosphère est un peu morose. Est-ce que j'appelle George Clooney ? Il avait des compliments à nous faire.

— Bonne idée, ironisa Petra.

Le visage de Johan s'éclaira.

— C'est vrai ?

— Non.

69

Il est temps de lâcher prise

Le lendemain, une manifestation eut lieu devant le palais présidentiel. À peu près 200 Condoriens scandèrent « Démission ! » derrière les grilles. On les entendait jusque dans le salon où Aleko se trouvait avec Agnes, Günther, Herbert, Johan et Petra. Sans le mauvais temps, ils auraient été dix fois plus nombreux.

Aleko avait réussi à inspirer la honte à son peuple. Les banderoles lui reprochaient de mentir, de soudoyer tout le monde et d'insulter ses concitoyens.

— Se faire traiter d'idiot n'est tout de même pas la fin du monde, commenta Johan.

Petra dit que les mensonges et pots-de-vin suffisaient déjà à eux seuls.

Agnes avait appris à ses amis qu'il était presque toujours possible de retourner une situation à son avantage grâce au bon programme de retouche d'images et à une publicité intensive sur le plus de réseaux sociaux possible. Si quelqu'un pouvait faire basculer l'opinion, c'était elle. Le groupe fut d'autant plus contrarié de l'entendre répondre pour la première fois :

— Je n'arrange pas ça, merde.

— Qu'est-ce que tu es belle quand tu dis des gros mots, s'extasia Herbert.

Günther but la moitié de son verre de vodka. Il fut immédiatement saisi d'une profonde mélancolie russe, tout Est-Allemand qu'il était.

— Tout est ma faute, se lamenta-t-il.

Pourquoi, au juste, ce n'était pas très clair.

Cependant, une longue vie bien remplie avait appris à Aleko à reconnaître quand le moment était venu.

Celui, par exemple, de quitter le navire Gorbatchev en perdition. Celui d'attraper ses valises remplies de son argent détourné et d'abandonner Eltsine et toute la Russie. Celui de renoncer à sept ans de présidence.

— Bon, on se secoue et on se repositionne.

70

Opération Sauver les meubles

Partie 1

Aleko n'avait pas vraiment de plan, si ce n'est qu'il était temps de changer de localisation. Avec le plus d'argent possible dans ses bagages.

Petra calcula les mesures à prendre. L'équation donnait :

Gagner du temps + assurer leurs finances + émigrer = la paix

Elle confia à Aleko la tâche de gagner du temps. La priorité serait d'apaiser l'ambiance révolutionnaire généralisée. Ils n'avaient ni le temps ni les moyens de se permettre un coup d'État par-dessus le marché.

Le président estimait les compétences de cheffe de la prophétesse. Elle aurait fait un si bel atout dans son gouvernement. Il appela Fariba pour la prévenir qu'il avait l'intention de s'adresser à son peuple à la télévision, le soir même à 20 h 15.

— Mais c'est en plein milieu de *Game of Thrones* ! s'étonna Fariba.

— Je sais, dit Aleko.

C'était ainsi qu'on touchait les foules.

Le président passa tout l'après-midi à peaufiner ses formules. Il écouta le point de vue de Günther. Et d'Agnes. Avant de laisser Petra décider. Quelques secondes avant 20 h 15, il but une belle gorgée de sa meilleure vodka russe pour se mettre dans le bain. Les lampes du studio s'allumèrent. Le décompte commença. Trois, deux, un, ça tourne !

Regard déterminé, face caméra !

« Mes chers, fiers compatriotes condoriens. Depuis plus de sept ans, j'ai œuvré jour et nuit dans votre intérêt. J'ai résisté à ceux qui ont tenté de nous piétiner. Mais j'ai aussi commis des erreurs et je sais que la semaine passée, j'ai déçu nombre d'entre vous. Pour cela, je veux non seulement vous présenter mes excuses, mais aussi vous annoncer que je tire les conséquences de mes actes, et décrète l'organisation d'élections anticipées pour les fonctions présidentielles. Des élections auxquelles je ne participerai pas. Elles se tiendront dans une semaine et je confierai au plus tard la semaine suivante la responsabilité de la nation au vainqueur démocratiquement élu. Vive la démocratie ! Vive les Condors ! Sur ces mots, je rends la parole à *Game of Thrones*. Longue vie à Ned Stark ! »

Cet hommage à Ned Stark n'était pas dans le script. C'était sorti tout seul. Aleko le jugea plutôt approprié. Au fond, il aimait les mêmes choses que tout le monde.

La manœuvre se révéla efficace. Le nombre de manifestants devant le palais était monté jusqu'à 3 000. À l'exception de sept d'entre eux, tous firent une pause pour l'extrait hebdomadaire de la série américaine. Aucun ne revint.

Après l'annonce d'Aleko, les derniers manifestants jetèrent l'éponge un à un, à mesure qu'ils apprenaient ce que le président avait déclaré en direct.

Aleko avait prononcé son discours depuis le studio spécialement aménagé dans les tréfonds de son palais. À présent, depuis le troisième étage de l'aile ouest, il observait le dernier manifestant avec ses jumelles. Une jeune femme, à la colère à peine éteinte, semblait-il. Elle s'éloigna au petit trot, traînant derrière elle une pancarte à l'envers :

ALEKO,
DEHORS !

Le président sortant fut obligé d'incliner la tête pour lire.

— Mais oui, merde, dit-il depuis sa fenêtre.

71

Opération Sauver les meubles

Partie 2

À seulement trois jours de la seconde apocalypse en l'espace d'un mois, l'afflux ininterrompu d'argent sur le compte d'Herbert avait peu à peu ralenti et s'était presque tout à fait tari. Pour leur traditionnelle réunion de l'après-midi sur la vaste terrasse du palais (où Johan leur réservait toujours une belle surprise), Agnes déplora le résultat final. Ils avaient vraisemblablement atteint toutes les personnes susceptibles de parier. Le marché était, pour ainsi dire, saturé.

— Mais 514 millions, c'est tout de même correct, concéda-t-elle.

Aleko était absolument fasciné par la déception de la dame aux cheveux violets.

— À combien t'attendais-tu ?

— J'aurais bien aimé dépasser le milliard.

Tous les autres trouvaient la somme amplement suffisante. Petra décida qu'il était temps de vider le compte en Suisse et de rapatrier l'argent aux Condors avant de le transférer ailleurs. Pour cela, ils avaient plus que jamais besoin d'Herbert von Toll. La prophétesse demanda à Aleko de confier toutes les clés numériques de la Banque condorienne à leur nouvel allié. Herbert avait déjà celles de la Banque von Toll.

Aleko obéit, non sans poser une question sérieuse :

— Pouvons-nous te faire confiance, Herbert ?

— Absolument, répondit Agnes.

Subitement inspirée par la vieille dame aux cheveux violets et son nouvel amoureux, Petra s'accorda une pause dans son travail de planification. À moins qu'il ne s'agisse de la planification de son propre avenir, elle ne savait pas trop. Quoi qu'il en soit, elle avait réalisé des progrès dans sa discussion avec Malte, à Stockholm. Elle n'osait pas lui demander quelle place occupait Victoria dans son cœur depuis l'incident de la batte de baseball et du club de golf, mais elle songeait que le jeune homme était aussi authentique et gentil qu'elle l'avait soupçonné au lycée. Peut-être un peu trop gentil ? Et indécis ? Et que la vie le punissait pour ça ? Malte écrivait qu'il pensait acheter une nouvelle batte de base-ball et la baptiser en l'honneur de Petra.

S'il ne flirtait pas, qu'est-ce que c'était ?

Herbert leva les yeux de son écran et annonça à l'assemblée que leurs 514 226 000 dollars étaient à présent en sécurité à la Banque condorienne. Les paris restant ouverts encore pendant soixante-dix heures, il y avait un risque de voir arriver quelques centaines de dollars de plus, dont ils ne pourraient s'emparer.

Aleko dit que cela ne devait pas donner des insomnies à Herbert. Il ne fallait pas se montrer trop vénal.

Mais Herbert avait découvert une chose étrange.

— Je vois 500 millions de plus dans ta banque ici aux Condors, Aleko. D'où viennent-ils ?

— Ah oui, merde, s'exclama Aleko.

Avec tous ces événements, il avait complètement oublié cette histoire.

Deux ans plus tôt, une femme d'affaires russe avait demandé une audience auprès du président condorien, expliquant qu'elle envisageait d'investir plusieurs milliards dans le pays.

Aleko ne pouvait refuser une telle entrevue. C'était un peu effrayant, quand on connaissait son parcours. Mais Aleko avait changé de nom et d'apparence, et les années avaient passé. Le risque que la femme d'affaires reconnaisse Alexandre Kovaltchuk pesait peu en comparaison des sommes qu'elle mentionnait.

Le président avait décidé de convier Günther à l'entrevue. De l'autre côté de la table était assise une femme élégante accompagnée de son fidèle interprète. Au fil de leur discussion, Aleko avait compris qu'il avait affaire en réalité à Vory. Ils se dissimulaient désormais derrière des costumes-cravates ou, dans le cas présent, un tailleur Prada sur mesure et une paire de talons aiguilles Louboutin. La femme était jeune, elle n'était sans doute encore qu'une enfant quand Aleko s'était enfui avec ses valises remplies de dollars. Cela l'avait rassuré.

Les négociations s'étaient déroulées en français, par sécurité. Parler russe avec la mafia qui recherchait Alexandre Kovaltchuk serait revenu à réveiller l'ours endormi.

Après bon nombre de formules de politesse et de tâtonnements prudents autour du motif réel de leur entrevue, Aleko avait saisi le taureau par les cornes.

« Nous vivons dans un monde injuste, avait-il dit. Il suffit d'égarer le moindre reçu ou simplement d'aider à satisfaire un partenaire commercial pour se retrouver soudain en possession de sommes d'argent que les États et autorités considèrent injustement comme “sale”. Je suis fier d'appartenir à l'avant-garde qui combat cette aberration financière. Je vous propose de tenter l'expérience ensemble. Si vous ne me trouvez pas trop impudent. »

On avait commencé par 10 millions de dollars de provenance douteuse. La mission des Condors était de les blanchir. Günther savait comment procéder, et il avait pris les choses en main dès que la Russe et son interprète avaient quitté le palais.

De nombreuses années plus tôt, il avait eu un proche associé, un Chinois de Hong Kong qui imprimait des faux coupons alimentaires soviétiques d'une telle qualité que c'étaient les gens en possession des vrais qui étaient soupçonnés de fraude. Cet associé habitait depuis longtemps en Floride, où il gérait une chaîne de salons de coiffure en parallèle d'une affaire d'importation de caviar « russe » – produit et conditionné au Vietnam. Günther et son associé avaient renoué les liens et échafaudé un plan.

Le Hongkongais entreprit de copier les numéros de cartes de crédit de ses clients avant de les communiquer aux Condors, qui imprimèrent des cartes contrefaites avant de les acheminer par courrier en République dominicaine, où le Hongkongais se rendit soi-disant en vacances. Dans un appartement de Saint-Domingue, il mit sous pli et affranchit 200 cartes de crédit, et les envoya à autant d'exilés chinois de sa connaissance aux quatre coins du monde. L'associé de Günther avait le meilleur réseau de contacts qui soit.

Grâce à ces cartes, les Chinois en exil achetèrent des télévisions et autres appareils électroniques haut de gamme, qu'ils firent expédier aux Condors. Des colis arrivèrent donc de Malaisie, Norvège, Roumanie, Sierra Leone, Mexique, Lituanie, Irlande, Maroc, Philippines, et d'un grand nombre d'autres pays.

Aleko réunit ensuite tous les appareils en un seul envoi groupé pour Moscou, où les marchandises furent revendues à une chaîne de magasins d'apparence honorable – une entreprise qui payait un taux d'impôts correct et dont la comptabilité était en règle.

Un commerce qui vend des téléviseurs haut de gamme au prix du marché sans devoir payer un seul öre réalise bien vite des bénéfices significatifs. Le propriétaire de la chaîne de magasins (Vory, pas vrai ?) augmenta rapidement ses profits. Comme l'électronique de pointe était une denrée rare à l'époque en Russie, le prix de vente avait été évalué en conséquence. Cela signifiait par extension que 10 millions de dollars détournés donnaient quelques semaines plus tard 9,5 millions de dollars blanchis. Et Aleko, le Hongkongais, les Chinois en exil et le fisc russe avaient déjà reçu leur part.

Pour autant, il s'agissait de ne pas rouler trop longtemps les clients des salons de coiffure du Hongkongais, mais Günther inventait sans cesse de nouvelles variations sur le même thème. À la deuxième fournée, les Russes leur avaient confié 20 millions, avec les mêmes excellents résultats. La fois suivante, 50 millions. Puis 100. Et, pas plus tard que la veille, 500 millions de dollars. Le président condorien avait fait ses preuves. Il était un homme intègre.

— Puisque nous sommes fâchés avec tous les autres, autant y ajouter la mafia, dit Aleko, qui n'était pas un homme intègre. Mets nos 500 millions avec ceux des Russes, Herbert. Ça nous servira toujours.

Bien qu'elle ait atteint son milliard, Agnes n'était toujours pas satisfaite. Leur usage originel était la reconstruction de la nation mal gouvernée d'Aleko. À présent, le président semblait plutôt sur le point de démissionner, vider les caisses du pays et se faire la malle. En abandonnant l'hôpital inachevé d'Agnes ?

Aleko remua sur son siège, cherchant ses mots, car Agnes venait de décrire l'exacte vérité. Il fut sauvé par l'arrivée de Johan muni d'un large plateau en argent :

— Qui veut des coquilles Saint-Jacques avec leur émulsion de ciboulette et beurre noisette ?

— Moi, s'il te plaît, répondit aussitôt Aleko. Puis-je suggérer de savourer ce repas en silence ?

Herbert s'y connaissait en placements. En appuyant sur quelques boutons, 1 milliard de dollars placé aux Condors s'envola pour Curaçao. De là, pour Singapour.

La Lettonie. Israël. Les îles Vierges britanniques. Pour finalement atterrir à la Barbade.

Après les coquilles Saint-Jacques arrivées à point nommé, Aleko voulut s'assurer que la police ne pourrait pas remonter la piste de l'argent. Herbert dit qu'Interpol avait des analystes horriblement habiles, avec des outils de pointe. Ils finiraient assurément par le trouver, en temps voulu.

— Combien de temps, à peu près ? demanda Aleko.

— Quelques milliers d'années. S'ils travaillent 24 heures sur 24. Et qu'ils ont un peu de chance.

— S'ils pensent mettre plus de cinq ans et quelques semaines, ils peuvent aussi bien laisser tomber, dit Petra.

— Et mon hôpital, alors ? rappela Agnes.

72

Opération Sauver les meubles

Partie 3

Aleko pouvait être rancunier, quand il voulait. À seulement une journée de la date limite d'inscription sur la liste de prétendants au poste présidentiel vacant, et à deux jours des élections (les délais d'organisation étaient très courts aux Condors), il découvrit qu'il ne s'était présenté qu'un seul candidat. Qui n'était nul autre que ce fichu porte-parole des chèvres.

— Il est hors de question que je passe le pouvoir à ce type, lança Aleko à son ami Günther.

— Tu n'en auras peut-être pas besoin si tout se passe comme je le prévois, répondit son ami.

Aleko partait du principe que Günther le suivrait quand ils fileraient à l'anglaise. C'est le cœur lourd qu'il apprit que son quasi-frère avait l'intention de rester aux Condors. Après tout, il devait penser à sa femme et à sa fille. Bien sûr, il pourrait les emmener, mais certainement pas le poney adoré d'Angelika, Pocahontas. Cela lui briserait le cœur.

— Tu vas me manquer, mon cher frère. Mais que vas-tu faire ?

Eh bien, Günther présumait que le nouveau président, quel qu'il soit, voudrait sûrement nommer son propre chef de la police. Günther devrait donc rendre son uniforme, une perspective pour le moins déplaisante.

Une solution serait de devenir lui-même président. Ainsi, il pourrait s'autodésigner chef de la police et conserver son uniforme, de préférence avec un paquet de médailles accrochées dessus.

Le visage d'Aleko s'illumina. Quelle brillante idée !

Cependant, il était impossible d'exclure que le chef de village bénéficie d'un certain soutien dans les vallées. Grâce à la bonne mémoire de Günther, le président commença à tirer des ficelles. Par chance, le président de la commission électorale était justement l'oncle paternel de la défunte épouse d'Aleko. Elle avait supplié son mari d'offrir au bonhomme un poste bien payé où il n'aurait pas besoin de lever le petit doigt, car il était à la fois fainéant, vieux et – pour être franc – un peu simple d'esprit. La commission électorale était la tâche idéale, puisque Aleko n'avait aucune intention d'organiser des élections.

À présent, le bonhomme aurait tout de même quelque chose à faire. Le président lui donna la consigne d'ajouter 40 % au nombre de voix qu'obtiendrait réellement Günther. Cela pouvait sembler beaucoup, mais mieux valait prévenir que guérir. Il chargea aussi Fariba de diffuser le plus grand nombre possible de clips publicitaires présentant Günther sous son meilleur jour. Dans plusieurs vidéos, le candidat s'adressait directement à la population.

« Je suis Günther. Je suis chef de la police du pays avec le taux de criminalité le plus bas d'Afrique. Je suis prêt à accepter l'honneur d'être votre dirigeant. Tout en haut de mon programme figurent une baisse des impôts, une hausse des salaires, plus d'emplois et une météo plus clémente. Ensemble, nous ferons fleurir les Condors comme jamais auparavant. »

Il prononça son allocution dans un français approximatif. Fariba veilla à sous-titrer ses paroles en arabe. Dommage qu'une si faible proportion de la population parle français. Et qu'encore moins sache lire.

Une fois le chef de village neutralisé, Aleko n'en avait plus que contre une personne (si l'on omettait la totalité des dirigeants africains) : le demi-frère de Johan.

Fredrik avait mené Johan à la baguette pendant toute leur enfance, lui avait volé plusieurs millions, avait brisé sa carrière internationale. Et, surtout, il avait contraint Aleko à annoncer sa démission et à bientôt quitter le pays.

Le demi-frère le regretterait. Désormais bouc émissaire au cœur du système bancaire von Toll, il porterait bientôt le chapeau de cette escroquerie à 500 millions de dollars. Bien sûr, il clamerait son innocence. D'autant plus qu'il l'était, innocent, d'un point de vue objectif. Il serait alors bon que le groupe ait un atout dans sa manche.

Aleko trouvait naturel qu'une personne qui gagne soudainement 500 millions de dollars s'offre quelque chose de sympa. Mais puisque Fredrik – contrairement à Aleko et ses amis – ne s'était pas enrichi, le président décida de choisir quelque chose pour lui. Quelque chose de vraiment sympa. De préférence un cadeau excédant largement une babiole qu'on pourrait justifier avec un salaire de troisième secrétaire.

Il téléphona au Hongkongais à Miami et reçut la réponse qu'il espérait. L'associé avait au moins trois loyaux sous-traitants dans la capitale italienne, tous partants pour gagner un peu d'argent.

Aleko sélectionna l'un d'eux, puis il imprima une carte de crédit et des documents d'identité au nom de Fredrik Löwenhult, et fit en sorte que ces pièces arrivent entre les bonnes mains à Rome. Il fut assisté par le pilote d'hélicoptère soudoyé de Mombasa et une société de courrier internationale. Il ne s'écoula pas plus de dix-neuf heures et trente-six minutes entre l'idée et l'accusé de réception.

Et voilà comment une Ferrari rouge achetée et enregistrée au nom de Fredrik Löwenhult se retrouva garée sur un passage piéton à l'angle de la Via Clitunno et de la Via Serchio, à un jet de pierre de l'ambassade de Suède à Rome. L'opération avait coûté un bras à Aleko, mais elle lui apporta une immense satisfaction. Il en fit un résumé au reste du groupe autour d'un café le lendemain matin.

Sans doute était-ce un peu trop résumé. Petra crut comprendre la plus grande partie de ce qui en valait la peine, mais par endroits elle dut admettre qu'elle était perdue.

— Pourrais-tu s'il te plaît nous réexpliquer pourquoi tu as acheté une Ferrari à l'un des individus qui figurent tout en haut de ta liste d'ennemis ?

— Une Ferrari *rouge*, renchérit Agnes, se rangeant derrière la question de Petra.

— Ils n'avaient pas de Honda Civic ? demanda Johan. Ç'aurait été moins cher.

Aleko répondit que la Honda Civic était certainement une bonne voiture, mais pas du genre dont on faisait l'acquisition pour fêter une soudaine fortune de 500 millions de dollars. La Ferrari devait donner l'impression que Fredrik Löwenhult avait des millions à dépenser.

— Ce qui est le cas, lui rappela Petra. En partie volés à Johan.

— Une mesure parfaitement débile, conclut Agnes. Si tu me pardonnes ma franchise.

Elle aurait préféré que cet argent aille à l'hôpital en construction.

Quand Aleko expliqua que la voiture avait été stationnée sur un passage piéton afin d'attirer à coup sûr l'attention de la police italienne, les autres ne l'écoutaient déjà plus.

73

Les élections présidentielles condoriennes

Le président vieillissant, fainéant et peut-être légèrement simple d'esprit de la commission électorale prenait sa mission très au sérieux. Peut-être était-ce parce que, n'ayant pas eu à lever le petit doigt depuis 2006, il était parfaitement reposé.

Il ne disposait que de vingt-quatre heures, mais il parvint à accomplir l'exploit d'organiser une distribution de bulletins de vote dans toutes les vallées et tous les coins les plus isolés du pays.

Puisque les candidats étaient seulement au nombre de deux, les bulletins n'avaient pas besoin d'être bien sophistiqués : la photo et le nom de chaque candidat, et deux cases à cocher.

À côté de la première photographie (légèrement plus grande), on pouvait lire :

« Candidat 1 : Günther. Depuis de nombreuses années chef de la police apprécié, bénéficiant d'une grande expérience, n'ayant que l'intérêt des Condors à l'esprit. »

Et à côté de la deuxième :

« Candidat 2 : ancien chef de village. Sait peut-être lire. Veut augmenter les impôts. »

En attendant que les bulletins de vote soient collectés, le président de la commission électorale s'assit autour de la table avec ses six enfants et ils se mirent à cocher à toute vitesse des bulletins supplémentaires. Günther avait besoin de 40 % de voix en plus, mais comment savoir combien cela représentait ? Le plus sûr était de continuer à cocher, et on verrait bien quel pourcentage cela donnerait.

Les bureaux de vote fermèrent à 18 heures. Les bulletins furent acheminés par scooter ou vélo jusqu'au siège de la commission électorale au centre de Monrovi. Le taux de participation n'était pas très élevé, si bien que le président de la commission put annoncer le résultat à la télé en direct à 22 heures le soir même. Il avait confié à 200 anciens ouvriers forestiers la tâche de dépouiller les bulletins. Ils avaient tout le temps nécessaire, vu qu'il n'y avait plus de forêt à exploiter.

Cependant, les mathématiques, pour ne nommer qu'elles, n'étaient pas la tasse de thé du vieux président de la commission. Et il avait deux résultats à gérer, l'officiel et sa propre manipulation. Comment faire, maintenant ? Devait-il additionner les résultats et les diviser par deux ? Ou par trois, pour plus de sûreté ?

Le président décida de consulter l'esprit le plus vif de sa famille : sa fille Camille, 9 ans, qui gagnait presque toujours au Yatzy. La petite fille aurait dû dormir, il y avait école le lendemain. Sa femme lui accorda cinq minutes, à contrecœur, pour la démocratie.

— Regarde, papa, dit la petite Camille.

Elle entreprit de tracer de grands chiffres et de grandes lettres sur une feuille blanche pour expliquer le plus clairement possible.

Au total, 101 202 Condoriens s'étaient réellement exprimés. 44 665 faux Condoriens avaient voté pour Günther. Le chef de village obtenait 99,6 % des vraies voix, et Günther 100 % des fausses voix.

— Alors Günther a gagné, se réjouit le vieux président. Parfait !

Malheureusement, ce n'était pas si simple. Les vrais votes étaient plus nombreux. En additionnant toutes ces voix, cela donnait un résultat de 69,1 % pour le chef de village et 30,9 % pour Günther.

Camille ne put aller plus loin. Maman trouvait que cela commençait à bien faire. Allez, au dodo !

Le père de Camille contempla les pourcentages devant lui, et décida que le mieux était de les fusionner.

Voilà comment le président de la commission électorale annonça en direct à la télévision que le candidat 1, Günther, avait obtenu 130,9 % des suffrages.

C'était nettement plus que ce qu'avait exigé Aleko.

— Ouh là, s'étonna la présentatrice, Fariba. Ça fait un gros pourcentage.

Et même un trop gros pourcentage, mais elle ne pouvait pas le dire à l'antenne. À la place, elle se félicita :

— La participation reflète manifestement l'enthousiasme des Condoriens à faire usage de leurs prérogatives démocratiques.

Après quoi, elle commit une erreur catastrophique. Elle posa une seconde question.

— Combien de voix le perdant a-t-il obtenues ?

Selon la méthode de comptage avancée de la commission, un taux de 168,7 %.

— Mais ça fait plus..., lâcha Fariba, stupéfaite.

— On peut voir les choses comme ça, dit le vieux président de la commission, qui sentait confusément que cela allait mal tourner.

Aussi ajouta-t-il que les 130,9 % de Günther méritaient tout de même le respect.

Ce commentaire n'aida pas Fariba. 168 faisait bel et bien plus que 130. Elle n'eut d'autre choix que de féliciter le chef de village pour sa victoire. En revanche, elle ne remercia pas le président de la commission électorale pour son passage dans l'émission.

Allait-elle perdre son emploi ?

En conclusion, pratiquement personne n'avait voté pour Günther. Il avait un nom bizarre, il ne parlait pas la bonne langue, et il avait des liens étroits avec le président sortant. Tandis que le chef de village avait fait campagne de hameau en hameau quatre jours de suite.

Aleko était furieux. Il téléphona au vieux président de la commission. Comment avait-il pu annoncer un résultat montrant une participation de 299,6 % ?

Le vieil oncle tenta de rappeler à Aleko qu'il avait tout de même obtenu un résultat plus élevé qu'il l'avait demandé. Pour plus de votes, il aurait fallu une famille deux fois plus nombreuse autour de la table de la cuisine. Il avait seulement une épouse et six enfants, dont le plus jeune n'avait pas plus de 5 ans. D'ailleurs, le petit avait rendu service à la démocratie au moins deux cents fois avant que sa maman l'oblige à aller au lit.

Aleko ne se donna même pas la peine de renvoyer le président. Il se contenta de lui souhaiter un avenir pitoyable et raccrocha.

La passation officielle des pouvoirs devait se dérouler dans moins d'une semaine. La ministre de la Santé, Agnes, pourchassait le président dans les couloirs. L'idée que la construction de son hôpital s'interrompe juste parce que le groupe allait quitter le pays la contrariait beaucoup.

L'intérêt d'Aleko dans le lifting esthétique de la nation résidait dans l'avenir de son fils Johan. À présent que ce futur avait été anéanti par ce satané demi-frère, il ne voyait plus de finalité à tout ce qu'Agnes avait entrepris.

Si, une quand même.

Il ne supportait plus de l'avoir sans cesse sur les talons.

— Oui, oui. Je promets que ce satané hôpital sera terminé. D'une façon ou d'une autre. Mais seulement si tu arrêtes de me harceler.

Agnes acquiesça, satisfaite. Le président Aleko promettait rarement quoi que ce soit. Mais quand il faisait une promesse, il la tenait.

Cela commençait à presser. À seulement trois jours du changement de président, Aleko convoqua pour la première et la dernière fois une réunion du gouvernement. Elle concernait le ministre des Affaires étrangères Löwenhult, la ministre de la Santé Massode Mohadji, et, en suppléant, le président élu qui avait sans doute un nom lui aussi.

— Bienvenue, commença Aleko d'une voix solennelle. Le premier et unique point à l'ordre du jour concerne les chèvres des montagnes condoriennes. Je viens de décider de toutes les exterminer.

Johan et Agnes étaient au parfum.

— Sage décision, papa – je veux dire, monsieur le président. Les chèvres des montagnes constituent une menace pour nous tous.

— Très sage, renchérit Agnes. Les chèvres des montagnes sont le fléau de la nation.

Conformément à leurs attentes, le porte-parole des chèvres et futur président fut profondément consterné.

— Mais s'il vous plaît… vous ne pouvez… vous n'avez pas le droit… comment auriez-vous seulement le temps…, balbutia-t-il.

— Le temps ? dit Aleko. Ça peut s'arranger. J'ai encore un jour et demi à ce poste. Dans le pire des cas, je prendrai du napalm.

— Ça se trouve sur Internet, fit savoir Agnes.

Le chef de village n'eut pas le temps d'avancer de nouvelles objections qu'Aleko poursuivit :

— La seule personne qui pourrait m'en empêcher est le chef de la police, Günther. Il vient d'offrir un poney à sa fille. Un authentique ami des bêtes, semble-t-il. Malheureusement, il démissionne aujourd'hui à 14 heures, en prévision de votre prochaine accession aux fonctions de président, monsieur le chef de village.

Il n'en fallut pas plus. Aleko avait apporté un document prêt à être ratifié. Deux signatures plus tard, Günther était réembauché pour un contrat de quinze ans, validé par le président sortant et son successeur.

Agnes avait préparé un chantage similaire, mais Aleko avait beaucoup à faire, aussi décida-t-il d'aller droit au but.

— En outre, vous devrez finaliser la construction de l'hôpital, sinon c'est vous qui vous retrouverez aux urgences.

Le chef de village promit, et demanda humblement s'il pouvait faire ajouter une clinique vétérinaire à côté.

— Non. Je vous transfère 10 millions de dollars pour l'hôpital. Gare à vous si vous les employez pour autre chose.

Partie III

Après la deuxième fin du monde

74

Dernier jour d'un directeur de banque

Les amis avaient tant de choses à l'esprit qu'ils n'eurent pas le temps de s'apercevoir que le 18 octobre 2011, 21 h 20 (moment précis où le monde rata à nouveau l'occasion de s'écrouler) était arrivé, suivi du lendemain 16 heures, quand pas un seul parieur n'avait récupéré ses gains.

En revanche, un grand (très grand !) nombre de personnes sur la planète avaient surveillé l'heure. Bientôt, des plaintes affluèrent des sept continents contre un certain professeur Smirnoff, dont deux en provenance de l'Antarctique.

Interpol, à Lyon, rassembla les dépositions et contacta comme d'habitude son BCN local, en l'occurrence Fedpol à Bern, au sujet d'un soupçon d'escroquerie d'une hauteur de plusieurs millions. L'étendue exacte de l'arnaque n'était pas encore connue, mais le nombre de plaintes avait vite dépassé les 20 000 et s'approchait des 30 000.

Deux agents spéciaux suisses, un homme et une femme, firent le déplacement à Zurich pour rendre visite à la banque identifiée comme ayant participé à la fraude.

Ils frappèrent à la porte. Ils sonnèrent. Ils frappèrent de nouveau.

Au bout d'un moment, un homme d'un âge très avancé se montra de l'autre côté de la porte en verre armé. Le vieillard secoua la tête pour signaler qu'il n'avait pas l'intention d'ouvrir.

— Vous m'entendez ? appela l'un des deux agents spéciaux.

— Non, répondit Konrad von Toll à travers la porte.

Élevant encore la voix, l'agent indiqua son nom et son titre, puis il présenta sa collègue.

Le vieillard s'obstina dans son refus. La femme sortit de sa poche intérieure un document qu'elle brandit face à la porte, révélant un mandat de perquisition.

Quand même l'ordre officiel se révéla sans effet, les deux agents haussèrent encore le ton et informèrent le directeur de l'établissement que sa licence bancaire était sur le point de lui être retirée.

L'argument fit mouche. Le vieux bonhomme entrouvrit la porte.

— Quelque chose ne va pas ?

— Sans doute tout, répondit l'homme. Nous sommes agents spéciaux pour la Fedpol, à Bern. Pourriez-vous nous offrir une tasse de café ? Il y a beaucoup de choses dont nous devons discuter avec vous.

Konrad von Toll ne pouvait pas. L'employé qui s'occupait de la machine à café s'était volatilisé.

— Un whisky, ça vous va ?

L'agente spéciale, une informaticienne, n'avait pas son pareil pour contourner les pare-feu. Au grand dam de

Konrad von Toll, elle était maintenant en train de fouiller dans ce que la banque avait de plus sacré. Konrad nota que son collègue masculin n'avait pas touché au verre de whisky, tandis que le sien était vide depuis longtemps. Il n'en avait pas proposé à la collègue de l'agent. Dans le monde de Konrad von Toll, l'alcool fort n'était pas pour les femmes.

— Vous ne buvez pas votre whisky, monsieur l'agent spécial ? demanda-t-il à celui qui n'avait pas le nez collé à l'écran.

— Non, merci. Prenez-le, je vous en prie. Ce serait dommage de le gâcher.

— Vous auriez pu avoir le mien aussi, lança l'agente sans détourner les yeux de l'ordinateur. Si vous m'en aviez servi un.

Le directeur de la Banque von Toll s'empara immédiatement du verre du policier et présenta des excuses stratégiques à la femme tout en lui servant enfin un whisky.

— Merci, dit-elle. Très aimable. Je vais maintenant passer à votre historique. Si c'est trop pénible pour vous, mon verre de whisky est là.

L'agente put constater qu'au cours des dernières semaines plus de 500 000 dollars avaient été versés sur un compte protégé de la Banque von Toll. Elle pouvait aussi voir le solde actuel : 320 dollars.

— Pourriez-vous, s'il vous plaît, débloquer ce compte pour moi, monsieur von Toll ?

Le nonagénaire était désespéré. Le moindre de ses nerfs lui criait que personne – personne – ne s'introduisait dans ses comptes de cette façon. Pas même lui, cette fois, car c'était le garçon volatilisé qui l'avait créé et protégé.

— Non ! s'écria-t-il. Je l'interdis. Je veux dire, je ne peux pas. Je veux dire, je ne sais pas. S'il vous plaît, dites-moi ce qu'il se passe.

— C'est plutôt à nous de vous poser la question, monsieur von Toll, répliqua l'agent. Un œil peu averti pourrait imaginer que vous avez commis une fraude au troisième degré. Mais je suis sûr que vous avez une explication, n'est-ce pas ?

Le nonagénaire ne s'était pas senti aussi embarrassé depuis la fin des années 1930, en apprenant que la distraction passagère qu'il s'était autorisée était tombée enceinte. Il vida le whisky de la femme. Trois whiskys coup sur coup en plus des deux verres habituels de la matinée. Cela commençait à faire beaucoup. Cependant, le dernier de la série lui avait redonné courage.

— Rien n'est plus important pour la Banque von Toll que l'intégrité de ses clients, déclara-t-il. Monsieur l'agent spécial et… madame… devront m'excuser, mais…

— Il est tout à fait possible d'être agent spécial et femme à la fois, l'interrompit l'informaticienne. Et experte en droit, croyez-le ou non.

Elle connaissait par cœur les textes de loi approximatifs de toute une série de pays. Piochant parmi eux, elle se mit à citer, avec l'intention de secouer le bonhomme en face d'elle :

— « Quiconque, par l'emploi de manœuvres frauduleuses, détermine une personne à un acte ou un manquement qui entraîne un profit pour l'auteur ou un préjudice pour la personne trompée ou un tiers, sera puni pour escroquerie à une peine d'emprisonnement. » Mangez-vous ça, monsieur le directeur von Toll.

Il est possible que Konrad von Toll ait fait ce qu'elle avait dit. Qu'il ait mangé ça. À moins qu'il n'ait pas eu le temps d'obéir avant que son cœur, après quatre-vingt-seize ans d'efforts, décide d'arrêter de battre. La circulation sanguine cessa, tous les organes – cerveau compris – manquèrent cruellement d'oxygène. Le nonagénaire s'affala sur son bureau et se cogna la tête sur la calculatrice américaine qu'il n'avait pas utilisée depuis de nombreuses années, mais qui trônait là comme une relique sacrée d'une époque révolue. Le corps de Konrad von Toll avait cessé de fonctionner, et le choc contre la calculatrice ne pouvait rien aggraver.

— Bordel de merde ! s'écria l'agent spécial. Il y a un défibrillateur ici ?

— Il n'aurait pas pu d'abord débloquer le compte ? se plaignit l'agente qui, à cet instant précis, n'aurait pas dit non à un whisky.

Il fallut une heure entière au médecin pour venir constater ce que tout le monde avait déjà compris, avant qu'ils emportent le corps. Pendant ce temps, la femme agent spécial bataillait avec le système informatique de la banque. Quand son collègue et elle furent à nouveau seuls, elle avait résolu le problème et s'était introduite dans le compte. Quelques jours plus tôt, 514 millions de dollars avaient été transférés aux Condors. Ceci après une communication entre le titulaire du compte, un certain Fredrik Löwenhult à Rome, et un destinataire encore inconnu.

— J'appelle l'Italie, dit son collègue.

L'agent spécial Sergio Conte avait profité d'un retour au calme pour passer un week-end en Sicile, quelque temps après la mort d'Agnes Eklund dans un accident impliquant une voiture et une calèche. Conte était convaincu de sa mort, et après bien des efforts il avait fini par obtenir une relative satisfaction des différents avocats de Bulgari et LVMH. Le mécontentement du président du club de pêche à la mouche, lui, persista.

Quant à cette saleté d'Internet, il semblait parti pour prospérer. À présent, il avait une escroquerie de plusieurs millions dans une banque suisse sur les bras. Dont le principal suspect était un diplomate suédois, en mission à Rome. Qui avait de toute évidence transféré l'argent détourné aux…

Sergio Conte soupira lourdement.

— Encore les Condors !

À près de 10 000 kilomètres au sud de Zurich, sur son ordinateur portable, Herbert von Toll observait le travail de l'informaticienne. Il ne savait pas à qui il avait affaire, mais cette personne connaissait son boulot.

— Je crois qu'ils viennent de trouver notre bouc émissaire, dit-il après une percée significative. Papa a dû faire une crise cardiaque, à ce stade.

Pendant les cinquante premières années sur un total de soixante et une au service de son père, la tâche principale d'Herbert avait été de veiller à la propreté des bureaux, au bon fonctionnement de la machine à café, ainsi qu'au niveau du contenu de la boîte à cigares et du bar à whisky. Avec l'avancée de la numérisation, Konrad von Toll avait été contraint d'élargir d'un cran le champ de responsabilités de son fils. Durant la décennie qui suivit, Herbert entretint des talents bien au-delà de la compréhension du vieux.

Au cours des préparatifs du groupe, il avait dissimulé le nom et le numéro de Fredrik Löwenhult dans un chiffrement complexe, a priori impossible à décrypter. Pourtant, Herbert était sûr que c'était ce qu'Interpol venait d'accomplir sous ses yeux numériques. Par ce biais, il eut la confirmation d'une théorie qu'il avait à l'esprit depuis un certain temps.

— Diffie Hellman, lança-t-il, satisfait.

— Il va falloir que tu expliques, dit Petra.

— Tu veux la version courte ou longue ?

— Je ne suis pas pressée.

Herbert, tout comme son père Konrad, avait une mauvaise opinion du front uni des gouvernements européens, de l'OCDE et, surtout, des États-Unis. Ensemble, ils étaient en bonne voie législative pour forcer suffisamment les portes des banques et donner des sueurs froides à des dizaines de milliers d'exilés fiscaux de haut vol.

Cependant, Herbert se rendait compte que le secret bancaire suisse était menacé à différents niveaux. Ces derniers temps, plusieurs acteurs financiers suisses avaient été condamnés à des peines de prison allant de quatre à quinze ans pour des actions que chaque banque suisse pratiquait en fonction d'une éthique variable. Herbert s'était longtemps demandé pourquoi certains s'en sortaient, d'autres pas.

En étudiant la question pendant plusieurs mois, il était parvenu à la conclusion que la NSA et Interpol savaient quelque chose que les acteurs bancaires ne les soupçonnaient pas de savoir. Les banques avaient en commun qu'elles dépensaient d'importantes sommes pour empêcher quiconque n'y était pas autorisé (y compris l'OCDE) de s'infiltrer dans leurs systèmes. Dans le même temps, les entrées et sorties étaient essentielles, sinon comment le suspect A pourrait-il communiquer avec le partenaire B tout aussi suspect ? La solution s'appelait échange de clés. Ou chiffrement avancé. Les banques avaient recours à différentes solutions pour atteindre le même objectif. Ce que le préposé aux corbeilles à papier et à la machine à café, Herbert, avait déduit avant tout le monde, c'était que les acteurs déjà interpellés employaient tous la même méthode d'échange de clés anti-intrusion.

Diffie Hellman.

Il était impossible d'imaginer que la NSA et Interpol aient pu déchiffrer le protocole Diffie Hellman. Cette hypothèse était aussi vraisemblable qu'imaginer un cambrioleur allant et venant à volonté à Fort Knox, où les États-Unis entreposaient leur réserve d'or. Toutefois, s'ils y étaient parvenus, il leur suffisait ensuite d'entrer dans le système et de lire les dialogues et accords protégés par un mot de passe de 25 signes ou plus.

Après de longues vérifications et réflexions, Herbert tira deux conclusions dont il était tout aussi certain.

1) La méthode d'échange de clés Diffie Hellman était impossible à forcer.
2) La NSA et Interpol avaient trouvé un moyen de réaliser l'impossible.

La Banque von Toll n'avait jusqu'ici jamais employé le protocole Diffie Hellman, mais Herbert avait pris soin de s'y mettre. Il avait créé l'interlocuteur fictif X et l'avait caché à un endroit a priori inaccessible, en l'occurrence la Banque condorienne. Il n'eut pas besoin de créer de partenaire Y. Fredrik Löwenhult avait quitté un peu plus tôt la Suède pour l'Italie – et choisi la Banque von Toll pour gérer une coquette somme de plusieurs millions de couronnes. Cette sage décision devint idiote à l'instant où Herbert fit envoyer par X un message à Y (c'est-à-dire Fredrik), contenant le code d'accès au numéro de compte prétendument à l'abri des intrusions. Si le Diffie Hellman employait suffisamment de nombres premiers, il faudrait une éternité pour le casser. Mais, sur ce point, ils avaient été négligents. Et cela, la NSA et Interpol l'avaient compris.

75

Conte, Guldén et Löwenhult l'aîné

— Je suis l'agent spécial Conte du BCN d'Interpol en Italie.

— Enchanté, dit l'ambassadeur Guldén.

— J'aimerais l'être aussi, répliqua Conte. C'est au sujet du diplomate Löwenhult.

— Fredrik ? Il a fait une bêtise ? Grillé un feu rouge ?

— Non, mais à propos de rouge, il a garé sa Ferrari en plein sur un passage piéton pas loin d'ici.

— Mais il n'a pas de Ferrari !

— Il est fort possible qu'il en ait plusieurs. Il devrait pouvoir se le permettre.

— Comment ça ?

— Il est soupçonné d'escroquerie.

— Pas possible ! Qui est la victime ?

— Pas « la ». *Les* victimes.

— Qui sont-elles ? insista l'ambassadeur incrédule d'une voix impatiente.

Si impatiente que l'agent spécial s'en agaça.

— Voulez-vous tous les noms, monsieur l'ambassadeur ?

— Oui.

— Nous estimons les victimes à environ 5 millions. Est-ce que les 77 000 qui ont déjà porté plainte contre lui vous suffiront ?

Par moments, l'immunité diplomatique est plus efficace qu'à d'autres. Fredrik n'encourait pas une peine de trente ans ou plus dans une prison italienne, seulement le rapatriement et éventuellement un procès à domicile. Le troisième secrétaire plaida son innocence et se soumit de bonne grâce à l'interrogatoire. Celui-ci ne pouvait se dérouler qu'un peu plus tard dans la journée, et puisqu'il se trouvait toujours un policier à la langue bien pendue qui n'aurait rien contre empocher un petit billet, la nouvelle du diplomate soupçonné d'escroquerie parcourut la moitié du globe avant même que l'intéressé ait appris de quoi on l'accusait.

— Interrogatoire libre du diplomate suédois Fredrik Löwenhult, commença l'agent spécial Conte. Je voudrais enregistrer la conversation. Ai-je votre accord ?

— J'exige que vous l'enregistriez ! s'écria Fredrik. Je suis innocent, je vous dis.

Par sécurité, l'ambassadeur l'accompagnait en tant que témoin.

— Dans ce cas, commençons par la raison de votre présence dans un hélicoptère au-dessus des Condors il y a une semaine.

Fredrik se tut. L'ambassadeur répondit pour lui.

— Ha ! Vous faites fausse route dès la première question. Il y a une semaine, mon assistant était en Uruguay.

Assistant ? songea Fredrik. Troisième secrétaire sonnait mieux. Pas aussi bien que premier ou deuxième secrétaire, mais tout de même.

— Ce n'est pas ce qu'affirme le pilote d'hélicoptère de Mombasa qui nous a contactés un peu plus tôt. Ni ce qu'indiquent d'autres éléments ayant rapport à Internet. En langage informatique, cela s'appelle une adresse IP.

— Mombasa n'est pas en Uruguay, fit observer l'ambassadeur, incollable en géographie.

Fredrik Löwenhult réfléchissait à toute vitesse. Sergio Conte poursuivit par des morceaux choisis de sa démonstration.

La découverte du nom de Löwenhult derrière un chiffrement rattaché à un numéro de compte aux Condors était la circonstance aggravante numéro 1. La deuxième était la provenance de sa nouvelle Ferrari.

— Je n'ai pas de Ferrari, bon sang, protesta Fredrik.

— Si. Et une carte de crédit condorienne.

— De quoi parlez-vous ? Je n'ai jamais mis les pieds aux Condors !

— Ah bon, vous n'avez jamais atterri ?

Conte sentait qu'il avait l'avantage sur Löwenhult. Le troisième élément était la série de publications Instagram postées depuis l'ordinateur portable de Löwenhult, également saisi quelques heures plus tôt.

— Rédigées pendant tes heures de travail ? s'enquit l'ambassadeur.

— Non, répondit Fredrik d'une voix pitoyable.

L'ambassadeur avait les joues légèrement rouges.

— Pendant que tu étais en même temps en Amérique du Sud et en Afrique, alors ? À soigner le coude douloureux de ton père mourant ? En laissant la photocopieuse à Hanna ?

L'ambassadeur était fâché. Coupable ou pas, la carrière diplomatique de Löwenhult était terminée. Ronny Guldén y veillerait.

— Et en Europe aussi, ajouta Conte. N'oubliez pas la voiture qu'il a achetée à Rome.

— Vérifiez avec la banque, bordel ! s'écria le troisième secrétaire, désespéré.

— Ça va être difficile, répondit Conte.

Non seulement l'homme qui aurait dû répondre était un vieillard de 96 ans, mais, en outre, il était mort.

76

Opération Sauver les meubles
Partie 4

Le groupe de l'arnaque à l'apocalypse buvait du thé près de la piscine du palais, en plein débat sur les pires noms, en tenant compte de la nouvelle impopularité de leurs propres noms. Aleko était certain de remporter le match. Que pourrait-il y avoir de plus horrible qu'être le Trou du cul absolu d'un continent entier ?

Herbert von Toll releva le défi. Il portait le même nom qu'un banquier flétri qui avait escroqué 5 millions de clients de 500 millions de dollars. Les Suisses avaient en outre la particularité d'avoir la rancune tenace.

— Comme moi, dit Aleko.

Et Vory, aurait-il pu ajouter.

Petra rappela à ses amis qu'elle était la personne derrière la prophétie du Jugement dernier qui avait trompé tout son monde. Si l'un d'entre eux devait un jour figurer en une du *Time Magazine* comme le visage du cynisme personnifié, c'était bien elle. N'est-ce pas ?

Agnes conclut que, malgré tous ses défauts, elle ne leur arrivait pas à la cheville. Johan revint de la cuisine avec des scones tout chauds et de la marmelade de mûres importées de Norvège (et livrées par kilos avec le saumon tous les quinze jours). Il ne savait pas trop où en était la conversation, mais il fut heureux de s'y joindre. Il lança que s'ils prévoyaient de voyager, il aimerait bien revoir Obrama sans *r*.

— Pourquoi ne pas nous installer en Amérique ? Je peux l'appeler et lui demander l'autorisation. Après tout, c'est lui qui dirige le pays.

Ses amis le dissuadèrent de téléphoner au président américain. Johan, estimant qu'il avait appris de son père comment marchait le monde, expliqua qu'Obrama sans *r* aimait tant le västerbottensost que quelques kilos de fromage suffiraient sans doute pour qu'il les accueille à bras ouverts.

— Laisse tomber, dit Petra.

— Je suis ton raisonnement, concéda le père de Johan. Mais là, je dois me ranger derrière Petra. Laisse tomber.

L'idée de l'Amérique n'était cependant pas si bête. Comme celle du fromage. Aux États-Unis, on parlait une langue intelligible. Ils étaient à bonne distance de l'Afrique, où Aleko ne pouvait plus se montrer. Et de la Russie, où la mafia le traquait déjà avant qu'il leur fauche 500 millions de dollars.

Un plan se dessina lentement autour des scones et de la délicieuse marmelade de mûres de Johan. Cela exigea de resservir du thé par deux fois, mais ensuite tout le monde eut une idée claire de leur avenir proche.

— Un plan audacieux, mais parfaitement réalisable, résuma Petra.

— Que je comprends en grande partie, en plus, renchérit le masterchef et génie.

Il existe des coins de la planète où il suffit d'agiter une liasse de dollars pour se retrouver vite fait bien fait ressortissant de l'endroit en question. Plusieurs pays des Caraïbes offraient ce genre d'arrangement, mais la citoyenneté de Grenade ou Saint-Kitts-et-Nevis n'était pas des plus attractives.

La Nouvelle-Zélande pouvait fonctionner, mais il y avait du chemin à parcourir. Et puis, les Néo-Zélandais n'oubliaient pas de facturer leurs services.

Sur ce point, Chypre était moins chère. Et Malte encore moins. Quiconque envoie de l'argent ou achète des propriétés pour un bon million de dollars et tire les bonnes ficelles peut vite devenir chypriote ou maltais, et par là même citoyen d'un État membre de l'UE avec accès à 180 pays sans visa.

Le problème d'Agnes, Aleko, Herbert, Johan et Petra était que l'Europe, en particulier Interpol, ne les aimait pas. Quelle que soit leur nationalité. La planète entière leur en voulait, à bien y réfléchir.

La solution résidait dans le dernier jour d'Aleko au poste de président du pays où il décidait de tout.

Quarante minutes après leur arrivée au service des passeports, tenu par le cousin éloigné de la défunte épouse d'Aleko, ils avaient tous entre les mains de nouveaux papiers d'identité. Le processus fut précédé d'une conversation animée au sujet du nouveau nom que souhaitait porter chacun d'entre eux. Johan avait un jour entendu « Winston Churchill » – il ne se souvenait plus où – et réclama ce nom. Agnes soupira que ce choix était presque aussi stupide que Gengis Khan pour quelqu'un qui cherchait à éviter d'attirer l'attention. Johan, qui ne voyait pas le problème, insista.

— Pour Winston Churchill, je veux dire. Gengis quelque chose a des connotations violentes.

Après un certain nombre de détours, ils débouchèrent sur un compromis. Aleko et Johan devenaient un père et son fils nommés respectivement Kevin et Winston Church.

Agnes, Herbert et Petra choisirent des noms qui sonnaient bien, sans complication. Günther les avait conduits au service des passeports en sa qualité de chauffeur. N'étant pas soupçonné de quoi que ce soit, il resterait aux Condors, mais sa défaite aux élections présidentielles le rongeait. Il l'attribuait à cette lettre bizarre qu'était ce *u* tréma. Un nouveau nom pourrait peut-être lui porter plus de chance à l'avenir.

— Que pensez-vous de Konrad Adenauer ?

— Pour aller avec Winston Churchill et Gengis Khan ? demanda Petra.

— Très beau ! approuva Johan.

Günther expliqua qu'il aimerait bien garder un certain lien avec ses origines, sans pour autant devoir être sympathisant communiste. Konrad Adenauer avait été le premier chancelier fédéral d'Allemagne de l'Ouest, ce qui avait une certaine dignité, n'est-ce pas ?

Petra délégua la question des noms à Agnes, qui se déclara dans le pire des cas disposée à accepter Konrad G Adenauer, pour Günther avec ou sans tréma sur le *u*.

Aleko, alias Kevin Church, n'était pas certain que le nom Konrad aiderait beaucoup Günther dans une future campagne présidentielle, mais son quasi-frère écarta l'objection. Par le passé, aucun président en exercice aux Condors n'avait jamais organisé de son plein gré de nouvelles élections.

— Si, moi, dit Kevin Church.

— De ton plein gré ?

— Peut-être pas tout à fait.

77

Opération Sauver les meubles
Partie 5

Aleko et le groupe quittèrent les Condors quinze minutes avant que le nouveau président prête serment. Ce fut la dernière mission du pilote d'hélicoptère.

— Seriez-vous d'accord pour payer en liquide, cette fois, monsieur le président ?

— Par principe, je ne suis d'accord pour rien quand il s'agit de vous. Emmenez-nous immédiatement à Mombasa. Si je suis de bonne humeur à l'atterrissage, vous recevrez votre rémunération au lieu d'une raclée.

À Mombasa, ils montèrent dans l'avion. Après les correspondances à Nairobi et Francfort, les amis atterrirent au bout d'une journée à peine au Valletta Airport.

Épuisés mais ravis, ils se rendirent directement au Bureau de l'immigration de Malte, où ils apprirent que leur requête serait traitée dans un délai de trois mois.

— Trois mois ? répéta Aleko.

La chargée de dossiers leur adressa un sourire suffisamment malicieux pour que l'ex-président et son fils comprennent.

— Tu t'en occupes, Johan, ou je le fais ?

— Je ne m'appelle plus Johan, dit Johan. Qui a mon passeport ? Il y a un nom à côté de ma photo. Winston, c'est ça ?

— Toi ou moi ?

Le fils ne voulait pas décevoir son père. Soit on était masterchef, génie et ancien ministre des Affaires étrangères, soit on ne l'était pas.

Il se tourna vers l'employée du Bureau de l'immigration et lui dit qu'il serait profondément reconnaissant si leur requête pouvait être traitée dans le délai requis pour livrer une Honda Civic 2011 à son domicile, remise solennelle des clés comprise.

La marque de la voiture lui avait été suggérée par un incident récent impliquant un club de golf.

— Je vais voir ce que je peux faire, répondit la femme. Est-ce qu'une Audi 80 pourrait être envisageable ?

— Absolument. Il n'y a pas mieux que les voitures françaises.

Papa Aleko se sentit fier, malgré les difficultés qu'avait Johan à se rappeler son propre nom. Et l'origine des marques de voitures.

La procédure coûta 3 millions de dollars dans un investissement immobilier inutile, plus une Audi 80, mais dès le lendemain Malte comptait cinq nouveaux citoyens. Qui s'appelaient encore récemment Agnes, Aleko, Herbert, Johan et Petra. Quatre d'entre eux avaient déjà commencé à s'habituer à leurs nouveaux noms.

L'étape suivante exigeait que l'ancien Aleko et l'ancien Johan se rendent au nord de la Suède, où ils avaient des affaires de fromage à régler.

78

Vory tient une piste

L'homme qui dirigeait la Russie au début du siècle avait beaucoup en commun avec le président condorien démissionnaire. Tous deux veillèrent à prendre rapidement le contrôle des chaînes télé de leurs pays respectifs. Poutine avait infiltré l'institut d'opinion de la Russie tandis qu'Aleko fermait le seul équivalent des Condors et nommait l'ancien directeur au poste de gestionnaire des parkings (dans une ville sans parking). Ces mesures impliquaient que les citoyens aimeraient ce que leur dirigeant jugeait qu'ils devraient aimer. Ou alors – dans des cas isolés – qu'ils en donneraient l'impression.

En outre, la démocratie condorienne avait toujours été une plaisanterie, tandis que Poutine avait travaillé d'arrache-pied pendant ses dix bonnes années au pouvoir pour démanteler le régime démocratique bancal qu'il avait hérité de son prédécesseur.

Aleko avait été contraint de fuir la Russie à peu près au moment où Poutine s'imposait en tant que nouveau Premier ministre du président Eltsine. Ils s'étaient presque croisés sur le pas de la porte.

Eltsine montrait des ambitions démocratiques. Il tenta d'écouter d'un côté les économistes formés au capitalisme venu de l'Ouest, tandis que Poutine chuchotait dans l'autre oreille des mots sur la fierté perdue de la Russie et les moyens de la recouvrer. Pas étonnant que le premier président démocratiquement élu du pays se soit rabattu sur la bouteille. Et une bouteille de plus. Puis qu'il ait quitté son poste quelques mois avant la fin de son mandat.

Lui succédant, Vladimir Poutine ordonna immédiatement « Halte ! » à cette expérience de démocratie russe passée quasi inaperçue dans le reste du monde. Les Russes se souciaient peu du nom que portait ou devrait porter leur système politique. Ils désiraient avant tout la bonne marche du pays, et le nouveau président semblait être l'homme de la situation.

Aleko et Poutine se distinguaient au moins sur un point. Tandis que le premier veillait à se remplir les poches et aucune autre, le second déversait des milliards sur la mafia russe et l'oligarchie du pays. Ce faisant, il entérinait deux systèmes parallèles : l'officiel, au volant duquel il se trouvait, et le criminel, qui maintenait les roues en mouvement. Par sécurité, il traça une ligne rouge que nul ne devait franchir. Le message était approximativement :

« Faites ce que vous voulez chez vous, mais ne me contestez pas le pouvoir politique. Sinon, c'est la guerre ! »

Poutine rebâtit sa Russie. L'association de fausse démocratie et de capitalisme corrompu fonctionnait bien. Il chamboula la Constitution de telle sorte qu'il ne dut jamais démissionner. Quant aux autres plans qu'il pouvait avoir, impossible de les connaître. L'ancien chef du KGB était un sacré gredin.

Il aurait été incorrect d'appeler Ekaterina Bykova « *Capo di tutti capi* », même si elle avait été italienne. L'organisation de la mafia russe était plus souple. Toutefois, elle était à n'en pas douter une haute responsable parmi les voleurs de l'empire depuis que son père lui avait cédé les rênes, neuf mois plus tôt. Sergeï était vieux et fatigué, et de surcroît affaibli par une attaque cérébrale. Elle était jeune, forte et intelligente. Elle avait épaulé son père pendant de nombreuses années, et il avait toujours montré clairement qui lui succéderait un jour.

Sa fille avait été chargée très tôt de tenir les cordons de la bourse, ce qui impliquait la mission toujours plus vaste de donner à l'argent une apparence légale, car il n'y avait qu'avec l'argent légal que Vory se montrait vraiment illégal.

À une époque où l'ONU, les USA, l'UE, l'OMC, l'OCDE et presque tous les autres sigles aiguisaient leurs couteaux contre les paradis fiscaux et bancaires, la nation lilliputienne des Condors vira franchement dans l'autre sens. Ekaterina appréciait ce genre de témérité et se rendit sur l'archipel en compagnie d'un loyal interprète qui parlait russe, français, anglais, arabe et persan. Une de ces langues devrait bien fonctionner.

L'entrevue avec la direction suprême des Condors conduisit à un premier accord de « blanchiment », suivi d'un deuxième, et d'un troisième.

Tout se passa bien, jusqu'à la dernière transaction, d'une valeur de 500 millions de dollars. L'argent n'était pas encore arrivé dans la nation insulaire que le président avait annoncé sa prochaine démission. Entretemps, Ekaterina avait succédé à son père, et il aurait été inconséquent pour le numéro 1 d'une organisation pesant plusieurs milliards de se mettre à la merci de la CIA et autres empêcheurs de tourner en rond. Elle envoya sur-le-champ deux de ses plus proches collaborateurs aux Condors pour sécuriser l'argent et, dans le meilleur des cas, féliciter le nouveau président sans doute aussi corrompu que le précédent.

Pourtant, ils n'allèrent pas plus loin que Mombasa. Nul ne pouvait accéder à l'archipel autrement qu'en bateau. Ceci juste après le début de la saison des pluies, qui plus est. Un oiseau nicheur ? Ekaterina flaira l'entourloupe. À raison.

À présent, elle regrettait de n'avoir jamais procédé à des vérifications plus poussées sur le personnage d'Aleko quand il en était encore temps. Le président s'était adressé à elle en français lors de leur entrevue. Il n'avait pas d'accent arabe. Et, pour autant qu'elle le sache, il n'avait même pas de prénom.

La future cheffe de Vory ne parlant pas le français, la conversation passa par l'interprète. En revanche, elle parlait parfaitement russe, et se souvenait avoir songé une infime seconde que le français d'Aleko avait des intonations slaves.

Qui était-il donc ?

Ekaterina se rappela autre chose, maintenant qu'elle avait une raison de s'appesantir sur tous les détails. Aleko était accompagné d'un homme en uniforme de police qu'il n'avait jamais présenté et qui n'avait pas prononcé un seul mot. Sans aucun doute le bras droit du président.

Deux ans plus tard, un homme en uniforme de police venait de se présenter aux élections présidentielles condoriennes. Il ressemblait fortement au fidèle lieutenant d'Aleko et s'appelait Günther. Un nom aux sonorités plus allemandes que condoriennes.

L'équipe d'investigation de la mafia s'adressa à la Haute Autorité de la police des Condors afin d'obtenir des renseignements sur ce Günther, laissant entendre qu'il n'était pas ce qu'il prétendait. Le chef de la police Konrad G Adenauer leur apprit que Günther était son prédécesseur. Il n'avait pas d'autre information intéressante, si ce n'est que l'ancien chef était un brave homme. Le nouveau n'avait pas la moindre idée de l'endroit où Günther se cachait depuis sa défaite aux élections présidentielles.

Aleko et Günther, disparus. Avec les 500 millions d'Ekaterina.

— Je vous souhaite bonne chance, marmonna-t-elle, tout en punaisant une photographie de chacun des deux hommes au mur.

Elles y resteraient tant qu'ils vivraient. Autant dire pas longtemps.

Le père d'Ekaterina fit avancer son fauteuil roulant dans le bureau. Il venait lui proposer de déjeuner ensemble. Sa fille l'embrassa sur le front et accepta.

Sergeï Bykov avait beau être vieux, fatigué et malade, il connaissait sa fille et sentit que quelque chose n'allait pas.

— Quelque chose te tracasse, Katouchka. Tu veux en parler ?

— Non, papa. Ce n'est rien, mentit sa fille.

À cet instant, le vieil homme aperçut les photographies au mur.

— Alexandre Kovaltchuk, dit-il. Il s'est rasé la moustache et porte des lunettes, il a changé de coiffure et il a vieilli. Mais c'est tout de même bien lui. Cet enfoiré que nous n'avons jamais réussi à coincer. Et l'autre... l'Allemand aux coupons alimentaires. Comment il s'appelait, déjà ?

79

L'agent spécial rend son tablier

Sergio Conte avait jusqu'à 17 heures pour déposer son rapport sur le bureau de son chef de service.

— Tu as déclenché cette histoire, Conte, quand tu nous as suggéré de mettre en pause tous les dossiers importants pour traquer une vieille femme aux cheveux violets qui s'était fait quelques poignées d'euros illégalement sur Internet. Alors tu boucles aussi celle-ci.

La principale exigence de son chef était qu'il expose clairement le lien entre la bonne femme et l'escroquerie bancaire suisse à 500 millions de dollars, car soudain l'affaire était devenue urgente. Le chef ne manqua pas de préciser que ce n'était pas grâce à Conte.

L'agent spécial avait vite fait le rapprochement entre Agnes Eklund et deux autres Suédois qui avaient pris l'avion avec elle de Rome jusqu'à Addis-Abeba, puis jusqu'aux Condors, le pays qui ne mettait absolument personne de bonne humeur.

Le BCN de Suède avait fait preuve d'une précision exemplaire dans la vérification des antécédents des trois suspects. Aucun d'entre eux n'avait de casier judiciaire, mais Petra Rocklund avait fait quelques mois plus tôt l'objet d'une plainte pour avoir importuné l'Académie suédoise des sciences au sujet d'une fin du monde imminente.

Agnes Eklund, elle, avait transféré une petite fortune de la Svenska Handelsbanken vers la filiale zurichoise de l'institut. Sur place, l'établissement avait invoqué l'obligation de confidentialité jusqu'à ce que Conte leur lâche le BCN suisse. Après des menaces diverses et variées, le sacro-saint secret avait été brisé et ils avaient appris que l'argent avait été immédiatement transféré à la Banque von Toll, non loin de là.

Cette banque était ruinée depuis qu'elle avait servi de garant dans cette arnaque à l'apocalypse dont le monde entier parlait et pâtissait. Les principaux suspects avaient d'abord été un diplomate suédois et un professeur russe. Ce dernier avait été disculpé après un coup de téléphone au BCN de Moscou. Selon les confrères russes de Conte, le professeur Smirnoff était tombé en disgrâce nationale et, de toute manière, il était présumé mort depuis longtemps.

L'autre suspect, le diplomate suédois, avait un frère du nom de Johan Löwenhult, dernier membre du trio qui s'était rendu en camping-car de Suède jusqu'à Rome, pour s'envoler vers les fichues Condors.

Selon la fiche rédigée par les policiers suédois sur le cadet des Löwenhult, il n'avait jamais rien fait de ses dix doigts. Il avait atterri aux Condors l'après-midi du 6 septembre et, trois jours plus tard, la télé condorienne l'avait présenté comme ministre des Affaires étrangères.

Dix-sept jours après, il représentait son nouveau pays à la session extraordinaire de l'Union africaine en Éthiopie, où – d'après les images télévisées disponibles – il s'était entendu comme cul et chemise avec le président américain Obama.

Comment, au nom du ciel, était-ce possible ?

Ayant résumé tous ces éléments, l'agent spécial Conte eut besoin de faire une pause. Un jour, peu après son concours d'entrée dans la police, il avait ramassé dans la rue un homme particulièrement abîmé, qui s'était attiré l'ire de la 'Ndrangheta. L'individu avait reçu 38 balles – et avait survécu. En vingt-deux ans de carrière, Conte n'avait jamais rien vu de plus incroyable. Jusqu'à ce qu'il apprenne l'ascension professionnelle de Johan Löwenhult.

Bon, cela ne jouait pas un rôle très important dans son affaire. Contrairement au renseignement selon lequel le défunt directeur de la Banque von Toll avait un fils, d'abord signalé disparu, qui avait finalement pris l'avion sous son nom pour – devinez – les Condors.

Au bout du compte, il ne subsistait plus aucun doute que :

- la fin du monde avancée par le professeur Smirnoff était en réalité l'œuvre de la prophétesse de l'apocalypse Petra Rocklund ;
- la banque de Konrad von Toll à Zurich avait été utilisée dans l'escroquerie par les soins du fiston Herbert ;
- les criminels avaient bénéficié de la protection de l'attentionné président condorien Aleko ;

– et que le frère aîné Fredrik Löwenhult était en substance un innocent bouc émissaire jeté en pâture.

En conclusion, Sergio Conte n'avait plus de raison de croire que la vieille aux cheveux violets avait péri dans un accident de la route, comme l'avait affirmé le chef de la police condorienne. Quand, fou de colère, il appela ce fichu Günther pour le confronter à ses affirmations, il apprit qu'à la prise de fonctions du nouveau président l'homme avait été remplacé par un certain Konrad G machin. Le remplaçant était du reste aussi obstiné que son prédécesseur. Même leurs voix étaient quasi identiques.

Conte expliqua qu'il avait des raisons de demander une enquête d'Interpol sur le président démissionnaire Aleko, ainsi que sur Agnes Eklund, Johan Löwenhult, Petra Rocklund et Herbert von Toll. Tous soupçonnés d'une escroquerie de plusieurs millions de dollars. Le chef de la police condorienne Konrad promit d'apporter son soutien aux recherches. Sergio Conte savait à quoi s'en tenir.

Quoi qu'il en soit, l'enquête avait traîné. Pour des raisons profondément humaines et un peu tristes. L'agent spécial Conte avait passé plus de vingt ans au service de la police, les onze derniers au BCN de Rome. Tous sous les ordres de cet insupportable chef de service, dont la porte faisait d'ailleurs face à la sienne. Aux alentours de 11 heures, Conte dut interrompre son travail sur son rapport pour aller se soulager. À peine avait-il posé un orteil dans le couloir qu'il entendit, depuis la pièce opposée :

— Où tu vas ?

Même chose à 14 heures, quand Conte décida qu'il avait bien mérité une tasse de café.

— Où tu vas ?

L'agent spécial souhaita beaucoup de désagréments à son chef.

Ajoutez à cela qu'il vivait seul dans un 2-pièces sinistre dans une banlieue tout aussi sinistre de la capitale italienne. Sa grande passion était la pêche à la mouche, mais comment rencontrer à Rome une femme qui partagerait cet intérêt ? Si seulement on lui avait accordé l'adhésion au premier club de pêche à la mouche de la région sud de la capitale. Il était troisième sur la liste d'attente, jusqu'à ce que des circonstances malheureuses et cette maudite Agnes Eklund lui fassent perdre 30 places. Il ne restait que ses échanges en ligne avec la Norvégienne Sigrid. Ils s'étaient connus sur un site de rencontre il y avait plusieurs années de ça et avaient gardé le contact, bien qu'ils sachent toute relation impossible.

Sigrid venait d'un endroit qui s'appelait Søndre Landsjøåsen et elle n'avait pas son pareil pour nouer les mouches ! Ils échangeaient conseils et astuces, elle lui avait appris quelques mots de norvégien, et lui leur équivalent italien. Elle l'avait invité à venir la voir, mais il n'en avait jamais eu l'opportunité. Son travail le dévorait.

Sans oublier Caesar, son chat angora de 6 ans. Il était impossible de laisser l'animal seul dans l'appartement, et soit on avait des amis, soit on n'en avait pas.

Mais un événement tragique était survenu pas plus tard que la semaine précédente : pour la première fois en six ans, Caesar s'était mis en tête d'aller voir de l'autre côté de la rambarde du balcon. Il avait sauté – et chuté de 14 étages, droit vers la chaussée.

L'unique compagnon de Sergio Conte avait péri sur le coup, tout chat qu'il était. L'agent se retrouvait plus seul que jamais.

À 15 h 15, son rapport était bouclé. Conte posa sa pile de feuilles bien égalisée sur le coin du bureau et s'identifia sur son ordinateur portable. Sigrid lui avait peut-être envoyé un message qui lui remonterait le moral.

Malheureusement, à travers les deux portes en verre, son chef de service s'en rendit compte. Il se leva, marcha droit jusqu'au bureau de Conte et passa la tête :

— Qu'est-ce que tu fais ? Tu n'as pas encore fini ton rapport ?

Le document était posé entre eux, mais c'était une question de principe.

— Tu as dit que j'avais jusqu'à 17 heures.

— Oui, mais ça te tuerait d'aller au-delà du minimum requis ?

Avant que Conte ait pu répondre, son chef avait regagné son bureau.

Cette fois, c'en était trop. L'agent spécial roula en boule le rapport qu'il venait de boucler, le jeta dans la corbeille à papier et y mit le feu. Puis il enfila son manteau et sortit. Il dut passer devant le bureau de son chef :

— Où tu vas ? demanda son supérieur pour la troisième fois de la journée.

Et pour la première fois, Sergio Conte se défendit.

— En Norvège.

— Et le rapport… ?

— Dans ma corbeille à papier. Je te conseille de prendre un seau d'eau.

80

Västerbotten, Suède, 1871

La légende raconte que le valet de ferme Anton était très intrigué par la nouvelle laitière, répondant au doux nom d'Ulrika Eleonora, et dotée d'une généreuse poitrine.

On était au début des années 1870. Anton n'était pas le seul à lorgner sur la jeune femme, mais la plupart de ses admirateurs restaient à distance. Elle était en effet indépendante et déterminée, des qualités qui, de tout temps, ont rendu les hommes nerveux.

Anton n'était pas comme les autres. Il éprouvait l'intime conviction qu'il était valet pour des raisons historiques, et pas parce qu'il n'était bon à rien de mieux. Il rêvait de mettre en place une diligence entre Burträsk et Skellefteå, passant par Åbyn, Järvtjärn, Skråmträsk, Djupgraven et Klutmark. Contrairement aux autres valets de ferme, il ne dépensait pas son salaire hebdomadaire en schnaps, mais cousait ses économies dans la doublure de son pantalon. En moins de sept ans, il avait pu faire l'acquisition d'une charrette. Il ne lui manquait plus qu'un cheval pour la tirer.

En attendant des jours meilleurs, quand il n'était pas en train de nourrir les porcs, faner le foin – ou d'effectuer des courses jusqu'au domaine de la laitière –, il arrachait les rochers des terres arables du domaine.

Ulrika Eleonora savait qu'elle pouvait paraître froide et distante. Cela lui convenait. En partie parce que ses lourdes responsabilités exigeaient de la concentration, et un peu aussi parce que grâce à sa froideur, les valets de ferme soiffards chassaient sur d'autres terres que les siennes le samedi soir. Et pourquoi se serait-elle embarrassée de l'un d'eux ? Elle ne pensait pas qu'aux valets, d'ailleurs. Un ou deux contremaîtres étaient venus lui faire les yeux doux. Le maître de la ferme en personne avait même quelquefois laissé entendre qu'il n'était pas indifférent à ses charmes. Les hommes pensaient visiblement tous avec une certaine partie de leur anatomie, et pas celle qui se trouvait sous le crâne.

Mais l'exception faisait la règle. Anton le porcher… eh bien, il était différent. Quand ils bavardaient, il regardait ses yeux, pas sa poitrine. Il posait des questions d'une curiosité sincère sur ses recettes de fromage. Il semblait la voir comme un être humain, pas comme une distraction quelconque ou une façon de prendre du bon temps dans le foin.

Il était sans doute le plus pauvre de tous, mais il était travailleur, drôle, et ses intentions semblaient honnêtes. En bref, elle l'appréciait. Alors, quand un soir il lui proposa une promenade, elle accepta. La cuve fromagère se débrouillerait bien toute seule pendant trois quarts d'heure.

Ulrika Eleonora aurait été bien incapable de dire comment c'était arrivé, mais alors qu'Anton et elle s'embrassaient sur un rocher au bord du lac, elle s'était soudain rendu compte qu'ils se trouvaient là depuis bien plus de trois quarts d'heure. Elle était retournée en toute hâte à la laiterie, Anton sur les talons. Il voulait l'aider à sauver ce qui pouvait l'être, mais, malheureusement, il était trop tard. La masse de fromage avait durci. Le maître du domaine ne serait pas content.

Un malheur n'arrivant jamais seul, l'homme surgit soudain sur le seuil.

— Puis-je vous demander ce que vous êtes en train de faire, mademoiselle Ulrika Eleonora ? La masse ne devrait-elle pas être déjà en train de refroidir ?

La laitière était au bord des larmes. Le valet Anton vint à son secours.

— Comme c'est intéressant, monsieur, que vous ayez la même pensée que moi, un simple valet. Mademoiselle Ulrika était en train de me faire reproche parce que je ne comprenais pas pourquoi, dans l'intérêt de monsieur, elle avait décidé de chauffer la masse trente-sept minutes de plus, certaine que le résultat final atteindrait une dimension inégalée.

— Trente-sept minutes ? répéta le maître de la ferme, choqué de se prendre à converser avec un valet ; qui en outre connaissait le mot « dimension ».

Ulrika Eleonora se ressaisit vite.

— Que monsieur ne tienne pas compte de ce que dit le porcher. Trente-six minutes, c'est le temps requis. Je ne peux bien sûr pas garantir le résultat, et j'ai sûrement outrepassé mes droits, mais une laitière nourrit éternellement le rêve d'atteindre un résultat toujours plus parfait.

Après quoi, elle procéda à une estimation à vue de nez :

— À présent, nous allons affiner la masse deux fois plus longtemps à maximum 8 degrés. Tout au fond de la cave. C'est un travail supplémentaire, je le sais. Voilà pourquoi j'ai fait venir le porcher. Comment t'appelles-tu d'ailleurs, espèce d'empoté ?

— Anton, répondit le porcher, qui à cet instant précis tomba fou amoureux d'Ulrika Eleonora.

— Ne reste pas là les bras ballants, porcher, lui ordonna monsieur. Fais ce que te dit la laitière. Tout au fond de la cave.

Puis le maître assimila ses explications.

— Deux fois plus longtemps ?

— Au moins quatorze mois, monsieur. Je ne garantis pas le résultat, mais la stratégie est la bonne.

Ulrika Eleonora avait réussi à gagner du temps. D'ici quatorze mois, le maître aurait oublié l'incident. L'homme s'en alla et, une fois la tâche achevée, il resta à Ulrika Eleonora et au porcher bien assez de temps pour de nouveaux baisers. Tout au fond de la cave.

81

Västerbotten, Suède, 1872

À peine un an et deux mois après l'étourderie à la laiterie, la fille d'Anton et Ulrika Eleonora vint au monde. La laitière était si appréciée qu'elle avait obtenu trois jours de repos après son accouchement. Nul ne comprit comment le maître s'en était souvenu, mais quatorze mois jour pour jour après le soir où il avait surpris Ulrika Eleonora et le porcher en mauvaise posture, il goûta le fromage tout au fond de la cave.

— Délicieux ! dit-il.

On ne pouvait rien imaginer de meilleur.

Le fromage de Burträsk conçu par Ulrika Eleonora présentait une pâte alvéolée, dure, et un arôme divin. Le maître du domaine fut si enthousiasmé par le résultat qu'il décida de le renommer.

— Västerbotten, déclara-t-il.

La laitière (la petite Sara dans les bras) resta bouche bée. Le simple fait de revendiquer le meilleur fromage de Burträsk était culotté. Et maintenant, le maître prétendait surpasser toute une région.

— Goûtez vous-même, chère laitière.

Ulrika Eleonora goûta.

— Délicieux.

82

Suède, lundi 31 octobre 2011

Exactement cent trente-neuf ans et trois semaines plus tard, Aleko et Johan se présentèrent à Burträsk après un trajet de 100 kilomètres en taxi depuis l'aéroport, pour parler business. Le contremaître de l'entrepôt leur apprit que le siège du västerbottensost se situait depuis longtemps à Umeå, la ville même où ces messieurs avaient sans doute atterri quelques heures plus tôt.

Johan se sentit aussi idiot que jadis, mais il parvint à rappeler le chauffeur de taxi pour le charger d'une nouvelle course.

— Destination ?

— Umeå.

— Là d'où nous venons.

— Très bien. Alors vous trouverez.

Granlund, directeur de l'entreprise laitière Norrmejerier, était justement sur place et disponible quand le père et le fils lui demandèrent un entretien.

— En quoi puis-je vous être utile ? demanda le directeur en suédois.

Johan ne savait que répondre, et Aleko ne comprit pas la question.

— *My name is Kevin Church. This is my son Winston Church*, répondit-il.

— Sans *ill*, précisa Johan.

Le directeur Granlund se demanda quels drôles de types sa secrétaire avait laissés entrer.

Dix minutes plus tard, il était bien mieux renseigné. Le citoyen maltais M. Church voulait ouvrir une fabrique de västerbottensost aux États-Unis et souhaitait acheter la licence nécessaire. Granlund était profondément opposé à l'idée. Le goût unique du västerbottensost ne résultait pas uniquement d'une recette tenue secrète depuis les années 1870, mais aussi de la terre où paissaient les vaches qui fournissaient le lait. Pourquoi ce fromage avait-il ce goût si particulier, personne ne le savait avec exactitude. Une théorie voulait que l'impact d'une météorite tombée vingt mille ans plus tôt ait formé un lac et, par là même, permis la croissance d'un foin riche en calcium. Le tout parfaitement adapté aux hivers froids et au soleil de minuit qui brillait de juin à août.

Aleko, alias M. Church, ne savait pas ce qu'était le soleil de minuit. Le directeur Granlund expliqua que le phénomène n'avait pas grande importance à Burträsk. Au plus fort de l'été, le soleil se couchait juste avant minuit et se relevait environ une heure plus tard, sans que quiconque, humain ou vache, ait remarqué sa brève absence. Un peu plus au nord du pays, il ne se donnait même pas la peine de se coucher. Là où Granlund voulait en venir, c'était que les vaches paissaient à la lumière du jour presque vingt-quatre heures d'affilée.

Du moins, en été. De surcroît, on trouvait à Burträsk une certaine culture de bactéries qu'il était impossible de déplacer. Des choses compliquées que Granlund n'avait pas l'énergie d'expliquer plus en détail.

Autant moucher ces Maltais bizarres qui lui faisaient perdre un temps précieux.

— En bref : il est impossible de recréer le concept aux États-Unis.

— J'avais envisagé un contrat de licence avec une rémunération de 100 millions de dollars, lança l'ancien président Aleko.

Le directeur Granlund, diplômé d'économie civile de l'université d'Umeå, savait mieux compter que la plupart des gens.

— Comme je le disais : il est tout à fait possible de recréer le concept aux États-Unis ou ailleurs, mais cela exige une grande attention aux détails. Combien avez-vous dit, pour la licence ?

83

Suède, lundi 31 octobre 2011

Tandis qu'Aleko et Johan négociaient du Västerbotten dans le Västerbotten, les trois autres Maltais séjournèrent à Stockholm. Agnes et Herbert se promenaient en admirant l'automne jusqu'à ce que le temps devienne trop frais. Puis ils se rendaient dans la chambre de l'un ou de l'autre au Grand Hôtel pour se réchauffer mutuellement.

Petra se lassa de rester seule dans la véranda de l'hôtel avec vue sur l'eau. L'idylle d'Agnes et Herbert lui rappelait en outre qu'elle-même n'en avait jamais vécu.

Cette fois, au lieu d'envoyer un énième message timide à son Malte, elle quitta l'hôtel et héla un taxi.

Elle n'était pas tout à fait aussi nerveuse que la fois précédente. À présent, on verrait si Malte avait réellement flirté avec elle, ou si ce n'était que le fruit de son imagination de prophétesse. Le soir venait de tomber, la rue était obscure, la maison éclairée. Pas de Honda Civic dans l'allée.

Petra sonna à la porte et tendit l'oreille. Aucune voix féminine ne cria qu'elle se faisait les ongles. Aucune voix du tout. Il n'y avait personne, ou alors une seule personne.

Enfin, elle entendit des pas approcher et la clé tourna dans la serrure.

Malte ouvrit.

— Elle est encore là ? demanda immédiatement Petra.

Son premier, suprême et unique amour la regardait avec de grands yeux. Malte se ressaisit vite.

— Qui ? Ah, elle. Non, je lui ai demandé de partir. Avec sa voiture.

Chacun d'un côté du seuil, ils se fixaient sans un mot. Petra n'avait rien planifié, au-delà de cette question initiale.

— Je suis partie en voyage. J'ai perdu ta batte de base-ball à Rome. Désolée.

Malte n'était pas très aventurier. Il ne disait presque jamais de gros mots. Pourtant, il sentait que c'était maintenant ou jamais.

— Je me contrefous de cette batte de base-ball. Et je suis vachement content de te voir. Je peux te prendre dans mes bras ?

— J'aimerais beaucoup.

84

Novembre-décembre 2011

Malte et Petra se découvrirent une compatibilité bien plus grande qu'ils ne l'auraient imaginé. Chacun tirait les mêmes conclusions quant à l'avenir de la planète, mais en les fondant sur des explications différentes.

Peu après avoir scellé dans la chambre à coucher de Malte la relation amoureuse repoussée depuis quinze ans, Petra lui raconta la vérité. Elle ne supportait pas d'avoir des secrets pour son bien-aimé.

La mauvaise nouvelle, c'était qu'ils avaient moins de cinq ans avant que tout s'arrête. La bonne, c'était que suite à l'erreur de calcul de Petra, ils pouvaient voir ces années comme un bonus.

Malte était sûr que le nouveau calcul de Petra était bon. Elle ne se trompait presque jamais quand ils étaient au lycée. Non qu'elle ait été confrontée à une forte concurrence dans la classe, mais quand c'était correct c'était correct, et quand c'était faux c'était faux. En revanche, il n'était pas certain que la Terre aurait le temps de s'écrouler avant que tout le reste s'écroule.

Petra demanda humblement ce qu'il voulait dire.

Il s'avérait que Malte, amateur de golf et de football, était avant tout économiste. Il travaillait dans une entreprise merdique à des tâches merdiques qui ne lui procuraient pas le moindre plaisir. Cependant, il n'y consacrait pas plus de temps que nécessaire, et depuis qu'il s'était enfin ressaisi en mettant Vicky à la porte, il avait eu le temps de réfléchir.

— C'est difficile de dire si ça va prendre moins de cinq ans, mais ça va péter. Ça, j'en suis certain.

Le capitalisme auquel Malte avait toujours adhéré et sur lequel il s'était construit s'apprêtait à ruiner la planète entière. Les écarts de salaires aux États-Unis étaient aussi élevés que lors du crash de Wall Street, en octobre 1929. Malte prédisait un événement similaire en Suède et, du reste, dans le monde entier. Il n'avait pas grand-chose à dire des communistes Marx et Engels, mais leur vision impliquait l'union des peuples afin d'atteindre un idéal supérieur. Or, à présent, tous se retournaient contre tous, rejetaient la faute sur tous.

— Qui rejette quoi sur qui ? demanda Petra, inquiète à l'idée que le monde s'écroule à la manière de Malte, avant qu'elle puisse avoir raison une bonne fois pour toutes.

Le petit ami parfait s'empêtra dans un raisonnement psycho-économique. De toute évidence, le régime d'apartheid en Afrique du Sud, quelques décennies plus tôt, avait décidé qu'on distribuerait trois fricadelles aux détenus noirs et cinq aux métis. Les maîtres blancs avaient ainsi instauré des divisions parmi l'immense majorité de la population qui aurait sinon risqué de s'unir.

— Des fricadelles ? s'étonna Petra.

La démonstration lui semblait plus suédoise que sud-africaine.

— Ou bien des pommes de terre. Je ne me souviens plus trop.

Ce que voulait expliquer Malte, c'était que l'opinion dominante « c'est la faute des autres » avait évolué à une vitesse folle. Noirs contre Blancs, classe moyenne contre démunis, autochtones contre immigrants, gauche contre droite, haut contre bas, ici contre là et les riches contre le reste. Il était absolument favorable à l'économie de marché, mais celle-ci était en train de dérailler à cause de cette mentalité généralisée de tous contre tous.

— Si personne ne pose une couverture mouillée sur le capitalisme, tout sera bientôt fini.

Petra se sentit tout de suite rassurée. Malte avait simplement eu un peu trop de temps pour réfléchir. Son apocalypse scientifiquement prouvée aurait lieu avec une certitude absolue avant l'effondrement, plus émotionnel, que décrivait Malte. En outre, le capitalisme avait toujours eu la faculté de se repositionner quand il le fallait, contrairement à son atmosphère volatilisée.

Maintenant, Petra ne ressentait plus qu'une inquiétude plus concrète et terre à terre face à la réaction de Malte quand elle aurait terminé son histoire.

— Je peux poser une question hypothétique ?

— Bien sûr, chérie.

— Si, de façon purement théorique, nous avions l'intention d'escroquer la mafia russe de, disons, 500 millions de dollars…

Son petit ami pouffa de rire.

— Alors la mafia russe se mettrait très en colère.

Petra remua. Elle ne voulait pas être interrompue.

— Pure hypothèse, disais-je. Verrais-tu cela comme une entreprise terrible qui nous rapproche tous de la chute ? Ou comme autre chose ?

Malte aimait profondément sa Petra. Quelle question intéressante ! Dire qu'au cours de toutes ces années avec Victoria il n'avait pour ainsi dire jamais eu besoin d'utiliser son cerveau ! À présent, il s'agissait de montrer une haute responsabilité morale.

— Il faut sans doute commencer par rappeler qu'à l'origine l'argent de la mafia a été soutiré aux gens normaux ? réfléchit-il. À partir du moment où nous l'employons à une chose qui leur sera bénéfique… oui, alors nous rendrions service au monde au lieu de le torpiller ?

Petra acquiesça. « Une chose bénéfique » paraissait raisonnable. Mais dans quelle mesure ?

— Une fromagerie aux États-Unis. Du fromage super bon ! Des centaines de nouveaux emplois. De bons salaires. Qu'est-ce que tu en penses ?

Petra resta avec Malte dans son pavillon de banlieue tandis que l'ancien Aleko et l'ancien Johan concluaient leurs négociations avec le directeur Granlund et la moitié de Burträsk.

— Ne vous pressez pas pour moi, leur fit-elle savoir.

Il ne fallut pas longtemps avant que les derniers documents soient solennellement signés au Grand

Hôtel de Stockholm. L'arrangement à plusieurs millions incluait un camion rempli de terre prélevée dans la région de Burträsk. Par mesure de précaution, on y joignit 200 vaches, afin que le västerbottensost américain soit aussi proche que possible de l'original. Granlund ajouta aussi au contrat que la variante américaine devrait retirer le tréma au-dessus du *a*. Ainsi, il serait moins pénible de songer que la copie n'égalait pas tout à fait l'original.

Mais, avant toute chose, les parties devaient respecter la clause 4.9 qui stipulait que le contrat serait caduc si les États-Unis refusaient l'entrée sur leur territoire aux Maltais, à la terre et aux vaches.

Agnes travaillait déjà à ce détail. Elle s'enregistra auprès de l'USCIS (United States Center for Immigration Services) en tant que représentante d'une entreprise maltaise progressiste du secteur alimentaire, avec le projet très ambitieux de s'établir à Randolph, dans l'État du Vermont, avec un budget local initial de 90 millions de dollars. Et 180 employés locaux, pour commencer doucement.

Sachant que ce coin des environs immédiats de Randolph se résumait jusqu'ici à des champs, quelques maisons, une bifurcation, une station-service et une supérette fermée, les services d'immigration virent la requête d'un bon œil et promirent de la traiter rapidement. Le package comprenait une autorisation de séjour permanente pour six fiers citoyens de l'UE (dont cinq venaient de changer de nom ; le sixième, Malte Magnusson, pouvait garder celui qu'il avait toujours porté).

— Tu es sûr de vouloir nous accompagner, chéri ? demanda un matin Petra au petit déjeuner. Nous avons… je veux dire, ça ne fait que quelques semaines… Enfin, c'est une décision importante… je veux dire Interpol, la mafia, et tout le reste.

Malte répondit qu'il n'avait jamais été sûr de rien dans la vie. Jusqu'à maintenant.

L'USCIS n'était pas une institution qu'on pouvait soudoyer à coups de dollars, de voitures ou quoi que ce soit d'autre. Pas un jour ne se passait sans que l'organisation exige un renseignement supplémentaire. Chacune des vaches nécessitait un certificat vétérinaire. La terre devrait être placée en quarantaine dans un port américain jusqu'à ce qu'on ait effectué et analysé suffisamment d'échantillons. Ensuite, les autorités auraient besoin de garanties et d'énormes cautions. Le béton, tous les véhicules de transport et 14 autres produits spécifiés seraient acquis sur place. La petite unité de surveillance composée de trois gardiens serait financée par les demandeurs.

Agnes accepta tout, et même un peu plus. « Une unité de cinq gardiens serait peut-être plus sûre pour tout le monde ? »

Huit semaines plus tard, la réponse arriva.

« Soyez les bienvenus aux États-Unis d'Amérique. »

— Si vous m'aviez laissé appeler Obrama sans *r*, l'affaire aurait été réglée en un quart d'heure, dit Johan.

L'homme qui ne portait plus son nom de naissance parce qu'il ne le pouvait plus était ému.

Alexandre Kovaltchuk, fils d'un ponte du ramassage d'ordures dans le sud de l'Union soviétique, avait été responsable de la malencontreuse faillite du vaste pays, et l'auteur de tant de lois fiscales contradictoires dans la Russie de Boris Eltsine que presque tous les éléments corrompus des environs réclamaient sa tête sur un plateau.

Sous le nom d'Aleko, il avait entamé une nouvelle carrière sur un archipel de l'océan Indien avec tant de succès que, quelque temps plus tard, il en avait pris le contrôle. Après la Russie, il rendit toute l'Afrique folle, jusqu'à ce que cela ne fonctionne plus. Il ne lui resta plus qu'à voler 500 millions de dollars à la mafia la plus redoutée du monde, et presque autant à 5 millions de parieurs.

Le président Aleko avait à présent l'intention, sous le nom de Kevin Church, de s'attaquer à un troisième continent en autant de décennies.

— À nous l'Amérique ! lança-t-il.

Si papa était content, Johan l'était aussi.

— *This is America, babe, you gotta think big to be big!*[1]

— Quoi ?

— Christopher Walken, dans un film dont j'ai oublié le nom. Mais je me souviens de tout le reste. Masterchef et génie. Et cinéphile. Tout moi !

---

1. « C'est l'Amérique, bébé, tu dois penser grand pour être grand. » (*Hairspray*, 2007)

85

Janvier 2012

Johan avait toujours pour interdiction d'appeler Obama, avec ou sans *r*. Ce qui n'empêcha pas Obama, un beau jour, d'en prendre l'initiative. Il avait suivi à distance respectable toute l'histoire du président Aleko, à présent démissionnaire et introuvable. Récapitulant ses conversations avec ce Suédois si rafraîchissant, il était arrivé au constat que Johan était plus un masterchef et un enfant de la nature qu'un génie. Cela pouvait expliquer ses succès limités à la fois en tant que facteur et ministre des Affaires étrangères. Et cela renforçait la sympathie du président américain, qui souhaitait prendre de ses nouvelles.

— Bonjour, mon ami. C'est Barack.

— Qui ? demanda Johan.

— Obama. Le président. Tu te souviens de moi ?

Le visage de Johan s'illumina.

— Bien sûr que je me souviens !

Barack Obama le remercia pour leur dernière entrevue, ajoutant au passage qu'il avait presque terminé le västerbottensost, mais il lui téléphonait surtout par curiosité. Johan pouvait-il lui raconter ce qui s'était passé après la conférence à Addis-Abeba ? Les événements n'avaient pas vraiment tourné comme prévu.

Johan répondit qu'il s'était passé beaucoup de choses avant comme après. Rien n'était plus comme avant. Par exemple, il ne s'appelait plus Johan, mais autre chose. Pas Winston Churchill, mais presque.

Barack Obama dit qu'il n'était pas certain de vouloir en savoir plus à ce sujet. Cependant, Johan n'avait pas l'intention de s'arrêter en si bon chemin. Papa Aleko, Agnes, Herbert, Petra et lui avaient obtenu de nouveaux passeports, puis rejoint un pays où ils avaient encore reçu des passeports. Puis ils s'étaient rendus en Suède, où ils avaient acquis les droits américains pour le roi des fromages. Au passage, ils avaient emmené un amoureux pour Petra.

Ce nouveau personnage n'intéressait pas le président autant que cette histoire de fromage. Allaient-ils lancer l'importation du västerbottensost aux États-Unis ? C'était fantastique.

— Non, c'est nous qui venons nous y installer. Nous allons ouvrir une usine dans le Ver… quelque chose. Versailles ? Non, ce n'est pas ça.

— Le Vermont ?

— Peut-être bien.

Barack Obama était de retour à la case où il voulait et ne voulait pas savoir. Le président Aleko avait vraisemblablement pioché dans les caisses des Condors et procuré de nouvelles identités à ses proches et à lui-même. Mais qu'avait dit Johan ? Aleko était son père ?

Oui, tout à fait. Johan l'ignorait lorsque Obama et lui avaient fait connaissance à l'ambassade suédoise, aussi

Barack ne devait-il pas se reprocher d'avoir traité son père de trou du cul. Nul n'aurait pu le savoir. Tout comme Johan n'aurait pu se douter, quelques mois plus tôt, qu'il se lierait d'amitié avec une prophétesse de l'apocalypse, une vieille dame aux cheveux violets qui prétendait avoir 19 ans et un vieux banquier d'un pays qui faisait ou non partie de l'UE.

— Au fait, avant que j'oublie, Barack s'écrit avec un *r* au milieu, pas vrai ?

Obama songea que les événements qui avait suivi la fête à l'ambassade confirmaient plutôt le surnom d'Aleko, mais puisque Johan s'était attaché à son père retrouvé, il ne dit rien. Il confirma l'orthographe de son prénom et en resta là.

— Et toi, comment tu vas ? demanda Johan.

— Bien, merci, dit Obama. J'ai beaucoup de choses à faire.

Parfois, il faut un moment pour assimiler certains détails.

Barack Obama avait observé en silence le cirque médiatique causé par une escroquerie se montant à 500 millions de dollars, autour d'une prétendue fin du monde le 18 octobre de l'année précédente. Qui avait touché des millions de personnes dans le monde entier.

Les gens étaient furieux contre le professeur Smirnoff, l'arnaqueur à l'apocalypse que nul n'avait vu depuis (ni même longtemps avant). Le plus courroucé de tous était l'homme d'affaires Donald Trump. Il publia un tweet rageur pour exiger que Barack Obama sorte la tête du sable et lance des investigations sérieuses sur les soupçons selon lesquels derrière l'opération se cacherait un mouvement clandestin dirigé par Hillary Clinton, Tom Hanks et Benoît XVI.

En revanche, un autre dupe, Bill Gates, prenait l'arnaque beaucoup plus calmement.

— Ç'a été une vraie surprise de se faire rouler par une banque suisse très en vue. Mais puisque j'avais promis 2 millions à la recherche sur le climat, voilà, dit-il en sortant son chéquier.

— Idiot, commenta Trump.

Dans le Bureau ovale, le président assimilait enfin les dernières nouvelles de son ami suédois. Johan avait mentionné parmi ses fréquentations une prophétesse de l'apocalypse et un banquier. Combien de combinaisons similaires pouvait-il bien y avoir ?

L'homme d'affaires Trump avait conseillé au président de sortir la tête du sable. Barack Obama songea que, pour le bien de tous, il devrait plutôt faire l'exact opposé.

L'y enfoncer bien profondément.

Partie IV

Avant la troisième fin du monde

86

Moins d'un an plus tard

À seulement dix jours des élections présidentielles américaines, tout semblait sourire au président en exercice. Son rival Mitt Romney se déplaçait d'État en État, là où cela pesait. Son message strictement conservateur s'adoucissait à mesure que sa campagne avançait. À présent, sa rhétorique semblait presque libérale.

Barack Obama avait échoué à enrayer la progression du chômage, et le déficit budgétaire était si important qu'il était presque impossible à chiffrer. Pourtant, il menait largement dans l'opinion. Si le pays n'avait compté que des hommes blancs d'âge moyen, il n'aurait pas eu la moindre chance. Heureusement, l'Amérique était plus que cela.

Seulement, le résultat n'était pas garanti. La surprise fut donc totale lorsqu'on vit le président choisir le Vermont pour clore sa campagne électorale. S'il y avait bien un État où sa victoire était garantie, c'était celui-là. On spécula qu'il s'agissait d'une façon de retourner une quelconque faveur à Bernie Sanders, ce sénateur fou et libéral qui, jadis, avait été reconduit à plusieurs reprises au Congrès pour représenter le Vermont.

Les choses prirent une tournure encore plus étonnante quand Barack et Michelle Obama, entourés de leur équipe, se rendirent à la campagne pour visiter… quoi, au juste ? Une usine de fromage !

Les caméras de CNN tâchaient de rester tout au plus un ou deux pas derrière Obama. Cette fois ne fit pas exception. Si le président n'était pas disposé à commenter, le personnel de l'usine, lui, l'était. Un certain directeur Church (équipé d'un chapeau et de lunettes de soleil) déclara qu'il était fier de ses accomplissements, qu'il avait la nostalgie des montagnes, rivières et lacs de son île de Malte – mais qu'il aimait sa fromagerie et son nouveau pays. En particulier en période électorale comme celle-ci ! Qu'y avait-il de plus beau que la démocratie vivante ?

Par chance, la reporter de CNN n'était pas très renseignée sur Malte qui n'avait ni rivière ni lac, et dont la plus haute montagne culminait à 250 mètres.

Un jeune homme en lunettes de soleil, casquette et veste de cuisine émergea de la cantine du personnel. La scène, déjà très étrange, le fut plus encore quand le cuisinier s'avança vers Obama sans que nul l'arrête. Et, plus curieux que tout, il étreignit le président. Qui lui rendit son accolade.

Peu après, la reporter de CNN parvint à se frayer un chemin jusqu'au cuisinier en casquette.

— S'il vous plaît, puis-je vous poser quelques questions ?

— Bien sûr.

— Qui êtes-vous et quelle est votre relation avec le président Obama ?

Johan, entre-temps, s'était habitué à son nouveau nom.

— Je m'appelle Winston Church sans *ill*, et je suis chef de la cantine du personnel. Nous aurions dû préparer un repas spécial pour le couple présidentiel ce soir, mais tout s'est compliqué, alors il y aura le surplus du déjeuner d'aujourd'hui.

La reporter de CNN n'avait pas obtenu de réponse à la deuxième partie de sa question, mais elle était ébahie par ce qu'elle venait d'entendre.

— Monsieur Church, êtes-vous en train de dire que le couple présidentiel dînera dans la cantine du personnel ? Et que vous allez leur servir les restes ?

— Il y a restes et restes, objecta Johan. C'est moi qui m'occupe de la cuisine, et nous attendions de la visite et… oui, même avec un peu d'aide… j'ai 180 estomacs à nourrir. Je n'ai pas eu le temps de planifier autre chose pour ce soir. Le menu du déjeuner fera l'affaire.

— Vous n'avez pas eu le temps de planifier mieux que les restes du déjeuner du personnel pour le président américain et son épouse ?

— C'est ce que je viens de dire.

— Puis-je vous demander ce que vous allez leur servir ?

— Je vous en prie.

— Qu'allez-vous leur proposer ?

— Voyons voir. Il y aura du saumon braisé à la crème de raifort, västerbottensost râpé et pistaches grillées au sel. Quiche au västerbottensost, haricots verts sautés à l'ail et oignons confits. Risotto aux girolles et bacon croustillant. Ensuite, filet mignon de wapiti avec västerbottensost, airelles et chou frisé frit. Et en dessert, pommes au four avec une sauce au caramel aromatisée au romarin saupoudrées de västerbottensost. J'adore le västerbottensost, avec ou sans tréma sur le *a*. Vous pouvez venir goûter, il y a largement la place pour vous accueillir.

La reporter dut interrompre l'interview lorsqu'un membre des services secrets surgit à côté d'eux, lui ordonnant d'éteindre la caméra et l'informant que la chaîne CNN n'était pas bienvenue au dîner de ce soir, même si on lui avait laissé entendre le contraire. La réception était privée.

Le directeur de la fromagerie Church, c'est-à-dire le président Aleko, remplaça Johan par Petra pour la suite de l'interview, la présentant comme la directrice des ventes. Petra ne portait ni chapeau ni casquette, mais avait chaussé des lunettes de soleil. Elle déclara à CNN que l'usine de västerbottensost avait des projets à long terme, notamment un plan de développement très détaillé pour les quatre prochaines années, et un peu moins précis pour la suite.

Elle s'abstint de mêler l'imminence de la fin du monde à ses explications. Un peu plus loin, Malte envisageait d'approcher Obama pour discuter des écarts salariaux vertigineux dans le pays. Lui aussi s'abstint.

Le reportage de CNN donnait plutôt l'impression que la nouvelle usine de fromage était dirigée par un groupe de saltimbanques maltais. Les analystes politiques de la chaîne s'accordèrent à dire qu'Obama, avec une grande habileté, venait de montrer que contrairement à Mitt Romney, il était le président des États-Unis dans leur ensemble. Le reportage s'achevait sur l'image au ralenti de l'accolade entre le président américain et le cuisinier du personnel. L'humanité du président en exercice n'aurait pu être mieux illustrée.

Épilogue

Partie 1 sur 2

L'organisation mafieuse Vory s'était développée sur une période de plusieurs centaines d'années. Grâce aux rapides évolutions de la société russe, soviétique et à nouveau russe, le réseau criminel avait pu affiner ses méthodes, les intégrant partiellement à l'État. Au cours de ces nombreuses décennies, il était bien sûr arrivé qu'un individu devenu trop ambitieux ou trop bête pour son bien s'oppose à l'organisation. Celui-là ne survivait qu'exceptionnellement, et rarement au-delà d'une semaine.

En revanche, il n'était jamais arrivé qu'un impudent dérobe à Vory la somme extravagante de 500 millions de dollars. Et parvienne à rester introuvable pendant une année entière, vraisemblablement toujours en vie.

À Moscou, la reine des voleurs Ekaterina Bykova avait immédiatement chargé 20 de ses meilleurs espions et tueurs à gages de retrouver Alexandre Kovaltchuk, alias l'ancien président Aleko. Leurs services étaient tout sauf gratuits.

Le jour du premier anniversaire de l'affaire concernée, le bras droit d'Ekaterina et comptable de l'organisation souleva une question :

— Cheffe, voilà un an aujourd'hui que nous le cherchons. Vingt hommes disséminés dans le monde entier. Ils ont retourné toutes les pierres qu'ils ont trouvées. En tant que responsable des finances, je me dois de vous poser la question : devons-nous interrompre la chasse à l'homme ?

La cheffe tourna vers lui un regard vide et énigmatique.

— Vingt hommes ? demanda-t-elle.

— Oui.

— Une année entière ?

— Oui.

— Mets-en 40. Et reviens me voir dans un an.

Épilogue

Partie 2 sur 2

Fredrik Löwenhult fut rapidement blanchi concernant l'escroquerie à 500 millions de dollars. Cependant, il était parti en Afrique sur son temps de travail au lieu d'aller faire ses adieux à son père mourant (qui du reste se portait comme un charme), et l'ambassadeur Guldén ne tolérait pas le mensonge ni la triche. En outre, il y avait quelque chose de profondément douteux chez ces frères. Tous deux furent donc à tout jamais rayés de la liste des représentants de la Suède.

L'aîné se vit contraint de repartir de zéro. Sans un sou en poche, qui plus est, car quelqu'un avait vidé son compte à la Banque von Toll, en faveur de la Fondation pour la sauvegarde des fromages à pâte pressée d'Europe. Et, bêtement, il avait nié avec tant d'énergie posséder la Ferrari flambant neuve que lui attribuait Interpol qu'ils avaient fini par le croire et avaient saisi le véhicule.

Ces quelques mois dans le secteur de la diplomatie lui avaient au moins apporté de l'expérience en matière de photocopies. Sous le patronyme d'Olsson, Fredrik postula au bureau central de la poste, où il fut chargé de l'entretien des photocopieurs. Il habitait un studio à Märsta, à une heure au nord de son ancienne adresse sur Strandvägen, à Stockholm. Sa seule consolation était qu'il avait aussi ruiné la vie de son imbécile de petit frère, ce foutu Johan. Le Nigaud avait disparu depuis plus d'un an, en même temps que le président Aleko, que Fredrik s'était débrouillé pour forcer à démissionner. Avec un peu de chance, ils avaient été lynchés par la foule aux Condors. Ou alors ils se planquaient dans la forêt vierge brésilienne. Il préférait d'ailleurs cette idée, plutôt les voir souffrir que reposer en paix.

Le travail à la poste était usant et absolument pas épanouissant. Après le long trajet quotidien en train de banlieue suivi de six arrêts de bus, Fredrik s'achetait habituellement une pizza et allumait la télé sans vraiment la regarder, jusqu'à ce qu'il soit l'heure d'aller se coucher.

Un soir, zappant de chaîne en chaîne, il s'arrêta sur CNN. Les élections présidentielles américaines approchaient. Dire que moins d'un an plus tôt il s'était trouvé dans la même pièce que le président… Obama faisait campagne dans l'espoir d'être reconduit pour quatre ans. Les images révélaient que cette fois, Michelle était de la partie. Apparemment, ils visitaient une usine dans le Vermont. Le président paraissait sincèrement heureux de rencontrer un des employés. Il le serrait même contre lui !

L'homme portait une casquette et des lunettes, et était affublé d'une veste de cuisinier. Il n'avait pas l'air futé.

Mais n'avait-il pas un petit air familier ?

Très familier, même.

N'était-ce pas… ? Ça ne pouvait tout de même pas être… ?

Le Nigaud ?

Merci à…

… mes anciens bêta-lecteurs Rixon et les frères Lars & Martin. Vos encouragements m'apportent de l'énergie quand le travail n'est qu'à moitié fini. Je remercie également mon fantastique oncle Hans, qui n'a jamais de mots plus gentils que « J'ai lu plus merdique ». Il était cette fois encore plus grincheux que d'habitude, ce qui pourrait indiquer que ce roman est le meilleur que j'aie écrit jusqu'ici. J'adresse également mes remerciements à Laxå et Stefan Järlström. Ce dernier a un jour démoli son lit à force de rigoler par ma faute. Il a lu ce texte dans son nouveau lit et m'a donné de précieux conseils.

Merci également à…

… mon éditeur Jonas Axelsson et mon agent Erik Larsson, d'aimer ce que j'écris et d'en prendre le plus grand soin.

Et surtout, merci à…

… Ludwig Tjörnemo, vainqueur du concours de cuisine Årets Kock 2020 et membre de l'équipe nationale suédoise des cuisiniers, sacrée championne du monde.

Sans son aide, mon chef cuisinier fictif Johan aurait eu l'air d'un… eh bien, d'un nigaud.

Stockholm, juin 2022

Composition et mise en pages
Nord Compo à Villeneuve-d'Ascq

Pour plus d'information :

#lisez engagé !
www.lisez.com

Imprimé sur du papier issu de forêts gérées durablement.

Imprimé en France par CPI
en septembre 2023

N° d'impression : 3054714